Mordspech

Oliver G. Wachlin, Jahrgang 1966, lebt und arbeitet seit über zwanzig Jahren hauptberuflich als freier Autor und Dramaturg in Berlin. Er schrieb zahllose Texte, Konzepte und Drehbücher für Film und Fernsehen sowie diverse Image- und Werbekampagnen. »Mordspech« ist sein fünfter Kriminalroman für den Emons-Verlag.
www.petkovic-und-schwartz.de
www.wunderlandkrimi.de

Dieses Buch ist ein Roman. Handlungen und Personen sind frei erfunden. Ähnlichkeiten mit lebenden oder toten Personen sind nicht gewollt und rein zufällig. Auf Seite 301-302 finden sich Übersetzungen und inhaltliche Erläuterungen, im Text mit Sternchen versehen.

OLIVER G. WACHLIN

Mordspech

KRIMINALROMAN

emons:

Bibliografische Information der Deutschen Bibliothek
Die Deutsche Bibliothek verzeichnet diese Publikation in der Deutschen Nationalbibliografie; detaillierte bibliografische Daten sind im Internet über http://dnb.d-nb.de abrufbar.

FSC
www.fsc.org
MIX
Papier aus verantwortungsvollen Quellen
FSC® C083411

Umschlagmotiv: © mauritius images/ib/Karl F. Schöfmann
Umschlaggestaltung: Tobias Doetsch
Gestaltung Innenteil: César Satz & Grafik GmbH, Köln
Druck und Bindung: CPI – Clausen & Bosse, Leck
Printed in Germany 2013
ISBN 978-3-95451-198-3
Originalausgabe

Dieses Werk wurde vermittelt durch die Literaturagentur
Michaela Behrens & Dietmar Richter GbR.

Prolog

Abstand ist wichtig. Größtmöglicher Abstand. Man hinterlässt keine Spuren, wenn man Abstand hält. Eine Kugel und ein Loch im Kopf des Toten. Mehr gibt es nicht. Und auch die Kugel wird man sich bald sparen können. In Amerika experimentieren sie schon mit Laserwaffen.

Tante Tilly schraubte ihr Arctic Warfare zusammen. Eine Sonderanfertigung extra für die Bundeswehr. Im Bosnienkrieg hatten sich die Soldaten der internationalen Schutztruppe mit dem G3-Sturmgewehr den serbischen Snipern stark unterlegen gefühlt. Das Heer veranlasste daher die Ausschreibung einer Neuentwicklung, an der sich alle führenden westeuropäischen Waffenfirmen beteiligten. Die Engländer bekamen den Zuschlag. Wegen des Sofortbedarfs lieferten sie umgehend achtundfünfzig Präzisionsgewehre der Marke Arctic Warfare Magnum. Sie kamen nie bei der Bundeswehr an.

Tante Tilly lächelte. Zu den Modifizierungen ihrer Waffe gehörten Dreibein, Schall- und Rückstoßdämpfer sowie ein wegklappbarer Hinterschaft. Nahm man dazu noch den Lauf ab, passte die Waffe in jeden Sportrucksack. Einen sogenannten City Bag, wie die Dinger heute Neudeutsch hießen. Millionen von Touristen und Praktikanten liefen in dieser Stadt damit herum. Unauffälliger ging es nicht.

Sie öffnete das schmale Dachfenster und richtete das Gewehr aus. Die Erstschusstrefferwahrscheinlichkeit auf tausendfünfhundert Meter lag bei offiziell achtzig Prozent. Mit etwas Übung und bei guter Sicht waren es mehr. Tante Tilly war Profi. Sie traf mit dem Arctic Warfare auf tausend Meter jede Ratte.

Heute lag das Zielobjekt, so zeigte es der Entfernungsmesser im Visier, in exakt 357,82 Metern Distanz. Die Sicht war gut, obwohl es regnete und sich viele der Menschen auf den Straßen unter großen, nass glänzenden Schirmen versteckten. Mitunter verdeckten sie das Ziel. Ein größeres Problem war der Verkehr auf der viel befahrenen Kreuzung am John-F.-Kennedy-Platz. Immer wieder kreuzten Lkws und Doppeldeckerbusse die Schussbahn, und etwaige Kollateralschäden konnte sich Tante Tilly nicht leisten.

Sie sah auf die Uhr und wartete. Wenn man in dem Job Erfolg haben will, muss man Geduld haben. Ausdauer und das Gespür für den richtigen Augenblick unter Einbeziehung aller äußeren Faktoren.

Eine Grünphase auf der Martin-Luther-Straße dauerte zwei Minuten und sechsundvierzig Sekunden. Dann schalteten die Ampeln auf Gelb, um kurz darauf den Verkehr von der Belziger Straße anderthalb Minuten lang auf die Kreuzung zu lassen. Tante Tilly hatte die Umschaltphasen präzise ausgemessen und herausgefunden, dass vor jedem Wechsel sechs Sekunden lang alle Ampeln auf Rot standen. Ein Zeitfenster, mit dem die Planer sicherstellen wollten, dass die Kreuzung wirklich frei von Fahrzeugen war, bevor der Verkehr aus der anderen Richtung freigegeben wurde. Zwischen jeder Ampelphase also standen die Autos auf dem John-F.-Kennedy-Platz ganze sechs Sekunden lang still. Und genau diesen Umstand galt es zu nutzen.

Tante Tilly visierte ihr Ziel konzentriert an. Fünfzehn Sekunden bevor die Ampeln auf Gelb schalteten, drückte sie die Wähltaste ihres Handys. Irgendwo da drüben klingelte jetzt ein Telefon. Sie hatte es genau im Fadenkreuz. Jemand nahm ab. Die Ampeln schalteten auf Rot, die Kreuzung war frei. Kein Laster verdeckte das Schussfeld und kein Doppeldeckerbus. Freie Sicht für sechs Sekunden, es war einfach perfekt.

Eins. Zwo. Tante Tilly drückte den Abzug ihres Präzisionsgewehrs durch. Drei Sekunden. – Schuss!

Und knapp sechshundertachtundfünfzig Meter entfernt löste sich ein aufgeschreckter Vogelschwarm aus den Bäumen am Straßenrand und verlor sich im verregneten Berliner Sommerhimmel.

1 EINE DER JÜNGSTEN GEISSELN unserer Zeit ist die stete Erreichbarkeit. Noch vor ein paar Jahren haben wir uns über auf der Straße telefonierende Italienerinnen und permanent in ihr Mobilephone plärrende Businessmen lustig gemacht. Das Funktelefon, so schien es, war wie das Karmann-Cabriolet oder der mit Zahlenschloss gesicherte Aktenkoffer nur ein weiteres neumodisches Accessoire profilneurotischer Wichtigtuer. Ein kurzlebiges Spielzeug für Anzugträger und Dolce-&-Gabbana-Frauen, eine Modeerscheinung wie einst Walkman oder Zauberwürfel. Beide sind, wie der Aktenkoffer, fast völlig aus dem Straßenbild verschwunden, und das Karmann-Cabrio musste bulligen, als SUV oder Sports Utility Vehicles bezeichneten Geländewagen weichen. Einzig das Mobiltelefon ist geblieben. Als Handy hat es heute Alltagsstatus, überall piept und dudelt der Nokia Tune genannte Gran Vals des spanischen Komponisten Francisco Tárrega, es wird gesimst und gequasselt, dass der Äther rauscht.

Schon gibt es Gerüchte, die Welt sei eine einzige Mikrowelle, wir würden uns die Hirne verbrutzeln mit all der Telefoniererei. Erste Bürgerinitiativen haben sich gegründet, um gegen den Bau weiterer Mobilfunkmasten zu demonstrieren, und selbstverständlich verabredet man sich per Handy zum Protest. Entrinnen unmöglich. Das Telefon im Taschenformat hat jede Kommunikation pervertiert, es sind kaum noch zwischenmenschliche Gespräche möglich, ohne dass es dazwischen piepst. Es nervt beim Autofahren, stört beim Essen, beim Sex und das getragene Adagio des »Notturno« von Franz Schubert bei einem Konzert der Berliner Philharmoniker.

Natürlich kann man es einfach ausschalten. Aber dann muss man sich hinterher rechtfertigen, die Mailbox ist voll mit wütenden Nachrichten: Warum war man nicht erreichbar, wozu hat man schließlich ein Handy, wenn man es nicht anmacht? Es könnte ja wichtig sein, sicher, aber meistens ist es das nicht.

Mit anderen Worten: Ich hasse diese Dinger!

Dass ich dennoch ein Mobiltelefon bei mir trage, ist einzig und allein meinem Beruf geschuldet. Seit Jahren schon scheitert die Berliner Polizei an der Aufgabe, ein abhörsicheres Funknetz aufzubauen. Es fehlt an Geld und Technikern, die neuen Geräte sind nicht kompatibel, alles funktioniert nur noch sporadisch. Über die Jahre ist der Berliner Polizeifunk sozusagen kaputt modernisiert worden. Die Presse schürt Häme, die Verbrecher lachen sich einen Ast, und wir Kriminalbeamten haben die Anweisung bekommen, bis auf Weiteres übers private Handy zu kommunizieren. Wer keines hat, soll sich eines anschaffen und genau Buch darüber führen, welche Gespräche denn nun dienstlich waren und welche nicht. Sobald entsprechende Formulare existieren – noch wird über die genaue Ausgestaltung derselben in einer externen, also outgesourcten, Arbeitsgruppe verhandelt –, kann man seine Dienstgespräche finanziell rückwirkend geltend machen. Allerdings wird das noch etwas dauern, wir sind hier schließlich in Berlin, der Hauptstadt der Improvisation. Die ewige Baustelle grüßt ihre Gäste, unsere größte Stärke ist die Unfertigkeit.

Improvisiert wird auch bei der Kinderbetreuung. Vor fünf Jahren bin ich noch mal doppelter Vater geworden, ein Nesthäkchen wurde erwartet – es kamen zwei. Unsere Zwillinge heißen Liam und Zoé, ganz süße Kinder, dunkle Locken und grünäugig wie ihre Mama, aber sie fordern den ganzen Mann. Und so stehe ich im Kinderladen »Stoppelhopser«, einer von berufstätigen Eltern auf eigene Initiative gegründeten Tagesbetreuungsstätte, zwischen lärmenden Kleinkindern, als das Handy in meiner Jackentasche lospiept. Um mich herum ein Chaos, das jeder Beschreibung spottet. Bauklötze fliegen durch die Gegend, ein halbes Dutzend quietschender Gören hängt an meinen Beinen, weil sie mich – hurra! – »gefangen« haben, zwei, Anna-Chiara und Tabea-Luise genannte, Mädchen zerren sich brüllend gegenseitig an den Haaren, und die enervierend schrille Stimme der Erzieherin gellt durch den Raum.

Melanie ist dran, aber nicht zu verstehen.

»WAS?«, rufe ich in den Hörer, mich nach einem stillen Eckchen umsehend, denn meine älteste Tochter ruft mich normalerweise nie an. Ich bin ihr völlig egal. Es sei denn, sie will etwas. Die Frage ist, was?

»Brauchst du Geld?« Studentinnen sind immer klamm, das weiß ich aus meiner eigenen Unizeit. Eine zweite Möglichkeit wäre die alte Schrottkiste, die sie sich kürzlich angeschafft hat, um »mobil« zu sein. Allerdings habe ich sie mit der Karre noch nie fahren sehen.

»Ist was mit deinem Wagen?« Ich halte mir das linke Ohr zu, ans rechte presse ich das Handy: »Kannst du etwas lauter sprechen? Hier ist ein Lärm, der …«

Melanie stammelt irgendwas, und meine väterliche Intuition sagt mir sofort, dass sie in Schwierigkeiten steckt. Weint sie etwa? Es gibt mir einen Stich ins Herz. Ich kann es nicht ertragen, wenn meine Kinder leiden. Was ist da los? Melanie ist nicht der Typ, der gleich in Tränen ausbricht, wenn es ein Problem gibt. Es muss also was Ernstes sein, und deshalb erspare ich mir weitere Fragen zum Grund ihres Anrufes und erkundige mich lediglich, wo sie gerade ist.

»Zu Hause«, höre ich es schluchzen.

»Bleib wo du bist, ich bin in zehn Minuten da.«

Melanie wohnt in meiner alten Bude, das schaffe ich zu Fuß. Ich muss nur erst die Zwillinge loswerden. Normalerweise gibt es da ein fest verabredetes Abschiedsritual mit viel Hutziwutz und Bussibussi – aber heute muss ein kurzer Schmatz auf die Stirn der Kinder reichen. Die sind immerhin schon im Vorschulalter und sollten verstehen, dass es auch mal schneller gehen kann, wenn Papa dringend weg muss.

Sie verstehen es aber nicht. Sie fangen an zu plärren wie Dreijährige. Sie hängen sich an meine Jacke, wollen mich nicht ziehen lassen. Dabei sind sie fast die ältesten Kinder hier.

Seid doch vernünftig, ihr seid doch schon soo grooß, Herrgott noch mal!

Aber alle Appelle gehen ins Leere. Liam und Zoé wollen nicht groß sein. Sie wollen Bussibussitrallala wie immer. Also hocke ich mich hin, mache unser Abschiedsspielchen, ein Kuss links, ein Kuss rechts, noch ein Kuss links und noch einer rechts, dann Nasereiben wie bei den Eskimos und das Versprechen, nachher beim Abholen ein Eis zu kaufen. Schokoeis für Zoé und

Himbeere für Liam. Je eine Kugel. Jawohl, mit bunten Streuseln drauf. Ganz großes Indianerehrenwort.

Dann darf ich endlich gehen und nehme mir fest vor, meine Erziehungsmethoden altersgemäß anzupassen. Sonst wird das im nächsten Jahr nichts mit der Einschulung.

Es regnet, die Straßen sind nass. Ich spanne meinen Schirm auf und biege, aus der Merseburger kommend, rechts in die Belziger ein. Am alten Postfuhramt vorbei laufe ich zügig auf die Eisenacher Straße zu und quere sie am wilhelminischen Backsteingebäude der Gustav-Langenscheidt-Schule. Sie gilt als Baudenkmal, ähnlich wie die meisten der um die Jahrhundertwende gebauten Mietshäuser hier. Hochparterre, vier Etagen, dazu viel Stuck und Pomp. Typische Berliner Gründerzeitarchitektur. Vermutlich war man nach den Krieg froh um jedes Haus, das noch stand, und stellte es rasch unter besonderen Schutz. Das ehemalige Straßenbahndepot links gilt ebenfalls als denkwürdig. Jetzt ist eine Polizeidienststelle drin. Gegenüber liegt der Heinrich-Lassen-Park und dahinter der Friedhof der Evangelischen Gemeinde mit der Schöneberger Dorfkirche. Sie stammt aus dem achtzehnten Jahrhundert und ist natürlich auch denkmalgeschützt.

Die Hausnummer 75 dagegen, ganz am Ende der Belziger Straße, an der Kreuzung Dominicus- und Martin-Luther-Straße, ist ein schmuckloser, in den fünfziger Jahren im Stile Le Corbusiers errichteter grauer Kasten. Fast sechzehn Jahre lang habe ich dort in jener kleinen Zwei-Zimmer-Wohnung gelebt, die jetzt Melanie bewohnt. Schräg gegenüber steht das Schöneberger Rathaus natürlich unter Denkmalschutz, denn hier hatte sich kurz nach dem Mauerbau ein amerikanischer Präsident dazu bekannt, Berliner zu sein, weshalb die Kreuzung heute seinen Namen trägt. Die Frage ist, was die vielen Blaulichter auf dem John-F.-Kennedy-Platz zu bedeuten haben und die Menschenmenge vor meinem Haus.

Nervös verfalle ich in schnellen Trab. Was ist da los? Polizisten drängen Schaulustige zurück und ziehen Absperrbänder. Eine Ambulanz orgelt mit Sirenengeheul an mir vorbei und stoppt.

Zwei Sanitäter springen heraus und kümmern sich um eine blutüberströmte Gestalt auf dem Gehweg. Es ist Melanie. Meine Tochter!

»Spatz«, brülle ich fassungslos und renne drauflos. »Oh mein Gott!« Ich ignoriere den Polizisten, der mich aufhalten will, und schiebe mich hektisch zwischen gaffenden Leuten hindurch.

Platz da, verdammt noch mal! Was ist hier geschehen? Was, um Himmels willen, ist mit Melanie passiert?!

»Der Radfahrer …«, stammelt sie schluchzend, während sie von den Sanitätern in eine Wärmedecke gehüllt wird, »Scheiße, der Radfahrer …«

»Sind Sie der Vater?« Die Sanitäter bringen Melanie zu einem Krankenwagen.

Ich kann nur nicken und sehe besorgt auf meine Tochter. »Ist sie schwer verletzt?«

»Das sieht schlimmer aus, als es ist. Das meiste Blut stammt von dem da.«

Ich folge dem Blick des Sanitäters zu einem Toten auf dem Trottoir vor dem Haus. Er liegt eigenartig verdreht in einer dunklen Blutlache und hat einen kaputten Fahrradhelm auf dem Kopf.

»… der ist mir direkt in die Arme gefallen.« Melanie wischt sich mit ihrem blutverschmierten Ärmel über das Gesicht und schnieft. »Ich kam gerade aus dem Haus, und plötzlich …«

»Sie steht natürlich unter Schock.« Die Sanitäter setzen Melanie in den Krankenwagen. »Wir bringen sie erst mal weg hier. Wollen Sie mit?«

Natürlich will ich mit, aber einer der Polizisten hält mich zurück. »Ich nehme an, Sie sind Hauptkommissar Knoop?«

»Derselbe.« Ich zücke meinen Dienstausweis.

»Dachte ich's mir doch. Ihre Tochter sagte uns, dass sie Sie angerufen hat.«

»Und? Was ist hier los?«

»Ja, schwer zu sagen. Bei dem Getöteten handelt es sich offenbar um einen Fahrradboten.«

Eine gelb-blaue Kuriertasche und ein Rennrad neben der Leiche scheinen die Vermutungen des Polizisten zu bestätigen.

»Ein Unfall?«

»Dafür fehlt ein Unfallgegner.« Der Polizist hebt ratlos die Schultern. »Und das Rad scheint auch in Ordnung. Irgendwas muss ihn in voller Fahrt da runtergeholt haben. – Mensch, schickt doch mal die Fotografen in die Wüste«, brüllt er seine Uniformierten an. »Hier gibt's nichts zu knipsen!«

»Ja, ick werd wohl noch erfahren dürfen, wat vor meiner Haustür los is«, protestiert ein älterer Herr, den ich als Kawelka identifiziere. Fritz Kawelka, ein Lokalreporter, der seit Jahren die kleine Ladenwohnung unten im Parterre nutzt und immer von der ganz großen Story träumt. Jetzt passiert endlich mal was. Und zwar direkt vor seinem Büro. Mensch, bequemer geht's nicht, und natürlich will er die Leiche des toten Fahrradkuriers mit einer Sofortbildkamera ablichten, doch zwei Polizisten stellen sich ihm, »Hauen Sie ab, Mann!«, in den Weg.

Kawelka protestiert heftig und pocht wild gestikulierend auf das verfassungsrechtlich verbriefte Recht der Pressefreiheit. Es entsteht ein kleiner Tumult, bis eine resolute ältere Dame dazwischengeht. Vermutlich die Polizeipsychologin oder so jemand. Auf jeden Fall scheint sie für solche Fälle ausgebildet zu sein, denn sie weist Kawelka freundlich, aber bestimmt darauf hin, dass er sich gerne an die Pressestelle des Landeskriminalamtes wenden könne, und drängt ihn zurück in seine Ladenwohnung.

»Haben Sie die Spurensicherung verständigt«, wende ich mich wieder dem Polizisten zu, »und die Rechtsmedizin?«

»Ja«, er sieht auf seine Uhr, »die sollten längst hier sein.«

Wie auch immer, ich muss mich erst mal um meine Tochter kümmern. »Halten Sie die Augen offen«, ermahne ich die Uniformierten. »Ich komme später wieder dazu.« Schon sitze ich neben Melanie, die Türen klappen, und der Krankenwagen setzt sich mit Blaulicht in Bewegung. Behutsam tupfe ich ihr das Blut aus dem Gesicht. »Tut's weh?«

»Nicht wirklich.« Melanie schüttelt den Kopf. »Mir fehlt nichts. Das ist wirklich alles Radfahrerblut …«

»Und der ist dir einfach so in die Arme gefallen?«

»Voll auf mich drauf«, nickt Melanie. »Ich wollte eigentlich in die Uni. Ich komme aus dem Haus, und plötzlich hebt's den vom Rad. Baff! Wir liegen auf dem Boden, und aus seinem Kopf strömt total viel Blut. Ich hab echt Panik bekommen …« Sie fängt wieder an zu weinen.

»Schon gut, Spatz. Schon gut«, beruhige ich sie. »Da kümmern wir uns drum. Wichtig ist nur, dass du wieder auf die Beine kommst.«

»Ich sage doch, mir fehlt nichts.«

»Das lassen wir mal besser die Fachleute entscheiden.«

Draußen fliegt die Stadt vorbei. Die Sirene tönt.

»Wir müssen Mutti anrufen«, sagt Melanie.

Da hat sie sicher recht. Ich ziehe mein Handy hervor und wähle eine Nummer.

2 SIE KÄMPFTEN gegen einen übermächtigen Feind. Wie riesige Libellen schwebten schwere Bell-, Sea-King- und Sikorsky-Helikopter der Bundeswehr über den aufgeweichten Deichen und warfen Sandsäcke ab. Tausende Soldaten, Bundesgrenzschützer, Kameraden des Technischen Hilfswerkes und freiwillige Helfer waren mit Pionier- und Räumpanzern, Lastkraftwagen und Booten im Einsatz und versuchten verzweifelt, die Dämme zu stabilisieren. Vergebens. Im Südosten Brandenburgs, bei Brieskow-Finkenheerd und Aurith, waren die Deiche bereits auf siebzig und zweihundert Metern Länge gebrochen und hatten die dahinter liegende Ziltendorfer Niederung unter Wasser gesetzt. Über zweihundertfünfzig Häuser wurden von den Fluten weggerissen, die Ernte eines ganzen Jahres war vernichtet, auf dem Wasser trieben aufgeblähte Tierkadaver.

Und mittendrin in dieser apokalyptischen Katastrophe steckte Monika. Eigentlich sollte sie für den Berliner Tagesspiegel vom Kampf gegen die Jahrhundertflut berichten. Doch es war unmöglich. Hier wurden keine fragenden Journalisten mit Diktafonen gebraucht, sondern Hände, die mit anpackten. Inzwischen wurde auch Frankfurt von der Oder bedroht, da kämpften allein sechzigtausend Einwohner um ihre Stadt, und im nördlicher gelegenen Oderbruch liefen Evakuierungsmaßnahmen für weitere zwanzigtausend Menschen.

Mit einem Trupp freiwilliger Helfer vom Roten Kreuz, dem Arbeiter-Samariter-Bund und der Johanniter-Unfall-Hilfe stand Monika in Gummistiefeln bis zu den Knien im Wasser. Bei Hohenwutzen rutschten die aufgeweichten Schutzdeiche auf einer Länge von fast zweihundert Metern weg und mussten dringend gestützt werden. Hastig wurden Faschinen gebunden und Sandsäcke aufgetürmt. Auf der Wasserseite versuchten Kampftaucher der Bundeswehr unter Lebensgefahr, die Deiche mit Folien abzudichten. Immer wieder donnerten Tornado-Kampfflugzeuge der optischen Luftaufklärung über den reißenden Fluss hinweg. Sirenen gaben Daueralarm, sämtliche Kirchenglocken läuteten. Lautsprecherwagen der Deutschen Lebensrettungsgesellschaft fuhren durch die Dörfer und forderten die Bewohner auf, ihre Gehöfte unverzüglich zu verlassen. Aus dem Altreetzer Zoo wurden alle Tiere in Sicherheit gebracht.

»Gruppe drei: kurze Pause!«

Es waren jeweils fünfzehn Männer und Frauen in sogenannte freiwillige Gruppen eingeteilt. Im Gegensatz zu den Soldaten im Dienst wurden den zumeist untrainierten Freiwilligen des Zivilschutzes regelmäßig kurze Pausen zugestanden, damit sie nicht zusammenbrachen. Monika gehörte zur Gruppe drei. Neben Kaffee gab es auch Bier, Wasser und Tee. Irgendwer verteilte Zigaretten und Schnaps aus dem Flachmann. Anders war das hier nicht auszuhalten.

Monikas Hände bluteten und waren voller Schwielen. Sie konnte den Kaffeebecher kaum halten und sank erschöpft auf eine alte Obstkiste. Zum ersten Mal fielen ihr die jungen Apfelbäume auf. Sie standen auf der Wiese gleich hinter dem Deich, zarte, von Stöcken gestützte Bäumchen mit kleinen grünen Äpfeln an jedem Zweig.

»Wenn der Deich hält«, sagte jemand, »sind sie nächsten Monat reif. Obwohl der Sommer dieses Jahr ja nicht so doll war.

Augustäpfel brauchen Feuchtigkeit; na, davon gab's genug; aber eben auch Wärme. Sonst bleiben sie grün.«

Dann kann man sie immer noch für Apfelaromen verwenden, dachte Monika. So wie in den Achtzigern, da war das Mode: Grüne-Apfel-Seife, Grünes-Apfel-Shampoo, Weichspüler mit Grünem-Apfel-Duft. In der DDR hatte man damals offenkundig zu viel von dem Zeug produziert, da gab's wegen absurder Planübererfüllung am Ende sogar Cola mit Grünem-Apfel-Aroma. Igitt! Es schüttelte Monika noch heute, wenn sie daran dachte.

»Gruppe drei: Es geht weiter!«

Von einem Laster wurden neue Sandsäcke abgeladen. Monika stand auf und packte wieder mit an. Über eine Menschenkette wurden die Säcke weitergereicht und am Deich aufgeschichtet. Eine stupide Arbeit. Und doch besser als zuschauen. Kindheitserinnerungen wurden in Monika wach. Denn ein bisschen war das hier wie der Bau einer Sandburg am Ostseestrand. War der Sand pulvrig und trocken, zerrann er in den Händen. Erst Nässe gab ihm Festigkeit. Dann konnte man ihn zu Mauern kneten, Tore bauen, Türmchen. Zu nass durfte der Sand aber auch nicht werden, dann wurde er pampig und verlor jeden Halt. Wie oft hatte Monika fassungslos zusehen müssen, wie ihr in mühsamer Arbeit errichtetes Sandschloss plötzlich in sich zusammenfiel, weil ihm eine Ostseewelle zu nah gekommen war.

Deshalb die Säcke. Sie hielten den Sand zusammen, selbst wenn er pampig war. Und deshalb waren die Deiche mit Gras und Buschwerk bepflanzt. Das Wurzelwerk minderte die Erosion des Erdwalls bei Hochwasser und starker Strömung. Bis zu einem gewissen Grad jedenfalls, denn über Monika brachen plötzlich ganze Grasnarben aus dem Deich. Ihnen folgte erst schwarze Pampe, dann bräunliche Brühe, die sich zu einem immer stärkeren Wasserstrahl entwickelte.

Jemand schrie mit sich überschlagender Stimme nach einer Pumpe. Aber die waren schon alle im Einsatz. An zu vielen Stellen schon sogen sie das Wasser aus dem Deich. Und trotzdem war er nur noch ein einziger Berg aus teigigem Brei, der jeden Moment in sich zusammenbrechen konnte.

»Alle zivilen Helfer zurück!« Plötzlich wimmelte es von Soldaten. In der Nähe heulte schrill ein Signalhorn auf. Auch das hatte Monika schon mal gehört. Bei der Eisenbahn benutzten es die Gleisbauarbeiter, um sich vor herannahenden Zügen zu warnen.

»Runter von der Deichkrone«, schepperte eine Lautsprecherstimme, »alles sofort runter von der Deichkrone!«

Eine militärisch-grün lackierte Planierraupe der Bundeswehr kletterte brüllend heran. Vorn hatte sie eine riesige Schaufel wie ein Schneeflug. Damit schob sie das pampige Erdreich zusammen und drückte es mit durchdrehenden, im Schlamm versinkenden Ketten gegen den Deich.

»Weg hier!« Irgendwer packte Monika am Arm, zerrte sie mit sich fort. »Kommen Sie schnell! Das kann jeden Moment alles zusammenbrechen. Dann heißt's: Land unter.«

Monika fand sich mit anderen Helfern auf der überfüllten Pritsche eines Lastwagens wieder, der über regennasse Straßen raste. Flucht ins Landesinnere. Weg von in sich zusammenfallenden Deichen, weg von der alles verschlingenden Flut. Die Menschen um sie herum sahen grau aus und erschöpft. Alles Freiwillige. Zuversichtlich waren sie vor einigen Tagen hier eingetroffen, voller Optimismus, dass der Mensch es schaffen würde. Mit vereinter Kraft, ein Bezwinger der Natur. Jetzt waren die Blicke leer und trostlos. Ihre Bemühungen waren umsonst.

»Das war's jetzt mit den Augustäpfeln«, sagte jemand, »alles im Eimer.«

Der Laster stoppte vor einem Gasthaus. »Absitzen! Zwanzig Minuten Mittagspause.«

Auch in der Katastrophe gab es Mahlzeiten. Und dann?

»Wir warten auf weitere Einsatzbefehle. Wer nicht mehr kann, soll sich beim Roten Kreuz melden.«

Monika löffelte an ihrer Soljanka und sah aus dem Fenster.

Draußen stoppten mehrere Radpanzer und Kastenwagen der Bundeswehr. Soldaten mit grauer ABC-Schutzkleidung saßen ab, holten sich ebenfalls Soljanka.

Monika reckte den Hals. Seltsam. Was hatte ein Hochwasser

mit der Abwehr von A wie Atomwaffen, B wie biologische Waffen und C wie Chemiewaffen zu tun? Was wollte die ABC-Truppe hier?

Eigentlich fühlte sich Monika viel zu kaputt, um noch Fragen zu stellen, doch dann siegte wieder die journalistische Neugier. Sie raffte sich auf und trat an einen der ABC-Soldaten heran.

»Gibt es Probleme? Einen Chemieunfall? Wo ist Ihr Einsatzgebiet?«

»Altgrieben«, antwortete ein junger Soldat unbekümmert, »soweit ich das mitbekommen habe, sollen wir irgendeinen unterirdischen Bunker sichern helfen.«

»Altgrieben?« Monika überlegte. »Aber das ist …«

»… reine Routine«, mischte sich ein älterer Offizier der Truppe ein. »Wo es Überschwemmungen gibt, gibt's auch Giftstoffe. Denken Sie nur an all die Reinigungsmittel, die sich in Ihrem eigenen Haushalt befinden. Spülmittel, Kalklöser, WC-Reiniger. Da kommt einiges zusammen. Dann die Heizöltanks der Leute im Garten. Das Benzin in den Autos. In Garagen wird Unkrautvernichter gelagert, Insektizide, Schmierstoffe. Und das wird jetzt alles mit der Flut unkontrolliert durch die Gegend gespült, kein Zuckerschlecken für die Umwelt, sage ich Ihnen. Deshalb sind wir hier, wir werden das in Grenzen halten.« Er klopfte Monika beruhigend auf die Schulter und empfahl dann dem jungen Soldaten, die Gespräche mit der Bevölkerung lieber den Offizieren zu überlassen.

Eigenartig. Monika wandte sich wieder ihrer Soljanka zu. Aber vielleicht wäre das ein neuer Ansatzpunkt für das Thema. Bislang wurde über die Oderflut ja eher reißerisch im Stile von Kriegsberichterstattern geschrieben. Welche Deiche mussten aufgegeben werden, wo gab es Siege im Kampf gegen das Wasser? Da wurden Mannschaftsstärken aufgelistet, das eingesetzte Material gezählt und die Anzahl der benötigten Sandsäcke. Zwischendurch die neuesten Pegelstände. Und immer wieder heroische Berichte über den größten zivilen Einsatz der Bundeswehr seit ihrem Bestehen. Die Folgen der Flut für die Umwelt dagegen wurden bislang noch nicht journalistisch aufgearbeitet. Das wäre mal was

Neues, da könnte man ansetzen. »Mit dem Wasser kam das Gift« oder so ähnlich könnte der Artikel heißen. Nicht schlecht.

Monika zog ihr Handy aus der Hosentasche und schaltete es an, um die Redaktion in Berlin anzurufen. Es piepste mehrmals. Offenbar waren Nachrichten auf der Mailbox.

Dieter hatte gleich mehrmals draufgesprochen: Melanie sei mit einen Fahrradkurier zusammengestoßen. Der Kurier sei gestorben, aber Melanie gehe es den Umständen entsprechend gut. Zur Sicherheit habe man sie jetzt ins Krankenhaus gebracht …

Melanie! Unfall! Krankenhaus! Und ein Toter! Wahnsinn. Besorgt tippte Monika auf ihrem Handy herum. Die nächste Nachricht brachte Entwarnung. Das Mädel habe wohl nur einen Schock. Äußerlich gebe es keine Verletzungen.

Na, der war gut. Hastig gab Monika Dieters Nummer ein. Ohne Erfolg, denn sein Handy war abgeschaltet.

Mist!

Unruhig sprach sie ihm die Mailbox voll. Sie wolle versuchen, so schnell wie möglich nach Hause zu kommen – und warum er sein Handy ausgemacht habe? Ihm sollte doch klar sein, dass sie ihn nach solchen Nachrichten zurückrufen will. – Blödmann!

»Halte mich auf dem Laufenden, okay? Ich komme so schnell wie möglich nach Berlin.« Sie schmatzte ihm einen Kuss auf die Mailbox und steckte das Telefon wieder ein.

Seufzend sah sie sich um. Wo war noch mal das Rote Kreuz?

3 IN DER NOTAUFNAHME des Auguste-Victoria-Krankenhauses herrscht das komplette Chaos. Hilflos versuchen mehrere Sanitäter und eine überforderte Polizistin, zwei betrunkene Kampfhähne auseinanderzubringen, die hier zwar ihre selbst beigebrachten Blessuren behandeln lassen wollen, aber nicht voneinander loskommen. Immer wieder versuchen sie, sich gegenseitig die ohnehin schon völlig demolierten Gesichter einzuschlagen, und decken sich dabei mit wüsten Beschimpfungen ein. Als das

Gerangel überhandzunehmen droht, weil sich auch zwei ältere Herren mit Krücken in das Geschehen stürzen wollen, greife ich mit der Dienstpistole ein.

»Schluss jetzt! Wenn ihr Vollidioten euch nicht augenblicklich beruhigt, knallt's!«

Meine Güte, ist Berlin ein hartes Pflaster geworden. Früher, in gemütlichen alten Vormauerfallzeiten, konnte man es sich als Kriminalbeamter noch leisten, unbewaffnet seine Fälle zu lösen. Heute muss man schon mit der Knarre drohen, wenn man nur seine Tochter in die Notaufnahme bringt.

Apropos Tochter? – Wo ist sie hin?

»Melanie?« Hektisch sehe ich mich um. »Melanie!« Sie ist weg! Das gibt's doch nicht!

»Machen Sie sich keine Sorgen.« Eine Schwester kümmert sich um eine verletzte Kickboarderin. »Wir arbeiten hier nach dem Ar, ar, ar.«

»Ar, ar, ar«, wiederhole ich verständnislos und mache einem humpelnden Kleingärtner Platz, der sich mit einem Luftgewehr versehentlich in den Fuß geschossen hat, als er die Stare aus seinem Kirschbaum verjagen wollte. »Und was heißt das?«

»ESI.« Die Schwester spricht es englisch aus wie »Ih Es Ei«. »Eine Form der Triage nach dem Emergency Severity Index. Oder anders ausgedrückt«, sie lächelt mich an und rollt das R wie eine Amerikanerin: »Der **r**ichtige Patient zur **r**echten Zeit am **r**ichtigen Ort. Ar, ar, ar.«

Na prima. Und wo ist der richtige Ort für meine Tochter?

»Was für eine Verletzung hat sie denn?«

»Einen Schock«, antworte ich. »Das blutüberströmte Mädchen, das hier gerade eingeliefert wurde.«

»Stabil?«

»Das hoffe ich«, aber ich bin ja kein Arzt.

»Ich schau mal nach.« Die Schwester erhebt sich. »Wie war noch mal Ihr Name?

»Knoop«, antworte ich und zeige ihr meinen Dienstausweis, »Kriminalhauptkommissar Hans Dieter Knoop. Das Mädchen ist meine Tochter.«

»Melanie Knoop?«

»Melanie Droyßig«, verbessere ich. »Sie trägt den Nachnamen der Mutter.«

»Haben Sie eine Geburtsurkunde dabei?«

»Nee. Wieso?«

»Um zu belegen, dass es Ihre Tochter ist.« Die Schwester sieht mich vorwurfsvoll an. »Sonst könnte ja jeder kommen.«

»Schwester«, versuche ich ruhig zu bleiben, »ich bin zwar stolzer Vater, trage aber nicht täglich die Geburtsurkunden meiner Kinder mit mir herum. Sie müssen mir schon glauben.«

»Haben Sie wenigstens die Krankenversicherungskarte Ihrer Tochter dabei?«

»Nein. Auch nicht, leider.«

»Krankenversicherungskarten sind aber unerlässlich für eine kassenärztliche Behandlung.« Sie hebt genervt die Hände. »Es ist immer dasselbe! Ständig sagen wir den Patienten, dass sie ihre Karten bei sich tragen sollen. Immer! Zu jeder Zeit! Falls mal was passiert, Sie sehen ja. Wer soll denn sonst die Kosten tragen?« Die Schwester runzelt nachdenklich die Stirn. »Was machen wir denn jetzt?«

»Kann ich die Karte nicht nachreichen?«

»Na gut«, sagt sie schließlich ergeben. »Aber nur weil Sie bei der Kripo sind.«

»Danke.« Ich trete etwas beiseite, weil in einem Pulk aufgeregt durcheinanderschreiender und besorgter Menschen eine Trage hereingeschoben wird. Den Verletzten kann ich inmitten der Leute nicht sehen. Ihm wird geholfen werden, denke ich, denn ich weiß ja jetzt, dass sie hier nach dem Emergency Severity Index arbeiten. Wie im »Emergency Room« bei ProSieben. Helden der Notaufnahme. Doctor Ross, bitte kommen! Ar, Ar, Ar.

»Herr Knoop, bitte zur Anmeldung«, scheppert es kurz darauf aus den Lautsprechern, als wäre ich tatsächlich George Clooney: »Herr Knopp, bitte melden Sie sich umgehend bei der Anmeldung!«

Hat sich Melanies Zustand verschlechtert? Besorgt stürme ich durch Gänge an geschäftigen Ärzten und Krankentragen vorbei zum Glaskasten der Anmeldung. Dort wird mir ein Telefon entgegengehalten: »Herr Knoop? Dringender Anruf für Sie!«

Am anderen Ende der Leitung ist Hünerbein. Mein übergewichtiger Kollege von der Mordkommission.

»Du hast sie doch nicht mehr alle«, nölt er drauflos: »Wieso verlässte denn den Tatort, bevor die Spusi da ist?«

»Melanie wurde verletzt«, verteidige ich mich, denn es ist ja wohl ganz normal, dass ich mich zuerst um meine Tochter kümmere.

»Und warum machste dein Handy nicht an?«

»Weil man im Krankenhaus mobil nicht telefonieren darf«, erkläre ich ihm, »von wegen Funkwellen und so. Die stören die Instrumente. Wie im Flugzeug. – Und was heißt überhaupt Tatort?«

»Na, ein harmloser Unfall ist das hier nicht«, Hünerbein klingt ziemlich aufgeregt: »Oder was glaubst du, was den Fahrradkurier vom Drahtesel geholt hat?«

»Keine Ahnung.«

»Eine Patrone. Der Mann wurde mit einem gezielten Kopfschuss getötet. Und nun komm in die Puschen, wir brauchen dich hier.«

Was denn noch alles, denke ich genervt. Monika kämpft unerreichbar an der Oderflut, und Melanie liegt hier mit schwerem Schock, weil vor ihrer Haustür ein Fahrradkurier ermordet wurde. Erschossen am helllichten Tag, es ist echt nicht zu fassen!

»Ihre Tochter befindet sich im Schockraum.« Die Schwester ist zurück. »Wollen Sie sie sehen?«

»Natürlich. Und was bitte ist ein Schockraum?«

»Halb so wild«, die Schwester lächelt beruhigend, »da hat sie ihre Ruhe. Kommen Sie!« Sie läuft vor mir her den Gang hinunter und öffnet eine Tür. »Bitte!«

»Danke.« Ich trete in den Raum. Es ist sehr hell hier und alles weiß; die Wände, die Zimmerdecke, die Vorhänge an den Fenstern. Man fühlt sich wie in einer Schneelandschaft. Der einzige Farbfleck ist Melanies Gesicht. Es ruht mit friedlich geschlossenen Augen auf einem weißen, frisch gestärkten Kopfkissen in einem weiß bezogenen Bett. Daneben hängt in einem Ständer eine Flasche, aus der beständig Flüssigkeit in einen Plastikschlauch tropft. Er ist über eine Nadel mit dem Arm meines Kindes verbunden … Fragend sehe ich die Schwester an.

»Eine Injektion«, erklärt sie mir. »Damit stabilisieren wir den Kreislauf. Außerdem haben wir ihr ein Beruhigungsmittel gegeben. Schlaf ist die beste Medizin.«

Mein armer, kleiner Spatz. Melanie schläft wie ein Kleinkind, so zart und zerbrechlich. Liebevoll streiche ich ihr das dunkle Haar aus der Stirn.

»Wir werden sie die Nacht über zur Beobachtung hierbehalten.« Die Schwester drückt mir eine Plastiktüte mit Melanies blutverschmierten Kleidern in die Hand. »Wenn Sie sie morgen abholen, bringen Sie ihr bitte frische Wäsche mit.«

»Ja, natürlich.« Ich sehe bekümmert auf Melanie. Der Tropf macht mich nervös. So was kenne ich nur aus Filmen, und da haben das immer die ganz schwer Verletzten. Ich dagegen darf Melanie morgen abholen. Dann wird es wohl wirklich nicht so schlimm sein. Ich gebe ihr einen Kuss auf die Stirn und verabschiede mich: »Bis morgen, Spatz!«

4 MIT EINEM TAXI geht es zurück in die Belziger Straße. Inzwischen ist der gesamte Fußweg vor dem Haus abgesperrt und die Menschenmenge drum herum größer geworden. Auf Leitern, Klappstühlen und Bäumen drängeln sich die üblichen Freiberufler und versuchen, mit Fotoapparaten und Kameras ein paar Bilder zu machen. Sogenannte freie Fotoreporter, Paparazzi, die Tag und Nacht den Polizeifunk abhören in der Hoffnung auf eine Sensation, auf einen Unfall, ein Verbrechen. Und wenn irgendwo etwas passiert, fahren sie los, rasen, sämtliche Verkehrsregeln ignorierend, durch die Stadt und sind oft noch vor den Einsatzkräften vor Ort. Der Schnellste gewinnt. Die Konkurrenz schläft nicht, und nur wer als Erster ein spektakuläres Foto, eine

erste sensationelle Filmaufnahme vom blutigen Geschehen an die Presse liefert, kann den Preis dafür bestimmen. Es ist ein harter, ein unbarmherziger und skrupelloser Job.

Ich schiebe mich durch die Menge der Schaulustigen, zücke meinen Dienstausweis und tauche unter der Polizeiabsperrung durch. Die Bullis der Kriminaltechnik versperren den Bürgersteig. Spurensicherer in weißen Overalls markieren den Tatort mit weißen Nummernschildchen. Die Rechtsmediziner Professor Dr. Hubertus Graber und Dr. Armin Kurzweil stehen fachsimpelnd um den noch immer unverändert am Boden liegenden toten Fahrradkurier herum, und der dicke Hünerbein watschelt auf mich zu.

»Na endlich«, schnauft er kurzatmig und hält ein durchsichtiges Plastiktütchen mit einer Patrone von knapp acht Zentimetern Länge hoch. »Doppelkernmunition. Da wollte jemand ganz sichergehen.«

»Gibt's Zeugen?«

»Nee.« Hünerbein schüttelt den Kopf. »Die Befragungen laufen noch, aber angeblich hat niemand etwas gehört und keiner einen Bewaffneten gesehen. – Was hat denn Melanie erzählt?«

»Dass ihr der Kurier in die Arme gefallen ist.«

»Direkt vom Rad?«

»So ungefähr.«

»Mensch, Sardsch!« Hünerbein regt sich auf. »Was heißt so ungefähr? Saß der Kerl nun auf dem Rad oder nicht? Und warum fährt er damit auf den Bürgersteig herum? Laut StVO müssen Radfahrer –«

»… auf der Straße fahren«, unterbreche ich seinen Wortfluss, »und ganz offensichtlich tat er das nicht. Und nun? Meinst du, er wurde deshalb erschossen?«

»Etwa …« Hünerbein starrt mich entgeistert aus seinen kleinen Schweinsäuglein an, »etwa von so einem durchgeknallten Ordnungsfanatiker? Ein Verrückter, der Radfahrer auf Bürgersteigen hasst? Das ist ja völlig irre.«

»Das wäre es ganz sicher, Harry. Aber du hast davon angefangen, den Tod des Radfahrers mit verkehrswidrigem Verhalten in Zusammenhang zu bringen.«

»Habe ich nicht.«

»Doch, hast du.«

Wir gehen auf die beiden Rechtsmediziner zu, schütteln Hände. »Morgen, die Herren. Irgendwelche Erkenntnisse?«

»Da muss ordentlich Wumms hinter gewesen sein«, sächselt der kleine Kurzweil, »glatter Kopfschuss. Hat den Fahrradhelm und die Schädeldecke durchschlagen.«

»Eintrittswunde rechts knapp oberhalb der Schläfe«, setzt Graber hinzu und atmet zischend die Luft ein, »Austrittswunde links unterhalb des Wangenknochens. Der war sofort hirntot. Wahrscheinlich hat er nicht mal mehr den Sturz vom Rad mitbekommen.«

»Wir vermuten, dass der Schuss aus einem der Häuser hier abgegeben wurde.« Die Oberkommissare Egon Beylich und Rainer Matuschka kommen heran. »Die Ballistiker checken das noch, aber der Schuss kam eindeutig von schräg oben.«

»Verdammt«, murmelt Hünerbein und starrt auf die Fensterfronten gegenüber. »Heißt das, der Schütze kann da noch irgendwo sein?«

Für einen Moment ziehen wir alle unwillkürlich die Köpfe ein.

»Wir sehen uns mal um.« Beylich strafft sich wieder. »Vielleicht finden wir was.«

»Seid bloß vorsichtig!« Hünerbeins Augen suchen noch immer prüfend die Fenster der Häuser gegenüber ab. »Wer weiß, was euch erwartet.«

»Meist werden Erwartungen ja enttäuscht«, meint Matuschka beruhigend. »Wir regeln das schon.« Er folgt Beylich über die Straße und verschwindet dort in einem der Hauseingänge.

»Tja, wir würden dann die Leiche gern abtransportieren lassen«, meldet sich Graber wieder zu Wort. »Das hatte sie übrigens bei sich.« Er drückt mir einen Personalausweis in die Hand.

»Adolf Borngraeber«, lese ich, wohnhaft Birkenstraße 30 in Moabit.

»Adolf – nicht zu fassen!« Hünerbein schüttelt verständnislos den Kopf. »Hatte der Nazis als Eltern?«

»Der ist 1936 geboren«, ich gebe ihm den Ausweis, »da war der Führer allgemein noch hoch im Kurs.«

»Dann ist der Mann schon einundsechzig Jahre alt?« Verblüfft beugt sich Hünerbein über die durchtrainierte Leiche im engen Radlerdress: »Das sieht man ihm aber gar nicht an.«

»Radfahren hält eben fit.«

»Nur, wenn nicht auf einen geschossen wird.« Hünerbein patscht unruhig mit dem Ausweis auf seine fleischigen Handflächen. »Wir müssen unbedingt mehr über ihn rausfinden. Verwandte, Freunde, Feinde …«

»Interessant wäre auch, was er transportiert hat.«

»Bitte?« Hünerbein steht manchmal etwas auf der Leitung.

»Ein Fahrradkurier macht doch Botenfahrten«, werde ich deutlicher, »der muss doch was in seiner Tasche gehabt haben.«

»Damaschke«, brüllt Hünerbein, und schon trabt unser fähigster Spurensicherer heran. »Jürgen, hatte der Mann eine Tasche bei sich?«

»Aber ja.« Jürgen Damaschke schlägt sein Notizbüchlein auf und liest. »Eine gelb-blaue Umhängetasche, Kunststoff, wetterfest, mit Klettverschlüssen und dem Aufdruck ›Berlin City Bikers‹.«

»Und wo ist die Tasche jetzt?«

»Wir pinseln sie gerade nach Fingerabdrücken ab und sortieren den Inhalt. Eilpost vor allem.« Damaschke schlägt sein Notizbüchlein zu. »Briefe, wichtige Unterlagen, Vertragsmappen. Wir analysieren das noch.«

»Und die Patrone, die den Kurier getroffen hat«, erkundige ich mich, »habt ihr dazu schon was?«

»Gewehrmunition«, erklärt Damaschke, ».300 Winchester Magnum.«

»Das heißt, es wurde mit einem Gewehr auf den Fahrradboten geschossen?«

»Das heißt es.« Damaschke nickt.

»Und?«

»Was und?«

»Was für ein Gewehr?«

»Tja, keine Ahnung.« Damaschke hebt die Hände. »Diese Patronen sind seit den frühen sechziger Jahren auf dem Markt. Gibt's als Weich- und Hartmantelgeschosse. Diese hier hat einen harten Mantel, deswegen der glatte Durchschuss. Aber womit genau der Schuss abgegeben wurde – ehrlich, das wird schwierig. Die Bundeswehr nutzt solche Munition, sämtliche NATO-Staaten, Jäger, was weiß ich? Die Win Mag passt in viele Waffen. Wir werden das noch genauer untersuchen. Vielleicht können wir später mehr dazu sagen.«

»Wir bitten darum«, sagt Hünerbein. »Dringend.«

»Na sicher.« Damaschke wartet. »Sonst noch was?«

»Vorerst nicht, danke.« Hünerbein nestelt eine Zigarettenpackung aus seinem wallenden Trenchcoat und bietet mir eine an. »Willst du meine Meinung hören?«

»Aber immer.« Ich warte, bis er sich auch eine Zigarette zieht, und gebe ihm Feuer.

»Wir haben es mit einem Killer zu tun.« Hünerbein inhaliert geräuschvoll. »Ein Profi. Scharfschütze wahrscheinlich.«

Interessante Theorie. »Aber wer setzt einen Scharfschützen auf einen Fahrradkurier an? Und warum?«

»Das ist die Preisfrage.« Hünerbein tritt etwas zur Seite, damit die Leichenwagenfahrer den Toten in einen Plastiksarg umbetten können. »Vorausgesetzt, dass tatsächlich der Fahrradkurier getroffen werden sollte.«

Verstehe. Er vermutet, dass der Tote gar nicht das Ziel war.

»Nehmen wir mal an, der Schütze drückt ab. Und genau in diesem Augenblick radelt ihm der Kurier in die Schussbahn.«

Pech, denke ich. Dann ist der Falsche tot. *Mords*pech, im wahrsten Sinne. Jedenfalls für den Radfahrer. »Bleibt die Frage: Wen wollte der Schütze am Ende wirklich treffen?«

Erstaunlicherweise hat Hünerbein sofort eine Antwort parat. »Melanie!«, sagt er, wie aus der Pistole geschossen.

Ich fasse es nicht. »Melanie?« Wieso denn Melanie? Das kann er unmöglich im Ernst meinen.

»Sie kam aus dem Haus.« Hünerbein sieht mich eindringlich an. »Wie jeden Morgen. Hab ich recht?«

Herrgott, sie studiert. Dafür muss man auch mal aus dem Haus. »Sie wollte in die Uni.«

»Genau.« Hünerbein ist nicht mehr zu bremsen. »Der Schütze wusste das. Er hat das recherchiert. Ihre Gewohnheiten et cetera, wann kommt sie, wann geht sie. Er bringt sich hier irgendwo in Position und lauert ihr auf. Und als sich die Tür öffnet, drückt er ab. Nur dass ihm plötzlich und unerwartet dieser Kurier vor die Linse radelt.«

Na, Gott sei Dank! »Aber warum Melanie?« Die hat doch niemandem was getan. Eine völlig harmlose Studentin. Das ist absurd! Wer sollte einen Profikiller ausgerechnet auf meine Tochter ansetzen? »Und vor allem: Mit welchem Motiv?«

»Das müssen wir herausfinden«, meint Hünerbein ernst. »Und zwar so schnell wie möglich.«

Der spinnt, denke ich nervös, mein Kollege reimt sich da etwas zusammen. Kompletter Unsinn. Wer sollte meine Tochter töten wollen? Dafür gibt's, verdammt noch mal, überhaupt keinen Grund!

Oder doch?

Kann ich es mit hundertprozentiger Sicherheit ausschließen? – Nee. Kann ich nicht.

Mir wird eiskalt ums Herz.

5 SO KONNTE ES NICHT WEITERGEHEN. Siegbert Meyer wusste das. Seit Monaten, ach was, seit Jahren schon. Er fühlte sich in seinem Leben wie auf einer Party, zu der er nicht eingeladen war und die er auch nicht verlassen konnte. Alles lief aus dem Ruder, und er kam nicht weg. Ein Alptraum war das, ein einziger Alptraum. Die Menschen hielten Geld für Glück und hatten jeden Anstand vergessen. Jeder versuchte nur noch, seinen eigenen Arsch zu retten. Es gab keine Moral mehr, die Sitten verfielen. Versprechen galten nichts mehr, und Gerechtigkeit war zu einem hohlen Lippenbekenntnis verkommen. Kurz und auf Deutsch gesagt: Die Kacke war mächtig am Dampfen, und das hatte nicht allein mit den veränderten gesellschaftlichen Verhältnissen zu tun, sondern vor allem auch mit ihm selbst.

Zu lange hatte er das nicht wahrhaben wollen. Zu lange hatte er versucht, gegen diese im Unterbewusstsein unaufhaltsam herankeimende Erkenntnis anzukämpfen. Nun ging es nicht mehr. Es hatte keinen Sinn, die Tatsachen zu leugnen. Ein Mann musste sich der Wahrheit stellen, und die hieß in seinem Fall:

MIT MIR STIMMT WAS NICHT!

Mit anderen Worten: Ausgerechnet er, Siegbert Meyer, hatte die Orientierung verloren. Er kam nicht mehr klar, stolperte durch das Leben wie ein Blinder durch einen Irrgarten und fand sich nicht mehr zurecht. Deshalb war er hier. Wozu gab es schließlich Fachleute?

»Ich gehe davon aus, dass alles, was wir hier besprechen, vertraulich ist?«

»Aber natürlich, Herr Meyer. Bitte, setzen Sie sich doch!«

»Gibt's hier keine Couch?« Meyer hatte das so in Filmen gesehen. Woody Allen lag immer auf der Couch, wenn er bei seinem Analytiker war.

»Der Sessel dort ist sehr bequem. Und er lässt sich verstellen. Sehen Sie? Fast eine Liegeposition, sehr angenehm und entspannt.«

»Ich bin nicht entspannt!« Meyer setzte sich auf die vorderste Kante des Sessels. »Auch nicht, wenn ich liege. Können Sie die Lehne wieder steiler stellen? Dann kann ich mich wenigstens anlehnen.«

»Aber natürlich. – Besser so?«

»Ja.« Meyer atmete tief durch. Er saß jetzt im Sessel. Aufrecht, die Lehne im Rücken. Und jetzt? Wie weiter?

»Erzählen Sie von Ihren Problemen!«

Na, das ging ja gut los. Wenn er wüsste, was seine Probleme waren, hätte er nicht diese überaus reizende Psychologin aufsuchen müssen. Und wie jung sie war, noch keine fünfunddreißig. Er bezweifelte, dass sie über genug Lebenserfahrung verfügte, um ihm wirklich helfen zu können. Allein ihre Ausstrahlung.

Wie ein junges Mädchen, das Ponys liebt. Aber das Leben war nun mal kein Ponyhof, wer wusste das besser als Siegbert Meyer? Das Leben, es war hart, verdammt hart, daran gab es nichts zu deuteln. Besonders seit der Wende.

»Es ist kein Zuckerschlecken, sage ich Ihnen. Ich weiß gar nicht, was ich sagen soll.«

»Vielleicht erzählen Sie erst einmal von sich, mhm?«

»Mhm?«, echote Meyer irritiert. Was sollte dieses aufmunternde »mhm«? Er war schließlich kein Idiot, er brauchte kein »mhm«. Schon seit dem Kindergarten nicht mehr. Ratlos sah er die Psychologin an. Baier hieß sie, Dipl.-Psych. Susanne Baier – er war im Branchenbuch auf den Namen gestoßen und fand ihn passend: Siegbert Meyer und Dipl.-Psych. Susanne Baier. Ein hübscher Reim, jedenfalls ganz nett.

»Mögen Sie Gedichte?«

»Aber ja«, antwortete Dipl.-Psych. Susanne Baier lächelnd, »sehr gern. Hölderlin zum Beispiel.« Sie begann zu rezitieren: *»Ihr holden Schwäne – Und trunken von Küssen – Tunkt ihr das Haupt – Ins heilignüchterne Wasser.«*

Meyer starrte sie an. »Aber das reimt sich nicht.«

»Stört Sie das?«

»Nein.« Meyer klammerte sich an den Sessellehnen fest. »Nein, gar nicht. Ich finde es nur interessant, denn Hölderlin würde heute wahrscheinlich auch zu Ihren Kunden gehören. Der Kerl war vollkommen wahnsinnig.« Er wedelte sich mit den Händen vor dem Gesicht herum. »Geistige Umnachtung hieß es damals.«

»Halten Sie sich denn«, die Psychologin überlegte einen Moment, »für wahnsinnig?«

»Nein. Sie?«

Susanne Baier schüttelte lächelnd den Kopf. Sie wollte etwas sagen, doch Meyer kam ihr zuvor.

»Aber Sie interessieren sich dafür. Der Wahnsinn ist Ihr Metier. Das haben Sie studiert.«

»Psychologische Probleme haben nichts mit Wahnsinn zu tun«, stellte Dipl.-Psych. Susanne Baier klar, »sondern eher mit …«

»Verlorenheit?«, fragte Meyer. »Ist es das? Die Leute kommen nicht mehr klar mit der Welt? Sie haben sich sozusagen geistig verirrt?«

»Das gibt es sicher auch«, wich die Psychologin aus und schlug – sehr reizvoll, wie Meyer fand – die Beine übereinander. »Aber sprechen wir von Ihnen. Fühlen Sie sich verloren?«

»Moment!« Meyer hob die Hand. »Ich muss erst ganz sichergehen, dass nichts, aber auch gar nichts von dem, was hier besprochen wird, nach draußen geht. Das ist allein eine Sache zwischen uns beiden, abgemacht?«

»Das versteht sich von selbst.«

»Das sagen Sie so dahin …«

»Aber nein!« Die Psychologin beugte sich vor und strich beruhigend über seinen Unterarm. »Sie müssen mir vertrauen. Wenn Sie mir nicht vertrauen, ist alles umsonst. Und außerdem gibt es eine ärztliche Schweigepflicht …«

»… an die Sie sich halten?«

»Natürlich. Ich muss mich daran halten.«

»Auch wenn Sie gefoltert werden? – Nein!« Meyer sprang entschieden auf und wedelte mit dem Zeigefinger. »Sagen Sie jetzt nicht, dass Sie eine Folter überstehen würden. Das würde ich Ihnen nämlich nicht abnehmen. Niemand übersteht eine Folter, solche Helden gibt es nur Filmen. Im wahren Leben packen sie alle aus. Und wenn man Ihnen erst mal die Daumenschrauben angelegt hat, ist Ihnen auch Ihre Schweigepflicht egal und das, was wir hier heute untereinander abgemacht haben. Das hat dann alles keinen Wert mehr. Die Leute wollen ihren Arsch retten. Immer! Und sie haben Angst vor Schmerzen. Panische Angst.« Er setzte sich wieder und schüttelte den Kopf. »Nicht, dass Sie jetzt denken, ich wurde schon mal gefoltert. Das ist es nicht. Ich habe selbst auch noch niemanden gefoltert und kenne auch keinen, der schon mal gefoltert wurde. Es ist allein …« Er tippte sich gegen den Kopf. »… mein Instinkt, der mir sagt, dass Folter alles auflöst. Jedes Versprechen. Die Menschen verraten ja einander schon, ohne dass ihnen jemand droht. Einfach so. Aus Daffke, oder etwa nicht? Wegen eines klitzekleinen Vorteils vergessen sie ihren Anstand und ihre Ehre … – Warum sagen Sie denn nichts?«

»Ich höre Ihnen zu.«

»Und Sie machen sich Notizen. Dabei hatten wir doch gerade vereinbart«, Meyer begann, sich aufzuregen, »dass das hier zwischen uns bleibt!«

»Ich mache diese Notizen doch nur für mich«, verteidigte sich die Psychologin. »Damit ich unser Gespräch später rekapitulieren, damit ich Ihnen helfen kann.«

»Trotzdem!« Meyer nahm ihr das Notizbuch aus der Hand. »Ich muss darauf bestehen. Nichts Schriftliches, klar?« Er riss eine Seite aus dem Notizbuch, zückte sein Feuerzeug und setzte das Papier in Brand. »Haben Sie keinen Aschenbecher?«

»Nein.« Die Psychologin schüttelte den Kopf. »Wir rauchen hier nicht.«

»Ich will auch gar nicht rauchen.« Meyer sah sich um. »Ich will das hier nur irgendwo – au!« Er schrie auf, ließ den brennenden Zettel auf den Boden fallen und trat hektisch darauf herum. »Sehen Sie? Sehen Sie! Jetzt ist ein Brandloch in Ihrem Teppich. Mist!«

»Halb so wild«, beruhigte ihn die Psychologin.

»Ich wollte nur das brennende Papier ablegen. Aber wohin, wenn Sie keinen Aschenbecher haben?«

»Ich sagte doch, es ist nicht schlimm.«

»Ich habe mir die Finger verbrannt.« Meyer besah sich seine Hand. »Sie sollten sich einen Ascher anschaffen. Oder eine Blechdose, eine ganz simple, alte Blechdose. Die würde für solche Fälle reichen.« Er setzte sich wieder und holte tief Luft. »Ich wiederhole es noch mal, damit das ein für alle Mal geklärt ist: Keine Aufzeichnungen von unseren Gesprächen! Haben wir uns verstanden?«

»Aber natürlich. Wenn Sie das möchten.«

»Das möchte ich nicht nur, das ist eine zwingende Grundlage für unsere Zusammenarbeit.« Meyer sah seine Psychologin eindringlich an. »Sonst werde ich die Konsultationen unverzüglich abbrechen müssen. Kein Wort nach draußen! Keine Aufzeichnungen! Nichts Schriftliches! Ist das klar?«

»Ganz klar.«

»Gut.« Meyer seufzte und rutschte auf seinem Sessel herum. »Jetzt können wir die Lehne, glaube ich, doch ein bisschen zurückstellen.«

»Beim nächsten Mal.« Dipl.-Psych. Susanne Baier erhob sich und strich ihren Rock glatt. »Für heute ist unsere Gesprächszeit um.«

»Was? Schon?«

»Sie hatten nur fünfzehn Minuten vereinbart. Wegen der Kosten.«

»Aber …« Meyer guckte verblüfft. »Wir haben doch noch gar nicht richtig angefangen.«

»Oh doch, Herr Meyer, das haben wir. Ich fand es sogar sehr gut.«

»Fanden Sie?«

»Aber ja.« Sie drückte ihm die Hand und führte ihn zur Tür. »Das war ein sehr guter Anfang und eine echte Basis für weitere Gespräche. Die Kollegin draußen macht Ihnen einen Termin.« Sie lächelte ihn an. »Und überlegen Sie es sich! Vielleicht ist eine halbe Stunde doch nicht zu teuer für Sie. Oder eine Stunde. Dann dauert Ihre Therapie auch nicht so lang. – Wiederschaun.«

»Wiederschaun«, echote Meyer und verließ den Raum.

Die Psychologin schloss die Tür hinter ihm, lief eilig zu ihrem Schreibtisch und begann, sich erneut Notizen zu machen.

Interessanter Fall, dieser Meyer. Ein sehr interessanter Fall.

6 NUR NICHT DIE NERVEN VERLIEREN. Ich sitze im Schockraum der Notaufnahme, bereit, mich auf jeden Angreifer zu stürzen, der das Leben meiner Tochter bedroht. Personenschutz war nicht zu bekommen, dafür ist die Faktenlage zu dünn. Wir stützen uns auf reine Mutmaßungen. Ich hätte das Leben meiner Tochter auch nie irgendwelchen gelangweilten Polizeibeamten anvertraut. Da kümmere ich mich lieber selbst.

Soll er nur kommen, der Killer. Er wird keine Chance haben,

obwohl eine optimale Sicherung des Schockraumes nicht so einfach ist. Er liegt im Parterre, sodass ich mich nicht allein auf den Gang draußen konzentrieren kann. Ich muss auch permanent das ebenerdige Fenster im Auge haben. Es ist zwar geschlossen, aber wer da unbedingt rein will, kommt auch rein. Sicherheitshalber habe ich die Jalousien heruntergelassen – falls der Killer auf die Idee kommt, durchs Fenster zu schießen – und Melanies Bett mitsamt dem Tropf ganz nach rechts an die Wand aus dem unmittelbaren Gefahrenbereich geschoben.

Das hat auch den Vorteil, dass ein potenzieller Angreifer das Bett nicht gleich sieht, wenn er zur Tür hereinkommt. Was mir für den Bruchteil einer Sekunde einen wichtigen Vorteil verschafft, den es strategisch klug und mit kühlem Kopf zu nutzen gilt, wenn es so weit ist.

Ich habe mich direkt neben der Tür an der Wand postiert und warte. Unbeweglich. Hellwach, wie ein Raubtier, das auf Beute lauert. Meine Hände zittern leicht, und mir steht der blanke Schweiß auf der Stirn. Ich bin eben nicht mehr der Jüngste. Fünfzig Jahre, davon die Hälfte im Polizeidienst. Das hinterlässt Spuren. Man wird nervöser im Alter. Fahriger. Und dennoch, rede ich mir Mut zu, wenn man erst mal ein halbes Jahrhundert auf dieser Welt ist, kommt man mit jeder Situation zurecht.

Die Dienstpistole, eine Heckler & Koch P 2000, Kaliber neun mal neunzehn Millimeter, liegt griffbereit neben mir. Sie ist entsichert und geladen. Ich bin auf alles vorbereitet. Wer auch immer meiner Tochter etwas antun will, er wird scheitern.

Angespannt lausche ich den Geräuschen draußen vor der Tür. Permanent werden irgendwelche Krankentragen durch die Gänge geschoben, läuten Telefone, sind eilige Schritte zu hören. Deutlich ist das Stöhnen von Verletzten wahrnehmbar und die besorgten Stimmen Angehöriger.

Inzwischen ist es früher Nachmittag, und Melanie schläft noch immer. Ich bin darüber ganz froh, denn sie würde Fragen stellen, wenn sie mich hier so sieht. Meine Antworten könnten ihren Schock verschlimmern, was ganz großer Mist wäre, denn ich will sie ja hier raushaben. Kein Ort ist unsicherer als ein Krankenhaus. Jeder Ein- und Ausgang, jede Verlegung und medizinische Maßnahme wird protokolliert. Für einen Verbrecher, der einem Patienten ans Leder will, ist das ein idealer Umstand. Er muss nur die Protokolle einsehen und kann seine Maßnahmen dem Gesundheitszustand seines Opfers anpassen. Ich hatte solche Fälle schon. Das Böse hat keine Skrupel.

Hünerbein sucht derweil Melanies Wohnung nach Hinweisen ab, sichtet das Persönlichste einer jungen Frau. Liebesbriefe, Unterlagen, Adressbücher, Telefonverzeichnisse. Er wird Fotoalben durchblättern und im Computer nach verdächtigen E-Mail-Adressen fahnden.

Noch so eine neumodische Angewohnheit junger Leute. Die schicken sich keine Post mehr, die versenden E-Mails und sparen die Briefmarken. Schon verblüffend, dieser technische Fortschritt. Und alles basiert auf Nullen und Einsen, einem binomischen System.

Tja, ich kann da nicht mithalten. Früher, im guten alten analogen Zeitalter, konnte man den Kindern noch die Dinge erklären. Wie ein Plattenspieler funktioniert, zum Beispiel, oder ein Telefon. Wenn ich jemandem heute erzählen müsste, wie das mit CD-Spielern und Handys geht, käme ich ziemlich ins Schwitzen. Wir erleben einen ungeheuren technischen Wandel, eine digitale Revolution; die Welt wird aufgeteilt in Bits und Bytes – und unsereins blickt nicht mehr durch.

Ich erinnere mich noch an den Tag, an dem Melanie plötzlich in meinem Leben auftauchte. Kurz nach dem Mauerfall war das. Ein strubbeliger, kleiner Punk aus Görlitz, der behauptete, meine Tochter zu sein. Es heißt ja immer, Vater werden ist nicht schwer, aber damals wurde ich von meiner Vaterschaft regelrecht überrumpelt. Das Ergebnis einer alten Jugendliebe in Ostberlin. Monika. Die Mauer hatte jahrelang zwischen uns gestanden, es gab keine Kontakte mehr nach drüben – und dann stand Melanie plötzlich vor mir, in einer turbulenten Novembernacht, und ich hatte Familie.

Man kann fünfzehn verlorene Jahre nicht aufholen. Vom ersten

Tag an war ich Vater einer Pubertierenden. Mit Erziehung ist da nicht mehr viel. Wir flogen im Urlaub nach Mallorca, um ihr die weite Welt zu zeigen. Doch sie zog es mehr in die Ostberliner Autonomenszene. Was habe ich geredet und gebettelt. Am Ende brauchte es eine handfeste Straßenschlacht, um sie da rauszuholen.

Dann kam die Zeit, in der sie mir fast jede Woche einen neuen Freund vorstellte, in den sie »unsterblich verliebt« war. Bis der nächste kam.

Inzwischen ist sie dreiundzwanzig und ein überzeugter Single. Erst das Studium, dann die Liebe, ist Melanies neue Devise. Mal sehen, wie lange. Tierärztin will sie werden, sie studiert Veterinärmedizin an der Freien Universität. Kein einfacher Fachbereich, sie büffelt manchmal nächtelang durch und ist sehr ehrgeizig. Als ich zu Monika gezogen bin, weil sich neuer Nachwuchs ankündigte und ich diesmal meinen Vaterpflichten von Anfang an nachkommen wollte, habe ich Melanie meine alte Wohnung überlassen. Die Miete zahle ich weiter. Noch. Wenn Melanie einmal endlich selbst Geld verdient, das hat sie mir versprochen, bekomme ich alles »mit Zins und Zinseszins zurück«. Insofern eine Investition in die Zukunft. Aber sind Kinder das nicht immer?

Ein Geräusch lässt mich aufhorchen.

Ist da jemand an der Tür? Ich schiebe mich langsam an der Wand hoch, die Dienstpistole in beiden Händen, und starre auf die Türklinke. Mit den Schwestern und Ärzten hatte ich ein bestimmtes Klopfgeräusch vereinbart, bevor sie die Tür öffnen. Doch jetzt klopft niemand. Und trotzdem öffnet sich langsam die Tür …

Okay, Freundchen! Blitzschnell reiße ich die Tür ganz auf und kicke dem Eindringling die Beine weg. Er fällt mit einem kurzen Aufschrei auf den Bauch und will wieder hoch, doch ich bin schon über ihm, drücke ihm brutal den Fuß ins Genick und halte ihm die entsicherte Heckler & Koch an den Hinterkopf.

Dann erst bemerke ich, dass es Monika ist.

»Um Gottes willen!« Hastig sichere ich die Waffe und stecke

sie wieder weg. Dann helfe ich Monika behutsam zurück auf die Beine.

»T-tut mir leid, aber ich dachte …« Nein, besser nichts erzählen, sonst sorgt sie sich. »Ich … ich dachte … ich wollte …«

Monika starrt mich mit schreckgeweiteten Augen an. Hoffentlich hat sie sich nichts getan. Wir sind bei der Polizei nicht gerade zimperlich, wenn es darum geht, einen mutmaßlichen Gangster zu Fall zu bringen. So manchem wurde dabei schon mal die eine oder andere Rippe gebrochen.

»Alles in Ordnung, Monika?«

»Wie«, sie reibt sich den schmerzenden Nacken, »wie geht es Melanie?«

»Sie schläft …« Ich nehme Monika tröstend in den Arm. »Tut mir leid, wirklich, aber ich konnte doch nicht ahnen, dass du es bist …«

»Wen hast du erwartet?« Sie macht sich, noch immer leicht zittrig, los. »Einen Killer?«

Wenn sie wüsste, wie recht sie damit hat.

»Wozu die Waffe?« Ihre Stimme wird schärfer. »Was ist hier los?«

Was soll ich antworten? Ich kenne Monika, die lässt jetzt nicht mehr locker. Und ganz offensichtlich findet sie gerade zu alter Form zurück.

»Dieter«, herrscht sie mich an, »du haust nicht einfach so versehentlich Leute um und hältst ihnen eine Pistole an den Kopf, das ist doch nicht normal! Also sag's mir: Was ist hier los? Wozu die Waffe? – Verdammt noch mal: Wen! Hast! Du! Erwartet?!«

»Einen Killer«, gebe ich zu.

»Du spinnst!« Monika wedelt sich vor dem Gesicht herum. »Völlig!« Offenkundig erinnert sie sich an unsere schlafende Tochter, denn sie fängt an zu flüstern. »Du musst völlig übergeschnappt sein.« Kopfschüttelnd hockt sie sich auf die Bettkante und streicht Melanie behutsam das Haar aus der Stirn. »Wie lange schläft sie schon?«

»Seit heute Morgen. Sie haben ihr ein Beruhigungsmittel gegeben.«

»Und das?« Sie meint den Tropf, an dem Melanie hängt. »Wozu ist das?«

»Damit«, antworte ich wahrheitsgemäß, »stabilisieren sie den Kreislauf. Das ist alles nicht so schlimm. Sie darf morgen schon wieder nach Hause.«

»Und so lange bewachst du sie?«

Ich nicke bekümmert.

»Wer sollte denn hinter ihr her sein?«

»Herrgott, ich weiß es nicht!« Hilflos hebe ich die Arme. »Keine Ahnung! Ein Fahrradkurier wurde erschossen. Direkt in der Belziger Straße. Von einem Scharfschützen, der – was weiß ich – irgendwo in den Häusern gegenüber gehockt haben muss.«

»Schlimm«, findet das Monika, »aber was hat Melanie damit zu tun?«

»Es könnte sein, dass der Fahrradkurier nur zufällig in die Schusslinie geradelt ist. Und der Scharfschütze eigentlich jemand anders töten wollte.«

»Melanie?« Monika lacht auf und tippt sich gegen die Stirn. »Irre! Und wieso gerade Melanie?«

»Woher soll ich das wissen? Sie kam aus dem Haus. Wie jeden Morgen. Vielleicht hat er ihr aufgelauert.«

»Dieter, das ist absurd.«

»Ist es das?« Ich fange an, mich aufzuregen. »Bist du dir da ganz sicher? Ich bin es nicht. Aber ich weiß, diese Stadt ist voll von Verrückten. Ich bin immerhin seit fünfzehn Jahren bei der Mordkommission.«

»Vielleicht war das zu viel.«

Mag sein. Vielleicht bin ich ja hier der Verrückte. Vielleicht aber auch nicht, und dann gehe ich lieber auf Nummer sicher.

»Monika, es kann doch sein, dass Melanie irgendwem furchtbar auf die Füße getreten ist. Ohne es zu wissen. Ein enttäuschter Liebhaber, ein durchgeknallter Stalker, ich meine, wer weiß, mit wem sie so Kontakt hat?«

»Bestimmt nicht mit Scharfschützen.«

»Kannst du das ausschließen? Zu hundert Prozent? – Nee! Kannste nicht.«

»Streitet ihr euch?«

Na großartig! Da haben wir den Salat. Jetzt ist Melanie wach geworden. Schlaftrunken richtet sie sich etwas auf und blinzelt uns an.

»Geht's euch gut?«

»Ja, Kind, uns geht's gut. Wir machen uns mehr Sorgen um dich.« Monika nimmt Melanie in den Arm und küsst sie. »Dein Vater sieht gerade Gespenster, aber sonst ist bei uns alles in Ordnung.«

Von wegen, denke ich. Aber da muss man durch, als Papa ist man im Zweifel immer der Trottel.

»Und du?« Monika sieht ihre Tochter prüfend an. »Was ist mit dir?«

»Leichte Kopfschmerzen«, murmelt Melanie und fällt wieder etwas zurück. »Hat Papa schon erzählt, was passiert ist?«

»Ja, hab ich«, beeile ich mich, »aber das vergisst du jetzt mal, damit wir dich morgen wieder mit nach Hause nehmen können, okay?«

»So was vergisst man nicht, Papa.«

»Versuch's wenigstens.« Ich setze mich auch auf die Bettkante. »Und dann fahrt ihr beide mal ein bisschen aufs Land.«

»Und meine Kurse? Wir haben an der Uni gerade total wichtige Kurse zur Vorbereitung auf …«

»Das lässt sich alles nachholen«, unterbreche ich sie und habe schon wieder Tür und Fenster im Auge. »Erst mal musst du raus hier. So schnell wie möglich.« Nervös tätschele ich ihren Arm. »Sag mal, Melanie … Hast du in letzter Zeit irgendwelchen Ärger gehabt?«

»Ärger?«

»Na ja. War irgendwas? In der Uni? Mit deinen Freunden? Manchmal streitet man sich ja oder verärgert jemanden …«

»Dieter«, mahnt Monika, aber ich muss das jetzt wissen.

»… man will nichts Böses, und plötzlich ist jemand wütend. Total sauer. Ohne dass man es gewollt hat, verstehst du?«

Melanie schaut mich ratlos an.

»Hast du Feinde? Oder hält dich jemand für seinen Feind?

Bist du jemandem, aus Versehen oder bewusst, in die Quere gekommen oder so?«

»Dieter!« Monika stupst mich an. »Es ist sechzehn Uhr. Die Kinder müssen abgeholt werden.«

»Was?« Spinnt die? Ich kann doch jetzt nicht einfach gehen! Unmöglich. Was, wenn der Mörder auftaucht? »Warum holst du nicht die Kinder ab?«

»Weil du heute dran bist«, erwidert Monika und zieht mich vom Bett, »und die Kinder bestimmt auf dich warten. Um Melanie kümmere ich mich schon.«

Ich schüttele heftig den Kopf, habe aber keine Chance. Wie auch? Ich kann das Thema Killer nicht vor den wachen Augen meiner traumatisierten Tochter thematisieren, und das weiß Monika ganz genau. Ein Vorteil, den sie sich ungeniert zunutze macht. Wenn ich mich weigere, die Zwillinge abzuholen, wird Melanie Fragen stellen. Fragen, die es zu vermeiden gilt, um den Genesungsprozess nicht zu gefährden. Noch schlimmer aber wäre es, wenn ich Melanie erkläre, was los ist, und sie mit meinem furchtbaren Verdacht konfrontiere. Das würde ihren Schock nur verschlimmern. Kurz: Ich kann nur gute Miene zum gefährlichen Spiel machen und muss mich fügen. Hilflos sehe ich Monika an.

»Hier kann nichts passieren«, verspricht sie mir. »Ich bin eine Löwin.«

Stimmt. Wer einmal gesehen hat, wie eine Löwin ihre Jungen verteidigt, braucht sich um Melanie keine Sorgen zu machen. Hoffe ich wenigstens, denn Monika ist eine Löwin hoch zehn. Ich muss es wissen, ich lebe ja mit ihr zusammen.

»Ludger könnte sauer sein«, erklärt Melanie nachdenklich vom Bett her, »er wollte gestern mit mir ins Kino, aber ich hab ihm einen Korb gegeben.«

»Ludger!« Ein wichtiger Hinweis. Ich ziehe mein Notizbuch hervor. »Und wie weiter?«

»Dieter!« Monikas Stimme wird ungemütlich. »Raus jetzt!«

»Achte auf die Fenster«, schärfe ich ihr ein, »lass die Jalousien zu und verriegele die Tür hinter mir. Ärzte und Schwestern melden sich so.« Ich klopfe es an die Wand. »Sonst kommt hier keiner rein, klar?« Ich schiebe ganz nah meine Lippen an ihr Ohr und raune: »Ich lasse dir die Waffe hier …«

»Unsinn«, zischt Monika, »mach dich nicht lächerlich!« Unmissverständlich bringt sie mich zur Tür. »Mach dir keine Sorgen.« Sie gibt mir einen Kuss und schiebt mich hinaus.

Ich höre, wie die Tür hinter mir verschlossen wird, und atme tief durch.

Ludger, Ludger, Ludger … Mal sehen, vielleicht hat Hünerbein ja was zu diesem Ludger in Melanies Wohnung gefunden.

Um mich herum geschäftiges »Ar, ar, ar«. Ärzte und Schwestern sortieren zügig Patienten nach Erstdiagnostik im Triage-System. Krankentragen sirren über Lineoleumböden. Verletzte stöhnen. Alltag in der Notaufnahme.

Nein, man darf sich nicht verrückt machen, denke ich angespannt, man darf sich echt nicht verrückt machen lassen.

Und ich muss diesen verdammten Killer kriegen.

7 »DIE SCHLECHTE NACHRICHT ZUERST.« Der Leiter der Spurensicherung Jürgen Damaschke verdunkelte den schalldichten Besprechungsraum im Dienstgebäude Keithstraße und schaltete einen Overheadprojektor an. »Der Schuss kam nicht, wie zunächst vermutet, aus unmittelbarer Nähe«, die Projektion zeigte einen vergrößerten Stadtplanausschnitt mit der Kreuzung Belziger-, Dominicus-, Ecke Martin-Luther-Straße, »also aus einem der dem Tatort direkt gegenüberliegenden Häuser, sondern«, Damaschke verkleinerte den Maßstab des Stadtplanes so weit, dass auch der John-F.-Kennedy-Platz und die umliegenden Straßen sichtbar wurden, »aus nordwestlicher Richtung und mindestens drei- bis vierhundert Metern Entfernung. Das haben die Ballistiker anhand der Lage der Leiche, des Fahrrades und des Geschosseintrittswinkels so ausgerechnet.«

»Drei- bis vierhundert Meter«, entfuhr es Matuschka. »Das ist ja unglaublich!«

»Und das erklärt, warum niemand einen Täter gesehen und niemand einen Schuss gehört hat«, bemerkte Hünerbein.

»Von diesen Berechnungen ausgehend«, Damaschke zog einen Laserpointer hervor und zeichnete einen imaginären Kreis auf dem Stadtplan, »haben wir das Gelände sondieren lassen und sind zu folgendem Schluss gekommen.« Der rote Punkt des Lasers blieb auf einer Straßenecke nördlich des Gebäudes der Senatsverwaltung für Justiz hängen. »Danach wurde mit an neunzig Prozent grenzender Wahrscheinlichkeit von hier aus geschossen.«

»Und, äh, was ist da?« Kriminaloberrat Dr. Edmund Palitzsch, der stets elegant gekleidete sechzigjährige Chef der Berliner Mordkommission, beugte sich interessiert vor und nestelte an seiner goldenen Krawattennadel.

»Die Wartburgstraße Nummer 19«, erklärte Damaschke. »Ein Eckhaus. Es grenzt an die Salzburger Straße.«

»Kenn ich«, nickte Hünerbein. »Unten ist ein recht gutes Restaurant.«

»Und oben ist ein Dachboden, der problemlos zugänglich ist«, Damaschke fuhr mit dem Laserpointer über die Karte, »und über die Salzburger Straße und den John-F.-Kennedy-Platz freies Schussfeld bis hin zu unserem Tatort hat.«

»Mein lieber Herr Gesangsverein«, Palitzsch rührte nervös in seiner Teetasse, »da ballert einer einfach so in unserer Stadt herum. Nicht zu fassen! Sind wir hier in Sarajevo oder was?«

»Ein Schuss aus dieser Distanz«, Damaschke schaltete den Projektor aus und das Licht wieder an, »ist nur mit einer Präzisionswaffe plus Zielfernrohr treffsicher.«

»Ein Scharfschütze, hab ich doch gesagt.« Hünerbein erhob sich schnaufend aus seinem Sitz. »Wir haben es mit einem knallharten Profi zu tun.« Er sah die Ermittler eindringlich an. »Fassen wir zusammen: Die Zeugin – wie schon erwähnt, handelt es sich dabei um die Tochter unseres verehrten Kollegen Hauptkommissar Hans Dieter Knoop –, die Zeugin also kommt genau in jenem Augenblick aus dem Haus, als der Schuss abgegeben wird. Gleichzeitig fährt ein Fahrradkurier vorbei. Er wird getroffen und fällt der Zeugin direkt in die Arme. Beide landen auf dem Boden. Der Kurier ist sofort tot.«

»Ja, gut, das wissen wir ja schon.« Palitzsch rührte nervös in seiner Teetasse. »Interessanter ist, was Knoops Töchterlein überhaupt in diesem Haus zu suchen hatte.«

»Sie wohnt da«, antwortete Hünerbein. »Zweiter Stock, links.«

»Mhm.« Palitzsch ließ die Teetasse sinken. »Und wo ist der Kollege Knoop?«

»Der lebt jetzt mit seiner Lebensgefährtin Monika Droyßig zusammen. In der Akazienstra…«

»Ich habe nicht gefragt, wo der Kollege Hauptkommissar mit wem auch immer lebt«, die Stimme von Kriminaloberrat Dr. Edmund Palitzsch bekam einen unangenehm scharfen Klang, »sondern, wo er zurzeit steckt! Warum ist er nicht hier, der Knoop? Wo treibt er sich rum?«

»Ermittlungstechnische Gründe«, erwiderte Hünerbein kleinlaut.

»Ermittlungstechnische Gründe?« Palitzsch hob interessiert die sorgsam gezupften Augenbrauen. »Nur zu, Hünerbein, berichten Sie! Ich bin gespannt.«

»Er schützt eine gefährdete Person.«

»Höchstselbst? Haben wir da nicht andere Kräfte? – Frau Berger, bitte!« Palitzsch hielt seiner Sekretärin die Teetasse hin, auf dass sie ihm nachschenke. »Vielen Dank. – Soweit ich weiß«, wandte er sich wieder an Hünerbein, »sind für den Personenschutz uniformierte Beamte des mittleren Dienstes zuständig.«

»Die waren nicht zu bekommen.« Hünerbein hob beschwichtigend die Hände. »Wir haben da lediglich einen Verdacht, der nicht durch Fakten gestützt werden kann. Noch nicht.«

»Ach! Und was haben Sie für einen Verdacht?« Palitzsch platzte bald vor Ungeduld. »Nun lassen Sie sich doch nicht jedes Wort aus der Nase ziehen, Hünerbein. Klären Sie uns auf!«

»Nun«, Hünerbein räusperte sich langatmig und tupfte sich den Schweiß von der Stirn, »wir gehen von der Annahme aus, dass der Fahrradkurier nur ein zufälliges Opfer war. Dass eigentlich jemand anderes getroffen werden sollte.«

»Wer?« Palitzschs Frage hing wie ein Schuss im Raum.

»Na, Knoops Tochter«, antwortete Hünerbein und kratzte sich unbehaglich an der Nase, »deshalb will er sie ja unbedingt selbst beschützen. Oder würden Sie das anderen überlassen? Wenn es um Ihre eigene Tochter geht?«

»Was ich tun würde und was nicht, steht hier nicht zur Debatte.« Kriminaloberrat Palitzsch setzte sich wieder. »Gibt es sonst noch Hinweise, die für Knoops Tochter als mögliches Ziel sprechen? Außer, dass sie da rein zufällig durch die Gegend tanzte?«

»Sie tanzte nicht, sie kam aus dem Haus«, schnaubte Hünerbein, »und zwar ganz normal. Wie jeden Morgen. Es ist durchaus im Bereich des Vorstellbaren, dass der Täter genau darauf gewartet hat.«

»Drei- bis vierhundert Meter entfernt? Hören Sie, Kollege Hauptkommissar Hünerbein, wenn Sie nicht in die Abteilung Verkehrsdelikte wechseln wollen, sollten Sie jetzt aber zügig mit ein paar Fakten kommen!« Palitzsch schüttelte missbilligend den Kopf. »Worauf stützen Sie denn Ihre doch sehr gewagte These, mhm?«

»Na ja, ich habe die Wohnung der jungen Frau durchsucht. Mit Zustimmung des Kollegen Knoop natürlich, um tatrelevante Hinweise zu finden …«

»Und? Was gefunden?« Palitzschs Hohn war sprichwörtlich. »Arbeitet Knoops Tochter für ein kolumbianisches Drogenkartell? Ist sie im Menschenhandel aktiv, oder versucht sie das Milieu am Stutti* zu übernehmen? – Ich meine, wir haben es hier ganz offensichtlich mit einem Scharfschützen zu tun, richtig? Einem Profikiller, wie Sie es nennen.« Er wandte sich beifallheischend an die übrigen Ermittler: »Ergo muss es um etwas gegangen sein, habe ich recht, meine Herrn? Etwas Großes!«

»Waffenhandel wäre auch eine Möglichkeit«, vermutete Matuschka allen Ernstes.

»Durchaus.« Palitzsch wandte sich wieder an Hünerbein: »Und? Handelt die Tochter unseres verehrten Kollegen Kriminalhauptkommissar Knoop mit Waffen?«

»Quatsch!« Hünerbein winkte heftig ab. »Melanie ist Studentin. Völlig harmlos.«

»Schön, dass Sie endlich zur Vernunft kommen.« Palitzsch nippte am Tee. »Dann können wir ja weitermachen. Was haben wir zum Fahrradkurier?«

»Zuletzt gemeldet Birkenstraße 30 in Moabit.« Oberkommissar Egon Beylich erhob sich zackig. »Wir haben die Wohnung bereits durchsucht. Offenbar war der Tote früher in der APO aktiv, sozialistischer Studentenbund und so weiter. Galt in den siebziger Jahren als aktiver Unterstützer der Bewegung Zweiter Juni.« Er sieht auf. »Das sind die …«

»… die den Lorenz* entführt haben«, nickt Palitzsch ergeben. »Und ich dachte, die Bande hätten wir schon vor zwanzig Jahren erledigt.«

»Das haben wir auch.« Beylich schob sich die Hornbrille auf die Nase und blätterte in seinen Unterlagen. »Aber einige von denen leben immer noch im Untergrund.« Er sah auf. »Möglich, dass es da noch Kontakte gibt. Zudem gehörte der Ermordete einem sozialen Netzwerk an, das sich um inhaftierte RAF-Genossen kümmert.«

»Mhm«, Palitzsch nickte nachdenklich, »dann haben wir eine Verbindung zur linksextremen Szene?«

»Einiges deutet darauf hin«, nickt Beylich, »wir sichten die Unterlagen noch genauer.«

»Wenn sich die Verdachtsmomente in dieser Hinsicht erhärten, sollten wir den Staatsschutz einschalten.« Palitzsch wandte sich wieder an den Spurensicherer. »Was haben wir zur Tatwaffe?«

»Nicht viel«, bedauerte Damaschke. »Bis auf ein gefundenes Projektil Kaliber .300 Winchester Magnum und die begründete Annahme, dass es sich um eine Präzisionswaffe mit Zielfernrohr gehandelt haben muss.«

»Können Sie das Projektil nicht genauer zuordnen?«

»Nicht wirklich.« Damaschke kratzte sich am Kopf. »Die Win Mag ist eine der weltweit am häufigsten verwendeten Patronen. Ein sehr gängiges Kaliber, lässt sich aus vielen Waffen verschießen. Das kann auch ein Jagdgewehr gewesen sein. Wir prüfen das noch.«

»Tun Sie das.« Der Kriminaloberrat wandte sich wieder den übrigen Ermittlern zu. »Ihr habt's gehört, Männer! Wir suchen einen Scharfschützen, einen sogenannten Profi. Und wir suchen nach Waffen, die solche Profis normalerweise benutzen. Präzisionswaffen mit Zielfernrohr. Was gibt es dazu auf dem schwarzen Markt? Wer bietet so was an, wer hat so was verkauft? Da muss es illegale Händler geben, Hehler und so weiter. Sicher haben wir dazu was in der Kartei – und dann nehmt euch die uns bekannten Kandidaten vor und mischt die Szene ordentlich auf. Verbreitet Unruhe, die müssen nervös werden. Und durchleuchtet das Leben dieses linksextremen Fahrradkuriers. Freunde, Verwandte, wir müssen alles über ihn wissen. – An die Arbeit, das war's!«

Die Ermittler erhoben sich geräuschvoll von den Stühlen und packten ihre Sachen zusammen. Nur Hünerbein nicht. Er ging zur Tür und versperrte dem Kriminaloberrat, der gerade im Begriff war, mit seiner Sekretärin den Raum zu verlassen, bräsig den Weg.

»Moment noch, Chef! Würden Sie mir bitte erklären, was das eben sollte?«

Palitzsch legte den kunstvoll ergrauten Kopf schief. »Was was sollte? Drücken Sie sich präziser aus, Hünerbein!«

»Wie Sie wünschen, Chef.« Es war ihm anzusehen, wie sehr er mit seinen Emotionen kämpfte. »Sie haben mich eben nach Strich und Faden vor der versammelten Mannschaft diskreditiert. Sie haben meine Autorität ganz bewusst untergraben.« Hünerbein atmete gepresst aus. »Und ich wüsste gern, warum.«

»Hünerbein, falls ich Ihre Gefühle als Ersten Hauptkommissar dieser Mordkommission tatsächlich ungebührlich verletzt habe«, blieb Palitzsch gelassen, »bitte ich das zu entschuldigen. Doch ich lasse mich nicht für blöd verkaufen. Die Sache mit der Tochter unseres leider heute nicht anwesenden Kollegen Knoop ist doch vorgeschoben.«

»Aber nein«, rief Hünerbein aufgebracht. »Warum sollte ich was vorschieben?«

»Keine Ahnung. Aber ich schlage mich mit Ihnen beiden nun schon seit über fünfzehn Jahren herum. Mir machen Sie nichts vor. Und seien Sie froh, dass mich inzwischen auch gar nicht mehr interessiert, was wirklich vorgefallen ist.«

»Dr. Palitzsch, Sie tun mir und dem Kollegen Knoop unrecht!«

»Tue ich das?« Palitzsch lächelte. »Dann täte es mir leid. Und sollte es Ihnen gelingen, die gewagte These vom Mordversuch an der Knoop-Tochter doch noch mit beweisfesten Fakten zu untermauern, dann lege ich vor Ihnen und Ihren Leuten einen Kotau hin, dass Sie sich um Ihre Autorität keine Sorgen mehr machen müssen. Versprochen. – So, und jetzt machen Sie den Weg frei« Er schob den verdutzten Hünerbein zur Seite: »Ich habe – genau wie Sie – noch zu tun.«

8 DIE ABSCHIEDSRITUALE bei den »Stoppelhopsern« gehen mächtig auf die Knie. Obgleich sich die Kinder ja am nächsten Morgen schon wiedersehen, wird jedes Mal ein Bohei gemacht, als sage man sich auf ewig Lebewohl. Immer, wenn ein Kind abgeholt wird, stellen sich alle im Kreis auf und singen *»Laurentia«*.

Wer nicht selbst Vater ist, wird es noch aus seiner eigenen Kindheit kennen, das ist dieses bescheuerte Lied, wo man bei jedem »Laurentia« und bei jedem Wochentag in die Hocke gehen muss. *»Lau-ren-tia, liebe Lau-ren-tia mein, wann werden wir wieder bei-sam-men sein: Am So-honn-tag.«* Nur dass statt »Laurentia« der Name des zu verabschiedenden Kindes gesungen wird. In meinem Falle also Liam und Zoé, Namen, die das Versmaß etwas durcheinanderbringen, aber das tut der Sache keinen Abbruch. *»Zo-é-hé, liebe Zo-é-hé mein, wann werden wir wieder bei-sam-men sein: Am Mi-hitt-woch.«* Denn das ist morgen. Dann werden kniebeugend die Wochentage bis Mittwoch aufgezählt. *»Ach, wenn es doch endlich schon Sonntag, Montag, Dienstag, Mittwoch wär, und ich bei meiner Zo-é-hé wär …«*

Alter Schwede! Für einen Mann mittleren Alters kann das schon zur Herausforderung werden, besonders freitags und wenn man Zwillinge hat. Alles muss man doppelt machen, denn nach der Zoé wird natürlich auch noch der Liam verabschiedet. *»Li-a-ham, lieber Li-a-ham mein …«* Das heißt in die Hocke gehen bis zum Abwinken. Mir jedenfalls zittern am Ende immer ziemlich die Knie.

Das Familienbild in Deutschland ist immer noch, und politisch durchaus gewollt, altruistisch gehalten, zumindest, was die Rolle der Frau angeht: Beruflich ist Pause angesagt, grundsätzlich soll eine Mutter in ihren Kindern aufgehen. Aus Gründen der Gleichberechtigung dürfen das jetzt auch Väter, aber wer macht sich schon gerne lächerlich.

Frauen dagegen, die trotz Kindern Karriere und somit uns Männern Konkurrenz machen wollen, gelten gerade in konservativen Kreisen als verdächtig, wenn nicht sogar als Rabenmütter. Mit dieser Haltung steht unser Land in Europa inzwischen ziemlich alleine da, denn selbst in katholisch geprägten Ländern wie Frankreich oder Spanien ist eine ganztägige Betreuung auch für Kleinkinder kein Problem. Die Mutti kann wie der Papa arbeiten gehen, und die Kinder sind versorgt. Die Geburtenraten steigen. In Deutschland dagegen sehen aufgrund fehlender Betreuungsplätze immer mehr Paare vom Kinderwunsch ab und entscheiden sich für eine rein berufliche Zukunft. Mit der Folge, dass seit Jahrzehnten immer weniger Kinder geboren werden. Unsere Renten sind längst nicht mehr sicher. Wer sich für beides, also Beruf und Kind, entscheiden will, muss sich eben selbst um eine entsprechende Betreuung kümmern.

So entstand in den siebziger Jahren das Kinderladenprinzip. Vor allem in den Großstädten tun sich Eltern zusammen, zahlen monatlich einen Beitrag in eine gemeinsame Kasse ein und mieten von dem Geld leerstehende Ladenwohnungen an, die kindgerecht renoviert werden. Zum Hof hinaus ein Tobe- und ein Ruheraum, daneben die Küche sowie ein Bad mit Windelecke, und im vormaligen Verkaufsraum ist genug Platz zum Spielen, Malen und Essen.

Heute gibt es Hunderte solcher Kinderläden in Berlin, viele mit recht exotisch anmutenden Erziehungsansätzen, mal antiautoritär, mal buddhistisch gefärbt, andere wieder schwören auf Ganzheitlichkeit und Anthroposophie. Selbst einen Nazikinderladen soll es in Berlin schon gegeben haben, in dem die Kleinen zu Frontkämpfern für die nationalistische Sache geformt werden sollten. Doch dann liefen Politik und Presse Sturm, und der Laden wurde wieder dichtgemacht. Obwohl mich schon interessiert hätte, wie viele der kleinen Nazigören am Ende tatsächlich zu echten Faschos geworden wären oder ob es da doch pubertär bedingte pazifistisch-internationalistische Abweichler gegeben hätte.

Wie auch immer: Kinderläden sind *en vogue*, und seit einigen Jahren beteiligt sich auch der Staat an dieser Form der privat organisierten Kinderbetreuung, indem er sie finanziell mit einem kleinen Beitrag unterstützt. Hilfe zur Selbsthilfe nennt sich das.

In der DDR hingegen gab es, ähnlich wie in Frankreich, ein flächendeckendes, aus dem Bildungsetat finanziertes staatliches Kinderbetreuungssystem. Auch die volkseigenen Betriebe unterhielten eigene Kindergärten für den Nachwuchs berufstätiger Mütter und Väter. Kinderkriegen war kein Problem, auch finanziell hatten Eltern keine Einbußen, ganz im Gegenteil: Es gab hohe Prämien für jedes Kind, zinslose Kredite und den gesetzlichen Anspruch auf ausreichend bezahlbaren Wohnraum. Doch nach dem Zusammenbruch der DDR gingen auch die VEBs mit ihren Kindergärten pleite, das staatliche Betreuungssystem wurde abgewickelt. Seitdem sind viele ehemalige Erzieherinnen ohne Job, was im alten Westberlin für reichlich Diskussionsstoff sorgt.

Bislang hatten hier die Eltern selbst im wöchentlichen Wechsel die Aufsicht über die kleinen Racker in den Kinderläden übernommen. Jetzt aber gibt es genug freie Fachkräfte aus dem Osten, die durchaus geeignet und in der Lage sind, die Vorschulerziehung unserer Kinder gerade auch in den privat geführten Läden zu professionalisieren. Soll man also Arbeitgeber werden? Zum Wohle unserer Kinder? Finanziell wäre das mit einer kleinen Beitragserhöhung machbar, zudem gibt es Fördermöglichkeiten aus diversen Strukturfonds des Landes, Lohnzuschussleistungen und Investitionszulagen für Kleinbetriebe, um Einstellungen zu fördern. Doch kann man die Kinder einfach in fremde Hände geben? In die Obhut irgendwelcher Osterzieherinnen, die womöglich propagandistisch geschult sind und aus unserem Nachwuchs kleine Kommunisten machen?

Man kann sie sich vorstellen, die nächtelangen Debatten der Kinderladeneltern im Berliner Westen. Da prallen Ideologien aufeinander, da gibt's Heulen und Zähneklappern, da werden bei viel Rotwein alle Eventualitäten zigmal durchdiskutiert.

Als Monika und ich Mitglieder im Elterninitiativkinderladen »Stoppelhopser« e.V. wurden, um ganztägige Betreuung für unsere Zwillinge zu bekommen, waren diese Schlachten Gott sei Dank längst geschlagen. Über die Kinder herrscht Uta, eine resolute Enddreißigerin aus Marzahn. Diskussionen mit den Eltern über Erziehungsfragen verbittet sie sich mit dem knappen Hinweis, »dass Sie Piloten ja auch nicht erklären, wie sie ihren Flieger zu steuern haben«. Jedem seine Profession und Ende der Debatte!

Manche Mütter leiden unter Utas kompromisslosem Regime. Mehr jedenfalls als die Kinder, die ihre sportlich taffe Erzieherin mit dem losen Mundwerk mehrheitlich lieben. Und ihr pädagogischer Ansatz scheint so falsch nicht zu sein. Wir stellen bei Liam und Zoé jedenfalls bald Erstaunliches fest. Mit Freude tragen sie ihre stets leergegessenen Teller zur Geschirrspülmaschine, sie trinken plötzlich begeistert Tee statt immer nur Apfelsaft und putzen sich mit erstaunlicher Gründlichkeit jeden ihrer allmählich wackeliger werdenden Milchzähne. Sie rennen nicht mehr blindlings über die Straße, sondern halten inne, schauen erst nach links und dann nach rechts, um sich zu vergewissern, dass kein Auto kommt. Alles Dinge, die wir ihnen zuvor vergebens versucht hatten beizubringen. Ein Jahr Uta und schon läuft alles wie am Schnürchen. Unsere Kinder erzielen erste Preise bei Malwettbewerben und Sportveranstaltungen, es gibt Lesungen mit Kinderbuchautoren, Tanzkurse mit Rappern und Ausflüge in die Kulissen der großen Theater. Schnell sind die »Stoppelhopser« der Geheimtipp im Kiez, wir können uns kaum noch retten vor Anfragen von Eltern, die ebenfalls Betreuungsbedarf für ihre Kinder haben.

Es war Utas Vorschlag, unserem Zivi Karl, einem hübschen Jim Morrison in spe, der nicht wusste, wie er sein Musikstudium finanzieren sollte, nach Beendigung des Zivildienstes einen Arbeitsvertrag anzubieten.

Seitdem haben wir zwei Erzieher: die resolute Uta und den smarten Karl, den die Kinder nur Musik-Karl nennen, weil er mit den Kindern vor allem singt. Ich nehme an, er ist auch für dieses dämliche *»Laurentia«* verantwortlich, aber er kann auch sämtliche Lieder von Rolf Zuckowski. Vermutlich macht er seine Sache gut, denn die Kinder sind ganz begeistert von ihm und trällern noch den ganzen Nachhauseweg von der *»Weihnachtsbäckerei«*, von *»Sommerzeit – Ferienzeit«* und von dem, was sie am meisten mögen, nämlich *»… ganz doll mich«*.

Überhaupt der Nachhauseweg: Kinder scheinen kein Zeitgefühl zu haben. Sie verstehen einfach nicht, dass es auch mal schneller gehen muss. Sie trödeln im Zeitlupentempo herum, wollen hier ein Eis und da mal gucken, und dann lockt da noch der Spielplatz an der Apostel-Paulus-Kirche.

Hier treffe ich Maren, eine sehr erfolgreiche Konzept-Künstlerin mit einer Vorliebe für lange, wallende Seidenstoffe und übergroße Sonnenbrillen. Maren ist gerade selbst auf dem Weg zu den »Stoppelhopsern«, um ihre auf die Namen Luna-Mae und Zack-Amadeus hörenden Kinder abzuholen.

»Hast du schon gehört«, fragt sie mich mit ernst umwölkter Miene, »es gibt Ärger mit Uta und Karl.«

»Echt?« Ich bin einigermaßen verblüfft, denn: »Davon war eben im Kinderladen nichts zu spüren.«

»Das wäre ja noch schöner, wenn die das vor den Kindern austragen würden.«

»Wieso?« Ich recke meinen Hals, da Liam und Zoé im Gebüsch am Rande des Spielplatzes verschwunden sind, um sich »eine Höhle« zu bauen. »Worum geht's denn?«

»Die können nicht miteinander.« Maren seufzt. »Kein Wunder. Uta ist einfach zu *heavy* für den armen Karl.«

»Ach, der soll sich nicht so haben«, winke ich ab. Karl ist zwar ein netter Kerl, hat aber keine Ahnung vom Leben. »Es ist ganz gut, wenn ihm mal jemand zeigt, wo's langgeht.«

»Das scheint Karl aber anders zu sehen.« Maren nimmt ihre Sonnenbrille ab und sieht mich mit zusammengekniffenen Augen an. »Hugo hat erzählt, dass Karl kündigen will.«

Hugo ist unser Vorstandsvorsitzender. Wie jeder Verein muss auch ein Elterninitiativkinderladen einen Vorstand haben, der über die Satzung und über die Finanzen wacht. Hugo ist Richter am Amtsgericht Schöneberg und somit für den Vorsitz geradezu prädestiniert. Maren ist auch im Vorstand. Sie überwacht das pädagogische Konzept. Pazifistisch muss es sein, frei von Ressentiments Andersartigen gegenüber, und, was das Mittagessen angeht, bio- und ökologisch einwandfrei. Nur der Jahreszeit angemessene Zutaten aus der Region. Eigens zu diesem Zweck wurde ein Vertrag mit einem kleinen Biobauernhof im Brandenburgischen geschlossen, der unsere »Stoppelhopser« mit frischen Waren beliefert. Lediglich das Fleisch kommt von Demeter, zum Ärger einiger Tierfreunde im Verein, die die Kost am liebsten auf Vegetarisch umstellen würden, sich aber bislang nicht durchsetzen konnten. Doch heiße Elternabende sind bei diesem Thema unausweichlich.

»Wenn Karl kündigt, müssen wir uns beizeiten nach einem geeigneten Ersatz umschauen.«

»Ich will aber nicht, dass Karl kündigt!« Auf Marens Stirn zieht eine veritable Gewitterfront auf. »Er ist eine Bereicherung für unsere Kinder. Ein idealer Gegenpol zu Uta. Er gleicht ihr schroffes Wesen wunderbar mit seiner Sanftheit aus, findest du nicht?«

»Aber wenn er doch zu sanft für Uta ist? So wie sich das für mich anhört, will er nicht mehr mit ihr.«

»Ja, so hört sich das an.« Maren atmet tief durch. »Ich werd noch mal mit ihm reden.«

»Du willst ihn umstimmen?«

»Unbedingt!« Maren nickt mir zu und stapft weiter Richtung Kinderladen.

Und meine Kinder? Wo sind die jetzt hin verschwunden?

»Liam! Zoé!«, brülle ich entsetzt, als ich sie gut fünfzehn Meter über dem Erdboden in einer der hohen Kastanien entdecke. Du lieber Gott, wie sind die bloß da raufgekommen?

»Papa, guck mal! Huhu!«

»Vorsicht! Nicht zappeln! Und ganz langsam runterkommen!«

Aber die Kinder denken nicht dran. Da gibt's ja noch Äste über ihnen, die noch erklommen werden müssen, ob Papa dabei nun einen Herzinfarkt bekommt oder nicht.

Es wird sechs Uhr, als wir zu Hause ankommen. Zu spät für ein ordentliches Abendbrot, aber die Kinder haben Hunger und wollen zu McDonald's. Ich lasse mich breitschlagen und spendiere als Ausgleich zur biologischen Vollwertkost im Kinderladen jedem einen Cheeseburger mit extra viel Käse, Coke und Pommes.

»Mhm, lecker! Mama geht nie mit uns zu McDonald's.«

Tja, Papa ist eben doch der Größte. Zumal es zu jeder Juniortüte, in Amerika nennen sie das Happy Meal, auch noch den üblichen Merchandising-Schnickschnack gibt, den Kinder so lieben. Mit einer bunten Plastik-Leeloo für Zoé und einem aufziehbaren Batman für Liam wird ein ganz normaler Dienstagabend fast wie Weihnachten.

Und halb sieben schließe ich endlich die Haustür auf. Ich will die Kinder gerade hineinlassen, als mir jemand die Hand auf die Schulter legt.

»'n Abend, Dieter!«

Erschrocken fahre ich herum. »Siggi!«

Es ist so eine Eigenart von ihm als altem Stasimann, stets irgendwo aus dem Nichts plötzlich aufzutauchen. Wahrscheinlich kann er das einfach nicht ablegen, denn er lächelt mich unschuldig an.

»Wollte dich nicht erschrecken, Dieter. Kann ich kurz mit raufkommen?«

Eigentlich nicht. Normalerweise würde ich ihn wegschicken, denn mit Siggi verbindet mich eine herzliche Abneigung, die nur zum Teil darauf beruht, dass er Monikas Exmann ist. Heute aber bin ich froh, dass er da ist.

»Nur, wenn du die Kinder hütest«, sage ich ihm, »ich muss noch mal weg.«

»Abgemacht!« Siggi strahlt. »Aber erst reden wir, in Ordnung?« Er wartet keine Antwort ab, sondern drückt eine Funkfernbedienung, die einen flotten, am Straßenrand geparkten offenen Zweisitzer kurz piepsen lässt und mit aufleuchtenden Blinklichtern verriegelt.

»Oha«, staune ich. »Neuer Wagen?«

»Ein BMW Z3«, nickt Siggi stolz, »das ist derselbe Roadster, den auch James Bond in seinem letzten Film fährt. – Ich weiß, du kannst dir so was nicht leisten. Aber als alter Geheimagent muss man so was einfach haben. Nun guck nicht so neidisch.« Er klopft mir gönnerhaft auf die Schulter und stiefelt an mir vorbei durch den Flur und die Treppen zur Wohnung hoch.

Dabei bin ich gar nicht neidisch. Höchstens ein bisschen. Aber so ist Siggi: leicht überheblich und immer eine Spur zu arrogant. Der Mann hat's einfach drauf, der wird es uns noch allen zeigen.

Vielleicht war es doch keine gute Idee, ihn mit raufzulassen.

9 WENIG SPÄTER sitzen wir am Küchentisch. Die Kinder ließen sich anstandslos ins Bett bringen, und Siggi hat eine Flasche Scotch mitgebracht. Einen zwölf Jahre alten Single Malt. Aberlour. Nicht schlecht. Das muss man dem Angeber lassen, was Genussmittel angeht, hat er einen exquisiten Geschmack. Überhaupt legt Siggi Wert auf teure Dinge, was man nicht nur an seinem neuen Wagen sieht. Er trägt ein lässiges, sicher maßgefertigtes Sommersakko, dazu Designerjeans und ein offenes italienisches Hemd. Seine Haare werden allmählich grau, was ihm gut steht. Die Haut ist angenehm gebräunt, die Brauen gezupft, die Nägel sorgsam manikürt. Vom Aufwand der Körperpflege her könnte Siggi sicher auch als Schwuler durchgehen. Aber seine Leidenschaft für Monika spricht dagegen. Sie sind seit über achtzehn Jahren geschieden, doch er liebt sie immer noch.

»Mehr denn je«, wie er beteuert, als er uns Whisky einschenkt und einen Spritzer Wasser dazugibt. »Berichtet sie noch von der Oderfront?«

»Ist heute zurückgekommen«, antworte ich. »Wegen Melanie. Sie hatte einen Unfall.« Ich sollte jetzt eher bei den beiden sein, als hier mit Siggi zu sitzen.

»Ein Unfall? Schlimm?« Natürlich bekommt er sofort eine besorgte Miene. Melanie ist zwar nicht seine leibliche Tochter – der Vater bin ja ich –, aber er hat die ersten Jahre während seiner Ehe mit Monika durchaus für das Kind gesorgt. Melanie selbst spricht immer von ihren »beiden unmöglichen Vätern«, und Siggi fühlt sich durchaus noch für sie verantwortlich.

»Sie kommt morgen wieder raus.«

»Raus?« Siggi wird unruhig. »Wo raus? Doch nicht etwa aus einer Klinik?«

»Sie war da nur zur Beobachtung. Und morgen ist sie wieder draußen.«

»Na, Mensch!« Siggi ist aufgesprungen und sieht theatralisch aus dem Fenster. »Und ich erfahre das so nebenbei?«

»Ich hätte dich jetzt angerufen. Vorher war keine Zeit. Wir waren ja auch in Sorge.«

»Natürlich.« Er wendet sich wieder mir zu, »natürlich«, und setzt sich zurück an den Küchentisch. »Wobei ist sie denn verunglückt?«

»Zusammenstoß mit einem Radfahrer.« Mehr muss er nicht wissen. »Aber ihr ist ja nichts Ernstes passiert.« Noch nicht, wenigstens. »Monika bleibt die Nacht über bei ihr.« Nervös sehe ich auf die Uhr. »Du wolltest mit mir reden. Worüber?«

»Trinken wir erst mal was.« Siggi hebt sein Glas. »Slainté!«

»Slainté!« Wir stoßen an. Der Aberlour ist ein kräftiger Highlander mit Karamell- und Pfirsich-Aromen und einem leichten Hauch von Bitterorangen. Sehr lecker. Das fühlt sich gut an nach so einem Tag.

»Ich habe etwas getan«, beginnt Siggi mit versonnenem Blick auf sein Whiskyglas, »was ich nie für möglich gehalten hätte. Also, meine Person betreffend, verstehst du?«

Nee. Gar nicht.

»Du weißt, Dieter, ich bin immer ein Mann von klaren Positionen gewesen, immer geradeheraus und von anständiger Moral …«

Ich muss lachen. Siggi, der Ex-Stasi-Offizier: immer geradeheraus und anständig – ein Superwitz!

»Von meinem Standpunkt aus war ich das wirklich. Du musst das mal aus meiner Sicht sehen. Und heute bin ich einen Schritt gegangen, der für mich bislang absolut unvorstellbar war …«

»Du hast mit dem Kommunismus gebrochen«, rate ich drauflos, »und bist in die CDU eingetreten?«

»Quatsch!« Siggi schüttelt den Kopf. »So weit bin ich noch nicht heruntergekommen. Ideale sind wichtig! – Doch was nützen sie, wenn dabei der Anstand den Bach runtergeht.« Er springt auf und wandert in der Küche umher. »Stell dir vor, es gibt Genossen, die würden alles für ihre Ideale tun. Die sind, mal bildlich gesprochen, einen Pakt mit dem Teufel eingegangen. Schon lange! Faust und Mephisto – der alte Klassiker! Aber das ist ein Weg, den«, er überlegt einen Moment und starrt mich groß an, »den ich unmöglich mittragen kann. Der nichts, aber auch gar nichts mit der Verteidigung unserer kommunistischen Idee zu tun hat, Dieter!« Eindringlich klopft er mit den Fingern auf den Tisch. »Da passieren Dinge, die sind, also, die sind absolut daneben, das ist, das ist …« Er sinkt kopfschüttelnd auf seinen Stuhl und sieht plötzlich resigniert aus. »Das ist alles nicht mehr tragbar für mich. Ich komme nicht mehr klar. Das ist nicht mehr die Welt, in der ich aufgewachsen bin …«

Jetzt geht das wieder los, denke ich. Monika hat mir davon erzählt, wie sehr Siggi an unserer Gesellschaft leidet, an unserer Demokratie, die zu einer Wertegemeinschaft skrupelloser Arschlöcher verkommen sei.

»Ich komme nicht mehr klar«, wiederholt er und trinkt seinen Whisky aus. »Nicht mehr nur mit dem Wandel nicht, mit dem Zusammenbruch der DDR, nein, es ist schlimmer – noch einen?« Er winkt mit der Whiskyflasche.

»Na gut.« Ich schiebe ihm mein Glas hin. Auf einem Bein kann man schließlich nicht stehen.

»Was ich sagen will, ist«, Siggi schenkt ein, »ich sitze zwischen allen Stühlen. Gefangen in alten Loyalitäten. Ich sehe zu, wie die Dinge aus dem Ruder laufen, und bin wie erstarrt.« Er hebt sein Glas, trinkt aber nicht. »Die Dinge stinken, aber ich rieche nichts mehr. Ich will nichts mehr riechen, obwohl ich kotzen könnte. – Alles klar?«

Nicht wirklich. »Du kommst mit dir selbst nicht mehr zurecht«, vermute ich und werfe noch einen verstohlenen Blick auf die Uhr. »Das ist das Problem.«

»Das ist mir noch nie passiert!« Siggi springt wieder auf. »Und weil es mir noch nie passiert ist, war es mir auch nicht klar. Ich habe lange gebraucht, um das endlich zu begreifen. Ja, ich bin das Problem. Und ich werde es lösen! Deshalb habe ich es getan!« Er lehnt am Fenster, sieht hinaus. »Ich habe es wirklich getan! Schöne Scheiße!«

Allmählich beginne ich, mir Sorgen zu machen. »Was hast du getan, Siggi?«

»Ich mach den Woody Allen!« Siggi lacht bitter auf. »Unglaublich, was? Aber ich sehe für mich keinen anderen Ausweg mehr. Du, die haben da auch keine Couch, sondern nur einen Sessel. Den man in Liegeposition schieben kann.«

Ich verstehe kein Wort. Er macht den Woody Allen? Was soll das denn heißen?

»Analyse«, hilft mir Siggi auf die Sprünge, »ich gehe jetzt zum Psychologen! Ich weiß nicht, ob's hilft, aber ein Versuch kann nicht schaden …«

Jetzt falle ich vor Lachen wirklich fast vom Stuhl. Siggi geht zum Psychologen, das ist ja nicht zu fassen! Ausgerechnet der! Da bin ich ja mal gespannt, wer dann am Ende wirklich mit den Nerven fertig ist. Doch wohl eher der Psychodoktor – ich schmeiß mich weg!

»Ja, jetzt lachste! Hahaha«, macht Siggi enttäuscht, »ich will dir mein Herz öffnen, meine verletzte Seele, und du lachst. Hätte ich mir ja denken können. Du bist und bleibst eben ein oberflächliches Arschloch. Statt dass du mal darüber nachdenkst, was für ein großer Schritt das für mich war. Dass du mal honorierst, dass ich an mir arbeiten, dass ich mich womöglich verändern will …«

»Toll«, wiehere ich, »doch, find ich gut. Ganz großartig finde ich – hihihi – das …« Ich kann nicht weitersprechen, da mein blödes Handy drauflospiept. Kichernd ziehe ich es hervor und halte es mir ans Ohr: »Kn-hihihi-hoop?«

»Hihihi-Hünerbein«, kommt es schroff aus dem anderen Ende der Leitung, oder muss man heute sagen, vom anderen Ende der Funkwelle? »Was ist denn so spaßig? Geht's Melanie besser?«

Das will ich hoffen. »Sie hat mir von einem Ludger erzählt. Der könnte ein Motiv haben. Sie hat ihm einen Korb gegeben.«

»Klar, ich hab auch immer alle Mädels erschossen, die nicht so wollten wie ich. Das ist eine ganz normale Reaktion. Dass ich da noch nicht drauf gekommen bin.«

Den Spott kann er sich sparen, denn: »Vielleicht ist der Kerl nicht normal?«

»Durchaus nicht. – Ludger, sagst du?«

»Genau.«

»Gut, dann vergiss den jetzt mal! Wir treffen uns im Restaurant Wartburgstraße 19. Und zwar subito!«

»Ich hab schon gegessen, Harry. Außerdem will ich zu Melanie, Monika ist jetzt ganz allein da mit ihr im Krankenhaus, und ich will nicht …«

»Herrgott, da wird kein Killer kommen!« Hünerbein scheint mies gelaunt. »Das hat mir Palitzsch vorhin sehr nachdrücklich ausgeredet. Deine Tochter ist aus der Schusslinie. Sie wird nicht bedroht. Und nun komm aus der Hüfte, ich warte!« Damit legt er auf. Widerspruch zwecklos.

»Musst du weg?« Siggi überlegt, ob er sich einen dritten Whisky genehmigt.

»Ja«, nicke ich, »leider. Dabei war es gerade so interessant mit dir.«

»Um nicht zu sagen lachhaft.« Er ist beleidigt. »Kannste mir ruhig sagen: Du findest mich lachhaft. Lächerlich. Albern.«

»Nein, gar nicht«, beteuere ich, »es kommt nur so überraschend.« Ich nehme meine Jacke. »Wir reden morgen weiter, okay? Und pass auf die Kinder auf! Die müssen nachher noch mal aufs Klo. Leihste mir deinen Wagen?«

»Wieso? Ist deiner kaputt?«

»Das nicht. Aber vielleicht will ich auch mal James Bond spielen.«

»Besser nicht. Der macht die Autos immer kaputt.« Siggi wirft mir trotzdem lässig seine Autoschlüssel zu. »Du lässt meins unversehrt, klar?«

»Aber sicher doch.« Ich grinse ihm zu. Manchmal kann Siggi doch ganz nett sein. Es sind seltene Momente, aber immerhin. »Vielen Dank!«

Freude am Fahren. Dieser Werbeslogan trifft es voll und ganz. Siggis kleiner Bond-Roadster liegt wie ein Brett auf der Straße. Mit dem Hintern ganz dicht am Asphalt, ein satt röhrendes Triebwerk unter der langen Haube und eine so direkte Beschleunigung, dass man sich fühlt wie weiland Brauchitsch auf der AVUS. Das ist Purismus, Autofahren pur. Es geht die Akazienstraße hoch zur Hauptstraße, denn die ist zweispurig, da kann ich ordentlich Gas geben, wenn die Ampeln auf Grün schalten.

Aus dem Autoradio dudelt *»Lovefool«* von den Cardigans: *»Love me, love me! – Say that you love me! – Fool me, fool me! Go on and fool me … – I can't care 'bout anything but you.«*

An der Dominicus rechts, die Reifen sirren, Salzburger links, und schon bin ich da. Wartburgstraße 19, ein offenbar erst kürzlich saniertes und um die Jahrhundertwende errichtetes repräsentatives Eckhaus mit einem Restaurant im Parterre. Wahrscheinlich denkmalgeschützt. Ich habe genau drei Minuten und sechsunddreißig Sekunden gebraucht und einen entsprechenden Herzschlag. Siggis Karre macht Spaß. Ich verstehe überhaupt nicht, warum er einen Psychologen braucht, wenn er so einen Wagen fährt. Da verfliegt doch jede Depression im Nu.

»Was'n das fürn Frauenauto?« Hünerbein schüttelt missbilligend den Kopf. »Hat er auch 'ne Blondinen-Einparkhilfe?«

»Das ist ein Roadster«, erkläre ich ihm. »James Bond fuhr den in seinem letzten Film.«

Hünerbein winkt ab. »Keine zwei Minuten lang, ich hab den Film auch gesehen. Meistens fuhr er wie immer seinen Aston Martin. Und unter einem echten Roadster stelle ich mir einen MGA vor oder einen Morgan.« Abfällig blickt er auf den BMW. »Nicht so ein auf Retro gestyltes Beautycase.« Er zieht mich am Arm mit sich fort. »So, und jetzt will ich dir mal was zeigen.«

Wir öffnen die kunstvoll verzierte Tür zur Hausnummer 19 und steigen die Treppen hoch. Sie sind mit grauem Papp- und Zeitungspapier bedeckt, offenbar wird noch renoviert. Farb- und Mörtelspuren deuten darauf hin.

»Der Eigentümer wollte das Dach ausbauen lassen«, sagt Hünerbein. »Aber dann gab es wohl Probleme mit der Baugenehmigung, und ihm ist das Geld ausgegangen. Seitdem ruhen die Arbeiten.« Er stößt eine alte Stahltür auf und lässt mich eintreten.

Baustellenatmosphäre: An der Wand sind Rigipsplatten gestapelt, teilweise wurden die alten Holzverstrebungen entfernt und durch Stahlträger ersetzt. Ein paar Plastikeimer mit vertrockneter Farbe stehen herum, auf Böcken ruhen Dielenbretter, der Boden ist mit Sägespänen bedeckt.

»Kann hier jeder rein?«

Hünerbein nickt. »Ich habe mit dem Hauswart gesprochen. Für hier oben gibt es schon lange keinen Schlüssel mehr.«

»Aber die Haustür unten ist normalerweise zu?«

»Ja, aber du weißt ja, wie das ist. Da klingelt man halt überall mal durch. Irgendwer macht immer auf.« Er stößt ein Dachfenster auf. »Hier muss sich der Killer postiert haben. Aber Vorsicht, die Spusi hat überall ihr schwarzes Pulver verteilt.«

Das sehe ich. Damit nehmen sie Fingerabdrücke ab. »Haben sie was gefunden?«

Hünerbein schüttelt den Kopf. »Die analysieren noch. Aber ich denke, Profis hinterlassen keine Spuren.« Er reicht mir ein Fernglas. »Sieh mal da durch!«

Tatsächlich hat man von hier oben freie Sicht die gesamte Salzburger Straße hinunter und über den John-F.-Kennedy-Platz. Allerdings strömt viel Verkehr über die Kreuzung. Immer wieder versperren Doppeldeckerbusse und Lastwagen den Blick durchs

Fernglas auf die Belziger Straße. Dabei ist es schon nach halb acht Uhr am Abend. Nicht auszudenken, was hier morgens während der Rushhour los ist. Und an der Ecke zur Martin-Luther-Straße stehen drei Bäume, die die Eingangstür zur Belziger 75 komplett verdecken. Das lässt nur einen Schluss zu. Ich setze das Fernglas wieder ab.

»Er kann nicht jemandem aufgelauert haben, der aus dem Haus kommt.«

»Wegen der Bäume«, nickt Hünerbein, »so weit war ich auch schon. Der Radfahrer kam von links und muss, nachdem er getroffen wurde, noch zwei, drei Meter weitergefahren sein, bevor er von hier aus gesehen hinter den Bäumen vom Rad und Melanie in die Arme fiel. Das ist die einzige Möglichkeit.«

Immerhin. Auf Melanie wurde nie gezielt. Das ist schon mal die halbe Miete. Ich bin erleichtert.

Aber wen wollte der Schütze dann treffen? Wirklich den Fahrradkurier? Wenn er von links kam, muss er hinter der Ecke des Hauses an der Martin-Luther-Straße hervorgekommen sein. Doch schon fünf, sechs Meter weiter sind die Bäume im Weg. Zudem stört der Verkehr auf der Martin-Luther-Straße. Immer wieder fahren Doppeldeckerbusse durchs Bild. Das haut doch nicht hin! Nur wenn dieser Fahrradbote mit der Präzision eines Uhrwerks unterwegs gewesen wäre, wenn er jeden Morgen exakt zur selben Zeit hinter der Hausecke hervorgeradelt käme, um keine Sekunde später wieder hinter den Bäumen am Straßenrand zu verschwinden, hätte der Schütze die Möglichkeit zu einem gezielten Treffer gehabt. Vorausgesetzt, der Verkehr auf der Kreuzung käme im selben Moment komplett zum Erliegen und kein Bus im Bild, kein Lkw, nichts. Mit anderen Worten: Um den Fahrradkurier auf diese Distanz gezielt ermorden zu können, hätte es jede Menge begünstigender Voraussetzungen – man kann auch sagen, Zufälle – geben müssen. Doch welcher Profi verlässt sich auf Zufälle?

»Du hattest recht.«

»Immer.« Hünerbein steckt sich eine Roth-Händle an und tritt neben mich. »Womit hatte ich denn recht?«

»Der Fahrradkurier war nicht das Ziel. Unser Schütze muss etwas anderes im Visier gehabt haben.« Konzentriert schaue ich durch das Fernglas. Zwischen den Bäumen am Straßenrand und dem Eckhaus an der Martin-Luther-Straße steht ein Fenster im Parterre der Belziger 75 offen. Es gehört zu Kawelkas Büro. Deutlich kann ich das grüne Telefon auf dem Schreibtisch des Lokalreporters sehen. Kann es sein, dass der alte Fritz Kawelka auf der Abschussliste unseres Täters stand?

»Harry«, ich gebe ihm das Fernglas zurück, »ich glaube, wir sollten uns da unten noch mal umsehen.«

Wenig später stehen wir vor Kawelkas kleiner Ladenwohnung und klingeln.

Aber der Reporter öffnet nicht. Merkwürdig. Durch das geöffnete Fenster draußen kann jeder einsteigen. Fritz Kawelka hätte es geschlossen, bevor er den Laden verlässt. Der lässt normalerweise sogar die Jalousien runter, wenn er aus dem Haus geht.

»Hier ist was faul«, findet auch Hünerbein, und wir gehen wieder auf die Straße.

»Herr Kawelka«, rufe ich durchs offene Fenster hinein. »Herr Kawelka, sind Sie da?«

Keine Antwort.

»Ich schau mal nach.«

Hünerbein raucht schon wieder und sieht zu, wie ich über die Fensterbank in Kawelkas Büro steige.

Nichts deutet auf etwas Ungewöhnliches hin. Der Computer ist eingeschaltet, offenbar schrieb der Reporter gerade an irgendeinem Artikel, bevor er … – Ja was? – … Zigaretten holen ging? Dann müsste er gleich zurück sein.

Ich gehe in den kleinen Flur, der das Büro von der Küche und der Wohnungstür trennt. Auch hier ist nichts.

In der Küche steht eine angefangene Tasse Kaffee, er ist längst kalt. Eine Morgenpost liegt aufgeschlagen auf dem Tisch, der Lokalteil, für den auch Kawelka schreibt.

Ich öffne die Tür zur Speisekammer. Hier stehen zwei Kästen

Bier, einer mit leeren Flaschen, der andere noch halb voll, und ein Kühlschrank, in dem vor allem Kodak-Filme lagern. Das hat er mir mal im Hausflur erzählt. Dass man Farbfilme kühl lagern soll, dann halten sie besser. Ich hatte ihm von Monikas neuer Digitalkamera vorgeschwärmt, doch Kawelka wollte davon nichts hören. Die besten Fotos mache man immer noch analog.

Ich verlasse die kleine Küche wieder und bemerke erst jetzt eine weitere schmale Tür, wie für eine Kammer. Wahrscheinlich das Klo. Kurzerhand ziehe ich sie auf.

Kawelka hockt auf den Knien, den Kopf hat er über der Toilettenschüssel, als müsse er sich übergeben.

Doch da kommt nichts mehr.

Kawelka ist tot.

Stranguliert. Vermutlich mit einer feinen, aber sehr festen Schlinge. Sie hat tiefe und blutige Spuren im Hals des Reporters hinterlassen.

10 »DRAHT«, stellt Dr. Hubertus Graber, unser Rechtsmediziner, eine knappe Stunde später fest. »Der Mann wurde mit Draht erdrosselt, höchstens einen Millimeter stark.«

Wir stehen vor dem Haus, denn Damaschke hat mit seinen Spurensicherern die Wohnung noch nicht freigegeben. Lediglich Graber durfte schon mal ein Auge auf die Leiche werfen. Inzwischen ist es dunkel geworden, es regnet wieder leicht, und das blinkende Blaulicht der Streifenwagen spiegelt sich auf dem nassen Asphalt.

»Hat er sich gewehrt?«

»Kaum.« Graber schüttelt den Kopf. »Wenn man unverhofft von hinten mit so einer Drahtschlinge angegriffen wird, hat man nicht mehr viele Möglichkeiten. Die Luft bleibt weg, automatisch greift man sich an die Kehle, um die Schlinge loszuwerden. Aber man fängt keinen Kampf mit dem Angreifer an, wenn Sie das meinen.«

Was geht hier vor, frage ich mich immer wieder, was für eine Sache läuft hier? Kawelka war Lokalreporter. Der hat von neu eröffneten Einkaufszentren berichtet, vom Schöneberger Kürbisfest, von Stolpersteinen und Kiezgärten. Warum wird so einer umgebracht? Von einem Killer?!

»Der wird an irgendeiner Sache dran gewesen sein«, vermutet Hünerbein. »Ich meine, wir sind zwar hier im herrlichen Schöneberg, aber auch hier gibt es Gangster, die sich nur ungern in die Karten schauen lassen. – Denk an Enzo!«

Enzo, nicke ich, das wäre eine Möglichkeit. Der alte Emigrante ist schon seit Jahrzehnten eine feste Größe in der Berliner Unterwelt. Bislang haben wir ein Stillhalteabkommen. Doch das gilt nur, solange sich der Clan aus San Luca auch ruhig verhält. Ein Mordfall würde alles verändern. Und normalerweise lösen die Calabrese ihre Probleme geschickter. So, dass die Polizei nichts davon mitbekommt.

»Todeszeitpunkt?«

»Circa vor acht, neun Stunden«, Graber sieht auf die Uhr, »also vormittags so gegen zehn.«

»Da haben wir doch hier ermittelt«, rege ich mich auf, »da war hier alles voller Polizei! Und dann marschiert da so einfach der Killer rein? Wie soll das gehen?«

»Das, mein lieber Herr Kollege Hauptkommissar, müssen Sie schon selbst herausfinden.« Graber lächelt und zieht sich seine Gummihandschuhe aus. »Ich bin hier nur für die Toten zuständig. Wenn Sie mich jetzt entschuldigen würden – vielen Dank!«

»Ihnen auch.« Hünerbein teilt Zigaretten aus. »Wenigstens wissen wir jetzt, wen unser Killer tatsächlich treffen wollte.«

»Sicher?« Kriminaloberrat Dr. Edmund Palitzsch tritt heran und hebt mahnend den Zeigefinger. »Nicht schon wieder voreilige Schlüsse, bester Hünerbein. Vielleicht haben wir es ja mit zwei voneinander völlig unabhängigen Verbrechen zu tun.« Er wendet sich mir zu und drückt mir mit einem »Schön, dass Sie auch mal wieder zum Dienst gefunden haben« die Hand.

»Ich bin schon den ganzen Tag im Dienst«, verteidige ich mich, »ich war heute Morgen der Erste hier am Tatort!«

»Und Sie konnten den armen Reporter trotzdem nicht retten.« Palitzsch hebt bedauernd die Schultern. »Na ja, vielleicht war er ja da auch schon tot.«

»War er nicht!« Fassungslos haue ich mir gegen die Stirn. »Na, Mensch, ich hab den doch heute Morgen noch gesehen!«

Hünerbein und Palitzsch sehen mich interessiert an.

»Der wollte natürlich wissen, was hier vor seiner Bude passiert ist.« Ich bin außer mir. »Der hat den toten Fahrradboten fotografieren wollen.«

»Ja und?« Palitzsch und Hünerbein warten. »Hat er?«

»Keine Ahnung. Er wurde, glaube ich, von den Polizisten daran gehindert. Auf jeden Fall hat er sich ziemlich aufgeregt. Von wegen Pressefreiheit und so.«

»Das spricht eher dafür, dass er noch kein gelungenes Foto im Kasten hatte«, vermutet der Kriminaloberrat. »Sonst hätte er sich still und leise verzogen und die Bilder meistbietend an die Boulevardpresse verhökert.«

»Und dann«, fragt Hünerbein, »was war dann? Ist er wieder in sein Büro gegangen oder was?«

»Ja«, nicke ich, »so eine Psychotante hat ihn wieder reingebracht.«

»Was für eine Psychotante?«

Woher soll ich das wissen? »Sie wirkte wie eine Kollegin vom polizeipsychologischen Betreuungsteam.« Ich starre die Kollegen an. »Hatten wir heute Morgen überhaupt jemanden vom Psychologischen Dienst vor Ort?«

»Nicht, dass ich wüsste.« Palitzsch schüttelt den Kopf. »Aber das sollten wir noch mal überprüfen.«

»War die denn uniformiert?«

»Natürlich nicht. Aber sie wirkte irgendwie kompetent. Harmlos. Eine resolute ältere Dame, so'n Inge-Meysel-Typ.«

»Na gut.« Palitzsch lacht heiter drauflos. »Ich glaube nicht, dass Inge Meysel hier irgendwelche Reporter umbringt. Obwohl: Vielleicht hatte er ja kompromittierende Fotos von ihr – hahaha!«

»Beylich!« Hünerbein ruft den Oberkommissar heran. »Checken Sie mal, ob hier heute Morgen jemand vom Polizeipsychologischen Dienst im Einsatz war. Eine ältere Dame oder so.«

»Vielleicht war sie auch von der Pressestelle«, setze ich hinzu, »jedenfalls sah die nicht wie eine Killerin aus.«

»Wie sieht denn Ihrer Meinung nach eine Killerin aus?« Palitzsch hebt schon wieder den Zeigefinger. »Wie Ulrike Meinhof? Oder doch eher wie Gudrun Ensslin? Sah Susanne Albrecht wie eine Terroristin aus? Oder Brigitte Mohnhaupt? Das waren doch alles recht hübsche Mädels, oder? Die hätten wir uns alle eher auf Frühlingswiesen beim Schmetterlinge-Fangen vorgestellt. – Apropos Terror: Prüfen Sie mal die Kontakte dieses Kawelka. Vielleicht war der ja auch mal linksextrem aktiv. – Meine Herren!« Er verabschiedet sich.

»Sicher doch.« Ich sehe ihm nach. »Das Böse kommt immer von links.«

»Nichts.« Jürgen Damaschke stapft niedergeschlagen in seinem weißen Ganzkörperoverall heran. »Da ist absolut nichts.«

»Keine Spuren?«

»Spuren gibt's immer.« Er setzt sich die Kapuze ab. »Nur nicht von unserem Täter. Wer auch immer den Reporter erdrosselt hat, er war sehr gründlich. Zumindest auf den ersten Blick hat er nichts hinterlassen. Nicht mal ein Haar haben wir gefunden, keine Hautfetzen, von Fingerabdrücken ganz zu schweigen.«

»Und auf den zweiten Blick?«

»Da fragt mich morgen noch mal. Bis dann!« Er stiefelt von dannen.

Ich rufe ihm nach: »Können wir jetzt rein?«

»Ja, bitte«, er macht eine Geste, ohne sich umzusehen, »nur zu, macht euren Job! Ich bin fertig da drin.«

Wir wollen den Hausflur betreten, müssen aber erst den Leichenwagenfahrern Platz machen, die eben den grauen Plastiksarg mit dem toten Kawelka heraustragen. Dann schieben wir uns an den neugierig guckenden Hausbewohnern vorbei in die Ladenwohnung des Journalisten. Sie sieht noch immer aus, als habe ihr Bewohner sie nur kurz zum Zigarettenholen verlassen. Nur im Flur und dem Klo sieht man die Arbeit der Spurensicherer. Schwarzes Pulver an den Wänden, teilweise haben sie eine Flüssigkeit versprüht, die mit Hilfe von ultraviolettem Licht kleinste Zellpartikel sichtbar machen kann. Schuppen von Haaren etwa, feine Hautabschürfungen, Blutspuren und Schweiß.

In der Küche liegt noch immer die Morgenpost aufgeschlagen neben der Tasse mit kaltem Kaffee.

Im Büro surrt der Computer. Er hat sich selbsttätig in einen stromsparenden Stand-by-Modus geschaltet, springt aber sofort wieder an, sobald man nur die Maus bewegt.

Früher, als ich noch in diesem Haus wohnte, hat mir Kawelka oft erzählt, dass er gerne mal investigativ tätig gewesen wäre, einer von den ganz großen Journalisten, die Skandale aufdecken und Staatsaffären auslösen. Aber nun sei er zu alt und das Kiezleben aufregend genug.

Hat er sich auf seine alten Tage vielleicht doch noch mal an die ganz große Story gewagt? Und ist er dabei jemandem auf die Füße getreten?

Ich setze mich an seinen Schreibtisch, studiere den Text, an dem er gerade arbeitete. Es geht um eine Debatte der Bezirksverordnetenversammlung zur Umgestaltung des Heinrich-Lassen-Parks. Ein anderer Artikel setzt sich kritisch mit den Vergabekriterien der öffentlichen Hand bei der Sanierung des U-Bahnhofs Rathaus Schöneberg auseinander, aber bringt man deshalb jemanden um?

Und wer war die Frau, die den Kawelka zurück in seine Wohnung brachte? – Die gesuchte Killerin?

»Sie hatte einen City Bag«, sage ich laut.

»Wie bitte?« Hünerbein studiert Kawelkas Tischkalender und sieht fragend auf.

»Die Frau, meine ich. Die trug so einen kleinen Rucksack. Daran erinnere ich mich.«

»Farbe?«

»Braun.« Ich überlege. »So schwarz-braun, unauffällig.«

»Mhm.« Hünerbein wendet sich wieder dem Kalender zu. »Sagt dir ›Four Roses‹ etwas?«

»Klar.« Ich zeige auf eine halb volle Flasche, die neben Kawelkas Computermonitor steht. »Das ist ein Bourbon. Kann man trinken, vor allem den Black Label.«

»Du meinst, der hat in seinem Kalender notiert, wann er wieder einen Schluck aus der Pulle nehmen darf?«

»Steht das da drin?«

»Ja.« Hünerbein zeigt es mir. Es gibt nur einen Termin für den heutigen Tag in Kawelkas Kalender: »Four Roses, elf Uhr«.

»Bisschen früh fürn Drink, oder?«

»Nicht um elf Uhr abends.«

Trotzdem scheint es mir absurd. Ich gucke doch nicht in meinen Kalender, wann ich saufen darf. »Moment mal: ›Four Roses‹ … Hieß Daisys Laden nicht so?«

»Du meinst den Puff?«

»In der Albertstraße.« Jedenfalls hat der vier kunstvolle Rosen auf den stets geschlossenen Jalousien.

Hünerbein sieht auf die Uhr. »Du, das schaffen wir noch. Los, komm!«

11 EIN WOLKENBRUCH ergoss sich über die Stadt. Das Wasser gurgelte in Rinnsteinen und Gullis und pladderte so laut auf das Dach der Telefonzelle am Adenauerplatz, dass sich Tante Tilly ein Ohr zuhalten musste, um ihren Auftraggeber zu verstehen. Er war alles andere als zufrieden.

»So hatten wir uns das nicht vorgestellt«, monierte er. »Was ist los mit Ihnen? Wir wollten kein Aufsehen. Und was haben wir? Ein riesiges Polizeiaufgebot und ein völlig unbeteiligtes Opfer.«

Was sollte Tante Tilly dazu sagen? Manchmal wird aus einem sauberen ein schmutziger Job. Seltene Zufälle sind das, aber sie kommen vor. Ärgerlich und nicht zu vermeiden.

Der Plan jedenfalls war gut und präzise ausgearbeitet. Das Ziel war jeden Morgen pünktlich in seinem Büro und öffnete als Erstes die Fenster, um frische Luft hereinzulassen. Um es – also das

Ziel – ins Fadenkreuz zu bekommen, musste man nur anrufen. Das Telefon war immer im Schussfeld, und das Ziel als Journalist beruflich daran gebunden, jeden Anruf anzunehmen. Jeden! Das hatte Tante Tilly lange gecheckt. Klingelte das Telefon, ging das Ziel ran. Und das Telefon auf dem Schreibtisch hinter dem geöffneten Fenster im Parterre war stets im Visier. Man brauchte nur anzurufen, warten, bis das Ziel den Hörer nahm, und dann: Baff!

Dass einem dabei plötzlich ein Fahrradbote in die Schusslinie geradelt kam, war unvorhersehbar. Pech, sozusagen. So etwas ist nicht schön, aber ein Profi muss auf alles gefasst sein.

Tante Tilly hatte zügig ihre Präzisionswaffe zusammengeklappt, Lauf und Dreibein abgeschraubt und alles sorgfältig in den eigens dafür präparierten Sportrucksack gepackt. Waffen muss man behutsam behandeln. Jedes Teil hatte sein eigenes Fach im City Bag. Besonderes Augenmerk bekam wie immer das Präzisionsfernrohr mit der Zieloptik. Es wurde in Samt eingeschlagen und kam in eine stoßfeste Seitentasche, damit es beim Transport durch die Stadt keinen Schaden nahm.

Tante Tilly warf noch einen Blick durch das Dachfenster. Binnen kürzester Zeit hatten sich in der Belziger Straße aufgeregte Passanten um den toten Fahrradkurier versammelt. Einige telefonierten aufgeregt mit ihren Handys. Und wie immer, wenn man sie nicht brauchte, waren auch sofort Streifenwagen zur Stelle. Zwei blutjunge Polizisten drängten die Leute zurück, einer sprach hektisch in sein Funkgerät. Ein zweiter Streifenwagen stoppte und ein dritter. So, als wären just an diesem Morgen sämtliche Polizeiautos der Stadt in unmittelbarer Nähe des Rathauses Schöneberg unterwegs gewesen.

Nun hieß es: improvisieren. Denn das eigentliche Ziel lebte ja noch, der Auftrag war noch nicht erfüllt. Und Tante Tilly lebte von ihrem Ruf, Jobs auch unter widrigsten Umständen zu erledigen. Selbst, wenn es dabei schmutzig wurde.

Faktencheck: zu viel Polizei vor Ort. Das machte die Sache schwierig. Ein Vorteil war die Verwirrung, die dort unten herrschte. Anders als Tante Tilly wussten die Bullen nicht, was vor sich ging, und diesen Umstand galt es zu nutzen. Und zwar sofort!

Der Blick in den Spiegel zeigte eine unauffällige Mittvierzigerin mit einem Dutt. Etwas zu unscheinbar, wie Tante Tilly fand. Sie öffnete den Dutt, das Haar fiel ihr über die Schultern, und wechselte die Maske. Latex, wie sie Schauspieler benutzen. Tante Tilly besaß Dutzende solcher Masken. Alle selbst gefertigt, wozu hatte sie schließlich Maskenbildnerin gelernt? Sie wählte eine Maske, die sie mindestens zwanzig Jahre älter machte, und tat noch etwas Rouge auf, Kajal für die Augen und einen dezenten Lippenstift. Mit einem Spray färbte sie sich anschließend auch das Haar grauer und prüfte das Ergebnis im Spiegel. Schon besser. Tante Tilly öffnete ihren Mantel, legte sich einen Seidenschal locker um den Hals, und schon war aus der unscheinbaren Mittvierzigerin eine selbstbewusste ältere Dame von dezenter Eleganz geworden, die durchaus mit jungen Streifenpolizisten umzugehen verstand.

»Geht es Ihnen gut? Zeigen Sie mir Ihre Augen! Bleiben Sie professionell!« So nahm sich Tante Tilly die aufgeregten Beamten am Tatort vor. »Kümmern Sie sich um die Passanten und sperren Sie den Tatort weitläufiger ab, damit die Ermittler ihre Arbeit tun können. Haben Sie die Spurensicherung verständigt? Die Mordkommission? – Gut!«

Niemand fragte, wer sie war. Im Gegenteil, die jungen Polizisten waren froh, dass es sie gab. Eine Autorität, die wusste, was zu tun war.

»Und achten Sie darauf, dass keine Fotos vom Toten geschossen werden. Danke!«

Vereinfacht wurde das Problem vor allem dadurch, dass auch das Ziel auf die Straße gelaufen war, um Bilder zu machen. Ein kleiner Lokalreporter, der sich lautstark auf die Pressefreiheit berief, als ihn die Polizisten beiseitedrängen wollten. Tante Tilly ging dazwischen.

»Ich kümmere mich um den Mann. Machen Sie Ihre Arbeit! – Sind Sie akkreditierter Journalist?«, wandte sie sich an ihr Ziel.

»Ich berichte für die Mopo. Ich habe ein Recht …«

»Sicher haben Sie das«, beschwichtigte ihn Tante Tilly, »das will Ihnen auch niemand nehmen. Nur, um herauszufinden, was hier gerade passiert ist, müssen die Beamten erst mal ermitteln. Sie können sich später gern an die Pressestelle des Berliner Landeskriminalamtes wenden. Oder aber …« Bis hierhin hatte sie ihn erfolgreich zur Haustür zurückgedrängt. »… Sie halten sich vorerst an mich.«

»Wieso? Wat wissen Sie denn?«

»Im Zweifel mehr als Sie. – Gehen wir?«

Danach ließ er sie in sein Büro, was sein Todesurteil war. Denn kaum hatte Tante Tilly die Tür der kleinen Ladenwohnung hinter sich geschlossen, zog sie den Würger hervor. Eine kleine, sehr effektive Drahtschlinge, die sie sich selbst gebastelt hatte. Mit breiten Lederriemen als Griff, um besser zuziehen zu können. Wem Tante Tilly diese Schlinge hinterrücks erst mal umgelegt hatte, der war verloren. Der dünne Draht schnitt sich sofort tief ins Fleisch. Die Angegriffenen fassten sich daher immer an den Hals, anstatt sich effektiv zu verteidigen. Dazu ein kräftiger Stoß mit dem Knie in den Rücken des Ziels, damit es zu Boden ging. So kam dann auch die Schwerkraft zum Tragen, und die Sache war erledigt.

Diesmal stieß Tante Tilly das Ziel in Richtung Klo, denn das lag günstig direkt gegenüber der Eingangstür, somit blieben die Wege kurz. Es hat keinen Sinn, um ihr Überleben kämpfende Ziele noch kreuz und quer durch die Wohnung zu schleifen. Je kürzer die Wege, desto weniger Spuren.

Spuren waren fatal. Immer. Das Problem im Zeitalter der DNA-Analyse war, dass man fast immer welche hinterließ. Deshalb bevorzugte Tante Tilly Distanzlösungen. Die waren sauber. Das Mittel Drahtschlinge war es nicht. Deshalb reinigte Tante Tilly Klo und Flur bis zur Wohnungstür mit äußerster Sorgfalt.

Als sie nach gut einer Stunde wieder vors Haus trat, liefen die Ermittlungen schon auf Hochtouren. In weiße Overalls gehüllte Spurensicherer krochen mit Pinzetten auf dem Fußweg herum, zwei Gerichtsmediziner untersuchten die Leiche des Fahrradkuriers, und ein erschreckend übergewichtiger Kriminalkommissar führte das große Wort.

Aber die waren mit sich beschäftigt. Tante Tilly entkam unerkannt. Eine ältere Dame bringt niemand mit einem erschossenen Fahrradboten in Verbindung. Es hat große Vorteile, eine Frau zu sein. Vor allem in diesem Geschäft.

»Sind Sie noch dran?« Der Auftraggeber klang ungehalten.

»Ja«, antwortete Tante Tilly knapp und beobachtete die Straße. Wegen des starken Regens war kaum jemand unterwegs. Nur ein paar Taxis zogen, Wasserfahnen hinter sich herziehend, über den Kurfürstendamm.

»Ihr nächstes Ziel ist der Informant«, sagte der Auftraggeber, »mit dem sich Kawelka heute Morgen im ›Four Roses‹ treffen wollte. Ich gebe Ihnen kurz die Daten. Schreiben Sie mit?«

Natürlich schrieb Tante Tilly nicht mit. Sie behielt die Details im Kopf. Sich Dinge aufzuschreiben konnte in ihrem Beruf sehr verhängnisvoll sein.

»Schießen Sie los!«

»Der Mann hat keine Gewohnheiten«, erklärte der Auftraggeber.

Das machte die Sache schwierig, denn normalerweise studierte Tante Tilly die Gewohnheiten ihrer Ziele immer sehr genau. Dieses Ziel aber sollte selten am selben Ort schlafen, unregelmäßig aufstehen und keinen geregelten Tagesablauf haben. Momentan halte es sich im dritten Stock eines fünfgeschossigen Altbaus in der Akazienstraße auf und habe seinen Wagen an eine unbekannte Person verliehen.

»Sie bekommen weitere Instruktionen, wenn Sie die Zielperson tatsächlich dort ausgemacht haben, verstanden?«

»Verstanden«, sagte Tante Tilly. »Ich melde mich wieder.«

Interessant, dachte sie. Ein Ziel, das schwer planbar war. Ein Profi vermutlich, der damit lebte, dass ihn irgendwer auszuschalten versuchte.

Aber Tante Tilly war auch Profi. Und sie konnte warten.

12 ICH HATTE MICH NICHT GEIRRT: Vier wunderbar rote Rosen im Stile eines Roy Lichtenstein verzieren die nachtblau lackierten Jalousien des Etablissements in der Albertstraße. Einen Namenszug gibt es nicht. Lediglich eine Laterne über dem Eingang verbreitet rötlich schummriges Licht. Darunter gibt es eine schmale Klingel. Drückt man sie, öffnet sich eine kleine Klappe in der Tür, und eine etwas verlebt wirkende Blondine nicht genau definierbaren Alters schaut heraus. Natürlich identifiziert sie uns sofort als Bullen.

»Ihr seid doch hoffentlich nicht dienstlich hier?«

»Leider doch, Daisy.« Ich hebe bedauernd die Hände. »Wir müssten uns mal unter deinen Gästen umschauen.«

»Unmöglich, Männers!« Daisy schüttelt entschieden den Kopf. »Meine Existenz ist die Diskretion. Wenn ick da nicht pingelig bin, kann ick den Laden dichtmachen.«

»Dagmar«, werde ich dienstlich, indem ich sie mit ihrem richtigen Vornamen anrede, »es geht um Mord. Du musst uns einlassen!«

»Mord? Das ist ja furchtbar!« Daisy macht große Augen und entriegelt die Tür. »Aber nur, weil du's bist, Didi.«

»Vielen Dank, Daisy.« Wir leben im selben Kiez, da kennt man sich. Oberflächlich nur, wie man Nachbarn eben kennt. Man trifft sich auf der Straße, beim Einkaufen oder abends in der Kneipe. Und ich erinnere mich nicht, ihr jemals berichtet zu haben, bei der Kripo zu sein. Aber wer ein Geschäft wie Daisy führt, muss vermutlich eine Nase für so was haben. Neugierig mustert sie Hünerbein.

»Ist der Dicke dein Chef?«

»Der Dicke ist mein Partner. Rein beruflich natürlich.«

»Wieso haste mir den noch nich vorjestellt?« Daisy erwidert die Blicke des glückselig grienenden Hünerbein und reicht ihm galant die Hand. *»Bonne nuit, Monsieur le Commissaire.«*

»Danke gleichfalls«, stammelt Hünerbein, »bin erfreut, Ihre Bekanntschaft zu machen, Madame. Sehr erfreut.«

Das hätte ich mir denken können: Daisy ist genau sein Typ. Blondiert und sehr mütterlich, ein altersloses Berliner Nachtgewächs, und auf ihre Art durchaus attraktiv.

»Wer wurde denn ermordet?«, erkundigt sie sich besorgt. »Etwa jemand aus der Nachbarschaft?«

»Sagt dir der Name ›Kawelka‹ was?«

»Fritze Kawelka? Der Reporter?«

»Genau der.« Ich sehe mich in Daisys Laden um. Kunstvolle Rosen auf schwarz getünchten Wänden, dezent beleuchtet von mit viel Strass und Glasperlen behängten Stehlampen zwischen Fauteuils und Sitzgruppen aus türkisfarbenem Samt. Aus unsichtbaren Boxen strömt dezente Musik, Easy Listening der sechziger und siebziger Jahre, Songs wie *»Here I Am«* von Dionne Warwick und *»Tryin' To Get The Feeling Again«* von Barry Manilow.

Ein paar rothaarige Mädchen in Hotpants und knappen Bikinis schäkern kichernd mit japanischen Geschäftsleuten, und eine hübsche Mulattin verschwindet gerade mit einem Freier im Obergeschoss. Die indirekt beleuchtete Bar neben der Treppe ist in verschiedenen Rottönen gehalten. Am Tresen füllt ein blutjunges thailändisches Mädchen mit langen schwarzen Haaren Sekt in schlanke, zerbrechlich wirkende Champagnerflöten.

»Nun guck nich so skeptisch, Didi. Meine Mädels sind alle volljährig und sozialversichert.« Daisy hockt sich auf einen der Barhocker. »Also, was ist denn nun mit dem Fritze? Isser wirklich tot?«

»Mausetot«, nicke ich bekümmert. »Er wurde umgebracht.«

»Umjebracht?« Daisy starrt uns betroffen an. »Wer macht denn so wat?« Sie schüttelt den blondierten Kopf. »Mann, det war doch'n Witz: Fritze, hab ick zu ihm letztens noch jesacht, Fritze, du oller Angeber, wennde imma so rumwühlst in fremder Leute Jeschichten, machense dir noch kalt. Und jetzt kommt ihr mit so'm Ding!«

»Ja, schlimme Sache.« Ich zünde mir eine Zigarette an. »Sieht nach Auftragsmord aus.«

»Ick kann det jar nich … – Ick brauch erstma'n Schnaps!« Sie winkt ihrer Bardame und sieht uns fragend an: »Wollt ihr ooch wat trinken? Eher nich, wa? Ihr seid ja im Dienst.«

»Ach, ein Bier kann nicht schaden.« Ich sehe Hünerbein an. »Nicht wahr, Harry?«

Der starrt noch immer unverwandt auf Daisy und ist nur schwer zu wecken.

»Harry!«

»W-was?«

»Bier?«

»Oh ja, gern. Vielen Dank.«

»Mach uns mal zwei Bier und für mich'n Cognac, Schätzchen«, sagt Daisy zu ihrer thailändischen Bardame und wendet sich uns wieder zu. »Der arme Fritze. Wisst ihr schon, wer's war?«

Natürlich nicht. »Wären wir sonst hier?«

»Woher soll ick wissen, wo ihr sonst wärt. Jefällt's euch?«

»Sehr schön«, sagt Hünerbein, »wirklich sehr nett.«

»War Kawelka öfter hier?«

»Mehrmals die Woche. War'n Stammgast, sozusagen.« Daisy wartet, bis die Thailänderin uns die Biere hingestellt hat, und hebt dann ihren Cognacschwenker. »Also: Prösterchen, die Herren! Auf den Schock!«

»Auf Sie, Madame«, gurrt Hünerbein, »und Ihr beeindruckendes *maison extraordinaire* …«

Kawelka war hier Stammgast? Das wundert mich, denn: »Er hatte sich nur den heutigen Tag notiert. Oder?«

»›Elf Uhr, Four Roses‹«, nickt Hünerbein, »steht so in seinem Kalender.«

Aber ein Stammgast terminiert entweder jeden seiner Puffbesuche oder keinen. »Wieso nur heute?«

»Weil er heute jemanden treffen wollte.« Daisy bestellt sich noch einen Cognac. »Sonst war er immer eher spontan da.«

»Welches Mädel hatte er denn gebucht?«

»Kein Mädel, Didi!« Daisy beugt sich vor, um uns verschwörerisch zuzuflüstern: »Einen wichtigen Informanten.«

Ich schaue auf die Uhr. Es ist zehn nach elf. »Ist er noch da?«

»Wer?«

»Der Informant.«

»Nee.« Daisy versteht endlich. »Die wollten sich morgens treffen. Heute Vormittag um elf, nich jetze. Ick fand's ja auch ungewöhnlich, aber Fritze hat drauf bestanden. Und dann ist er gar nicht gekommen.«

Wie auch, denke ich, um elf Uhr war Kawelka schon tot. Da wollte jemand das Treffen verhindern. »Und der Informant? War der da?«

»Ja.« Daisy nickt. »Ick hab ihm Kaffee jekocht und ein paar Brötchen jeschmiert, so 'ne Art zweites Frühstück – aber als Fritze Viertel nach elfe noch nicht da war, ist er wieder gegangen.«

»Wie sah er aus?«

»Der Informant? Puh ...« Daisy verdreht die Augen und denkt scharf nach. »Groß war er. Nicht besonders auffällig, aber groß. Mit 'ner grauen Tolle. Und jut jekleidet war er, feinster Zwirn sozusagen, nüscht von der Stange. Ick hab gleich jedacht: Na, da steckt Kohle hinter. Der is wahrscheinlich richtig wichtig. Jedenfalls hat er so jetan. War echt unjehalten, der Kerl, als Fritze nich uffjetaucht ist. – Noch'n Bierchen?«

»Aber gern«, Hünerbein strahlt und schiebt unsere leeren Gläser über den Tresen. »Wirklich schön haben Sie's hier, schöön!«

So richtig zu gebrauchen scheint er nicht zu sein. Ich wende mich wieder Daisy zu.

»Wie alt?«

»Wer? Der Informant?« Sie zuckt mit den Schultern. »Ende vierzig, Anfang fuffzich, schätz ick mal. So wie ihr unjefähr.«

»Die besten Jahre«, sinniert Hünerbein. »Man macht eigentlich viel zu wenig draus, finden Sie nicht?«

»Det liegt ja nun janz allein an Ihnen, *Monsieur le Commissaire*, wat Sie daraus machen.« Daisy lacht. »Oder soll ick Ihnen dabei helfen?«

»Gern.« Hünerbein meint es todernst, es ist erschreckend. »Helfen Sie mir, Madame! Ich bin kultiviert, charmant und bestimmt kein Langweiler. Ich liebe die Musik, besonders die Oper, Rossini, Puccini, Verdi – und Rosen liebe ich auch. Genau wie Sie, Madame, ist das nicht wunderbar? Four Roses. *Ah oui*, es ist gewiss zu früh, um aufzugeben!«

»Aba ooch zu spät, um janz neu anzufangen«, erwidert Daisy

abgeklärt, und bevor mein Partner noch peinlicher wird, wechsele ich schnell wieder zu unserem Fall zurück.

»Hat Kawelka was erzählt? Irgendwelche Recherchen? An was er so gerade arbeitet?«

»Nö«, Daisy winkt etwas zu entschieden ab, »wir haben mehr über private Sachen geredet.«

»Ach komm, Daisy: Kawelka hatte kein Privatleben.« Das weiß ich noch aus der Zeit, als ich im selben Haus wohnte. »Der hatte nur seinen Job. Die Mopo war sein Leben. Und vorhin hast du doch selber gesagt, dass du geahnt hast, dass ihm mal was passiert ...«

»Det war doch eher ironisch jemeint. Ick wollte ihn aufziehen. Weil er so'n Angeber war.«

»Der dauernd im Leben anderer Leute herumgewühlt hat.«

»Aba ick weeß nich, in wessen Leben.« Daisy guckt mich unschuldig an. »Ehrlich, Didi, ick hab keene Ahnung.«

»Er war an einer großen Sache dran?«

»War er irgendwann mal nich an einer großen Sache dran?«

Auch wieder wahr. Kawelka sprach immer von den ganz großen Storys, an denen er gerade arbeitete. Und wenn es nur die Eröffnung eines neuen Kaufhauses an der Kaiser-Wilhelm-Passage war. Aber wird man deshalb umgebracht? Und wer war dieser mysteriöse Informant?

»Hier rennt ein Killer durch die Stadt«, werde ich pathetisch, »ein Berufskiller, der Leute aus sicherer Entfernung mit der Präzision eines Scharfschützen umlegt. Und ich gehe davon aus, dass der das nicht nur aus Spaß macht, sondern einen Grund dafür hat. Kawelka muss ihm einen gegeben haben. Und wenn du etwas weißt, Dagmar«, ich beuge mich eindringlich zu ihr, »würde ich es jetzt sagen! Bevor der Nächste draufgeht.«

»Mensch, Didi, bist du hartnäckig. Ick weeß nix. Fritze erzählte doch ständig, dass er mal'n Skandal aufdecken wollte. Der is doch ständig rumjerannt und hat Affären bei die Politiker jesucht. Berlin is'n Sumpf, hat er imma jesacht. Korrupt bis zur Halskrause. Und ausjerechnet er wollte diesen Sumpf trockenlegen. Der hat sich mit die falschen Leute anjelegt. Imma. Und die

Mopo wollte diese Storys ooch nie drucken. Weil se entweder nich wahr oder zu wahr waren«, sie zeigt mit dem Finger in den Himmel, »und det wird dann da oben ein paar Leuten nich jepasst haben, vastehste?«

»Und deshalb wird Kawelka erschossen?«

»Wat weeß ick? Kommt auf die Fallhöhe an, Didi.«

»Also du weißt nicht, woran Kawelka gearbeitet hat?«

»Nee. Ick hab ihn ooch nie danach jefragt. Der hat doch ohnehin jequasselt. Kennst ihn ja, mit seine große Klappe. Janz heiß, hat er imma jesacht, die Sache is so wat von heiß, dass er ja nicht mehr mitzählen kann, wer sich daran allet die Finger verbrennt.« Wieder geht ihr Finger nach oben. »Da werden noch Köpfe rollen, hat er jesacht, viele hohe Nasen.« Sie winkt kopfschüttelnd ab. »Und dann war's doch wieder nur 'ne Grundsteinlegung im Lokalteil.«

»Wegen einer Grundsteinlegung trifft man sich aber nicht konspirativ mit einem Informanten.«

»Wat heeßt konspirativ?« Daisy breitet die Arme aus. »Mein Laden is öffentlich. Hier kann jeder rin. Vielleicht war der Informant ja nur'n Beamter vom Denkmalamt. – Noch'n Bierchen?«

»Danke, Daisy.« Ich schüttele den Kopf. »Wir müssen wieder.«

»Na denn.« Sie bringt uns zur Tür. »Ciao, ciao, ihr Süßen. Und kommt privat mal wieder vorbei. Det lohnt sich!«

»Tolle Frau«, murmelt Hünerbein, als wir langsam zu Siggis Roadster zurückgehen. »Beeindruckend, wirklich. Wie lange kennst du die schon?«

»Sieben, acht Jahre.«

»Sieben ist 'ne Glückszahl, wusstest du das?«

»Nur vom tapferen Schneiderlein.« Ich setze mich ins Auto und grübele. Wenn Kawelka an einer großen Sache dran war, müsste sich doch in seinem Büro darüber was finden lassen.

Und natürlich denken das auch die Killer. Gott, was sind wir für Idioten! Ich starte hektisch den Motor.

Hünerbein faselt noch immer von Glückszahlen und tollen Puffmüttern.

»Mensch, steig endlich ein!« Ungeduldig lasse ich den Motor aufheulen. »Wir haben ein Problem!«

Hünerbein findet endlich auf den Beifahrersitz, und ich rase los.

»Wir haben ein Problem?«

Haben wir.

Und was für eines: Denn als wir kurz darauf zu Kawelkas Ladenwohnung zurückkommen, ist dort das Polizeisiegel aufgebrochen. Schreibtisch und Büro wurden gründlich durchsucht. Kawelkas Computer fehlt, und aus den Regalen sind sämtliche Aktenordner verschwunden.

»Fuck«, brüllt Hünerbein, wie aus einem schlechten Traum erwachend, »verdammter Beschiss! Fuck! Fuck! FUCK!!!«

13 »WIE KONNTE ES ZU DIESER PANNE KOMMEN! WER IST DAFÜR VERANTWORTLICH?!« Wütend stürmt Kriminaloberrat Dr. Edmund Palitzsch am nächsten Morgen im Lagebesprechungsraum auf und ab. »Wieso wurde der Tatort nicht bewacht? Warum wurde der Computer nicht beschlagnahmt und die Akten nicht von UNS abtransportiert? Häh! – WAS?!«

Keine Frage, der Mann ist außer sich. In der Nacht noch hatten wir die Kriminaltechnik informiert und Jürgen Damaschke und seine Leute aus dem Schlaf geholt. Erneut haben sie in Kawelkas Büro etwaige Einbruchspuren aufgenommen, und entsprechend müde hocken sie jetzt um uns herum.

Auch ich war erst gegen fünf Uhr zu Hause und habe Siggi in unserem französischen Bett vorgefunden. Er hatte Monikas Kopfkissen fest umklammert und schnarchte wie eine Kettensäge. Ich habe dann mit dem unbequemen und vor allem viel zu schmalen Sofa im Wohnzimmer vorliebgenommen, vier Stunden später die Zwillinge zu den »Stoppelhopsern« gebracht und fühle mich entsprechend.

Hünerbein macht ebenfalls einen übernächtigten Eindruck und unterdrückt mühsam ein Gähnen, während Palitzsch sehr ausgeschlafen weiterbrüllt:

»MIT WAS FÜR EINER GURKENTRUPPE HABE ICH ES HIER EIGENTLICH ZU TUN?!«

»Mit Verlaub, Herr Kriminalrat«, beginnt Damaschke, wird aber sofort unterbrochen:

»KRIMINALOBERRAT SEIT ÜBER ZWÖLF JAHREN!«

»Ja, da wäre auch mal wieder eine Beförderung fällig«, nickt Damaschke mitfühlend, »aber was ich sagen wollte, ist: Wir hatten uns selbstverständlich eine Kopie von der Festplatte des Computers gezogen und Akten sichergestellt.«

»UND? HABEN SIE SIE AUSGEWERTET?«

»W-wir sind durchaus dabei ...«

»DAS MUSS SCHNELLER GEHEN!«

»Wie denn, wenn wir dauernd aus dem Schlaf geholt werden?«

»ACH! SIE LÖSEN DAS IM SCHLAF?«

»SCHLAF IST LEBENSWICHTIG!« Jetzt brüllt auch Damaschke. »SCHLAFENTZUG GILT ALS FOLTER, HERR DR. PALITZSCH, das sollten Sie wissen! – Und für meine Männer«, er hämmert sich theatralisch gegen die Brust, »lege ich meine Hände ins Feuer! Die tun, was sie können! Aber ein müder Mensch kann durchaus etwas übersehen, und deshalb IST SCHLAF SO WICHTIG!«

»Können wir uns bitte alle beruhigen?« Oberkommissar Egon Beylich ist aufgesprungen und hat beschwichtigend die Hände erhoben. »Wir sind sicher alle etwas angespannt, aber wir werden die Dinge nicht lösen, wenn wir uns hier gegenseitig Vorwürfe machen. Uns ist leider ein Fehler unterlaufen und ...«

»MIR IST KEIN FEHLER UNTERLAUFEN!« Damaschke donnert es mit hochrotem Kopf. »WAS WIRD HIER EIGENTLICH KONSTRUIERT?! – Wir haben«, fährt er ruhiger werdend fort, »die uns tatrelevant erscheinenden Akten und sensiblen Informationen durchaus gesichert. Wir werten Kawelkas Computerfestplatte aus und ...«

»Moment mal!« Beylich geht langsam auf Damaschke zu. »Das heißt, wer auch immer da heute Nacht bei Kawelka eingebrochen ist, kann nichts gefunden haben? Nichts, was wir nicht schon haben?«

»Nur Rechnungen und Steuerbelege«, erwidert Damaschke, »bürokratischer Kram halt, und selbst den haben wir sorgfältig fotokopiert. Ja, haltet ihr uns für Anfänger?«

»Worüber regen wir uns dann auf?« Beylich lächelt, und Kollege Matuschka sekundiert:

»Dann ist doch alles halb so wild.«

»Es ist gar nichts wild.« Damaschke ist sauer. »Der Einzige, der hier den wilden Mann spielt, ist unser sehr verehrter Herr Kriminal-, ich betone: *-ober-*, -rat Dr. Edmund Palitzsch.«

»Ja, aber …« Palitzsch wirbelt herum und starrt uns an. »Was haben Sie mir denn da erzählt? Hünerbein! – Knoop!«

»Wir haben erzählt, dass bei Kawelka eingebrochen wurde«, erwidere ich wahrheitsgemäß, »und dass Akten verschwunden sind.«

»Die aber«, fügt Hünerbein erleichtert hinzu, »zuvor schon fotokopiert wurden: Damaschke!« Er breitet die dicken kurzen Arme aus und marschiert auf den Spurensicherer zu. »Lass dich umarmen!«

»Igitt!« Damaschke flüchtet. »Geh weg, du Schweißklops!«

»Wieso?« Hünerbein schnüffelt unter seinen Achseln. »Ich habe geduscht.«

»Gibt's noch Kaffee?« Ich untersuche die herumstehenden Thermoskannen auf dem langen Besprechungstisch und finde tatsächlich noch einen Schluck. »Ich würde dann mal unsere Erkenntnisse zusammenfassen wollen.«

»Bitte, Knoop!« Palitzsch setzt sich schnaufend und noch leicht verdattert über die plötzliche Grundlosigkeit seines Wutausbruchs auf einen Stuhl. »Nur zu, Hauptkommissar, nur zu!«

»Nach Aussagen der Betreiberin des Nachtclubs ›Four Roses‹, in dem Kawelka Stammgast war, recherchierte der Journalist vor seinem Tod einer großen Sache nach …«

»Einer großen Sache?« Palitzsch merkt auf. »Ich dachte, dieser Kawelka wäre nur ein kleiner Kiezreporter.«

»Der immer von großen Geschichten träumte. Möglicherweise war diese zu groß für ihn.«

»Papperlapapp!« Palitzsch lässt sich ein Tässchen Tee bringen.

»Alles Mutmaßungen und Annahmen. Was wir brauchen, sind Fakten!«

Gut, die kann er haben: »Kawelka wollte sich gestern mit einem Informanten treffen. Das wurde durch den Mord verhindert.«

»Ein Informant? Gibt es eine Beschreibung zu dem Mann?«

»Wir sollten jemandem mit einem Identikit in den Laden schicken. Vielleicht bekommen wir ein brauchbares Phantombild.«

»Matuschka: Übernehmen Sie das?«

»Zu Befehl, Genosse Kriminaloberrat«, meldet Oberkommissar Rainer Matuschka stramm. Er hat seine alte Volkspolizeivergangenheit noch immer nicht vollständig überwunden. »Wenn Sie gestatten, kümmere ich mich sofort darum.«

»Tun Sie das, danke!« Palitzsch wendet sich wieder den Kollegen von der Kriminaltechnik zu. »Wann können wir denn bei Ihnen mit ersten Ergebnissen rechnen?«

»Wir würden ja mit Hochdruck daran arbeiten«, gibt Damaschke spitz zurück, »wenn man uns denn endlich ließe!«

»Nur zu, Damaschke, machen Sie hin! Und nichts für ungut, ja?«

Damaschke verlässt mit seinen Leuten geräuschvoll den Raum.

Palitzsch sieht uns Verbliebene an. »Sonst noch was?«

»Der getötete Fahrradbote hat eine Schwester im Taunus«, sagt Beylich, seinen Notizblock aufschlagend, »wir haben sie über die dortigen Polizeidienststellen kontaktieren können. Sie wird in den nächsten Tagen hier eintreffen und sich einer Befragung zur Verfügung stellen.«

»Gut. Gibt's Neuigkeiten aus der linksextremistischen Ecke?«

»Nicht wirklich. Wir haben die paar Freunde und Bekannten des Kuriers hinsichtlich dieser Szene befragt und deren Alibis überprüft. Alle zeigten sich ehrlich erschüttert über den plötzlichen Tod ihres alten Kumpels und kommen auch sonst weder örtlich noch zeitlich als Täter in Frage.«

»Schade.« Palitzsch nestelt an seiner Krawattennadel herum. »Dann können wir das abhaken.«

»Einen vagen Hinweis gibt es vielleicht zur Tatwaffe.« Beylich klemmt ein Foto von einem Gewehr mit Dreibein und Zielfernrohr an unsere Pinnwand. »Danach soll im vergangenen Jahr eine Lieferung von achtundfünfzig Präzisionswaffen der britischen Firma Accuracy International Limited an die SFOR-Truppe der Bundeswehr in Bosnien abgefangen worden sein.«

»Abgefangen?« Palitzsch stutzt. »Was heißt ›abgefangen‹?«

»Sie wurden gestohlen.« Beylich hebt die Schultern. »Jedenfalls erreichte die Lieferung die SFOR nicht. Aber einige von den Waffen sind auf dem Schwarzmarkt wieder aufgetaucht. Hier könnte sich auch unser Täter ausgerüstet haben.«

»Interessant.« Palitzsch klopft nachdenklich mit den Fingern auf die Tischplatte. »Was hat denn die Abteilung Organisierte Kriminalität so zur Waffenhehlerszene in ihren Akten?«

»Die OK konzentriert sich derzeit vor allem auf die altbekannten libanesischen Clans und neue kriminelle Gruppierungen aus dem Ostblock«, erläutert Beylich knapp. »Letztere unterscheiden sich von den bisherigen Strukturen im illegalen Waffenhandel vor allem dadurch, dass sie nicht wirklich organisiert sind. Es gibt keine Köpfe, kein Oberhaupt, wie zum Beispiel bei den Libanesen oder der italienischen Mafia. Die Aktionen dieser neuen Banden sind schwer vorhersehbar und eher spontan. Vornehmlich handeln sie mit Waffen, die aus den früheren Armeen des Warschauer Paktes kommen, also eher mit Kalaschnikows oder tschechischen Samopals.«

»Was logisch ist«, konstatiert Hünerbein, »denen fehlt der Zugang zur NATO.«

»Den hat aber die Mafia.« Ich zünde mir eine Zigarette an und inhaliere. Nikotin hält wach. Für einen Augenblick jedenfalls. »Wir sollten uns schleunigst Enzo vornehmen. Vielleicht weiß der was.«

»Prima«, findet das Hünerbein. »Ich wollte ohnehin was essen.« Er sieht auf die Uhr. »Und es ist ja auch bald Mittag.«

»Warum nutzen Sie nicht den Jugoslawen gegenüber«, mault Palitzsch, »wenn Sie essen gehen wollen?«

»Weil ich da nichts über den illegalen Waffenhandel erfahre.« Hünerbein erhebt sich hungrig. »Auf die richtigen Leute kommt es an.« Er klopft mir auf die Schulter. »Sardsch, auf geht's!«

Ein Hektiker ist das. Vor allem wenn es um seinen stets knurrenden Magen geht, wird er unruhig.

»Sie wollen doch jetzt nicht im Ernst mit Kriminellen essen gehen!« Palitzsch rümpft missbilligend die Nase.

»Und ob, Kriminaloberrat. Es geht nichts über die richtigen Verbindungen zur Unterwelt.«

»Ich weiß von nichts.« Palitzsch hält uns kopfschüttelnd die Tür auf. »Und verderben Sie sich nicht den Magen. – Guten Appetit!«

14 WIE ALLE METROPOLEN dieser Welt hat auch Berlin ein straff organisiertes kriminelles Milieu: Neben deutschen Waffen- und Mädchenhändlern sind vor allem libanesische Clans, kolumbianische Drogenbarone, die neapolitanische Camorra, die sizilianische Cosa Nostra und die kalabrische 'Ndrangheta seit Jahrzehnten in der Stadt aktiv.

Frühere Versuche der Berliner Polizei, die kriminellen Geschäfte zu beenden, endeten im Desaster. Denn wenn es den Gesetzeshütern gelang, ein Loch in das feinmaschig gesponnene kriminelle Netz zu reißen, drängten sofort neue Gangster hinein. Das fragile Gleichgewicht der abgesteckten Claims kam ins Wanken, und blutige Bandenkriege um die Vormachtstellung im Milieu mit etlichen Toten waren die Folge.

Seitdem gilt ein ungeschriebenes Gesetz in der Stadt: *Sorge für Ruhe im Bezirk, und es gibt keinen Ärger mit den Behörden.*

Als nach dem Fall der Mauer russische, albanische und die sogenannten Jugo-Banden aus dem zerfallenden Jugoslawien in die fest gefügten Strukturen der alten Clans eindrangen, gab es erneut heftige Auseinandersetzungen. Am Stuttgarter Platz und in der Kantstraße jagten sich die Gangster gegenseitig mit Autobomben in die Luft, es gab täglich Schießereien im öffentlichen Raum, Charlottenburger Diskotheken gingen in Flammen auf. Und wieder waren unter den Opfern dieses Krieges auch vollkommen unschuldige Bürger.

Dass es in meinem Kiez relativ ruhig blieb, ist vor allem dem mächtigen Paten von Schöneberg zu verdanken. Vincenzo D'Annunzio, genannt Enzo, Spross einer uralten Briganti-Familie aus dem kalabrischen San Luca und oberster 'Ndrinu in Berlin, hatte rechtzeitig die Zeichen der Zeit erkannt. Von Anfang an setzte er auf, wie er es nannte, »kluge Taktik und Diplomatie«.

Ich wollte mir nie vorstellen, was das genau bedeutete. Aber offenbar hat seine Strategie zum gewünschten Erfolg geführt. Von Bandenkriegen blieb Schöneberg verschont, und der mächtige kalabrische Clan ist heute stärker denn je.

Ihren Hauptsitz haben die D'Annunzios in der Trattoria »L'Emigrante«, einem gemütlichen Lokal mit gehobener italienischer Küche. Es ist nur wenige Fußminuten von meiner Wohnung in der Akazienstraße entfernt. Seit Jahren bin ich hier Stammgast, und entsprechend überschwänglich werde ich begrüßt:

»Signor Commissario, *baciamo le mani*!« Mit ausgebreiteten Armen kommt Enzo auf mich zu, ein kleiner, untersetzter und fast kahlköpfiger Patron von schon weit über siebzig Jahren. »Und du hast mitgebracht deine Partner: *Essere magro come un'acciuga* – ihr müsst hungrig sein. Setzt euch, setzt euch!« Aufgeregt schiebt er uns Stühle zurecht und ruft nach seinen Söhnen. »Francesco! Giuseppe! *Abbiamo ospiti!* Wir haben Gäste! *Presto, presto!*«

»Enzo«, bremse ich seinen Elan, »wir sind nicht nur zum Essen hier.«

»Aber auch.« Hünerbein hat sich schon in die Karte vertieft und schnalzt in Vorfreude auf kommende Genüsse vor sich hin.

Enzo beugt sich vor. »Es gibt Probleme?«

Ich nicke.

»Große Probleme«, fragt Enzo nach, »Probleme, die stören könnten *i buoni rapporti*, unsere guten Beziehungen?«

»Das will ich nicht hoffen, Enzo. Aber es geht um einen Mord.« Ich lege die Patrone vom Tatort auf den Tisch. »Einen Auftragsmord, ausgeführt durch einen professionellen Killer.«

»Cazzo!« Enzo nimmt die Patrone in die Hand und besieht sie sich mit besorgter Miene. »Ist das aus unserem Kiez?«

»Belziger Straße. Damit wurde ein Fahrradbote getötet.«

*»Non c'è Cristo che tenga.«** Enzo macht eine bedauernde Miene und setzt sich zu uns. »Was kann ich für euch tun?«

»Ich nehme eine große Cola und das Carpaccio als Vorspeise«, meldet Hünerbein, »danach das Scaloppa Milanese und ein Pollo di San Luca.« Er legt die Karte weg und sieht Enzo zufrieden an. »Zum Abschluss das leckere Tiramisu mit der Heidelbeersoße und einen doppelten Espresso.«

»Der Fahrradbote war nicht das Ziel«, sage ich, vollkommen überzeugt, dass Enzo schon davon gehört hat. Ich kenne ihn. Ihm bleibt nichts im Kiez verborgen.

»Aber«, betroffen legt er die Patrone wieder auf den Tisch, »er wurde erschossen.«

»Versehentlich«, kläre ich ihn auf, »denn eigentlich war ein kleiner Lokalreporter im Visier. Und nun frage ich mich: Wer setzt einen Auftragskiller auf einen scheinbar völlig unbedeutenden Lokalreporter an?«

»Tja, *mondo cane*«, Enzo hebt resignierend die Hände und erhebt sich wieder. »Scheißwelt! Willst du auch etwas essen?«

»Nur einen Kaffee«, denn ich bin immer noch sehr müde. Enzo will eilfertig zum Tresen, um die Bestellungen weiterzuleiten, doch ich halte ihn zurück: »Was ist eigentlich aus den achtundfünfzig Präzisionswaffen geworden, die der Bundeswehr in Bosnien abhandengekommen sind?«

Enzo stockt und dreht sich langsam wieder zu mir um. »Was willst du mir anhängen, Signor Commissario?«

»Nichts, Enzo. Gar nichts. Aber wie heißt es bei euch Italienern: *Bisogna rompere la noce …*«

»… se si vuol mangiare il nocciolo«, beendet der Patrone meinen Satz und setzt sich wieder hin, »wer den Kern will, muss die Nuss knacken, richtig! Aber mit dem Mord haben wir nichts zu tun. Und mit den verschwundenen Waffen der Bundeswehr schon gar nicht!«

»Wenn ein Auftragskiller in deinem Kiez aktiv wird, kann dich das nicht kaltlassen, Enzo.«

»Es lässt mich nicht kalt.« Er seufzt und streicht sich resigniert über das kahle Haupt. »Aber was soll ich machen? Dieser Kawelka …«

Sieh an, Enzo kennt sogar seinen Namen.

»… dieser Kawelka hat seine Nase zu tief gesteckt in den Schlamm.« Enzo hebt hilflos die Schultern. »Wer sich in Gefahr begibt – *chi non teme, pericola* –, kommt darin um.«

»In wessen Schlamm, Enzo? Worum geht's?«

»*È complicato.* Die Sache ist kompliziert.«

»Ich will es trotzdem wissen.«

Enzo seufzt erneut und reibt sich angestrengt über die kleinen, wachen Augen. Dann nickt er langsam, *»va bene«*, und packt mich am Arm. »Komm! Wir gehen nach hinten. Ich will dir etwas zeigen.«

Wir erheben uns.

»Ja, und?« Hünerbein guckt verdutzt und steht ebenfalls auf. »Wann gibt's jetzt Essen?«

»Ich lasse es bringen nach hinten«, erklärt Enzo und öffnet eine Tür zum Nebenzimmer. »*Ci abbiamo più di riposo.* Da haben wir mehr Ruhe.«

Das Hinterzimmer ist vom eigentlichen Gastraum durch eine von innen verriegelbare, schalldichte Tür abgetrennt. Die Fenster sind vergittert und gehen zum Hof raus, doch Enzo zieht sofort die Vorhänge zu und schaltet das Licht an. Ansonsten ist der Raum ähnlich wie der Gastraum gestaltet, viel natürlich belassenes Pinienholz, hell getünchte Wände mit Weinregalen und Urkunden von Restauranttestern und der Hotel- und Gaststätten-Innung. Es gibt nur einen langen Holztisch, wie für eine Tafel oder Besprechungen, und zwölf Stühle mit rustikalem Flechtwerk drum herum, je fünf an den Längsseiten und je einer an den Enden.

»Setzt euch!« Enzo deutet auf den Tisch und holt aus einer Kommode eine Grappaflasche hervor sowie ein Glas, das er füllt und mit einem Zug leert. »Aah!« Er sieht uns fragend an. »Wollt ihr auch?«

Wir winken unisono ab. Für Grappa ist es uns wirklich noch zu früh.

»Was wolltest du uns zeigen, Enzo?«

Enzo stellt den Grappa wieder weg und holt stattdessen eine umfangreiche, in blaues Kunstleder gebundene Mappe heraus. Er blättert darin herum und legt sie uns dann aufgeschlagen vor. *»Pronto!«*

Offenbar ein vergilbter Auszug aus dem Katasteramt oder einem Grundbuch. Es zeigt die Kopie eines Flurstücks und die Umrisse von Gebäuden, Wegen und eine Grundstücksgrenze. Irritierend ist ein Reichsadler mit Hakenkreuz im rechten oberen Rand sowie die Bezeichnung »DSC Waldwerk Deutsche Sprengchemie GmbH«. Quer über das Papier wurde »Heeresversorgungsamt – Streng geheim!« gestempelt.

Fragend sehen wir auf.

»Das ist der Plan für eine alte Bunkeranlage der deutschen Wehrmacht«, erklärt Enzo ruhig. »Sie haben dort produziert Giftgas im letzten Krieg. Chemische Kampfstoffe. Mehrere hunderttausend Tonnen. Sie kamen nie zum Einsatz.«

Interessant. »Aber was hat das mit unserem Fall zu tun?«

»Das Zeug lagert noch heute in diesem Bunker«, erklärt Enzo und schlägt einen Straßenatlas auf. »*Una bomba a orologeria.* Eine tickende Zeitbombe. Hier!« Er zeigt auf einen Punkt nahe der polnischen Grenze nordöstlich von Berlin. »Mitten in einer Gegend, die ein Trinkwasserreservoir für unsere schöne Hauptstadt ist. Es heißt Oderbruch, oder so ähnlich.«

»Und?« Wir verstehen noch immer nicht.

»Es gibt eine Jahrhundertflut«, sagt Enzo, »alle Zeitungen schreiben das. *È un inferno.* Hochwasser überall. Auch hier! Keine fünfzig Kilometer entfernt.« Er tippt wieder auf die alte Flurkarte des Heeresversorgungsamtes. »Und was passiert dort mit dem ganzen Gift?« Er setzt sich an den Tisch. »Sind wir bedroht? Dringt es ins Grundwasser? Müssen wir bald trinken Gift? – Darüber wollte er schreiben, der Kawelka. Er hatte *il becco dappertutto* seine Nase überall. Es ist ein Skandal, und er wollte berichten über die Gefahr. *Far fuori qualcuno.* Jemand hat das verhindert.«

»Woher weißt du das alles?«

»Ich habe Ohren und Augen. Sie hören und sehen sehr viel.«

Natürlich gibt er seine Quellen nicht preis. Und wir werden Enzos Aussagen überprüfen müssen. Aber ich kenne ihn lange genug, um zu wissen, dass er keinen Blödsinn redet.

Du lieber Gott! Sitzen wir auf Hunderttausenden von Giftfässern? Droht uns eine Umweltkatastrophe aus dem Oderbruch? Wird unser Trinkwasser vergiftet? Wurde Kawelka deshalb ermordet? Weil er die Gefahr erkannte und wir nichts davon wissen sollen? Aber warum?

»Wer steckt dahinter?«

»Alti papaveri.« Enzo winkt ab. »Große Mohnblumen.«

Das ist so ein Ausdruck von ihm. Damit meint er hochgestellte Persönlichkeiten, Politiker, Industrielle, was weiß ich?

»Können wir uns den Plan kopieren?«

Enzo nickt seinen Söhnen zu, die mit Hünerbeins Essen hereinkommen und mir den Kaffee servieren.

»Una fotocopia del foglio.« Er sieht Hünerbein zu, der reinhaut, als hätte er seit Wochen nichts Anständiges zu beißen gekriegt. *»Buon appetito,* Signor Commissario.«

»Alti papaveri.« Gedankenverloren nippe ich an meinem Kaffee. Große Mohnblumen … »Geht's vielleicht genauer, Enzo?«

»Scusi«, winkt Enzo entschuldigend ab, »aber ich will überleben den nächsten Morgen.«

Tja. Wer will das nicht? Und wenn sogar Enzo um sein Leben fürchtet, der mächtige Pate von Schöneberg, mit wem hat sich dann Kawelka angelegt?

Wer will partout verhindern, dass diese Geschichte von dem alten Giftbunker ans Licht kommt? Und vor allem warum?

Wer sind diese großen Mohnblumen? – Wer?

15 VIELLEICHT WURDE ER ja wirklich langsam wahnsinnig. Jedenfalls schien diese Dipl.-Psych. Susanne Baier einen Narren an ihm gefressen zu haben. Als Meyer sie anrief, um zu fragen, ob er sie sehen könne, auch außerhalb des vereinbarten Termins, war sie sofort zu einem Treffen bereit. Er schien also ein spezieller Fall zu sein. Und er fühlte sich auch so.

Heute Morgen, er war gerade im lauschigen Doppelbett von Monika und ihrem Dieter erwacht, hatte er sofort das Gefühl, beobachtet zu werden. Es musste von draußen kommen, denn es war niemand mehr in der Wohnung, der ihn beobachten konnte. Dieter war erst sehr spät in der Nacht zurückgekommen und schon wieder aus dem Haus, denn die Zwillinge waren auch nicht mehr da. Wahrscheinlich hatte er sie schon zum Kinderladen gebracht. Auf dem Küchentisch lagen die Autoschlüssel und ein Zettel, in dem er sich nochmals bei Meyer bedankte. Das Auto stehe unversehrt gegenüber. Frühstück sei im Kühlschrank, Toastbrot im Schrank neben der Spüle und Kaffee in der Thermoskanne.

Aber Meyer hatte keinen Hunger. Er war angespannt, spürte jeden Muskel seines Körpers. Wie ein Karnickel, das ständig auf der Hut vor irgendwelchen Fressfeinden sein muss. Immer bereit zur Flucht. Der Punkt war, dass Meyer nicht genau wusste, vor wem und wohin er fliehen sollte. Wer zum Teufel beobachtete ihn? War das wirklich alles nur Einbildung?

Dann fiel ihm Melanie ein. Das arme Mädel. Seine Tochter! Das war eine Idee: Er würde Melanie und Monika vom Krankenhaus abholen. Das lenkte ab. Und es würde einen möglichen Beschatter auch verwirren. Dass Meyer eben nicht nach Hause fuhr. Und auch nicht ins Büro. Dass er sich nicht in seine Arbeit stürzte, sondern einfach privat unterwegs war. Harmlos.

Eine alte Lehre aus Meyers Zeit beim Ministerium für Staatssicherheit war: Langweile deine Observateure, und sie werden unaufmerksam. Sei nicht interessant. Latsche sinnlos durch die Stadt. Besuche Verwandte und gucke tagelang fern. Sei müßig, bis du nicht mehr wichtig bist.

Meyer trank noch einen Kaffee und zog sein Handy hervor, um der Dipl.-Psych. abzusagen. Zunächst wolle er sich um seine Tochter kümmern, die gestern verunfallt sei. Nein, es sei nicht so schlimm, aber das Mädchen brauche jetzt seinen Beistand mehr als er den der Psychologin. Man könne sich ja morgen treffen. Er rufe wieder an.

Dann putzte er sich mit Monikas Zahnbürste die Zähne, schlug sich etwas Wasser ins Gesicht und zog sein Sakko über. Die Treppen hinunter zum Erdgeschoss nahm er munter im Laufschritt, doch bevor er die Haustür öffnete, zögerte er. Vielleicht gab es einen Hinterausgang? Über den er unerkannt entkommen könnte …

Moment! Falscher Gedanke, typischer Anfängerfehler – und dabei war Meyer nun doch schon elend lange in diesem Geschäft, eine kleine Ewigkeit. Er war ein Profi. Und als solcher würde er natürlich ganz normal durch den Haupteingang das Haus verlassen.

Er hatte nichts zu verbergen, natürlich nicht! Er konnte frank und frei durch den Haupteingang gehen. Er war uninteressant. Verdacht erregte nur der, der sich heimlich durch den Hinterausgang über die Höfe davonstehlen wollte. Zudem stand Meyers Auto ohnehin gegenüber, und jeder ordentliche Beschatter würde sich natürlich auf den Wagen konzentrieren. Wer mit dem Wagen kam, fuhr auch mit dem Wagen wieder weg.

Insofern war die Idee, Dieter das Auto zu leihen, nicht schlecht gewesen – haha –, das hatte die Observateure bestimmt ganz schön ins Schwitzen gebracht.

Amüsiert drückte Meyer die Klinke der Haustür und trat offensiv auf die Straße.

Ganz offen, ganz offiziell ging er auf seinen Wagen zu. Nichts Ungewöhnliches hier draußen. Die üblichen Passanten pendelten zwischen der Biolandfleischerei, dem Zeitungsladen und dem Bäcker herum. Der Felsenkeller hatte noch zu, und im Thailänder gegenüber bereiteten sie sich auf den Ansturm zum Businesslunch vor. Alles wie immer.

Meyer lief über die Straße, wich dabei ein paar Radfahrern aus und zückte seine Funkfernbedienung, dass es alle sehen konnten: Nein! Er hatte keine Angst. Er musste sich nicht verstecken. Wer auch immer ihn beobachtete, konnte es tun, bis er schwarz wurde.

Er war noch etwa zehn Meter entfernt, als er den Wagen

per Funk entriegelte. Doch statt des satten Plopps, mit dem sich die Türen üblicherweise freigaben, gab es heute einen ohrenbetäubenden Knall. Die Druckwelle schleuderte Meyer auf den Bürgersteig zurück. Fassungslos sah er auf den in ein helles Flammenmeer getauchten BMW Z3, und in seinen Ohren stand ein fiepender Pfeifton, der alle anderen Geräusche verschlang.

16 ICH BIN KURZ DAVOR, mich zu übergeben. Der Geruch im Gerichtsmedizinischen Institut der Charité ist nicht besser als in unserem alten Westberliner Leichenschauhaus, das kürzlich einem Aldimarkt weichen musste. Und an den Anblick sezierter Leichen werde ich mich auch nie gewöhnen. Sie liegen nebeneinander auf zwei Bahren. Links der erschossene Fahrradkurier, rechts der erdrosselte Kawelka, und dazwischen stehen die Professoren Graber und Kurzweil und halten ermüdende Vorträge.

Im Gegensatz zum Radfahrer, der von seinem plötzlichen Tod durch die Art des Kopfschusses kaum mehr etwas mitbekommen haben kann, war die Strangulation des Reporters schmerzhaft und grausam. Da sich der Draht sofort ins Fleisch des Halses schneidet, hat das Opfer keine Chance auf eine wirksame Gegenwehr.

»Die wird in einem solchen Falle von unserem eigenen Selbsterhaltungstrieb unterbunden, verstehen Sie? Der Automatismus unserer inneren Abwehr konzentriert sich allein auf den in den Hals schneidenden Draht, nicht aber auf den Angreifer selbst.«

»Kann … ähm …« Mühsam versuche ich, den Brechreiz zu unterdrücken. »Kann der Angreifer auch eine Frau gewesen sein?«

»Eine Frau«, fragt Hünerbein, der noch nie Probleme mit der Pathologie hatte und angesichts der Leichen sogar ein Brötchen vertilgen kann, »wieso eine Frau?«

»Als Kawelka den toten Fahrradkurier fotografieren wollte, wurde er doch von einer Frau wieder ins Büro geschickt.«

»Die vom Psychologischen Dienst?«

»Wenn sie überhaupt vom Psychologischen Dienst war.« Gott, ist mir schlecht.

»Diese Art der Strangulation«, beantwortet Graber meine Frage, »erfordert Ausdauer.« Er zieht sich seine Gummihandschuhe mit einem lauten Schmatzer von den Händen. »Und zeigt nicht gerade das weibliche Geschlecht mehr Beharrlichkeit bei der Ausführung seiner Vorhaben als wir Männer? Statistisch ist längst erwiesen, dass uns die Dinge schneller langweilen, dass wir eher geneigt sind, aufzugeben, wenn uns der Aufwand zu hoch erscheint. Frauen dagegen gehen zielbewusster vor, überlegter. Das gilt auch beim Mord.«

»Na, ich weiß nicht.« Hünerbein ist skeptisch. »Die meisten Morde werden immer noch von Männern begangen.«

»Sind Sie sicher?« Graber wiegt das Haupt. »Vielleicht sind Frauen nur geschickter. Vielleicht bleiben weibliche Morde ja eher unentdeckt. Was unseren Kawelka betrifft«, er deckt die beiden Leichen mit einem weißen Laken ab, »nun, der könnte durchaus von weiblicher Hand umgebracht worden sein, obgleich zunächst der äußere Eindruck dagegensprechen mag. Bei dem Fahrradkurier tendiere ich allerdings eher zu einem männlichen Täter.«

»Wieso«, wende ich ein, »Schießen kostet doch sehr viel weniger Kraft als Erwürgen?«

»Da haben Sie recht, mein lieber Knoop«, gibt Graber zu. »Doch erfordert der Umgang mit einer solchen Distanzwaffe eine Routine, wie sie nur der Soldat kennt. Ich will Ihren Ermittlungen nicht vorgreifen, gebe aber dennoch zu bedenken, dass Frauen beim Militär noch relativ selten anzutreffen sind. – Interessant ist vielmehr etwas anderes.« Der Professor geht zu seinem Schreibtisch am Fenster und reicht mir eine schmale Aktenkladde. »Die toxische Analyse der beiden Opfer.«

Ich verstehe kein Wort. Oder besser, ich kann mich kaum konzentrieren, weil mir so übel ist.

»Die toxische Analyse ist eine reine Routineuntersuchung in der Forensik«, fährt Graber fort. »Wir machen sie von jedem

Opfer, um auszuschließen, dass es nicht noch eine zweite Todesursache gibt. Erinnern Sie sich an den Fall Streipert?«

Na, sicher doch. Der Fall Streipert erregte Mitte der achtziger Jahre Aufsehen. Der Besitzer einer Eisengießerei in Neukölln war beraubt und erschossen aufgefunden worden. Als Täter wurden zwei Angestellte der Eisengießerei ermittelt. Ein türkisches Brüderpaar, das im Besitz der Tatwaffe war. Zudem waren ihre Fingerabdrücke am Tatort sichergestellt worden, und an der Kleidung des älteren der Brüder fanden sich Schmauchspuren, die als Rückstände der Schüsse auf das Opfer gewertet wurden. Ein Geständnis gab es nicht, und auch das Raubgut wurde nie bei den Angeklagten gefunden. Doch aufgrund der erdrückenden Beweislage wurden sie wegen gemeinschaftlich begangenen vorsätzlichen Mordes zu zwölf und fünfzehn Jahren Haft verurteilt.

Die junge Anwältin der beiden Türken gab sich damit nicht zufrieden. Sie glaubte fest an die Unschuld ihrer Mandanten und erzwang gerichtlich die Exhumierung des inzwischen beerdigten Opfers. Bei einer erneuten Obduktion wurde festgestellt, dass Streipert vergiftet worden war. Die Schüsse auf ihn wurden erst abgegeben, als er schon tot war. Der ganze Fall musste neu aufgerollt werden. Mit dem Ergebnis, dass nicht die türkischen Brüder, sondern Streiperts Ehefrau der Tat bezichtigt wurde. Diesmal gab es ein Geständnis. Die Frau hatte ihren Mann vergiftet, um an dessen Lebensversicherung heranzukommen. Sie wusste, dass ihre türkischen Angestellten im Besitz einer Waffe waren, stahl diese aus deren Spind und gab dann die Schüsse auf die Leiche ab, um den wahren Tathergang zu verschleiern. Mit Erfolg.

Wäre die Anwältin der beiden Türken nicht so hartnäckig gewesen, würden die Brüder noch heute unschuldig im Gefängnis sitzen. Seitdem lässt unser Rechtsmediziner jede Leiche, die er zur forensischen Obduktion bekommt, toxikologisch untersuchen.

»Was haben Sie gefunden?«

»Nun, beim Fahrradkurier haben wir eindeutige Hinweise«, Graber schreitet die Bahren ab, »auf den regelmäßigen Konsum nicht unerheblicher Mengen Cannabis feststellen können.«

»Ein Kiffer, na und?«

»Nichts und.« Graber bleibt stehen. »Das war's. Beim Fahrradkurier jedenfalls. Interessanter dagegen sind die toxischen Analyseergebnisse bei diesem toten Freund.« Er sieht fast liebevoll auf die abgedeckte Leiche des Fritz Kawelka. »Zunächst hielt ich die leichten Verätzungen in seinem Bronchialtrakt für eine Folge übermäßigen Alkohol- und Nikotingenusses. Aber die Schwellungen in der Lunge sprechen dagegen.«

Mann, macht der Kerl es wieder spannend. »Ist Kawelka vergiftet worden?«

»Zumindest muss er sich vor seinem Tod«, Graber reibt sich nachdenklich das Kinn, »an einem ziemlich gesundheitsgefährdenden Ort aufgehalten haben. In seiner Lunge fanden wir Spuren von Chlortrifluorid.« Er tippt auf die Aktenkladde in meiner Hand. »Eine Interhalogenverbindung. Sehr reaktionsfreudig, giftig und stark ätzend. Steht alles dadrin. Hätte man ihn nicht erdrosselt, wäre der arme Kawelka früher oder später an den Nachwirkungen dieses Gases gestorben.«

Mir fällt sofort Enzos Nazibunker im Oderbruch ein. »Kann man das Zeug für chemische Waffen verwenden?«

»Aber sicher«, antwortet Graber, »im Ersten Weltkrieg wurde Chlorgas an der französischen Front eingesetzt.«

»Und im Zweiten Weltkrieg?«

»Nein.« Graber schüttelt den Kopf. »Hitler war strikt dagegen. Er war als junger Feldwebel 1917 selbst in einen Chlorgasangriff geraten und entsprechend traumatisiert. Daher hat er den Einsatz von chemischen Waffen strikt verboten.«

»Was?« Hünerbein kann es nicht glauben. »Der Mann lässt Millionen von Juden in Gaskammern umbringen, scheut aber den Einsatz derselben Mittel an der Front?«

»Wollen Sie sich mit mir über die Logik eines größenwahnsinnigen Arschlochs unterhalten?« Graber winkt ab. »Ich fürchte, das führt zu nichts.«

»Im Übrigen haben seine Militärs durchaus mit chemischen Waffen experimentiert«, fügt Kurzweil hinzu. »Sarin etwa. Das ist das Zeug, mit dem die Gruppe Ōmo Shinrikyō, besser bekannt als Aum-Sekte, vor zwei Jahren diesen furchtbaren Anschlag auf die Tokioter U-Bahn verübte.«

Ja, ich erinnere mich, der Fall hatte weltweit für Entsetzen gesorgt.

»Aber wie gesagt«, bekräftigt Graber, »an den Fronten des Zweiten Weltkrieges kamen derartige Waffen nie zum Einsatz.«

Trotzdem muss Kawelka ja irgendwo mit diesem Chlorgas in Verbindung gekommen sein, überlege ich. Sonst hätte er es nicht in der Lunge. Furchtbar.

Und schlagartig fällt mir meine Übelkeit wieder ein. Oh mein Gott, ich spüre regelrecht, wie ich vom Gestank in dieser Leichenhalle und meinen Gedanken zerrieben werde. Unerträglicher Brechreiz bemächtigt sich meiner. Wie ein Tsunami, der aus dem Inneren meines Körpers dringt.

Ein Nazibunker und zwei Tote! Einer erschossen, der andere erdrosselt und vergiftet mit einem ätzenden, giftigen Zeug! Chlortrifluorid! Ekelhaft!

Es ist buchstäblich zum Kotzen!

»Entschuldigt mich«, würge ich überwältigt hervor und stürze hinaus.

17 »FOLGEN SIE mit den Augen meinem Zeigefinger. Und nicht den Kopf dabei bewegen. Nur die Pupillen.« Der lange, säbelartig gekrümmte Zeigefinger des Unfallarztes wanderte vor Meyers Kopf hin und her. »Sehr gut. Piept's noch in den Ohren?«

Ja, es piepte noch. Verdammt hohe Frequenzen waren das, kaum auszuhalten. Aber es wurde langsam besser. Immerhin konnte Meyer den Arzt schon ganz gut verstehen.

»Was ist mit meinem Wagen?«

»Ja, den«, der Arzt lachte etwas zu laut drauflos, »den können Sie vergessen. So'n Autobömbchen ist ja schließlich kein Chinaböller, was? – So, und jetzt konzentrieren Sie sich mal bitte auf das Licht hier.«

Unfug! Das dämliche Licht konnte ihm gestohlen bleiben. Irgendwer hatte ihn in die Luft sprengen wollen, Himmel und Hölle noch mal!

Meyer sprang auf. Immerhin war er nicht verrückt. Er hatte ein Gefühl gehabt, ein Gefühl der Beobachtung, von dumpfer Bedrohung und Gefahr, und es hatte sich als richtig erwiesen, als absolut korrekt. Seine sieben Sinne funktionierten wie ein Uhrwerk, großartig!

»Wo bin ich überhaupt?«

»Auguste-Victoria-Krankenhaus. Die Notaufnahme.«

Na wunderbar, da wollte Meyer doch ohnehin hin. »Ist meine Tochter noch hier? Melanie? Melanie Droyßig – sie trägt den Namen meiner Exfrau, wissen Sie«, er reckte den Hals, »die auch hier sein müsste …«

»Beruhigen Sie sich und schauen Sie ins Licht!«

»Jetzt lassen Sie mich doch mal mit Ihrem Scheißlicht in Ruhe!« Meyer rannte hinaus in den Gang und brüllte: »Melanie! – Scha-hatz! – Ich bin's, der Siggipapa!«

»Siggi!« Monika stand plötzlich vor ihm und sah ihn verblüfft an. »Ist was passiert? Du siehst irgendwie seltsam aus!«

»Ach was, ich fühle mich prima. Wo ist Melanie?«

»Sie wird gerade entlassen!« Monika strich ihm besorgt über die Stirn. »Aber was ist mit dir?«

»Nichts. Mein Wagen wurde gesprengt, und in meinen Ohren piept's, aber sonst bin ich okay. Wir können los, wenn ihr so weit seid.«

»Moment mal, Herr Meyer«, der Arzt mit den Säbelfingern kam angerannt, »noch sind wir hier nicht fertig mit der Untersuchung.«

»ICH BIN OKAY! VERSTANDEN?«

»Ja, also wenn Sie meinen …« Der Arzt wich eingeschüchtert zurück und wandte sich an Monika. »Kennen Sie ihn?«

»Aber ja, das ist mein Exmann. Er wollte uns nur abholen, glaube ich. Auch wenn …« Verunsichert sah sie Meyer an. »Was, hast du gesagt, war mit deinem Wagen?«

»Mein Eindruck hat mich nicht getäuscht«, erwiderte er stolz, »in die Luft gejagt haben sie ihn. – Bumm! Ich hatte die ganze

Zeit so ein blödes Gefühl. War deswegen sogar beim Psychologen. Aber ich bin völlig in Ordnung, das ist ja jetzt bewiesen.«

»S-sie haben dein Auto …« Monika war entsetzt. »Wer hat dein Auto …?«

»Egal!« Meyer winkte großspurig ab. »Soll sich Dieter drum kümmern. Ist schließlich sein Job.«

»Wollen Sie ihn jetzt mitnehmen oder nicht?«, fragte der Arzt Monika, dabei sorgsam Abstand zu Meyer haltend. »Ich meine, falls er gefährlich wird, können wir auch die …«

»ICH BIN NICHT GEFÄHRLICH«, tönte Siggi, »sondern die, die mein Auto in die Luft gejagt haben! Aber so ist das im Westen, nicht wahr? Hier werden immer die Opfer zu Tätern gemacht, wenn sie nicht in Ihr blödes Licht gucken wollen!«

»Er ist nicht gefährlich«, pflichtete Monika ihm bei und zog ihr Handy hervor. »Er hat nur ein Problem mit den gesellschaftlichen Umwälzungen der letzten Jahre …«

»Hier nicht telefonieren, bitte!« Der Arzt hob die Hände. »Im gesamten Krankenhaus herrscht Handyverbot.«

»Wegen der Instrumente, ich weiß.« Monika steckte ihr Handy wieder ein. »Ich wollte nur …«

»Siggi!« Melanie kam angerannt. »Das ist ja eine Überraschung!«

»Geht's dir gut, schönste aller Töchter?« Er wirbelte sie überschwänglich herum. »Ist alles okay?«

»Na ja, war schon ein ziemlicher Schock, das mit dem Fahrradkurier.«

»Dieter hat's mir erzählt.« Er sah Melanie gerührt an. »Mein Mädchen! Aber so läuft es halt in dieser wunderbaren neuen Zeit. Die Töchter werden von Radlern umgefahren, den Vätern bomben sie das Auto weg: Willkommen in der freien Welt!« Er hakte sie aufgekratzt unter. »Und jetzt sollten wir schleunigst abhauen und unser Überleben feiern.«

»Moment!« Der Arzt wedelte mit einem Formular. »Erst müssen Sie hier unterschreiben!«

»Ich unterschreibe.« Monika zückte einen Stift. »Und vielen Dank für alles, aber ich komme mit den beiden allein zurecht.«

»Dann wünsche ich viel Glück.«

»Danke.« Monika lächelte bemüht. »Das kann ich immer brauchen.«

Dann folgte sie zügig Exmann und Tochter hinaus ins Freie und zog erneut ihr Mobiltelefon hervor.

18 DIE ÜBER TAUSENDJÄHRIGE preußische Residenzstadt Potsdam liegt direkt am südwestlichen Ende von Berlin. Ortsfremde, die von der Königstraße kommen und nicht auf die Ortsschilder achten, merken meist gar nicht, dass sie die Stadt gewechselt haben. Nur die Glienicker Brücke trennt Berlin von Brandenburgs Landeshauptstadt.

Diese räumliche Nähe mag einer der Gründe gewesen sein, dass die geplante Fusion der beiden Länder im letzten Jahr vor allem am Votum der Brandenburger Bevölkerung gescheitert ist. Die stolzen Potsdamer fürchteten, von der riesigen Metropole vor ihrer Haustür kurzerhand eingemeindet zu werden und mit ihrem Land für die horrende Staatsverschuldung Berlins geradestehen zu müssen. Und noch heute trauert man in Berlin dieser einmaligen Gelegenheit, sich günstig sanieren zu können, mit Krokodilstränen nach. Die größte Baustelle der Welt wird auf Pump finanziert. Während Berlins Mitte pompös zum Regierungssitz umgebaut wird, verfallen anderswo Straßen und Plätze. Schulen müssen wegen Baufälligkeit gesperrt, Sport- und Schwimmhallen aus Geldmangel geschlossen werden.

Brandenburgs Haushalt dagegen gilt als ausgewogen, und die Landeshauptstadt Potsdam wurde zum UNESCO-Weltkulturerbe erklärt. Sie steht somit fast buchstäblich komplett unter Denkmalschutz und zieht aufgrund ihrer herrlichen Insellage zwischen malerischen Havelseen und weitläufigen Landschaftsparks immer mehr wohlhabende Bürger an. Frisch renovierte herrschaftliche Villen säumen die mondänen, von alten Lindenbäumen gesäumten Straßen und machen den preußischen Schlössern Konkurrenz. Drei

Viertel der Stadt sind Bestlage. In den barocken Palais und Parks preußischer Höflinge und Mätressen wohnen jetzt Modeschöpfer wie Wolfgang Joop und Supermodels wie Nadja Auermann, die Manager von Großkonzernen und berühmte Fernsehgesichter wie Günther Jauch. Millionen Touristen pilgern jährlich in die Stadt, nicht nur, um sich Schloss Sanssouci und das Neue Palais anzusehen, die Neuen Gärten und das Schloss Cecilienhof, Belvedere, Holländisches Viertel und die Kolonie Alexandrowka, sondern vor allem auch, um mal einen Blick auf die herrlichen Häuser der Reichen zu werfen und vielleicht, dies nur ein Beispiel, einen beim Volke allseits beliebten TV-Moderator mal ganz privat in kurzer Hose beim Sonnenbaden zu erwischen.

Natürlich gibt es auch hässliche Ecken in Potsdam, DDR-typische Plattenbausiedlungen, Bausünden wie das Mercure-Hotel, heruntergekommene Holperstraßen und verfallene Russenkasernen. Hünerbein wird nicht müde, auf all die Ecken hinzuweisen, wo Potsdam noch »typisch ostig aussieht«.

»Potsdam war halt auch immer Garnisonsstadt«, antworte ich ihm, während wir durch die Innenstadt fahren, »und an diese preußische Tradition haben sich die Sowjets gehalten.«

Die Oderflut hat auch das brandenburgische Innenministerium fest im Griff. Krisenstäbe tagen rund um die Uhr, Telefone klingeln unablässig, hektische Mitarbeiter rennen herum, und es dauert, bis wir jemanden finden, der sich Zeit für zwei Beamte der Berliner Kriminalpolizei nimmt, auch wenn er uns nur rausschmeißen will.

»Sie sind hier nicht zuständig«, bellt er uns an, »Berlin ist Berlin, und Brandenburg ist Brandenburg, und das wird sich auch nicht mehr ändern!«

»Ja doch, das bezweifeln wir ja nicht«, versuche ich, ihn zu beschwichtigen. »Wir ermitteln lediglich in einem Mordfall, der möglicherweise seine Ursprünge in Ihrem schönen Land hat.«

»Na klar«, regt er sich auf, »jetzt sind wir auch noch an euren Verbrechen schuld!«

Keine Frage, der Mann hat ein echtes Berlin-Problem.

»Wir sagen ja nicht, dass sie schuld sind …«

»Ich? Hah, das wäre ja noch schöner. Und jetzt raus hier, Sie sehen doch, hier ist die Hölle los!« Er will uns zum Ausgang drängeln, doch wir halten dagegen.

»Es geht um eine alte unterirdische Produktionsstätte der Nazis. Die sollen da chemische Waffen hergestellt haben. Möglicherweise ein Mittel, das sich Chlortrifluorid nennt. Das Zeug könnte dort immer noch tonnenweise lagern und wird nun vom Hochwasser bedroht.«

»Was?« Der Beamte fängt an zu schwitzen. »Wo soll das sein?«

»Im Oderbruch.«

»Und was hat das mit Ihrem Mordfall zu tun?«

»Das versuchen wir herauszufinden.« Ich schüttele den Mann endlich ab. »Deshalb sind wir hier.«

»Chemische Waffen im Oderbruch? Davon habe ich noch nie gehört.«

»Ja, aber vielleicht einer Ihrer Vorgesetzten.« Allmählich werde ich ungeduldig. »Hören Sie, in Berlin wurde ein Journalist umgebracht, weil er vermutlich an genau dieser Sache dran war. Es geht um einen Umweltskandal.«

»Na, für die Umwelt haben wir ein entsprechendes Ministerium.« Der Beamte hat endlich einen Weg gefunden, um uns loszuwerden, und schreibt eifrig eine Adresse auf. »Ich fürchte zwar, dass Umweltminister Matthias Platzeck nicht persönlich Zeit für Sie finden wird, weil er wesentlich mit den Rettungs- und Sicherungsmaßnahmen der gefährdeten Deiche beschäftigt ist. Aber ich bin sicher, man wird Ihnen weiterhelfen. Es ist nicht weit von hier!« Und schon hat er uns einen Zettel in die Hand gedrückt und aus seinem Ministerium geschubst.

»Nette Leute hier«, knurrt Hünerbein. »Wahrscheinlich alles alte Ostbonzen. Nicht umsonst nennt man das rote Brandenburg des IM Sekretär* die kleine DDR.«

»Na, dann sind sie doch auf gutem Weg«, erwidere ich und versuche mich an Ulbricht'scher Dialektik. »Überholen, ohne einzuholen.« Den Spruch haben mir Beylich und Matuschka beigebracht.

Wir steigen wieder in den Wagen und machen uns auf den Weg ins Ministerium für Ländliche Entwicklung, Umwelt und Verbraucherschutz des Landes Brandenburg, kurz MLUV, und stoppen wenig später vor einem unscheinbaren Kasten mit der Ästhetik eines DDR-Grenzübergangs an der Peripherie Potsdams.

Wir können es kaum glauben. Doch ein Schild der Landesregierung weist eindeutig darauf hin, dass wir hier richtig sind. Dieser dreistöckige Plattenbau ist tatsächlich der Amtssitz des in den letzten Wochen durch seinen rastlosen Einsatz beim Oderhochwasser als »Deichgraf« berühmt gewordenen brandenburgischen Umweltministers.

Auch hier klingeln Telefone ohne Unterlass, werden Pegelstände durchgegeben und Einsatzpläne geschrieben. Krisenmanagement in Zeiten der großen Flut.

Eine übermüdete Mitarbeiterin schaut uns fragend an und will ungläubig wissen, ob wir tatsächlich aus Berlin sind. Als hätten wir Peking gesagt.

»Nur aus Berlin«, wiederhole ich und lege meinen Dienstausweis vor. »Ihr Innenministerium hat uns hergeschickt.«

»In welcher Angelegenheit?«

Wieder erzähle ich von der alten unterirdischen Munitionsfabrik und chemischen Waffen, die überflutete Böden zu verseuchen drohen. »Ein Journalist aus Berlin wollte darüber berichten. Er wurde umgebracht.«

»Was? Hier bei uns?«

»Nein, in Berlin.«

Die Mitarbeiterin scheint erleichtert. »Und was wollen Sie dann hier?«

»Herausfinden, was an der Sache dran ist.«

»Dann verbinde ich Sie am besten mal mit unserer Pressestelle.« Sie fängt an, eine Nummer einzugeben.

Hünerbein und ich sehen uns an.

»Hören Sie«, wende ich mich erneut an die Frau, »aber vielleicht ist Ihre Pressestelle nicht unbedingt der richtige Ansprechpartner für uns.«

»Wieso denn nicht? Sie sagten doch, es gehe um einen Journalisten?«

»Das ist richtig«, gebe ich zu. »Aber diese Dinge waren und sind vielleicht nicht für die Öffentlichkeit bestimmt. Ich will damit sagen, dass uns Ihre Pressestelle vermutlich nicht weiterhelfen kann, weil sie selber nichts darüber weiß.«

»Wer ist denn bei Ihnen«, mischt sich nun auch Hünerbein ein und lehnt sich mit seiner Körpermasse so an den Empfangstresen, dass der bedrohlich knackt, »für die heiklen Sachen verantwortlich? Altlasten und so?«

»Ach, Altlasten«, die Frau winkt verstehend ab, »na, da haben wir hier einige. Ich verbinde Sie mal mit dem Klaffke.« Sie wählt eine andere Nummer. »Hoffentlich ist er nicht gerade in einer Krisensitzung.« Sie wartet einen Moment, spricht kurz mit jemandem und sieht uns dann bedauernd an. »Er ist in einer Krisensitzung. Das kann dauern.«

»Wo ist denn diese Krisensitzung?«

»Raum zwohundertvier. Aber da können Sie jetzt nicht rein!«

»Kommt auf einen Versuch an.«

Bevor uns die müde Mitarbeiterin folgen kann, sind wir schon die Treppe rauf.

»Zweiter Stock«, nehme ich an, weil bei Zimmernummerierungen meistens die erste Ziffer die Etage beschreibt, »und dann die vier.«

Vor einer geöffneten Doppeltür zu einer Art größerem Besprechungsraum stehen nervös rauchende Herren, einige im Anzug, die Krawattenknoten geweitet. Frauen stöckeln hektisch herum, irgendwo wird herumgebrüllt, weil eine Ladung Sandsäcke nicht dort angekommen ist, wo sie hin soll. Auffällig sind ein paar Bundeswehroffiziere, einer von ihnen steht genau vor der Nummer, die auf der Doppeltür prangt.

Ich recke den Hals. Zweihundertvier. »Hier sind wir richtig.«

»Herr Klaffke«, ruft Hünerbein laut und stiefelt geschäftig drauflos, »Herr Klaffke!« Als sich nicht sofort jemand meldet, packt er sich den ihm am nächsten Stehenden. »Entschuldigen Sie, aber ich suche den Klaffke. Es ist einigermaßen dringend.«

»Äh ja, der Herr Klaffke …« Der Angesprochene dreht sich suchend einmal um die eigene Achse, doch schon hat sich aus den Reihen der Raucher ein korpulenter, irgendwie an Mario Adorf erinnernder Vollbart gelöst und kommt auf Hünerbein zu.

»Klaffke. Und Sie sind?«

»Hünerbein«, er schüttelt ihm geschäftsmäßig die Hand, »Herr Klaffke, mir müssen dringend mit Ihnen reden. Möglichst unter vier, beziehungsweise«, Hünerbein zeigt auf mich, »sechs Augen. Das ist mein Kollege Knoop.«

»Was ist denn so wichtig?«

»Das sagen wir Ihnen gleich.« Hünerbein schnaubt ungeduldig. »Können wir?«

»Drei Minuten!« Klaffke deutet in eine Richtung. »Gehen wir in mein Büro.«

Natürlich weiß Staatssekretär Martin Klaffke auch nichts von einem Chemiewaffenbunker der Nazis im Oderbruch. Er habe noch nie davon gehört, beteuert er, während er Zigaretten herumreicht und einen Aschenbecher zwischen die Papier- und Aktenstapel auf seinen mit schwarzem Holzfurnier beklebten Schreibtisch stellt.

»Bislang wurden uns auch keine außergewöhnlichen Kontaminationen aus dem Oderbruch gemeldet. Wo soll dieser Bunker denn sein?«

Wir zeigen ihm die im L'Emigrante fotokopierte Flurstückkarte der Heeresversorgungsanstalt.

»Altgrieben, Seelow«, murmelt Klaffke nachdenklich und greift zum Telefon, um eine Nummer zu wählen.

»Ja, guten Tag, hier ist der Martin Klaffke vom MLUV. Gibt es in Altgrieben bei Seelow irgendwelche alten Bunkeranlagen, die von der Flut betroffen sind?« Er wartet einen Moment. Offenbar wird ihm eine Gegenfrage gestellt, denn er antwortet: »Ja, hier sind zwei Kriminalhauptkommissare aus Berlin. Sie ermitteln in einem Mordfall an einem Journalisten, der an einer Geschichte dran gewesen sein soll. Angeblich sind in einem Wehrmachtsbunker mit der Bezeichnung ›Waldwerk DSC‹ während des Krieges chemische Waffen produziert worden, die dort heute immer noch lagern. – Ja, ich weiß, Journalisten sind auf Storys aus, aber dieser Mann ist tot, und deshalb dachte ich …« Martin Klaffke beginnt zu schwitzen, während der Angerufene einen längeren Monolog hält und sich nicht unterbrechen lässt. Offenbar bläst er ihm den Marsch, denn Klaffke wird immer kleiner in seinem Sitz.

»Verstehe«, sagt er nach einer kleinen Ewigkeit, »ja, ich habe verstanden. – Sie können sich ganz auf mich verlassen. – Natürlich. – In Ordnung. – Ich gebe das so weiter. Vielen Dank.« Dann legt er auf. »Tja.«

»Tja?«, frage ich.

»Also, da ist nichts.« Klaffke erhebt sich. »Gar nichts. Ihr Journalist muss einer Ente aufgesessen sein.«

»Einer Ente?« Wir bleiben demonstrativ sitzen, denn für uns ist das Gespräch noch nicht beendet. Außerdem: »Journalisten produzieren vielleicht Enten. Aber werden sie deshalb auch umgebracht?«

»Woher soll ich das wissen?« Klaffke steht schon in der Tür. »Meine Herren, ich hab jetzt wirklich zu tun.«

»Was ist denn jetzt in Altgrieben?«

»Nichts. Jedenfalls kein Chemiewaffenbunker. Das ist kompletter Nonsens. Vielleicht war da früher mal was, aber jetzt ist da nichts mehr. Ihr Journalist muss wegen etwas anderem gestorben sein.«

»Er wurde umgebracht«, betont Hünerbein. »Und das nicht ohne Grund.«

»Bestimmt nicht wegen dieses Bunkers!« Klaffke scharrt unruhig mit den Füßen. »Eines Bunkers, den es gar nicht gibt.«

»Nicht offiziell gibt, meinen Sie?«

»Ich muss Sie jetzt wirklich bitten zu gehen!«

»Na gut.« Wir erheben uns und folgen dem Mann zur Tür. »Sie haben uns trotzdem sehr geholfen.«

Hünerbein reicht ihm die Hand, doch Klaffke schlägt nicht ein.

»Ich … Sie sehen ja, wir sind hier ziemlich im Stress. Entschuldigen Sie mich!« Er schließt sein Büro hinter uns ab und geht. Vielmehr, er flüchtet. So hat es zumindest den Anschein.

»Treffer«, murmelt Hünerbein. »Hier ist was faul.«

Schon möglich, denke ich.

»So weit der offizielle Weg.« Hünerbein gibt sich kämpferisch. »Jetzt schlagen wir den inoffiziellen ein!« Munter watschelt er mir voraus und die Treppe hinunter. »Auf, auf, Compañero! Auf nach Altgrieben!«

Doch wir kommen nicht weit. Als wir über den Parkplatz vor dem Ministerium auf meinen VW Passat zugehen, meldet sich das Handy. Genervt halte ich es mir ans Ohr. »Ja, Knoop?«

Was ich dann höre, haut mich fast um. Eine Autobombe in der Akazienstraße? Hoher Sachschaden, mehrere Verletzte? Ja, leben wir im Libanon oder was? Und was hat Siggi mit alldem zu tun?

»Harry.« Mit zitternden Händen stecke ich das Telefon wieder ein. »Die Dinge beginnen, sich zu überschlagen.«

»Wenn das so ist«, Hünerbein setzt sich in meinen Wagen, »sollten wir uns besser anschnallen.«

19 DREISSIG MINUTEN SPÄTER treffen wir in der Akazienstraße ein. Ein ganzer Löschzug der Feuerwehr steht auf der Fahrbahn, mehrere Ambulanzen und Polizeiwagen. Ein Alptraum: Die Schaufensterscheiben der umliegenden Geschäfte sind durch die Druckwelle geplatzt, überall liegen Glassplitter herum. Mehrere Menschen sind davon verletzt worden und werden von Sanitätern noch vor Ort behandelt. Die ausladende Markise des thailändischen Restaurants ist grotesk verbogen und der »Internationale Presseshop« daneben vollständig ausgebrannt. Offenbar haben herumfliegende Trümmerteile des direkt davor geparkten und durch die Detonation völlig zerstörten Wagens die vielen Zeitungen und Illustrierten in dem Laden entzündet und ein Inferno ausgelöst.

»Der Sprengsatz war offenbar direkt unter dem Wagen platziert«, erklärt uns Damaschke, der immer erschöpfter wirkt. »Gezündet wurde mechanisch, indem das fahrerseitige Türschloss entsprechend manipuliert wurde. Der Besitzer des Wagens ...«, Damaschke zeigt auf Siggi, der mit Monika und Melanie blass hinter der Polizeiabsperrung steht, »... ein Siegbert Meyer, wohnhaft in ...«

»Ich kenne den Mann«, unterbreche ich und winke den dreien zu, »mach weiter, Jürgen.«

»Du kennst den Mann?«

»Ja, und ich kenne auch das Auto. Ein BMW Z3, wie ihn Bond in seinem letzten Film fährt.«

»Dass die immer so kurze Auftritte haben ...« Kopfschüttelnd läuft Hünerbein um das Autowrack herum.

»Ja, also der Besitzer hat nur überlebt«, fährt Damaschke fort, »weil er aus einigen Metern Entfernung den Wagen per Funk entriegelt hat.«

»Glück gehabt, was, Dieter?« Siggi hat sich durch die Absperrungen geschoben und grinst seltsam unangebracht. »Jetzt stellt sich natürlich die Frage: Wollten die mich oder dich?«

Mich? Ich gucke ihn irritiert an. »Wieso mich? Ist doch dein Auto.«

»Ja, aber du bist zuletzt damit gefahren«, erwidert Siggi mit fachmännischer Ermittlermiene, »und es steht vor deiner Wohnung. Könnte 'ne klassische Verwechslung sein. Bist du an irgendeiner heißen Sache dran?«

Mir läuft ein kalter Schauer den Rücken hinunter. Was, wenn der Idiot recht hat? Mir fallen Enzos mysteriöse Mohnblumen wieder ein. *Alti papaveri*. Kawelka war ihnen mit seinen Recherchen in die Quere gekommen, und jetzt ist er tot. Ich ermittle in dem Fall. Bin ich auch schon wem in die Quere gekommen? Ohne es zu merken? Sind sie jetzt hinter mir her? Aber wer? Wer geht so weit, sich mit einem Bullen anzulegen? Da muss es doch um richtig was gehen! Verdammt, ich will wissen, was hier läuft!

»Das Autowrack in die KT.« Ich zwinge mich zur Ruhe. »Und schaut nach, ob eines von den umliegenden Geschäften eine

Überwachungskamera hat. Vielleicht haben die ja was auf dem Band.« Ich gehe zu Monika und Melanie: »Na, alles gut?«

»Eher nicht«, erwidert Melanie kaugummikauend und mit Blick auf die verwüstete Straße. »Was geht hier eigentlich ab?«

»Das würde ich auch gern wissen.« Ich nehme Monika, die sehr besorgt aussieht, in den Arm. »Fahrt mal ein paar Tage aufs Land. Ist vielleicht besser so.«

»Sind wir in Gefahr?«

Ich zucke mit den Schultern. »Ich weiß nicht. Ich blicke momentan überhaupt nicht durch. Das ist mir alles ein bisschen zu nah an uns, verstehst du? Fahrt einfach mal weg, bis sich der Pulverdampf verzogen hat. Und nimm die Kinder mit.«

»Ist die Ostsee weit genug?«

»Ich denke, das reicht.« Wir nutzen da seit einiger Zeit ein kleines Sommerhaus am Barther Bodden. Sehr idyllisch und einsam gelegen. Abseits vom Ferientrubel an der Küste.

»Och nö«, mault Melanie, »das ist so langweilig da.«

»Nimm dir was zu lesen mit«, rate ich ihr, »geht reiten. Macht euch ein paar schöne Tage. Ich komme am Wochenende dazu. Bis dahin weiß ich mehr.« Hoffe ich jedenfalls. Auch wenn die Sache im Augenblick komplett verworren scheint.

»Dieter, kleiner Tipp noch am Rande.«

Genervt fahre ich herum. Herrgott, was will Siggi denn schon wieder.

»Weißt du schon, wer's war?«

»Nun, ich sage es nur ungern«, antwortet er mit zerfurchter Stirn, »aber da waren vermutlich alte Kameraden am Werk.«

»Alte Kameraden?«

»Genossen von mir«, wird er deutlicher, »MfS. Alles deutet darauf hin: Die Bombe unter dem Auto und der relativ einfache Zündmechanismus am Türschloss. Da muss man das Auto nicht umständlich knacken, verstehst du? Das ist am einfachsten und sehr effektiv. Nur dass sie vergessen haben, dass unsere Autos heute mit ordentlich Abstand per Funk zu öffnen sind. Sehr hilfreich, wenn man überleben will.« Er lacht keckernd. »Ossis halt! Noch immer auf Kriegsfuß mit der guten Westtechnik.«

»Du willst mir erzählen, dass dir die Stasi die Bombe unters Auto gepackt hat? – Wieso? Was haben die alten Genossen plötzlich gegen dich?«

»Ich hoffe nichts.« Siggi lächelt breit. »Da bin ich mir sicher. Aber vielleicht haben sie ja was gegen dich.« Er fasst Damaschke am Ärmel, der mit seinem Analyseköfferchen vorbei will. »Einen Moment mal: Ich nehme an, der Sprengsatz bestand aus Semtex, richtig?«

»Auf jeden Fall ein Plastiksprengstoff«, nickt Damaschke, »wir werden das noch genauer untersuchen.«

»Verlassen Sie sich drauf, es war Semtex.« Siggi lässt den Spurensicherer wieder los und reibt sich die Hände. »Guter tschechischer Sprengstoff. Damit haben sie damals auch die Lockerbie-Maschine vom Himmel geholt.«

»Ich dachte, das waren Gaddafis Leute.«

»Richtig, richtig«, nickt Siggi eifrig, »Gaddafis Leute. Aber den Sprengstoff hatten sie aus der Tschechei. Semtex. – Pass auf, Dieter!« Er nimmt mich an beiden Schultern und sieht mir fest in die Augen. »Ich weiß, wir sind uns nicht immer grün gewesen. Aber wir lieben dieselbe Frau. Und wir haben eine gemeinsame Tochter. Das sollte uns enger verbinden, findest du nicht?«

Worauf will der Verrückte hinaus?, denke ich und versuche, mich aus seinem Klammergriff zu befreien. Vergebens. Siggi packt mich nur noch fester.

»Ich möchte nicht, dass dir etwas passiert, Dieter«, sagt er nicht ohne Pathos. »Und deshalb will ich dir helfen.«

»Wie?«

»Nun …« Siggi sieht nachdenklich in die Ferne und kneift etwas die Augen zusammen. Wie ein Trapper, dessen Blick über die Weiten der Prärie schweift. »Ich höre mich um. Mein Ministerium gibt's zwar schon lange nicht mehr, aber ich habe noch gute Kontakte. Und viele der alten Genossen arbeiten jetzt für andere Dienste. Ich kriege heraus, wer das war, in Ordnung?«

»In Ordnung, Siggi«, sage ich gedehnt. Dass man bei dem Irren nie weiß, woran man ist. »Lässt du mich jetzt los?«

»Wir sind so was wie Brüder, weißt du?« Er umarmt mich

ergriffen. »Brüder! Die halten zusammen. Egal, was kommt.« Er haut mir kräftig auf die Schultern, nickt mir noch einmal zu und geht. Kopfschüttelnd sehe ich ihm nach.

»Seit wann hast du'n Bruder?« Kauend steht Hünerbein neben mir.

»Seit heute, nehme ich an.«

»Besser spät als nie.« Er hält mir einen in fettiges Papier eingewickelten Shawarma hin. »Hier! Aus dem Habibi. Total lecker.«

Abwesend beiße ich in den Shawarma. Was geht hier vor?, hämmert es in meinem Hirn. Was verdammt geht hier vor?

20 DIPL.-PSYCH. SUSANNE BAIER hat nicht schlecht aus der Wäsche geguckt, als Meyer plötzlich vor ihrer Tür stand. Vor ihrer privaten Wohnungstür, versteht sich.

Nachdem sich die beiden Ms, wie er Monika und Melanie gerne nannte, in die Ostseesonne verabschiedet hatten, war er zum Viktoria-Luise-Platz gefahren und hatte sich ins »Buenos Aires« gesetzt. Da gab es einen netten kleinen Sommergarten auf dem breiten Trottoir, hübsche Kellnerinnen servierten Eistee und die neuesten Zeitungen. Gute Bedingungen, um die Zeit totzuschlagen.

Schräg gegenüber, auf der anderen Seite des hochherrschaftlichen Platzes aus der Kaiserzeit, lag im Hochparterre eines verschwenderisch mit Stuck, marmornen Engeln und Rosetten verzierten Altbaus die Bürogemeinschaft »Albrecht, Sörensen jr. & Co.«, wo sich auch Susanne Baier mit ihrer Praxis eingemietet hatte. Meyer ließ sie nicht aus den Augen. Und als die Psychologin am frühen Nachmittag endlich Feierabend machte, war er ihr gefolgt.

Was nicht so einfach war, denn die Dipl.-Psych. fuhr sportlich mit dem Rad. Meyer hätte sie beinahe verloren, wenn nicht zufällig ein Velotaxi vorbeigekommen wäre, eine Art moderne Fahrradrikscha für Touristen, das Meyer kurzerhand kaperte.

»Folgen Sie der Radfahrerin, aber unauffällig!«

Der Velotaxifahrer kriegte sich kaum noch ein vor Lachen.

»Ich mein's ernst, Sie Blödmann«, schnauzte Meyer, »treten Sie endlich in die Pedale!«

Es folgte eine rasante Fahrt durch die Stadt, denn die Dipl.-Psych. hielt sich als echte Großstadtradlerin natürlich weder an Vorfahrtsregeln noch an rote Ampeln. Sie kurvte zügig zwischen sich immer wieder stauenden Autos durch, kreuzte stark befahrene Kreuzungen gern diagonal und zeigte mehr als einmal Autofahrern ihren wütenden Stinkefinger.

Eine typische Kampfradlerin, dachte Meyer. Vermutlich reagiert sie mit ihrem aggressiven Fahrstil das wehleidige Gequatsche ihrer Patienten aus der Psychopraxis ab.

Das Velotaxi hatte einige Mühe, an der Dipl.-Psych. dranzubleiben. Aber Meyer spornte seinen Fahrer wechselweise mit aufmunternden Worten, »nun zeigense mal, was Sie draufhaben«, und barschen Drohungen, »wenn Sie die Tussi verlieren, gibt's kein Geld«, zu Höchstleistungen an, und war nach etwa fünfzehn Minuten in einer ruhigen Nebenstraße am Botanischen Garten angekommen, wo die Psychologin in einem frisch renovierten, um 1900 errichteten Gartenhaus ihr Domizil hatte.

»Stör ich?« Meyer setzte den hilflosesten, mitleiderregendsten Blick auf, den er parat hatte. »Natürlich störe ich. Tut mir leid.« Gekonnt wandte er sich wieder zum Gehen, doch wie angenommen hielt ihn Susanne Baier zurück.

»Aber nein, ich bitte Sie! Kommen Sie rein!« Sie trat einen Schritt zur Seite und ließ ihn in die Wohnung.

Nett, dachte Meyer, sehr nett. Seine Augen wanderten herum, erfassten die hübschen Delfter Fliesen in der Küche, die abgezogenen Dielen und die mediterrane Farbgebung im Wohnzimmer. Helle, sandfarben gewischte Wände, eine meerblaue Sitzgarnitur, Truhen und Schränke aus gewachstem naturbelassenen Pinienholz. Wie in vielen Singlefrauenhaushalten gab es überall sorgsam drapierte Dekorationen. Altes Treibholz und bizarr verformtes Wurzelwerk zum Beispiel. Vermutlich hatte es lange im Meer getrieben, bevor es an irgendeinem fernen Strand jahrzehntelang in der Sonne blich. Jetzt lag es als Schmuck auf Susanne Baiers hell gebeizter Fensterbank. Überhaupt schien die Dipl.-Psych. ein Faible für das Maritime zu haben. Große Muscheln, in denen man das Meer rauschen hören konnte, standen in den Regalen, ein altes Holzpaddel hing frei unter der Decke und diente als Kerzenleuchter. An den Wänden sorgten ausrangierte Positionslaternen aus stumpfem Messing für dezentes Licht, und ein romantisch verwittertes Fischernetz diente als Raumteiler. Dahinter stand der private Schreibtisch der Psychologin und eine Staffelei mit einem halb fertigen Bild. Ein Sonnenuntergang vor einer flachen Küste, mit dünnen Wasserfarben wie gehaucht. Aha, registrierte Meyer, die Kampfradlerin hat ein sensibles Hobby und Geschmack.

»Setzen Sie sich doch!«

»Oh ja, danke, gern.« Meyer setzte sich in einen der blauen Sessel.

»Wollen Sie etwas trinken?« Susanne Baier stand abwartend in der Tür. »Vielleicht ein Glas Wein? Ich hab einen Sancerre im Kühlschrank.«

»Ich liebe Sancerre«, erwiderte Meyer und dachte, dass dazu ein Dutzend frische Austern passen würden. Aber er wollte die Gastfreundschaft der Psychologin nicht gleich am Anfang überstrapazieren. Sein Handy fing an, den Nokia Tune zu piepsen, aber er schaltete es ab. Keine Störungen jetzt.

»Gehen Sie ruhig ran«, rief die Dipl.-Psych. aus der Küche, »vielleicht ist es wichtig.«

»Mobilfunkanrufe sind nie wichtig«, erwiderte er. »Sie tun immer nur so.«

Susanne Baier lachte. »Da haben Sie recht.« Sie kam mit zwei Gläsern und einer Flasche Wein wieder aus der Küche und schenkte ein. Dann setzte sie sich auf die Couch und hob ihr Glas: »Prost!«

»Prost.« Meyer roch erst fachmännisch am Wein, obwohl er eigentlich keine Ahnung davon hatte. Aber wer hat schon Ahnung vom Wein? Auf die Wirkung kommt es an. »Mhm«, machte er genießerisch, »eine fruchtige Note von Zitrus und ähm … Was ist das im Nachklang? Sandelholz?«

»Kann sein.« Susanne Baier zuckte mit den Schultern und lehnte sich zurück. »Ich bin keine Weinkennerin. Ich genieße einfach.«

»Genau darauf kommt es an«, pflichtete Meyer ihr bei. »Auf den Genuss.« Er trank jetzt ebenfalls einen Schluck. »Oh ja«, sagte er dann lächelnd. »Dieser Wein hält, was er verspricht. Ich nehme an, das ist«, er schielte auf die Flasche, »ein drei-, nein, ein zweiundneunziger Jahrgang?«

»Schon möglich.« Die Dipl.-Psych. ließ ihn nicht aus den Augen. »Weshalb sind Sie hier?«

»Sehen Sie«, Meyer hielt sich noch einen Moment am Weinglas fest, bevor er weitersprach, »ich bin nicht der Typ, der einfach so hinter Frauen herstromert.«

»Sind Sie das denn?«

»Was?« Ihre Zwischenfragen brachten ihn nur scheinbar aus dem Konzept.

»Sind Sie hinter mir«, sie lächelte belustigt, »hergestromert?«

»Gewissermaßen, ja.« Meyer stellte sein Weinglas ab und beugte sich zu ihr vor. »Ich bin in einer etwas heiklen Situation. In einer, sagen wir es so: Notlage. Ich wusste nicht wohin. Leider. Sie sind mir als Einzige eingefallen.« Er hob entschuldigend die Hände. »Und nun sitze ich hier und weiß nicht weiter.«

Susanne Baier bekam ihren professionellen Blick. Sie signalisierte mit reizvoll fragend erhobenen Augenbrauen ernstes Interesse. »Erzählen Sie mir, was passiert ist!«

»Lieber nicht.« Meyer winkte verlegen lächelnd ab. »Sie würden mich für verrückt erklären.«

»Entweder wir sind alle verrückt«, erwiderte sie, nun wieder ganz Dipl.-Psych., »oder keiner. Verstehen Sie? Wir alle sind subjektiv, wir nehmen die Dinge verschieden wahr. Und nur, weil sich Ihre Sicht möglicherweise von der Sicht der anderen unterscheidet, sind Sie nicht verrückt. Also sagen Sie mir ruhig«, sie strich ihm sanft über die Hand, »was Sie bedrückt! Sonst kann ich Ihnen nicht helfen. Wovor haben Sie Angst?«

»Sieht man mir das an?« Meyer zog seine Hand zurück. »Habe ich Angst?«

»Ich denke schon, ja.« Sie nippte an ihrem Wein. »Viele Männer haben damit ein Problem. Aber Angst ist etwas ganz Natürliches. Sie bewahrt uns davor, unnötige Risiken einzugehen.«

»Stimmt«, sinnierte Meyer in die Ferne schauend. »Deshalb bin ich hier.«

Die Psychologin legte verwundert den Kopf schief. »Sie sind hier, weil Sie kein Risiko eingehen wollen?«

»Ja. Draußen ist es zu gefährlich.« Meyer atmete tief durch. »Jemand versucht, mich umzubringen.«

»Wer?«

»Ich weiß es nicht.« Jetzt griff Meyer ihre Hand. Nicht sanft, sondern eher wie ein Ertrinkender, der sich verzweifelt an einen letzten rettenden Ast klammert. »Ein Killer. Er wollte mich mit meinem Wagen in die Luft jagen. Autobombe. Das hat vielleicht geknallt! – Bumm! – Meine Ohren fiepen immer noch.«

Susanne Baier flackerte nervös mit den Augen.

»Sehen Sie«, Meyer nickte grimmig, »jetzt halten Sie mich doch für verrückt. Aber den Knall haben auch ganz normale Passanten gehört. Es gab Verletzte. Und das Auto ist auch vollkommen hinüber. Es war reiner Zufall, dass ich mit dem Leben davongekommen bin. Das war«, er zeigte es mit den Fingern an, »so knapp!«

Irritiert starrte die Dipl.-Psych. auf den schmalen Spalt zwischen Meyers Daumen und Zeigefinger. Fünf Millimeter, höchstens. Man sah ihr an, wie sehr sie sich zwang, wieder zu professioneller Ruhe zu kommen.

Meyer ließ sie los und nahm einen Schluck Wein. »Lesen Sie morgen die Zeitung! Da wird das bestimmt drinstehen.«

»Ich habe davon vorhin im Radio gehört.« Ihre Stimme zitterte ein wenig. »Eine Autobombe in der Akazienstraße …«

»Das war mein Wagen«, bekräftigte Meyer. »Ein nagelneuer BMW Z3, noch nicht abbezahlt.«

»Aber im Radio sagten sie, dass es eine Auseinandersetzung zwischen Kriminellen gewesen sei …«

»Unsinn! Woher wollen die das wissen?« Meyer verschüttete fast seinen Wein. »Sehe ich wie ein Krimineller aus?«

»Ich weiß nicht, wie ein Krimineller aussieht.«

»Und wenn ich einer wäre?« Meyer sprang auf. »Würden Sie mich dann rausschmeißen?«

»Nein! Natürlich nicht. Sie sind mein Patient.« Sie hob beschwichtigend die Hände und bat ihn, sich wieder zu setzen. »Bitte! Und dann erzählen Sie mir ganz in Ruhe, was los ist.«

»Das kann ich nicht.« Meyer sank missmutig in seinen Sessel zurück. »Damit würde ich Ihr Leben auch noch gefährden.«

»Ist es so schlimm?«

»Ja«, blaffte Meyer, »es ist so schlimm! Ich habe keine Grippe!«

Susanne Baier schwieg verwirrt. Ganz offensichtlich brauchte sie einen Moment, um sich zu sammeln.

Tja, Frau Dr. Dipl.-Psych., dachte Meyer gehässig, das war's dann wohl mit deinem Latein. So was ist dir noch nicht untergekommen. Ein Kerl wie ich passt nicht in deine heile Analysewelt.

»Vielleicht«, sagte sie leise, »vielleicht ist es besser, Sie offenbaren sich der Polizei.«

Meyer fing an zu lachen.

»Die können Sie zumindest vor Ihrem Killer beschützen«, rief die Psychologin lauter, »jedenfalls besser, als ich das kann.«

»Ja, ja, die Polizei, dein Freund und Helfer!« Meyer winkte lachend ab. »Entschuldigen Sie, aber«, sein Kichern wirkte fast hysterisch, »aber das ist auch so eine Legende vom Ponyhof, dass Polizisten immer die Guten sind. Die Realität aber …« Er unterbrach sein Lachen abrupt und gab seiner Stimme einen angemessen düsteren Ton. »… die Realität sieht anders aus. Die Polizei gehört dem Staat, verstehen Sie? Polizeiräson ist Staatsräson, ihm allein gehört alle Loyalität. Was aber passiert, wenn der Staat sich auf Abwege begibt? Und die Polizei nicht mehr die Opfer schützt? Sondern zu den Tätern gehört?«

»Ist das so?« Susanne Baier flüsterte es fast.

»In meinem Falle«, Meyer nickte finster, »in meinem Falle ist das so. Ich habe mich zu weit vorgewagt, wissen Sie? Ich stecke in einer ganz blöden Geschichte. Einer Sache, die ein paar Nummern zu groß für mich ist. Weil der Staat dahintersteht. Menschen mit Macht. Menschen, die sich verstrickt und zu viel zu verlieren haben.« Er machte eine Kopf-ab-Bewegung und deutete dann auf sich. »Deshalb muss ich weg. Sie wollen meinen Tod, damit sie ihre Ruhe haben.«

»Und wie soll ich Ihnen jetzt helfen?«

Meyer lehnte sich zurück und dachte nach. Jetzt hatte er sie. Jetzt brauchte er nur zu sagen, was er wollte, und die Dipl.-Psych. würde es tun. Für ihren Patienten. Für ihn, Siegbert Meyer! Sein Leben lag in ihrer Hand, welche Frau wurde da nicht weich? Das weckte Mutterinstinkte, natürlich. Wir sind noch immer archaische Wesen. Urmenschen. Der Mann geht jagen, die Frau sorgt sich ums Feuer. Stirbt der Mann, ist auch sie verloren. Diese Urangst steckt ganz tief drin in jedem Weib. Trotz Zivilisation. Trotz Emanzipation. Tief in ihrem Inneren wissen sie, dass sie uns brauchen. Dass sie ohne uns nicht überleben können.

»Eine Unterkunft wäre gut«, Meyer atmete tief durch, »ein Versteck, irgendwo. Vielleicht hier. Ich kann nicht raus auf die Straße. Ich muss ein paar Tage in Deckung bleiben, verstehen Sie? Bis ich weiß, wie ich einigermaßen heil aus dieser Sache herauskommen kann.«

»Ich habe ein kleines Wochenendhaus«, überlegte sie.

»Wo?«

»In Ferch«, antwortete sie, »direkt am Schwielowsee. Es ist nicht renoviert und eigentlich nur eine Baustelle, aber für ein paar Tage ...«

»Das ist perfekt!« Meyer klatschte in die Hände. »Etwas weit vom Schuss, aber«, er lachte wieder, »wenn man überleben will, ist es ja das Beste, möglichst weit weg vom – verstehen Sie? – Schuss zu sein. Wunderbar!« Er schenkte sich großzügig Wein nach und trank. »Wann fahren wir hin?«

»Wenn Sie wollen, können wir das gleich machen.«

»Aber nicht mit dem Rad!«

»Nein, ich habe einen Wagen. Ich benutze ihn nur, um da rauszukommen.«

»Gut.« Meyer hob sein Glas. »Aber erst trinken wir den Wein aus. Und haben Sie was zu essen da? Ich habe einen fürchterlichen Hunger.«

»Ich könnte Ihnen Spaghetti machen.«

»Nein!« Meyer erhob sich und schüttelte nachdrücklich das Haupt. »Nein, nicht Sie! Ich mache die Spaghetti. Ich habe nicht viele Talente, aber was Pasta angeht, bin ich Spezialist. Zeigen Sie mir Ihre Küche?«

»Kommen Sie.« Susanne Baier lächelte wieder.

Das bekam er immer hin. Frauen zum Lächeln zu bringen war eine Kunst, die Meyer beherrschte. Und welches Weib wird nicht gern bekocht? Mach mir den Italiener, *amico*, und ich liege dir zu Füßen!

Nur bei Monika biss Meyer beharrlich auf Granit. Die konnte er nicht mehr umgarnen, leider.

Die Psychologin aber führte ihn glücklich in ihre kleine Küche, wo Siegbert Meyer bald geschäftig mit Töpfen und Pfannen zu klappern begann.

21 »WIESO ICH? *Cazzo infantibile!* Warum werde ich abgeführt?«

Natürlich regt sich der Patron auf. Ich hatte einen Polizeiwagen zum »L'Emigrante« geschickt und den stolzen Ndrinu sehr amtlich ins Dienstgebäude Keithstraße bringen lassen. Vorläufige Festnahme zur Klärung eines Sachverhalts nennt sich das.

Für Enzo ist das ein Affront, ein ungeheurer Vorgang, eines D'Annunzio vollkommen unwürdig, zumal er vermutlich weder etwas mit dem toten Kawelka noch mit dem Sprengsatz unter Siggis Auto zu tun hat. Das ist nicht sein Stil. Aber wenn ich erfahren will, was wirklich passiert im Kiez, muss ich ihn an seiner Ehre packen. Die Daumenschrauben anziehen, bis der alte Brigant kooperiert. Macht demonstrieren, wie Hünerbein das nennt. Zeigen, wo der Hammer hängt.

»Das kannst du nicht machen mit mir!« Aufgebracht rennt Enzo in meinem Büro auf und ab und gestikuliert mit den Armen. »Das wirst du bereuen, Signor Commissario, bitter bereuen!«

»Setz dich, Enzo!«

»Bin ich ein *maledetto imbecille*?« Er wedelt wütend mit den Fäusten. »*Porco dio*, wofür hältst du mich?!«

»Ich sagte, du sollst dich setzen!« Auch ich werde lauter.

»*Vaffanculo!* Was ist geworden aus unsere *coesistenza pacifica*? Wir hatten eine Abmachung!«

»Wir hatten eine Abmachung? – Enzo!« Unbewegt stehe ich vor ihm und schüttele langsam den Kopf. Eine Geste, die ich mir von Al Pacino abgeguckt habe. Sie soll finstere Entschlossenheit demonstrieren. Jetzt wird aufgeräumt!

»Enzo«, wiederhole ich und drücke ihn unmissverständlich in einen Stuhl. »Eine Abmachung bedarf bestimmter Rahmenbedingungen. Und ich kann nicht erkennen, dass diese noch erfüllt werden: ein erschossener Fahrradkurier, ein erdrosselter Reporter. Und in der Akazienstraße geht eine Autobombe hoch. – Was soll ich davon halten, Enzo? Du hast deinen Kiez nicht mehr im Griff!«

»*Che cazzo dici*«, Enzo starrt mich mit kreisrunden Augen an »Ich habe nichts zu tun mit deine *affari, pezzo di merda*!«

»Na, wenn das so ist.« Ich lasse ihn los und setze mich an meinen Schreibtisch. »Dann muss ich ab sofort selbst für Ordnung sorgen. Und mit dir fange ich an!« Geschäftig schlage ich einen dicken Ordner auf. »Schutzgelderpressung, Drogenschmuggel, Prostitution und Glücksspiel, ts, ts, ts …« Missbilligend sehe auf. »Gibt es eigentlich irgendwas, wo du nicht deine dreckigen Finger drin hast?«

»So kannst du nicht mit mir reden!« Enzo springt völlig außer sich wieder auf. »Das ist unfair, Signor Commissario, *totalmente inaccettabile*! Wie lange kennen wir uns? Fünfzehn Jahre? Zwanzig? Und waren wir nicht immer *buoni amici*, gute Freunde?« Fast hat er Tränen in den Augen. »Haben wir nicht immer gut kooperiert? War es nicht das Beste für uns beide? Und war es nicht auch das Beste *per il nostro quartiere*, für unseren Kiez?«

»Ja«, pflichte ich ihm bei. »Das war es. Aber diese Zeiten scheinen offenbar vorbei zu sein …«

»*Mi perdoni*, ist es meine Schuld?« Barmend hebt er die Hände.

»*Che casino!* Ich weiß nicht, wer macht diesen Ärger! *Qui gatta ci cova!* Aber es hat zu tun mit diese Bunker im Oderbruch. Mit chemische Gas für Weltkrieg! Ich bin sicher. *Questo è il problema!*«

Ich lehne mich zurück und beobachte ihn genau. Was weiß er wirklich?

»Diese alte Giftgasfabrik im Oderbruch: Wer hat sich zuletzt darum gekümmert?«

»Die Sowjets«, antwortet er prompt. »Haben damit experimentiert vermutlich. Es war ein Objekt, streng geheim.«

»Die Sowjets sind aber schon lange weg.«

»Das Gift ist noch da, Signor Commissario.«

»Kann da jeder ran?«

»Natürlich nicht.« Enzo ringt mit sich. »Es wird bewacht.«

»Von wem?«

»Ich weiß nicht. Eine Spezialtruppe. *Paramilitari.* Niemand weiß genau.«

Eine paramilitärische Spezialtruppe hält einen alten Giftgasbunker der Nazis besetzt? Das wird ja immer abenteuerlicher.

»Und Kawelka ist dahintergekommen?«

»Deshalb ist er tot.« Enzo seufzt bekümmert. »Er hat geschrieben eine *Carta*, ein Dossier. Zu seiner Absicherung. Aber es ihm nichts genutzt.«

»Er hat ein Dossier verfasst?« Ich bin wie elektrisiert. »Weißt du, wo es ist?«

Enzo schüttelt den Kopf. »Niemand weiß es. Aber sie suchen es.«

»Wer?«

»Chi vivrà vedrà.« Enzo zeigt auf seine teure Schweizer Armbanduhr und tippt sich dann an den Kopf. »Wir werden es bald wissen, Signor Commissario, ich verspreche es, *mamma mia*, das lassen wir nicht sitzen auf uns.« Erneut ballt er die Faust. »Wir sind die D'Annunzio! Wir bringen das in Ordnung! *È basta!*« Die Faust kracht auf den Tisch, dass die Kaffeetassen klappern.

Immerhin scheint er verstanden zu haben. Jetzt darf ich das Spiel nicht überreizen, sonst liefert er mir die vermeintlich Schuldigen bald gegrillt und abgeurteilt nach kalabrischer Art, was nicht unbedingt im Sinne des Rechtsstaates wäre.

»Keine eigenen Aktionen«, mahne ich ihn deshalb. »Nur Informationen sammeln, klar? Ab jetzt ist die Polizei dafür zuständig.«

»Du kannst dich auf mich verlassen.« Er legt seine Hände auf die Brust und lächelt. »Wir legen ihnen das Handwerk. Du und ich. Wir beide gemeinsam.«

»In Ordnung, Enzo. Dieses Gespräch bleibt unter uns.« Ich stehe auf und reiche ihm die Hand. »Die Kommunikation läuft einzig und allein über mich. Und noch mal: keine eigenen Aktionen, klar?«

»*Claro*, Signor Commissario. Information, aber keine Aktion. Wir arbeiten zusammen. Ich verspreche es.«

»Gut. Soll ich dir ein Taxi rufen?«

»*Ah no*, ich gehe zu Fuß«, winkt Enzo ab und erhebt sich ebenfalls. »Ein wenig frische Luft kann nicht schaden.«

»Wir hören voneinander«, verabschiede ich mich und lasse ihn ziehen.

Dann greife ich zum Telefon und rufe die Spurensicherung an: »Jürgen? Habt ihr in Kawelkas Unterlagen ein Dossier oder so was gefunden? Besondere Unterlagen? Zum Beispiel zu einem alten Bunker im Oderbruch?«

Damaschke verneint. Das Interessanteste sei bislang ein Korruptionsverdacht zu einem Schöneberger Landtagsabgeordneten gewesen, dem Kawelka so lange nachgegangen sei, bis sich die Affäre in Luft aufgelöst habe. »Aber wir haben etwas anderes für dich: Der Besitzer des ausgebrannten Z3 hatte recht: Der Sprengsatz war tatsächlich Semtex. Wie bei Lockerbie.«

»Danke, Jürgen.« Ich tippe auf die Gabel und wähle Hünerbein an. »Wo steckst du?«

»Kantinensitzung.«

Das hätte ich mir denken können. Es wird Abend, da hat der Dicke wieder Hunger.

»Komm runter«, lockt er mich, »es gibt hier heute ein herrliches Wiener Schnitzel mit Bratkartoffeln und Speck. Beylich und Matuschka sind auch hier. Wir gehen gerade noch mal alles durch.«

»Okay. Ich bin in fünf Minuten unten.« Nachdenklich lege ich auf.

Wird Schöneberg wirklich von paramilitärischen Banden unterlaufen, weil ihnen hier ein kleiner Lokalreporter auf die Schliche gekommen ist? Wegen eines Nazibunkers mit Chemiewaffen, der vom Hochwasser bedroht ist? Und was haben die brandenburgischen Behörden damit zu tun? Es kann doch nicht sein, dass die Ministerien in Potsdam von nichts wissen. Unfassbar!

Vielleicht ist es ganz gut, wenn sich die kalabrische Mafia darum kümmert. Das spart eigene Ressourcen.

22 DA UNSER DIENSTGEBÄUDE in der Keithstraße keine eigene Kantine besitzt, nutzen unsere Beamten immer den Jugoslawen gegenüber. Im »Adriatico-Grill« gibt es neben den üblichen Cevapcici die sogenannte gutbürgerliche Küche in einer etwas düsteren, aus den späten siebziger Jahren stammenden Einrichtung. Viel Eichenholz wurde verbaut, sodass sich eine gewisse, leicht verstaubte Bauernstubengemütlichkeit einstellen könnte, würde nicht permanent und etwas zu laut diese gewöhnungsbedürftige Musik aus den Boxen dröhnen.

Zigeunermucke, wie Hünerbein es nennt.

Ich würde es eher als Balkan-Pop bezeichnen. Scheppernde Bläser, jaulende Geigen und polkaartiges Tschingterrassabum, dazu ein betont machoartiger Gesang mit viel Pathos. Unterhaltungen sind bei dem Krach nur schreiend möglich. Man kommt sich vor wie in einem Film von Emir Kusturica. Aber das Essen ist gut und sehr reichhaltig, die Preise sind moderat, denn regelmäßige Gäste wie wir kriegen ordentlich Rabatt.

»Mahlzeit«, brülle ich.

»Mahlzeit! Mahlzeit! Mahlzeit«, rufen Beylich, Matuschka und Hünerbein zurück und machen mir auf der rustikalen Ecksitzbank am Fenster Platz. Lautstark debattieren sie, ob die unter Siggis Roadster platzierte Bombe wirklich mir gegolten haben könnte.

»So weit sind wir ja mit unseren Ermittlungen noch nicht«, mutmaßt Matuschka, »dass wir irgendwem gefährlich werden könnten. Oder sehe ich das falsch?«

»Kommt immer auf den Standpunkt des Betrachters an«, tönt Hünerbein kauend, und Beylich gibt zu bedenken, dass es durchaus Absicht gewesen sein kann, dass die Bombe vorher explodierte. »Vielleicht war es eine Warnung. So nach dem Motto: Lehnt euch mal nicht zu weit aus dem Fenster, sonst knallt's beim nächsten Mal richtig. Das würde auf jeden Fall erklären, warum der Zünder durch das Tür- statt durchs Zündschloss ausgelöst wurde. Denn so blöd«, da ist sich der ehemalige Kriminalmajor der Volkspolizei sicher, »sind wir Ossis nicht.«

»Stimmt«, pflichtet ihm sein alter Kollege Matuschka bei, »und technikfeindlich war'n wir auch nie. Im Gegenteil, bei dem Mangel bei uns war Erfindungsgeist gefragt. Und wie!«

»Vielleicht waren es ja auch gar keine Stasileute.« Hünerbein schiebt seinen leergegessenen Teller von sich. »Will noch jemand einen Schwedeneisbecher?«

»Au ja«, freut sich Matuschka. »Das ist übrigens das einzige Lokal im Westen, in dem es den guten alten Schwedeneisbecher gibt. Und wem haben wir das zu verdanken?«

»Na ja, es gab mal eine Zeit«, sinniert Beylich, »da waren die Jugoslawen unsere Waffenbrüder. Freunde im Kampf um den Sozialismus. In dieser Zeit muss Ulbrichts Lieblingseis über die Alpen gekommen sein.«

»Quatsch«, winkt Matuschka ab, »das lag allein an mir. Ich bin hier mal zum Wirt und habe ihn gefragt: ›Sag mal, warum machst du eigentlich keinen Schwedeneisbecher?‹ Ich wusste doch nicht, dass es den nur bei uns gab. Ich dachte, das sei ein international anerkanntes Dessert. Aus Schweden. Wieso heißt es sonst Schwedeneisbecher?«

»Weil während der Olympischen Winterspiele 1952 die schwedische Nationalmannschaft die westdeutsche im Eishockey besiegt hat«, erklärt Beylich. »Das hat Ulbricht damals so gefreut, dass er sich«, er fängt an, lautstark im Ulbricht'schen Duktus zu sächseln, »– nu – gesoocht hat, zur Ähre des schwädischen Volgges unsoweidrunsofordd, nänne isch mein Lieplingseis Vanille mit Appelmus gurrzerhand – nu – Schwädeneisbecher …«

Matuschka und Beylich amüsieren sich köstlich, Hünerbein und ich dagegen gucken uns nur hilflos an. Da wird wohl noch viel Wasser die Spree hinunterlaufen müssen, bis sich unsere Brüder und Schwestern im Osten von ihrer DDR erholt haben.

»Glaubt mir, es war nicht alles schlecht bei uns …«

»… zum Beispiel eure effektive kriminalistische Ermittlungsarbeit«, unterbreche ich Beylich. »Hast du was herausgefunden?« Denn deshalb habe ich mich hierher in diese Balkan-Polka-Hölle begeben. »Irgendwelche bahnbrechenden Erkenntnisse?«

»Na, ich habe mich mal über die mögliche Tatwaffe schlaugemacht.« Beylich zieht sein Notizbüchlein hervor und blättert darin herum. »Danach waren die achtundfünfzig gestohlenen Gewehre der Accuracy International für die SFOR-Truppe der Bundeswehr – Moment mal, hier hab ich es«, er schlägt eine Seite auf, »– leicht modifizierte Distanzwaffen des Typs AWM Strich F, das heißt Arctic Warfare Magnum, das F steht für Folding Stock. Bei der Bundeswehr werden diese Waffen seit Anfang des Jahres unter dem Kürzel G 22 geführt.« Er steckt sein Notizbuch wieder weg. »Ein Großteil der entwendeten Waffen ist noch auf dem Balkan wieder aufgetaucht, leider in den falschen Händen. Zwei Gewehre konnten auf einer illegalen Waffenmesse in Sankt Petersburg von der russischen Miliz sichergestellt werden, der Rest ist tatsächlich im Schwarzmarkt versickert.«

Er unterbricht sich, denn am Tisch steht der Kellner und räumt die leeren Teller ab.

Hünerbein sieht mich fragend an. »Willst du auch was?«

Ich winke ab.

»Dann drei Schwedeneisbecher für drei wackere Kommissare«, ruft Hünerbein launig gegen das dramatische Orchester aus den Boxen an, »aber ordentliche Portionen, bitte!«

»Drei Schwedenbecher«, brüllt der Kellner, »kommen sofort!« Er zieht wieder ab, und Beylich fährt, so leise es eben geht bei dem Lärm, fort:

»Vor zwei Monaten wurde ein Iraker aus einer Distanz von

mehr als tausend Metern in Köln erschossen. Die genaue Identität des Opfers ist nicht bekannt. Und im Hamburger Hafen starben kürzlich zwei russische Geschäftsleute, die im Zusammenhang mit der Plutoniumaffäre* stehen, ebenfalls durch einen Scharfschützen. Beide Male könnte ein Artic Warfare benutzt worden sein, und in beiden Fällen ermittelt das BKA. Ich habe die Daten unseres Kalibers zum Abgleich an das Bundeskriminalamt nach Wiesbaden schicken lassen, vielleicht kommt dabei ja was heraus.«

»Haben wir was über Berufskiller und Scharfschützen in den Archiven?«

»Nicht viel«, winkt Hünerbein ab, »ich bin das am PC mal durchgegangen, aber Profikiller sind halt sehr vorsichtige und diskrete Leute.« Auch er schlägt seinen Notizblock auf. »Da gab es einmal den sogenannten ›Snajper‹, einen ehemaligen Fallschirmjäger, der sich nach seinem Ausscheiden aus der Bundeswehr kriminellen Kreisen andiente. Er kam bei seiner Festnahme vor drei Jahren ums Leben.«

»Damit fällt er als Täter aus«, stellt Matuschka fest.

»Genau wie der als ›Würger‹ bekannte Afghanistanveteran Vitali Dobka. Er bediente sich ähnlicher Tötungsmethoden wie der beim Kawelka angewendeten Drahtschlinge, sitzt aber seit sechs Jahren in Tegel im Knast.«

»Und der ›Stille‹? Was ist mit dem?«

Hünerbein winkt ab. Der »Stille« war der Geheimnisvollste unter den polizeibekannten Berufskillern. Er hinterließ keine Spuren, brachte seine Opfer in den späten siebziger und frühen achtziger Jahren stets lautlos durch Genickbruch um und wurde nie gefasst.

»Leider ist der ›Stille‹ seit gut zehn Jahren nicht wieder in Erscheinung getreten. Wir nehmen an, dass er sich irgendwo zur Ruhe gesetzt hat.«

»Es sei denn, er hat die Tötungsmethode gewechselt«, überlegt Matuschka, »und schießt jetzt scharf.«

»Unwahrscheinlich«, finde ich das und ziehe mein Handy aus der Hosentasche, weil es mal wieder piept.

Vermutlich schon länger, wegen des lärmenden Balkan-Orchesters ist es nur schwer zu hören.

Doch auch Hünerbein, Matuschka und Beylich holen ihre Funktelefone hervor. Erstaunt gucken wir uns an.

»Rundruf«, stellt Hünerbein fest und wirft einen Blick auf das Display. »Der Chef!« Er hält sich das Handy ans Ohr und geht raus vor die Tür, um den Anrufer besser verstehen zu können.

Wir stecken unsere Handys wieder ein und wippen mit den Köpfen im Takt des trompetösen Polka-Irrsinns.

Nach einer Weile kommt Hünerbein wieder zurück und macht eine gewichtige Miene.

»Wir müssen sofort rüber. Da wartet hoher Besuch auf uns.«

»Der Innensenator?«, fragt Matuschka erschrocken.

»Nee«, erwidert Hünerbein. »Das Bundeskriminalamt. Bin gespannt, was die von uns wollen.«

Wir sind im Begriff, den »Adriatico-Grill« zu verlassen, als uns der Kellner mit den Schwedeneisbechern in den Weg tritt.

»Oh, besten Dank«, freut sich Hünerbein und nimmt ihm das Tablett ab, »aber wir müssen dringend in eine Besprechung. Wir bringen Tablett und Geschirr nachher wieder zurück. Und dann begleichen wir auch die Rechnung. *Do videnja*, Nachbar!«

23 »AH, DAS IST NETT, danke!« Palitzsch schnappt sich sofort die drei Eisbecher vom Tablett, kaum dass wir in den Besprechungsraum eingetreten sind. »Sie denken wirklich an alles!«

Dann bietet er zwei ernst dreinblickenden Herren in Blousonlederjacken und militärischen Kurzhaarschnitten je ein Schwedeneis an, das dritte reserviert er für sich.

Hünerbein ist sprachlos und daher auch zu keiner Form des Protestes fähig. Mit großen Augen sieht er zu, wie sein Eis weggelöffelt wird.

»Meine Herren«, mampft Kriminaloberrat Dr. Edmund Palitzsch und weist auf die beiden Blousonjacken, »ich darf kurz vorstellen: die Kollegen Goerdeler und Paulsen vom Bundeskriminalamt in Wiesbaden. Herr Paulsen, Herr Goerdeler«, jetzt zeigt er mit dem

Eislöffel auf uns, »dies ist die berühmt-berüchtige Berliner Mordkommission eins in alphabetischer Reihenfolge: Oberkommissar Egon Beylich, Erster Hauptkommissar Harald Hünerbein, Zweiter Hauptkommissar Hans Dieter Knoop und Oberkommissar Rainer Matuschka. Ihrer hervorragenden Arbeit ist es zu verdanken, dass wir mit zweiundachtzig Komma sieben Prozent eine der höchsten Aufklärungsquoten nicht nur in Berlin, sondern auch im Vergleich zum Bundesgebiet haben. Männer! Ich bin stolz auf euch.« Er klatscht demonstrativ in die Hände. »Das habt ihr gut gemacht. Bravo, Kollegen! Eure Arbeit ist ganz große Klasse!«

Verwundert schauen wir uns an. Liegt es am Eis, dass der Alte so voller Überschwang ist? Oder hat er was anderes genommen?

Die beiden BKA-Beamten klatschen brav mit, fast ist es uns peinlich. Dann kehrt allmählich wieder Ruhe ein. Die drei schlecken stumm ihr Eis, und wir schauen zu.

»Darf man fragen«, räuspert sich Hünerbein nach einer Weile vernehmlich, »was Ihr Besuch bei uns zu bedeuten hat?«

»Ja, das darf man.« Goerdeler widmet sich ohne weitere Worte wieder seinem Eis.

Aha, denke ich, das ist ein ganz Witziger.

Hünerbein sitzt zähneknirschend neben mir. Sein steigender Adrenalinpegel ist fast körperlich fühlbar.

»Und?« Mühsam beherrscht er sich. »Was wollen Sie von uns?«

»Die Herren Goerdeler und Paulsen sind hier«, antwortet Palitzsch, »um ihre eigenen Erkenntnisse mit dem Stand unserer Ermittlungen im Mordfall Kawelka/Borngraeber abzugleichen.«

»Wir machen ein Update«, knurrt Goerdeler.

»Sie machen ein Update, soso.« Langsam kommt auch Hünerbein in Fahrt, der den Goerdeler schon deshalb nicht leiden kann, weil der jetzt sein Eis isst. »Ein Update setzt aber voraus, dass Sie schon etwas zu diesem Fall auf der Festplatte haben. Sonst wäre es ein Download.«

»Oder ein Backup«, erwidert Goerdeler, »zur Sicherheit, falls Ihre Daten verloren gehen.«

»Sie wollen also unsere Daten.« Hünerbein erhebt sich. »Dann können Sie mir sicherlich auch sagen, wozu?«

»Ich mach's kurz.« Goerdeler erhebt sich ebenfalls. »Sie sind draußen. Ab sofort übernehmen wir den Fall.«

Dachte ich's mir. Wenn sich das BKA einschaltet, gibt es ein übergeordnetes Interesse. Und es hat mit dem Chemiewaffenbunker zu tun, sonst hätte sich der Klaffke im brandenburgischen Umweltministerium nicht so seltsam verhalten. Irgendwer hat panische Angst, dass etwas herauskommt. Er hat solche Angst, dass ein Killer engagiert wird und Autobomben explodieren. Alle, die irgendwie in diesem Zusammenhang ermitteln, sind offenbar eine Gefahr und müssen ausgebremst werden. Egal wie. Was ist aber jetzt die Rolle des BKA? Wollen die wirklich ermitteln? Oder geht es darum, weitergehende Ermittlungen zu verhindern? Was, oder besser, wer steckt dahinter?

Hünerbein und Goerdeler stehen sich gegenüber wie zwei Jungbullen, die mit zu viel Testosteron gedopt worden sind.

»Meine Herren!« Palitzsch lächelt bemüht. »Es sind ein Fahrradbote und ein Journalist ermordet worden. Ferner gab es einen Anschlag mit einem Sprengsatz. Alles passierte in Berlin. Also sind auch wir zuständig. Das LKA eins, Delikte am Menschen. Und natürlich kooperieren wir gerne mit dem Bundeskriminalamt. Nur: Ganz abnehmen können Sie uns den Fall nicht.«

Goerdeler greift zum Telefon und gibt eine Nummer ein. Dann reicht er den Hörer an Palitzsch weiter. »Erklären Sie's ihm!«

»Wem?« Palitzsch hält sich verwirrt den Telefonhörer ans Ohr. »Mit wem spreche ich?«

Und dann spielt sich eine ähnliche Situation ab wie mit Klaffke im brandenburgischen Umweltministerium vorhin. Palitzsch kommt nicht mehr zu Wort, und an seiner Mimik ist deutlich zu erkennen, dass er vom Angerufenen scharf zur Ordnung gerufen, oder wie es Hünerbein auszudrücken pflegt, »gerade ziemlich eingenordet« wird. Von einer hochgestellten Person vermutlich, denn Palitzsch nickt irgendwann nur noch servil.

»Selbstverständlich! – Habe verstanden. – Lückenlos und allumfassend, natürlich. – Das versteht sich von selbst. – Aber ja. – Durchaus. – Vollkommen richtig. – Dafür sorge ich. – Versprochen. – Auf Wiederhören.« Dann legt er, mutlos geworden, auf. »Das war deutlich.«

»Nicht wahr?« Der BKA-Mann schiebt ihm ein amtliches Papier über den Tisch. »Hier ist noch ein entsprechendes Schreiben des Generalbundesanwalts, womit die letzten Unklarheiten beseitigt sein dürften.« Goerdeler sieht in die Runde. »Können wir jetzt zur Sache kommen?«

»Natürlich!« Palitzsch federt hoch und marschiert im Raum umher. »Sie haben gehört, was gefordert ist. Hünerbein: Wenn Sie so nett wären, eine kurze Zusammenfassung unserer Ermittlungen zu geben?«

»Ungern«, knurrt Hünerbein. »Aber ich muss ja wohl.«

»Ganz recht«, nickt Palitzsch. »Und nun schießen Sie endlich los!«

»Am Dienstagvormittag wurde in der Belziger Straße der Fahrradkurier Adolf Borngraeber, wohnhaft in der Birkenstraße in Moabit, vor dem Haus Belziger Straße 75 in Schöneberg erschossen. Das ist hier«, Hünerbein baut sich vor einem Stadtplan auf und zeigt es, »am John-F.-Kennedy-Platz. Der Schuss wurde aus über circa dreihundertfünfzig Metern Entfernung von einem Dachboden in der Wartburgstraße 19 aus einer Waffe mit dem Kaliber .300 Winchester Magnum abgegeben, das ergaben die Spurenlage und ballistische Untersuchungen.« Hünerbein wendet sich jetzt unserer Pinnwand zu, auf die verschiedene Fotos und diverse Lageskizzen zum Fall gepappt sind. »Daraus schließend ergibt sich der begründete Verdacht, dass der Fahrradkurier nur zufällig in die Schusslinie geriet und statt seiner der Journalist Fritz Kawelka getroffen werden sollte, der in einer Ladenwohnung im Erdgeschoss der Belziger Straße 75 sein Büro hat.«

»Worauf stützen Sie diesen Verdacht noch?« Goerdeler macht sich Notizen und sieht auf. »Allein auf die Tatsache, dass sich das Büro des Reporters ebenfalls im Zielgebiet des Schützen befand?«

»Der Reporter wurde, Kriminaloberrat Palitzsch hat es vorhin erwähnt, ebenfalls tot aufgefunden«, erwidert Hünerbein ruhig. »Erdrosselt mit dieser Drahtschlinge«, er zeigt auf ein Foto derselben an der Pinnwand, »und noch während vor Ort die Ermittlungen zum Tod des Fahrradboten liefen.«

»Und das hat niemand gemerkt?« Goerdeler schüttelt den Kopf. »Niemand fiel auf, dass da noch ein Mord geschah?«

»Nein. Damit konnte keiner rechnen.« Hünerbein fährt fort: »In der Wohnung des toten Kawelka fanden wir den Hinweis, dass sich der Journalist noch am Dienstagvormittag im Nachtclub ›Four Roses‹ mit einem Informanten treffen wollte. Wir nehmen daher an, dass dieses Treffen durch den Mord verhindert werden sollte. Zudem sagte die Betreiberin des Nachtclubs aus, dass Kawelka an einer größeren Sache dran gewesen sei.«

»Was für eine größere Sache?«

Hünerbein überlegt einen Augenblick. »Das konnte uns die Nachtclubbesitzerin leider nicht sagen. Sie sprach nur von einer angeblich heißen Story, an der Kawelka gearbeitet habe. Worum es dabei genau ging, wusste sie nicht.« Er sieht die BKA-Männer bedauernd an. »Das war's.«

Geschickt, denke ich. Er verschweigt ihnen einfach unseren Kontakt zu Enzo und somit auch unser Wissen um den unterirdischen Wehrmachtsbunker in Brandenburg. Nicht schlecht. So können wir vielleicht erfahren, ob das BKA darüber schon im Bilde ist.

»Das war's?« Die BKA-Leuten scheinen mehr erwartet zu haben. »Und der Sprengstoffanschlag heute Morgen?«

»Das ist ein anderer Fall.«

Hünerbein setzt sich wieder. »Wir jedenfalls haben keine konkreten Anhaltspunkte dafür, dass die Bombe in der Akazienstraße auch nur ansatzweise mit dem Fall Kawelka/Borngraeber in Verbindung zu bringen ist.«

Cleverer Hund. Ich muss mühsam ein Grinsen unterdrücken. So mag ich meinen Hünerbein.

»Und Ihre Ermittlungen in Potsdam?«

Na also! Hünerbein und ich schauen uns wissend an. Davon also haben sie Wind bekommen. Sind die Kerle deshalb hier?

Hünerbein stellt sich ahnungslos. »Was für Ermittlungen in Potsdam?«

»Sie waren heute im brandenburgischen Umweltministerium«, wird BKA-Mann Goerdeler deutlicher. »Sie haben sich dort …« Er schaut in seine Notizen. »… wegen einer unterirdischen Produktionsstätte für chemische Waffen aus dem Zweiten Weltkrieg umgehört.«

»Richtig«, nickt Hünerbein. »Wir sind da einem Verdacht nachgegangen, der sich als unbegründet erwiesen hat.«

»Was für einem Verdacht sind Sie denn nachgegangen?« Die BKA-Leute lauern.

»Nun, im Körper des toten Kawelka, das hat die Obduktion festgestellt, fanden sich Spuren eines chemischen Giftes«, antwortet Hünerbein. »Chlortrifluorid. Da Kawelka sich vor seinem Tod öfter im Land Brandenburg herumgetrieben haben soll, wollten wir von den dortigen Umweltbehörden wissen, wo er sich diese Vergiftungen geholt haben könnte. An einen alten Wehrmachtsbunker dachte ich dabei, weil ich mal irgendwo so etwas gelesen habe. Dass die Nazis dort im Krieg mit chemischen Waffen experimentierten. Mit Chlortrifluorid.« Hünerbein lächelt listig. »Ich dachte, das könnte passen. Aber leider, leider, habe ich mich geirrt.«

»Sie haben sich geirrt?«

»Ja. Auch Genies liegen manchmal falsch, das ist eine bittere Erkenntnis. Es war ja auch nur ein ganz vager Verdacht«, Hünerbein winkt mit etwas zu ausholender Geste ab, »eine fixe Idee, nicht schlecht, aber völlig daneben. Jedenfalls ist da nichts dran. Der Kollege Knoop kann Ihnen das bestätigen. Die Mitarbeiter des Potsdamer Umweltministeriums haben uns glaubhaft versichert, dass ihnen keine derartigen Anlagen bekannt sind. Kawelka muss sich seine Vergiftungen woanders geholt haben.«

»Mhm«, macht Goerdeler und notiert sich etwas. »Und dieser Informant?«

»Was für ein Informant?«

»Der Informant, mit dem sich Kawelka in dem Nachtclub treffen wollte.« Goerdeler sieht auf. »Was haben Sie zu dem?«

»Nichts«, erwidert Hünerbein, doch Matuschka widerspricht.

»Doch«, ruft er eifrig und holt ein Phantombild aus seiner Aktentasche. »Ich war doch mit dem Identikit im ›Four Roses‹!

Das war doch mein Auftrag! Ich sollte doch gemeinsam mit der Puffmutter …«

»… das ist eine Nachtclubbesitzerin«, mahne ich genervt politische Korrektheit an.

»Meinetwegen«, erwidert Matuschka. »Jedenfalls habe ich mit der versucht, ein Bild des Informanten zu erstellen. Und das«, er legt das Phantombild auf den Tisch, »ist dabei herausgekommen! Er erinnert mich an irgendeinen Schauspieler …«

»Schall«, sagt Beylich, der sich das Bild als Erster anschaut. »Wie der junge Ekkehard Schall.«

Nie gehört, denke ich. Muss ein Ostschauspieler sein. Ich werfe ebenfalls einen Blick auf das Bild und erstarre: Das gibt's doch nicht! Wird man den Kerl nie los? Das ist doch einfach nicht zu fassen!

»Kennen Sie den Mann?« Die beiden BKA-Leute haben meinen verdutzten Blick bemerkt. Jetzt heißt es cool bleiben.

»Nein«, sage ich so gelassen wie möglich, »ich habe dieses Gesicht noch nie gesehen.«

Was eine glatte Lüge ist. Denn das Phantombild zeigt eindeutig Siggi, gar keine Frage. Das ist Siegbert Meyer. Stasi-Siggi. Die Nervensäge. Der Mann mit dem Roadster. Monikas Exmann.

Ein Hammer! Was hat der Kerl nun wieder in dieser Geschichte zu suchen? Wieso wollte der sich mit Kawelka treffen? Und was für Informationen wollte er dem Reporter geben?

Plötzlich fällt es mir wie Schuppen von den Augen. Die Bombe unter Siggis Auto! Natürlich war sie für ihn bestimmt und nicht für mich. Ihn wollten die Täter ausschalten, so wie sie's vorher schon mit Kawelka gemacht haben. Siggi war sein Informant, und deshalb soll er jetzt ebenfalls sterben.

Verdammt, ich muss ihn warnen. Ich muss ihn ganz dringend warnen!

Bevor es zu spät ist.

24 MEYER SASS auf einem wackeligen Holzsteg, der durch einen schmalen Schilfgürtel bis zum Wasser führte, und gähnte lang anhaltend. Gott, war er müde. Und trotzdem konnte er nicht schlafen.

Das Wochenendhaus der Dipl.-Psych. hatte sich tatsächlich als eine erbärmliche Bruchbude herausgestellt. Ein windschiefer Holzschuppen, irgendwann in den zwanziger oder dreißiger Jahren für einen naturverbundenen Großstädter gebaut, keine vierzig Quadratmeter groß, wenn man die ehemals verglaste Terrasse mit einbezog.

»Ich komme nicht wirklich dazu, hier was zu machen«, hatte sich die Psychologin entschuldigt und ihm im kargen, nur mit einem abgewetzten Sessel und einer klapprigen Kommode eingerichteten Raum ein Campingbett aufgeklappt.

Tja, wozu braucht sie dann die Hütte, dachte Meyer grimmig, wenn sie keine Zeit dafür hat?

Es gab keinen Strom und kein fließend Wasser. Als einzige Lichtquelle diente eine blakende Petroleumlampe, und wer sich waschen wollte, musste durch den verwilderten Garten zu einer vorsintflutlichen quietschenden Handpumpe laufen, die rostig zwischen Bauschutt und wild wuchernden Brennnesseln stand. Als Toilette diente ein Plumpsklo in einem separaten Bretterverschlag hinter dem Haus. Ein Kabuff wie aus einem Comic, da fehlte nur noch das herausgesägte Herzchen in der Tür.

Fast wehmütig dachte er an die gemütliche Wohnung der Dipl.-Psych. am Botanischen Garten zurück. Da hätte er es für eine Weile aushalten können. Da gab es den gewissen Komfort, den Meyer so schätzte. Und für einen Augenblick sah es nach dem Essen auch so aus, als könne man sich die Fahrt hier raus an den Schwielowsee sparen. Da hatte sie ihn so eigenartig angesehen, mit einem Blick, den Meyer sofort als Verliebtheit interpretierte.

Welche Frau betört es nicht, wenn sie von einem von Gangstern verfolgten Helden mit Pasta bekocht wird? Darauf stehen die Weiber, zumindest in Filmen klappt das immer. Harte Typen, noch blutig von der letzten Schlacht, lassen beim weiblichen Geschlecht den Hormonspiegel steigen.

Doch Meyer war wahrscheinlich nicht blutig genug, denn als er die Dipl.-Psych. an sich riss, um sie noch in der Küche in Grund und Boden zu knutschen, hatte sie sich entschieden losgerissen und ihm eine saftige Ohrfeige verpasst. Sehr heftig, seine Wange brannte immer noch. Wahrscheinlich war er zu gut gekleidet. Zu wenig abgerissen. Wahrscheinlich hätte er halb nackt bei ihr auftauchen müssen, abgehetzt und schwitzend. Nur im verdreckten Unterhemd wie Bruce Willis in »Stirb langsam 3«, kaputt und völlig fertig, doch wild entschlossen, die Welt zu retten.

Meyer sah trübsinnig auf den See. Inzwischen war es dunkel geworden, und auf den schwarzen Fluten spiegelte sich der Mond. Ein seltenes Bild in diesem verregneten Sommer. Meist war es bedeckt. Doch heute schien der Mond im Wasser zu tanzen.

Verdammte Blutsauger. Meyer klatschte sich eine der Mücken aus dem Gesicht, die ihn sirrend umschwirrten. Sie waren nervend, aber nicht unnütz, wie er aus DDR-Zeiten wusste.

Damals hatte die Regierung den Mücken mittels Chemikalien den Garaus gemacht. Ziel war es, die Lebensqualität der Werktätigen in den warmen Sommermonaten zu verbessern. Das Volk verbrachte seine Freizeit gern im Freien und wollte in Ruhe grillen. Doch mit den Mücken blieben auch die Singvögel aus, die sich von den Insekten ernährten. Dadurch konnten sich andere Schädlinge vermehren, Kartoffelkäfer zum Beispiel, irgendwelche Raupen, die das Getreide fraßen, bevor es geerntet werden konnte. Von wegen Lebensqualität. Fast wäre es zu einer Hungersnot gekommen. Die Natur lässt sich eben nicht so einfach mit Chemie überlisten. Alles hat seinen Platz und seinen Sinn. Im darauffolgenden Sommer ließ die Regierung die Mücken leben, die Singvögel kamen zurück, die Ernte konnte eingefahren werden, und alles war wieder gut.

Meyer seufzte. Wie schön es damals war in der guten alten DDR. Das war sein Land. Er vermisste es, immer noch und immer wieder. Hier in Ferch sah es an vielen Ecken noch aus wie früher, und vermutlich hatte allein der Reiz der herrlichen Landschaft die Psychologin veranlasst, sich diese Bruchbude zuzulegen. Sehr romantisch, direkt am See gelegen. Da fehlte halt nur ein geeigneter Mann, der mit anpacken konnte. Eine Frau allein konnte das gar nicht schaffen, schon gar nicht, wenn sie voll berufstätig war. Wie sollte das gehen?

Meyer lachte auf und schüttelte den Kopf. Absurd war das. Völlig unmöglich.

Morgen, wenn es Tag würde, wollte er sich hier ein bisschen umsehen. Tatenlos herumzusitzen war seine Sache nicht. Vielleicht konnte er ein bisschen was schaffen. Aufräumen im Garten, Schutt abtransportieren, Fensterläden ausbessern, Dielen abziehen, es gab so viel zu tun hier. Er würde sich zunächst einen Überblick verschaffen und dann ran an die Arbeit. Wer weiß, wie lange er es hier aushalten musste. Da war Beschäftigung immer gut.

Und vielleicht war das auch genau das Kalkül der Dipl.-Psych., als sie ihn hier rausfuhr. Dass er was schaffen konnte. Dass er ihr hier ein romantisches Nest bauen würde.

Noch so'n Frauending. Männer müssen Nester bauen, für eine gesicherte Zukunft sorgen, die Familie verteidigen können. Nun, zumindest was das Erste anging, würde Meyer seine Psychologin nicht enttäuschen.

»Auf Ihren Kopf ist eine Waffe gerichtet!«

Beunruhigende Worte, fand Meyer. Vermutlich die Nerven Oder Einbildung. Angst. Es konnte niemand hier sein. Er hatte auf alles geachtet. Hatte genau geguckt, ob jemand auf der Straße war, als sie aus dem Haus gingen. Da war keiner. Auch nicht, als er mit der Dipl.-Psych. ins Auto stieg. Die ganze Fahrt bis hierher hatte er in den Rückspiegel gestarrt und geschaut, ob ihnen jemand folgte. Nichts. Kein Wagen, der länger als fünf Minuten hinter ihnen blieb. Auf den letzten Kilometern waren sie ganz allein auf der Straße.

Und hier war es so einsam. Totale Windstille. Kein Geräusch. Von den Bäumen nicht und auch sonst. Nur eine ferne Nachtigall, das war's. Meyer hätte es hören müssen, wenn sich jemand dem Sommerhaus der Dipl.-Psych genähert hätte. Er war Profi, instinktiv konnte er Gefahren spüren, noch bevor sie akut wurden.

Aber er hat weder etwas gehört noch gespürt. Und doch hatte er plötzlich das Gefühl, als sei der Ziellaser eines Präzisionsgewehrs auf seinen Hinterkopf gerichtet.

»Stehen Sie auf!« Ganz deutlich hörte er eine dunkle, ihm völlig unbekannte Stimme. »Und ganz langsam umdrehen.«

Das war unmissverständlich. Meyer begann zu schwitzen. Gleichzeitig wurde ihm eiskalt. Wie waren die so schnell darauf gekommen, wo er sich befand? Die mussten ihn beobachtet haben, die mussten ihn die ganze Zeit beobachtet und verfolgt haben. Bis hierher. Aber wie? Wo war der Fehler?

Vielleicht war er zu sehr in Gedanken gewesen. Manchmal merkt man ja dann gar nichts mehr, wenn man so ganz bei sich ist. Vielleicht hatte er sich auch zu sehr auf die Psychologin konzentriert. So, dass er wertvolle, ja geradezu überlebenswichtige Augenblicke lang unaufmerksam war. Verdammt, er musste etwas übersehen haben. Und nun war es zu spät.

Wie in Zeitlupe richtete er sich auf. Und als er sich mit erhobenen Händen umwandte, ganz, gaanz langsam, bemerkte er den kleinen roten Lichtpunkt des Ziellasers auf seiner Nasenwurzel. Nur schemenhaft und wenn er schielte, aber eindeutig. Sie hatten ihn. Ein einziger Schuss würde ihn tödlich treffen, genau zwischen die Augen. Aber wenn sie ihn umbringen wollten, warum taten sie es dann nicht?

Meyer schöpfte wieder Hoffnung. Die wollen was von mir, dachte er. Das ist meine Chance. Jetzt hieß es Zeit gewinnen. Mühsam suchte er aus den Augenwinkeln die Umgebung ab. Er konnte niemanden sehen. Wo war der Kerl mit der Waffe? Er hatte so nah geklungen, keine zehn Meter entfernt. Aber er konnte ihn nirgendwo ausmachen.

Er muss irgendwo im Schatten der Bäume stehen, dachte Meyer angespannt. Direkt gegenüber. Schwarz gekleidet, sodass er in der Dunkelheit fast unsichtbar ist.

In der Nacht verschwimmen die Konturen. Sie ist die perfekte Tarnung für jemanden, der nicht gesehen werden will. Deshalb haben wir eine naturgegebene Angst vor der Dunkelheit. Noch so ein Urinstinkt, den wir nicht loswerden: die Furcht vor der Finsternis. Weil sich im Dunkeln das Böse verbirgt …

Als der rote Zielpunkt des Lasers an seinem Körper herunterwanderte und auf seinem Oberschenkel stehen blieb, trieb es Meyer den Angstschweiß aus allen Poren.

Jetzt wusste er, was ihm blühte. Nicht der schnelle Tod durch einen Kopfschuss. Das hier hatte etwas von blutiger Rache. Die wollen mich langsam sterben sehen, dachte er verzweifelt. Die schießen mir erst in die Beine, dann in die Arme und sonst wohin, bis ich langsam verblute. Das ganze qualvolle Programm für einen Verräter.

Und plötzlich war ihm völlig klar, wer ihn hier gestellt hatte. Es konnte nur den einen geben. Perfekt ausgebildet. Ein Phantom seit fast zwanzig Jahren. Lautlos und unsichtbar. Immer tödlich. Niemand wusste, wer dahintersteckte.

Aber es hatte einen Namen: Tante Tilly!

25

DER KERL ist nicht erreichbar. Seit Stunden schon nicht. Gefühlte tausendmal habe ich versucht, ihn anzurufen, auf dem Handy, per Festnetz. Aber es ging immer nur der Anrufbeantworter beziehungsweise die blöde Mailbox ran. Ich stand vor seiner Wohnung, habe Sturm geklingelt. Ohne Erfolg.

Am Ende habe ich kurzerhand seine Tür eingetreten, bin praktisch bei ihm eingebrochen, um mit zunehmender Verzweiflung nach einer Nachricht zu suchen, nach irgendeinem Anhaltspunkt, wo er sein könnte.

Vergebens. Nichts. Siggi ist wie vom Erdboden verschluckt.

Vielleicht ist er Monika und den Kindern an die Ostsee gefolgt? Zuzutrauen wär's ihm. Das wäre für ihn die Gelegenheit, wieder mal gepflegt mit Moni anzubändeln.

Ich wähle ihre Handynummer, aber auch da geht nur die Mailbox ran. Was an der Netzabdeckung liegt. Wenn wir dort telefonieren wollen, müssen wir immer in das Baumhaus klettern, das ich den Zwillingen in die Krone einer Krüppelkiefer gebaut habe. Da hat man dann ganz schwachen Empfang. Bislang hat mich das nie gestört. Wozu habe ich ein Sommerhaus? Um mich zu erholen. Um unerreichbar zu sein. Als sie mir einen Festnetzanschluss legen wollten, habe ich dankend verzichtet. Ich will im Urlaub meine Ruhe. Und die gibt es dort oben. Herrlich. Wenn ich einmal pensioniert bin, also in knapp sechzehn Jahren, werde ich mich genau dorthin zurückziehen und mit einer guten Flasche Whisky und einer Zigarre meinen Lebensabend im Sonnenuntergang über dem Bodden genießen. Ohne Telefon und Internet. Nur mit den Möwen auf dem Wasser und mit Monika. Vielleicht kommen uns mal die Kinder besuchen, dann wird gefeiert. Ansonsten genießen wir die Stille.

Ich spreche Monika trotzdem auf die Mailbox. Vielleicht fährt sie ja mal nach Barth zum Einkaufen. Da haben sie im letzten Jahr einen Telefonmast am Hafen aufgestellt, und wie ich Monika kenne, wird sie dort sofort ihr Handy abhören. Das macht sie immer. Im Gegensatz zu mir hält sie den Mobilfunk für eine unverzichtbare Erfindung. Dabei ist es früher ja auch ohne gegangen.

Auf Siggis Schreibtisch im kleinen Arbeitszimmer unter dem Dach liegt sein Terminkalender. Interessiert blättere ich ihn durch. Wenn er sich wirklich mit Kawelka im »Four Roses« treffen wollte, vielleicht hat er's notiert? Kawelka hatte sich den Termin ja auch aufgeschrieben. Und in der Tat steht's drin: »11.00 Uhr Treffen mit K. im FR«, na also. Was wollte er von Kawelka? Oder besser, was wollte der Reporter von Siggi? Und was bedeutet der Vermerk »St. Croix 222«? Siggi hat ihn in Klammern hinter den Termin mit Kawelka notiert. Mit einem anderen Stift. »St. Croix 222« – Was soll das sein? Worum geht's da? Um den Wehrmachtsbunker? Ist St. Croix 222 ein Code? Für etwas, das dort lagert oder produziert wurde? Oder bedeutet das was ganz anderes? Ein Kürzel für das Dossier, das Enzo erwähnt hat?

Herrgott, ich komme so nicht weiter. Am besten wäre es, ich könnte Siggi befragen. Wo steckt der Kerl nur?

Als ich zu Hause ankomme, ist es später Abend, und mit der heraufziehenden Nacht verstärkt sich die Sorge.

Mensch, hoffentlich ist Siggi nichts passiert. Ich hätte nie gedacht, dass ich mir um diesen Idioten einmal Sorgen machen muss. Wir haben uns nie gemocht. Und trotzdem will ich nicht, dass er stirbt. Dass er seinem Killer in die Hände fällt. Aber wie kann ich ihn schützen, wenn ich nicht weiß, wo er steckt?

Vielleicht meldet er sich ja noch. Hoffentlich. Sonst kann ich nichts tun. Nur warten. Oder soll ich ebenfalls an die Ostsee fahren? Einfach abhauen?

Nachdenklich schalte ich den Fernseher an. Im »heute-journal« berichtet Wolf von Lojewski von zusammenbrechenden Deichen bei Hohenglietzen und dass die Oder einen neuen Rekordpegelstand erreicht habe. Verantwortlich für das Desaster sei eine sogenannte Vb-Wetterlage mit anhaltenden Regengüssen in den Karpaten und im Riesengebirge.

Ich hole mir ein Bier aus der Küche und sehe meinen Anrufbeantworter blinken. Gleich mehrere Anrufe. Aber kein einziger von Siggi.

Zweimal hat Maren eine Nachricht hinterlassen, einmal Hugo und die anderen Kinderladeneltern. Sie wollen sich heute Abend um halb neun treffen, um das Problem mit Uta und Karl zu besprechen. Ich zucke mit den Schultern. Was gibt's da zu besprechen? Das müssen die beiden Erzieher schon mit sich allein ausmachen.

Trotzdem ziehe ich mir meine Jacke an und schalte den Fernseher wieder aus. Ich habe ja sonst nichts vor. Meinen Fall bin ich los, und alles ist besser, als allein herumzusitzen, Katastrophenmeldungen zu gucken und sich um Siggi zu sorgen. Die Kinderladeneltern lenken mich wenigstens für ein paar Stunden ab.

Im Spätkauf besorge ich noch zwei Flaschen Riesling, bevor ich mich auf den Weg in die Vorbergstraße mache. Da wohnt Maren, in deren Wohnung das Treffen stattfinden soll. Keine fünf Fußminuten von meiner Wohnung entfernt.

»Ah, Dieter, gut, dass du noch kommst!« Maren begrüßt mich mit geröteten Wangen an der Wohnungstür und nimmt mir dankend die Flaschen ab. »Rein mit dir, wir sind schon mitten im Thema.«

In Marens Wohnzimmer ist es stickig. Man spürt die erhitzten Gemüter regelrecht. Fast alle sind da: Hugo Powileit, Richter am Amtsgericht, sitzt standesgemäß an der Stirnseite des schmalen Couchtisches, scheint jedoch mit der Diskussionsführung überfordert. Links von ihm hocken auf Sitzkissen Klaus und Bea Thurn; er ist Sozialpädagoge in einer Einrichtung für schwer erziehbare Jugendliche, und sie verdient ihr Geld als freiberuflicher Clown. So was gibt's tatsächlich. Man kann sie mieten. Auch bei unseren Kindergeburtstagen hat Bea schon den lustigen Tollpatsch gegeben, und sie macht ihre Sache wirklich gut. Neben Klaus und Bea lehnt die alleinerziehende Jana Heidenreich in einem Schaukelstuhl und raucht Kette. Rechts auf der Couch drängen sich die Berufsschullehrerin Sabine Goltermann und der spanisch-deutsche Geschäftsmann Carlos Lederer, der sich mir mal als Eventmanager vorgestellt hat. Ich habe bis heute keine Vorstellung, was ein Eventmanager eigentlich tut.

Im Moment doziert er gerade von professioneller Mitarbeiterführung. Denn man sei nun mal, auch wenn das hier einigen nicht passe, Arbeitgeber. Man führe gemeinsam einen Kinderladen und habe Erzieher angestellt. Also sei man auch dafür verantwortlich, wenn die Chemie zwischen den Angestellten nicht stimme. Dann müsse man Führungskraft beweisen. Nachjustieren und gegebenenfalls Konsequenzen ziehen. Wie die aussehen sollen, erzählt der Eventmanager nicht. Er kommt nicht dazu, weil alle gleichzeitig anfangen zu reden.

Von mir nehmen sie kaum Notiz, zu sehr sind alle mit ihren Emotionen beschäftigt. Was vermutlich auch mit den bereits geleerten Weinflaschen zusammenhängt, die auf dem Couchtisch stehen. Um da mithalten zu können, werde ich zügig nachtanken müssen. Ich setze mich in den einzigen freien Sessel, Hugo gegenüber, und schenke mir rasch ein Glas ein.

»'nabend, allerseits!« Erst mal was trinken und gleich wieder nachschenken. »Worum geht's denn, Leute?«

Ah, endlich bemerken sie mich. Und quasseln sofort auf mich ein: dass Karl kündigen wolle, weil er mit Uta nicht mehr zurechtkomme, aber das weiß ich ja schon von Maren. Und dass keiner wolle, dass Karl kündige, doch auch das hat mir Maren schon so ähnlich vermittelt.

»Die Frage ist also: Wie kriegen wir die zwei wieder zusammen?«

»Die kriegen wir nicht mehr zusammen«, sagt Maren entschieden. Sie ist aus der Küche zurückgekommen und stellt die entkorkten Rieslingflaschen auf den Couchtisch. »Das wird nix mehr.«

»Sitze ich in deinem Sessel?«

»Aber nein«, antwortet sie mir und sammelt die leeren Flaschen ein, »bleib ruhig sitzen, das geht schon. Ich nehme mir einfach einen Stuhl.«

Sie verschwindet wieder im Flur und kommt kurz darauf mit einem Küchenstuhl zurück. »Wir werden Uta kündigen müssen, wenn wir Karl behalten wollen. So einfach ist das.«

»So einfach ist das eben nicht«, widerspricht Carlos Lederer. »Uta hat einen unbefristeten Arbeitsvertrag, den kann man nicht so einfach auflösen.«

»Arbeitsrechtlich ist das schwierig«, nickt Hugo, der Richter. »Um jemandem kündigen zu können, braucht es gute Gründe. Und die haben wir, soweit ich das sehe, nicht.«

Es klingelt erneut an der Tür, und Maren steht wieder auf. Diesmal ist es Claudine Stamm, die zu spät kommt.

»Entschuldigt«, lächelt sie etwas abgehetzt, »aber ich hatte noch einen späten Termin bei einem Kunden.« Sie sieht sich suchend nach einem Stuhl um, und Maren bringt einen zweiten Küchenstuhl.

»Oh, vielen Dank, Maren, das ist ganz lieb.« Claudine setzt sich und blickt scheu in die Runde. Auch sie ist Mutter von Zwillingen. Zwei süßen Mädchen, eineiig, was, wie allgemein gemunkelt wird, eine Folge der künstlichen Befruchtung sei, der sie sich vor drei Jahren unterzogen hatte, um doch noch Kinder zu bekommen. Es hat geklappt und gleich doppelt.

»Ich bin eine glückliche Spätgebärende«, wie Claudine Stamm gerne betont.

Allerdings wirkt sie oft etwas überfordert, ist wie Jana Heidenreich alleinerziehend und wohnt irgendwo außerhalb der Stadt im Brandenburgischen. Ihre Kinder habe sie deshalb bei den »Stoppelhopsern«, weil ihre Arbeitsstelle ganz in der Nähe liege, da sei es praktischer, die Kinder hier morgens abzugeben und nachmittags wieder abzuholen.

»Erzählt ihr mir, wo ihr gerade seid?« Claudine Stamm sieht fragend in die Runde. »Nur kurz, damit ich im Bilde bin.«

»Wir überlegen gerade, wie wir Uta kündigen können«, antwortet Klaus Thurn, »ohne arbeitsrechtliche Bestimmungen zu verletzen.«

»Moment mal!« Ich trinke mein drittes Glas Wein mit einem Zug aus, sonst kann ich der fortgeschrittenen Debatte nicht mehr folgen. »Wieso wollt ihr Uta kündigen? Hat die irgendwas verbrochen? Außer, dass sie Karl nicht leiden kann?«

»Uta hat nichts gegen Karl«, winkt Jana Heidenreich ab. »Ich habe mit ihr geredet, sie wusste gar nicht, dass Karl so eine Intrige gestartet hat.«

»Eine Intrige? Wieso eine Intrige?« Klaus und Bea regen sich auf. »Wieso erzählst du ihr überhaupt davon?«

»Na, ich wollte mal ihre Meinung dazu hören. Ist das verboten?«

»Jana, wir hatten doch eindeutig vereinbart, dass wir uns hier erst mal treffen und die Sache ergebnisoffen besprechen, bevor wir Uta damit konfrontieren …«

»Ergebnisoffen?« Jana Heidenreich lacht auf. »Ihr diskutiert seit einer Stunde, wie ihr Uta loswerden könnt!«

»Weil wir Karl behalten wollen«, erwidert Maren. »Oder willst du das etwa nicht?«

»Doch«, nickt Jana Heidenreich. »Aber wir können Uta nicht so ohne Weiteres den Laufpass geben.« Sie verdreht spöttisch die Augen. »Nur weil Karl plötzlich mit seiner Freundin bei uns arbeiten will.«

»Mit seiner Freundin?« Das höre ich zum ersten Mal. »Mit was für einer Freundin?«

»Jana meint diese Ann-Kathrin«, erklärt mir Carlos Lederer, und Sabine Goltermann fügt hinzu: »Die junge Studentin, die Utas Urlaubsvertretung übernommen hat.«

Stimmt, ich erinnere mich. Monika nannte es die »Chaostage der Stoppelhopser«. Da klappte rein gar nichts. Karl und diese junge Studentin waren vermutlich zu sehr mit sich selbst beschäftigt.

»Die haben sich ineinander verliebt.« Bea kichert verhalten.

Darauf noch ein Glas Wein. »Prost!« So langsam mache ich Boden gut.

Karl will also lieber mit seiner neuen Freundin unsere Kinder erziehen. Wie niedlich. Und dafür versucht er jetzt, seine Kollegin rauszumobben. Das ist weniger amüsant, aber wohl folgerichtig in einer Gesellschaft, die das Arschloch zum Ideal erhoben hat. Wo allerorten kolportiert wird, dass nur Härte zum Erfolg führt, Skrupellosigkeit und Egoismus. Und Karl, eigentlich ein netter Junge, versucht jetzt auch mal, Schwein zu sein. Vielleicht kommt es an bei seiner neuen Freundin.

Moralistische Langweiler sind out, egozentrische Mistkerle dagegen gelten als polarisierende Erfolgsmenschen – zu ihnen schauen wir bewundernd auf. Sei Schwein, und die Mädels liegen dir zu Füßen, habe ich erst kürzlich irgendwo gelesen. Meine Erfahrungen sind da zwar ganz andere, aber wenn's 'ne schöne Schlagzeile gibt und genug Idioten, die diesen Mist glauben … – Verdammt, ich muss aufpassen, es reden schon wieder alle. Sonst verpasse ich noch was.

»… mir hat es immer gefallen, dass Karl mit unseren Jungs Fußball spielen gegangen ist«, erklärt Klaus Thurn gerade, »dass er ihnen die wichtige Abseitsregel erklärte. Dass er ihnen zeigte, wie man Fehlpässe vermeidet und gute Flanken schießt.«

»Flanken?« Ich merke, wie der Wein wirkt. »Ich dachte, im Fußball ginge es um Tore?«

»Mir hat es NICHT gefallen, dass Karl dauernd Fußball gespielt hat!« Jana Heidenreich zündet sich eine neue Zigarette an. »Der hat sich doch immer nur um die Jungs gekümmert!«

»Das stimmt doch nicht«, wirft Sabine Goltermann ein, »Karl

hat immer so schön mit den Kindern gesungen. Auch mit den Mädchen.«

»Er hat lediglich verstanden, was längst überfällig ist: dass Jungs eine besondere Erziehung brauchen, dass sie anders gefördert werden müssen als Mädchen.« Klaus Thurn setzt sich eine halbrunde Lesebrille auf und schlägt eine schmale Mappe auf. »Ich habe das für euch mal herausgearbeitet, weil wir diese Diskussion ja schon öfter geführt haben.« Er gibt jedem ein eng mit Maschine beschriebenes Blatt. »Inzwischen ist eindeutig erwiesen, dass Jungs in unserer leistungsorientierten Gesellschaft immer weiter abgehängt werden, weil sie in der kindlichen und frühkindlichen Erziehung von Frauen dominiert werden. In den Kinderläden wird ständig gemalt, gebastelt und Ringelreihen getanzt. Aber Jungs wollen nicht nur malen und Blumen basteln. Die wollen auch mal gefordert werden, Sport treiben, sich austoben!«

»Wir haben einen Toberaum«, widerspricht Jana Heidenreich.

»Aber das reicht doch nicht, Jana!« Klaus und Bea regen sich auf. »Und deshalb ist es gut, wenn die Jungs jetzt endlich mal eine männliche Bezugsperson haben. An der sie sich reiben können. Mit der sie sich mal richtig kabbeln und Fußballspielen können. Gerade du Jana, als alleinerziehende Mutter: Was glaubst du, wann dein Sohn das erste Mal einen Mann kennenlernt. In der Schule? Vergiss es, da gibt's auch fast nur Frauen. Wenn er Pech hat, bekommt es der Junge als Achtzehnjähriger das erste Mal mit einem Mann zu tun. Der weiß dann gar nicht, wer da vor ihm steht, mal überspitzt gesagt. Gerade Jungs von alleinerziehenden Frauen wie dir, Jana ...«

»Herrgott, Klaus, Bea: Kommt zu euch«, faucht Jana qualmend, »ich habe eine Tochter und keinen Sohn!«

»Ja, aber wenn du einen Sohn hättest, dann hätte der ein Problem.«

»Wieso?«

»Weil er keinen Vater hat«, ruft Klaus. »Weil er im Kinderladen und in der Schule und was weiß ich wo noch alles nur immer mit Weibern zu tun hat!«

»Nun ist aber gut!« Großer Protest der anwesenden Frauen. »Was ist das denn fürn Machoscheiß? Chauvinist!«

»Wir wollten ja jetzt auch nicht über die Probleme von Söhnen alleinerziehender Frauen sprechen«, versucht Hugo, wieder zum Thema zurückzukommen, »sondern darüber, was wir mit Uta machen?«

»Wieso mit Uta«, frage ich, »ich denke, es geht um Karl?«

»Es geht um Uta und Karl«, präzisiert Hugo. »Wie gehen wir da jetzt weiter vor?«

»Uta kündigen und Karl an ihre Stelle setzen«, schlagen Klaus und Bea vor.

»Das könnte ein Problem geben«, gibt Hugo zu bedenken, »wir hatten das vorhin schon. Uta hat sich ja nichts zuschulden kommen lassen. Im Gegenteil, sie hat ihre Arbeit immer sehr gut gemacht. Ohne triftigen Kündigungsgrund könnte sie gegen ihre Entlassung klagen und dann ...« Hugo winkt ab. Als Richter weiß er, wie lange so was dauert. »Ganz abgesehen von den Kosten, die da auf uns zukommen würden.«

»Darf ich kurz daran erinnern«, wende ich ein, »dass wir Uta mal wegen ihrer fachlichen Kompetenz eingestellt haben? Weil sie eine ausgebildete Erzieherin ist. Karl hat, soweit ich das mitbekommen habe, überhaupt keine Ausbildung.«

»Er studiert Musik«, weiß Sabine Goltermann.

»Eben«, nicke ich. »Und diese Urlaubsvertretung? Seine neue Freundin? Was kann die?«

»Singen.«

»Singen?«

»Sie studiert Gesang«, wird Sabine Goltermann deutlicher, »an der Hochschule der Künste. Von dort kennt sie Karl. Sie arbeiten zusammen an irgendeinem musikalischen Projekt.«

»Robert und Clara Schumann die Zweite«, spottet Jana Heidenreich und schüttelt bitter das Haupt. »Und wegen so was muss Uta gehen! Ich fass es nicht!«

»Noch hat niemand gesagt, dass Uta gehen muss«, wirft Claudine Stamm beschwichtigend ein.

»Dann sage ich es!« Klaus Thurn springt auf. »Uta muss gehen!«

»Das meinst du nicht im Ernst, oder?« Ich begreife es nicht. »War da mal was zwischen euch? Hast du was gegen Uta?«

»Ich habe nichts gegen sie. Ich wäge nur ab. Karl oder Uta. Und wenn wir Karl behalten wollen, muss Uta gehen. So ist die Lage.«

»Ihr lasst euch hier von Karl die Pistole auf die Brust setzen«, regt sich Jana Heidenreich auf. »Merkt ihr nicht, was hier läuft? Das ist doch die ganz miese Tour! Der Kerl wartet, bis Uta in den Urlaub fährt, schleppt seine Kommilitonin an und macht dann einen auf Ultimatum: entweder Uta oder ich. Mit welchem Recht eigentlich? Und ihr fallt auch noch drauf rein.«

»Entschuldige, Jana, aber ich bin nicht auf Karl reingefallen!« Klaus Thurn setzt sich wieder. »Ich betone noch mal: Ich wäge nur ab. Und Karl passt doch auch viel besser zu uns, oder?« Er sieht jeden Einzelnen nacheinander an, während er weiterspricht. Ganz der gelernte Sozialpädagoge. »Karl ist nett, gebildet, charmant und hat ein Händchen für Kinder. Er ist sportlich, musikalisch, die Kinder lieben ihn. Und diese Ann-Kathrin übrigens auch.«

»Wie süß sie mit den Kindern ›Schnapp, der wilde Drache‹ einstudiert haben«, Bea beginnt schwärmerisch mit hoher Stimme zu singen: *»Schnapp, der wilde Drache – lebte auf dem Meer …«*

»… und trieb sich zwischen Hamburg«, fallen Maren, Sabine Goltermann und Claudine Stamm tirilierend mit ein, *»und Tahiti hin und her …«*

»Schluss jetzt!« Das ist ja nicht auszuhalten.

Ich muss mir diese traurige Ballade schon dauernd von meinen Kindern anhören. Ein schönes Lied, sicher, aber es treibt mir immer die Tränen in die Augen. Vor allem, wenn der arme Drache am Ende alt und verlassen auf den Meeresgrund sinkt – *Schnapp, der wilde Drache, lebt nicht mehr auf dem Meer …* Hach, wie traurig! Einfach herzzerreißend! Ich heule gleich, und deshalb muss ich den Wahnsinn stoppen.

Wütend sehe ich die Frauen an. »Was soll die Singerei?«

Alle starren mich an.

»Wir haben doch was zu besprechen, oder?« Ich gieße mir zügig Wein nach. »Singen könnt ihr noch lang genug, wenn das Problem gelöst ist.«

»Gut!« Hugo seufzt, als säße er in einer ganz besonders schwierigen Verhandlung. »Lösen wir das Problem. Irgendwelche Wortmeldungen?«

»Stimmen wir einfach ab«, ruft Klaus Thurn. »Wer ist für Karl?«

»Stopp!« Carlos Lederer wedelt heftig mit den Fingern. »So geht das nicht, wenn ich das mal vorsichtig so ausdrücken darf, aber ich bin ja durch meine Firma mit solchen Prozessen vertraut. Und da gebietet es die Fairness, neben allen betrieblichen Abwägungen, dass man auch einmal die Kontrahenten zu Wort kommen lässt, denn immerhin geht es ja um sie.«

Recht hat er! Ich bin kurz davor, zu klatschen, und schon ziemlich betrunken. Fairness ist wichtig, auf jeden Fall. Und es ist bestimmt ein Riesenspaß, wenn der smarte Karl seinen forschen Vorstoß auch mal vor der wesentlich tafferen Uta begründen muss. Das wird besser als fernsehen.

»Gut«, nickt Hugo und sieht erschöpft auf die Uhr. »Dann schlage ich vor, wir vertagen uns auf einen neuen Termin, zu dem wir Uta und Karl einladen, in Ordnung?«

»Finde ich nicht nötig«, meint Klaus Thurn kopfschüttelnd. »Wieso können wir das jetzt nicht hier ohne die zwei entscheiden? Sind wir nun die Chefs oder nicht?«

»Fairness«, ich kämpfe mit einem Schluckauf und hickse, »ist wichtig.« Ich hätte nicht so schnell trinken dürfen. Und besser auch vorher was gegessen.

»Stimmen wir ab!« Klaus Thurn immer mit seinen Abstimmungen. »Wer ist für einen weiteren Termin?«

Die Hände von Jana Heidenreich, Hugo Powileit und Carlos Lederer gehen hoch. Auch ich hebe meinen rechten Arm.

»Vier«, stellt Klaus Thurn fest. »Und wer ist dafür«, er reckt seine Hand gen Zimmerdecke, »das heute noch zu regeln?«

Seine Frau, Maren und Sabine Goltermann heben die Arme.

»Ihr habt verloren«, stelle ich fest.

»Vier zu vier« Klaus Thurn sieht Claudine Stamm gespannt an. »Was ist mit dir?«

»Ich enthalte mich.«

»Wieso?«

»Weiß nicht. Ich enthalte mich einfach. Das ist doch okay, oder?«

Natürlich ist das okay. Auch in einer Demokratie darf man sich enthalten.

»Gib's auf, Klaus«, rufe ich, »du hättest auch verloren, wenn Claudine mit dir gestimmt hätte.«

»Dann stünde es fünf zu vier.«

»Stünde es nicht«, stellt Richter Hugo Powileit fest, »denn Bea darf als deine Frau nicht mitstimmen. Laut Satzung haben alle Eltern nur eine Stimme, schon allein, um Alleinerziehende nicht zu benachteiligen. Ich fände es ja besser, wenn nach Kinderzahl das Stimmrecht vergeben würde, aber das ist ein anderes Thema. – Wollen wir gleich einen zeitnahen Termin festlegen?«

Die Debatte geht wieder los. Wer kann wann und warum aus welchen Gründen nicht? Und wann können alle? Das kann noch dauern.

Ich sehe Maren an.

»Hast du noch Wein da?«

»Nee.« Maren grinst. »Aber'n Wodka kann ich dir anbieten.«

»Her damit!« Gemütlich lehne ich mich zurück und folge dem weiteren Verlauf der Terminabstimmung.

Karl, mach dich auf etwas gefasst! Der nächste Elternabend wird ein Duell zwischen dir und Uta. Das wird hart für dich, denn Uta hat die sprichwörtlichen Haare auf den Zähnen. Das wird verdammt hart …

26 AN DER TÜR klingelt es seit Minuten Sturm. Es klopft und hämmert, und dumpf höre ich Hünerbeins Stimme.

»Herrgott, Sardsch, mach endlich auf! Ich weiß, dass du da bist!«

Ich ziehe mir die Decke über den Kopf, aber das hilft nichts gegen die pochenden Schmerzen direkt unter der Schädeldecke.

Nach dem Elternabend gestern war ich noch mit der alleinerziehenden Jana Heidenreich im Felsenkeller versackt. Nur auf ein, zwei Bier, wie sie sagte. Sie habe ihren Babysitter bis ein Uhr nachts bezahlt und wolle das auch ausnutzen. Wir lästerten noch ein wenig über Klaus und Bea und die anderen Kinderladeneltern und waren uns einig, dass man Uta nicht einfach entlassen könne, nur weil Karl es plötzlich praktisch fände, wenn nicht nur er sein Musikstudium mit unseren Kindern finanzieren könne, sondern auch seine Kommilitonin.

So wurden es sechs oder sieben Bier, der Babysitter musste Überstunden machen, und als Absacker gab es Brandy. Branntwein, wie der Deutsche sagt, oder Weinbrand. Und der war mein Tod. Denn Brandy verträgt sich weder mit Bier noch mit den gut anderthalb Flaschen Wein und den zwei oder drei Gläsern Wodka, die ich zuvor schon bei Maren getrunken hatte. Wenn, dann hätte ich mit Bier anfangen müssen, darauf Wein, dann Brandy und zum Schluss den Wodka – das wäre eventuell gegangen. Aber umgekehrt bringt es dich um. Wenn ich doch bloß schon endlich tot wäre …

»Sardsch«, brüllt Hünerbein aus dem Hausflur, »muss ich dir erst wieder die Wohnungstür eintreten oder was?«

Bloß nicht! Das hat er schon mal gemacht. Und danach war in meinem Leben nichts mehr, wie es war. Ich hoffe, er hat einen triftigen Grund, mich hier so zu triezen, sonst … – Ja, was?

Keine Ahnung. Ich bin eigentlich zu nichts fähig. Mühsam rappele ich mich auf, wickle mir einen Bademantel um den Leib und schlurfe zur Tür.

»Was willst du?« Feindselig starre ich ihn an.

»Beruhige dich.« Hünerbein kommt neugierig in die Wohnung und findet sofort den Weg in die Küche. »Hast du was zu beißen da?«

»Es ist sechs Uhr morgens«, rege ich mich auf, »und ich hatte eine lange Nacht …«

»Ja, das sieht man.« Hünerbein plündert meinen Kühlschrank und verteilt dessen Inhalt auf dem Küchentisch. »Hast du gestern gefeiert?«

»Elternabend«, stöhne ich. »Es ging ziemlich hoch her.«

»Das kenn ich«, nickt Hünerbein. Seine Kinder waren schließlich auch mal klein. »Da saufen sich dann die Eltern immer ihren Frust schön.«

»Welchen Frust? Kinder sind doch ein Segen.«

»Zweifellos.« Inzwischen steht er an der Schneidemaschine und produziert großzügig Brotscheibe um Brotscheibe. »Nur ist dieser Segen nicht jeden Tag erkennbar. Oder hast du dich nicht manchmal nach der herrlichen Zeit zurückgesehnt, als du noch frei, kinderlos und Single warst?«

Oh ja. Öfter, als mir lieb ist. War ’ne schöne Zeit damals. Ist aber schon verdammt lange her. Aber irgendwann werden die Kinder groß sein, und dann hat man wieder seine Ruhe. Vermutlich mehr Ruhe, als einem lieb ist. Da folgt dann bald die Friedhofsruhe.

»Los, zieh dich an!« Hünerbein beginnt Butterbrote zu schmieren. »Ich mach uns rasch ein paar Stullen. Wir müssen nach Hohen Neuendorf.«

»Wohin?« Ich verstehe kein Wort.

»Ho-hen – Neu-en-dorf«, wiederholt Hünerbein langsam und akzentuiert, damit es auch jeder Trottel versteht.

Nur ich nicht. »Wo soll das denn sein?«

»Hinter Frohnau. Da wartet eine Leiche auf uns.«

Gott, denke ich. Hört das denn nie auf? »Wieder unser Scharfschütze?«

»Nein, und der Mann mit der Drahtschlinge war es auch nicht. Ein ganz neuer Fall.«

Das ist das Schöne an dieser Stadt, denke ich. Da kann das Bundeskriminalamt noch so viele Fälle an sich reißen, arbeitslos werden wir deswegen nicht.

»Vermutlich eine S-Bahn-Schlägerei«, erklärt Hünerbein, »Genaues weiß man noch nicht.«

»Ist das überhaupt noch in Berlin?«

»Frohnau schon. Hohen Neuendorf nicht mehr. Deshalb gab’s auch ein bisschen Kuddelmuddel bei den Kompetenzen. Aber die Brandenburger haben argumentiert, dass die Tat noch in Berlin im S-Bahn-Zug stattgefunden haben muss, weil das Opfer schon tot in Hohen Neuendorf ankam – und uns so den Fall an die Backe geklebt.« Er sieht mich vorwurfsvoll an. »Hab ich nicht gesagt, du sollst dich anziehen?«

»Immer mit der Ruhe«, erwidere ich genervt und suche meine Sachen. »Willste nicht erst mal einen Kaffee machen?«

»Den hab ich im Auto«, antwortet Hünerbein. »Frisch aufgebrüht in der Thermoskanne. Und nun mach hin, wir müssen los!«

Fünfzehn Minuten später sitzen wir im Auto. Kurz nach halb sieben ist noch nichts los. In anderen deutschen Städten tobt um diese Zeit längst die Rushhour, der morgendliche Berufsverkehr aber in Berlin sind die Straßen so gut wie leer.

Wir stehen hier später auf, weil unsere Nächte länger sind, habe ich mal einem Münchner Kaufmann erklärt, den ich vor ein paar Jahren nach einer nächtlichen Kneipentour am frühen Morgen verwirrt auf der Apostel-Paulus-Straße aufgelesen habe. Der Ärmste wollte sich doch tatsächlich mit einem Geschäftspartner im »Café Forum« treffen. Zum Arbeitsfrühstück, morgens um halb acht! Ich hab mich halb totgelacht. Denn natürlich war das Forum noch geschlossen. Frühstück gibt's da erst ab zehn, doch dafür bis spät in die Nacht. Vermutlich war der Geschäftstermin erst abends um neunzehn Uhr dreißig terminiert, aber da hat so ein braver Münchner natürlich längst Feierabend. Uns trennen Welten von den Süddeutschen, das ist mir damals einmal mehr klar geworden. Komisch ist nur, dass es trotzdem so viele Schwaben in Berlin aushalten …

Gerade im alten Ostberlin siedeln sie sich gerne an. In diesen alten Stadtvierteln im Prenzlauer Berg und im Friedrichshain, die gerade so in sind bei der Jugend aus den alten Bundesländern.

Als Berliner weiß ich allerdings, wie die Geschichte weitergeht: In ein paar Jahren werden diese jungen Leute Karriere machen und Kinder bekommen, und dann stören die hippen Kneipen plötzlich, wegen der man einst hierhergekommen ist. Dann wird lautstark die Sperrstunde verlangt, wie man es aus Stuttgart kennt. Spätestens um zweiundzwanzig Uhr dreißig muss dann draußen Ruhe herrschen, sonst kommt die Polizei. Und in dem einst so pulsierenden Viertel werden die Bürgersteige hochgeklappt.

Die Karawane ist da längst weitergezogen und hat einen anderen

Stadtteil zum Szeneviertel erklärt, was dann wieder viele junge Leute anzieht, die aus der Langeweile ihrer Provinznester geflohen sind, und alles geht von vorne los. In den sechziger Jahren musste man in Charlottenburg wohnen, wenn man als junger Mensch dazugehören wollte, zur APO etwa, der Studentenbewegung und den Hippies. In den 1970ern war es Kreuzberg, wo – »Keine Macht für Niemand!« – die Berliner Punkszene entstand.

Schöneberg wurde in den Achtzigern hip durch Hop und Pop und Dr. Mottes House Music, und jetzt sind halt die Ostbezirke dran, das nennt man Gentrifizierung. Irgendwann in nicht allzu ferner Zukunft wird sogar Neukölln das absolute Must Go in Berlin sein, der Wedding und die Gropiusstadt …

»Hey!« Hünerbein rüttelt mich. »Wach auf! Wir sind da.«

»Was?« Gähnend sehe ich mich um. »Schon?«

»Ja, die Straßen waren schön leer«, antwortet er, aber das Thema hatte ich ja bereits.

Vor dem S-Bahnhof Hohen Neuendorf stehen mehrere Polizeiwagen, die Bullis von KT und Rechtsmedizin sowie ein paar ratlose Pendler, die jetzt nicht weiterwissen, da der Bahnhof für den Zugverkehr gesperrt ist. Wir müssen wichtig aussehen, denn sofort kommen ein paar von den Pendlern auf uns zu.

»Wissen Sie etwas Genaueres?«

»Keine Panik!« Hünerbein macht eine zuversichtliche Miene und schickt die Leute in irgendeine Richtung. »Benutzen Sie einfach den Schienenersatzverkehr.«

»Schienenersatzverkehr?« Ich schaue mich verwundert um. »Wo sind denn die Busse?«

»Was für Busse?«

»Schienenersatzverkehr macht man mit Bussen!«

»Tatsächlich?« Hünerbein zuckt mit den Schultern und taucht unter der Polizeiabsperrung durch. »Keine Ahnung, ich bin Autofahrer.«

»Harry«, rege ich mich auf und laufe ihm nach, »du hast die armen Leute einfach weggeschickt! Jetzt suchen die dahinten die Ersatzbusse, und es sind gar keine da.«

»Es werden schon noch welche kommen.« Hünerbein strebt die Stufen zum Bahnsteig hoch. »Hört man doch immer im Radio. S-Bahn-Linie Soundso fährt nicht, benutzen Sie den Schienenersatzverkehr.«

»Hier fährt aber kein Schienenersatzverkehr!«

»Na wenn schon!« Hünerbein fährt herum. »Ist das unser Problem? Mitnichten. Wir haben uns hier nicht um lebende S-Bahn-Fahrer zu kümmern, sondern um tote.« Er spricht einen der uniformierten Polizisten an, die hier überall übermüdet herumstehen. »Wo ist er eigentlich, der Tote?«

»Dahinten. Vorletzter Wagen.« Der Uniformierte zeigt auf den am Bahnsteig stehenden S-Bahn-Zug. »NICHT EINSTEIGEN« steht auf den Abfahrtstafeln.

»Liebe Fahrgäste«, scheppert eine heiser klingende Lautsprecherstimme drauflos, »der Zugverkehr ist in beide Fahrtrichtungen bis auf Weiteres gesperrt. Bitte benutzen Sie den Ersatzverkehr auf der westlichen Bahnhofseite. Ich wiederhole …«

Hünerbein sieht mich mit einem triumphierenden Hab-ich's-doch-gewusst-Blick an und verschwindet im vorletzten Waggon.

Glück gehabt, denke ich und folge ihm.

Weniger Glück hatte der Junge, der im Gang zwischen den Türen liegt. Ein Kind fast noch, höchstens Anfang zwanzig, mit kahl geschorenem Schädel und zu großer Bomberjacke.

»Na, was haben wir denn hier?« Hünerbein beugt sich schnaufend vor.

»Genickbruch«, erklärt Dr. Graber und sieht uns über seine halbrunde Lesebrille skeptisch an. »Ich hätte wetten können, dass die Brandenburger hierfür zuständig sind.«

»Tja, so kann man sich täuschen«, antworte ich. »Sie sind ja auch hier.«

»Das Land Brandenburg hat noch keine eigene Rechtsmedizin«, erklärt Graber bekümmert. »Die dachten, das klappt mit der Länderzusammenführung, und haben an der Forensik gespart. Bis die das aufgeholt haben, sind wir gefordert.« Er zeigt auf den Unterkiefer der Leiche. »Sehen Sie den Bluterguss hier?«

Der ist nicht zu übersehen. Das ganze Kinn ist blau.

»Da hat ihn was getroffen«, sagt Graber, »wahrscheinlich ein Fuß. Die anderen haben das auch.«

»Die anderen?«

»Seine Kumpels.« Graber zeigt nach draußen. »Die wurden ambulant behandelt und sind mit ein paar Blessuren und dem Schrecken davongekommen. Dem hier dagegen hat es förmlich den Kopf weggekickt.«

»Gibt es weitere Zeugen?«

»Eure Kollegen kümmern sich drum.« Graber zeigt ans andere Ende des Waggons, wo die Oberkommissare Beylich und Matuschka ein älteres Ehepaar befragen.

Ich winke ihnen knapp zu und folge Hünerbein wieder hinaus, weil er die »beiden Kumpels« auf dem Bahnsteig vernehmen will.

Sie tragen ebenfalls Bomberjacken, ihre kahl rasierten Köpfe sind dramatisch bandagiert. Und sie wurden mit Handschellen an eine der Wartebänke auf dem Bahnsteig gefesselt.

Fragend sehe ich die beiden Beamten an, die die Jungs bewachen.

»Es wurde Anzeige erstattet«, erklären die mir, »wegen vorsätzlicher Körperverletzung. Eine Tunte hat die beiden angezeigt.«

»Eine Tunte?« Hünerbein hebt spöttisch die Augenbrauen. »Hier im hübschen Neuendorf?«

»Ja, die kam aus Berlin«, erklärt der Beamte. »Wurde von den Jungs übel zugerichtet. Die haben einiges auf dem Kerbholz und ein langes Vorstrafenregister. Wir warten nur, bis Sie die befragt haben, dann werden wir sie gleich dem Haftrichter zuführen.«

»Okay«, wende ich mich den versehrten Bomberjackenträgern zu, »was ist passiert?«

»Ha'm wa doch schon dreimal erzählt.«

»Dann erzählen Sie's mir noch mal.« Ich setze mich zu ihnen auf die Bank. »Gab's 'ne Schlägerei?«

»Det war 'ne Oma«, erklärt der Ältere der beiden, »echt!«

»Eine Oma?«

»Na, jedenfalls uralt. Wir ham die 'n bisschen anjemacht und plötzlich … Alter, ey!« Er schüttelt noch immer fassungslos den Kopf.

»Ja, was denn?«

»Die hat den Fidschi jemacht«, sagt der Jüngere, »voll die Kung-Fu-Nummer, so mit'm Fuß. – Zack! Weg war'n wa.«

»Und dann hat sie Sie angezeigt?«

»Quatsch! Anjezeigt hat uns die Schwuchtel.«

»Und wo ist die …« Ich suche ein anderes, korrekteres Wort für Schwuchtel und entscheide mich für: »… Frau?«

»Frau! Pfff …« Der ältere der Skinheads tippt sich gegen die Stirn. »Det war'n Kerl, Mann! 'n Kerl im Weiberfummel.«

»'ne Tunte eben«, nickt Hünerbein verständig.

»Total pervers, ey! Da konnten wa nich einfach vorbeijehn.«

»Weil Sie den Kerl geil fanden? Anziehend?«

Die Bomberjacken starren mich entgeistert an.

»Oder sind Sie nicht schwul?«

»Wat?« Die beiden können es kaum fassen. »Sehen wir etwa schwul aus, Alter, oder was?«

»Total«, erwidere ich, »schwuler als schwul. In ›Toms Bar‹ wären Sie beide die absoluten Kings. Waren Sie da schon mal im Darkroom? Tolle Sache, was?«

Die beiden glotzen mich nur noch irritiert an.

»Na, lassen wir das«, lenke ich ein, »zurück zum Thema: Wo befindet sich denn der Mann, an dem Sie nicht vorbeigekommen sind, jetzt?«

»Den ha'mse wegjebracht.«

»Wer und wohin?«

»Der Rettungswagen hat ihn abgeholt«, sagt einer der Uniformierten. »Der musste ins Krankenhaus.«

»Verstehe«, nicke ich, »deshalb die Anzeige. – Und diese ältere Dame«, wende ich mich wieder an die Jungs, »wo ist die?«

»Keene Ahnung.« Die Jungs zucken die Schultern. »Abjehauen wahrscheinlich.«

»Die Oma ist abgehauen.« Hünerbein schüttelt den Kopf. »Die haut erst diese Nazis hier um und türmt. – Na, wer's glaubt …«

Er beugt sich zu den beiden vor wie eine verärgerte Bulldogge und schnauzt drauflos.

»Ich will euch mal sagen, wie das hier gelaufen ist: Ihr habt

Ärger miteinander gehabt. Ihr zwei«, er zeigt erst auf die Jungs und dann zum Waggon, »und der da drin. Kleine Schlägerei, und plötzlich ist einer tot. Tja, so ist das manchmal, und dafür werdet ihr euch verantworten müssen.«

Er wendet sich angewidert ab und befiehlt den Polizisten: »Abführen, aber zügig!«

Die Polizisten machen die beiden Skinheads los und verlassen mit ihnen den Bahnsteig.

»Eine Oma!« Hünerbein schüttelt den Kopf. »Halten die uns für bescheuert oder was?«

»Ist der Fall so klar?«, frage ich ihn.

»Sonnenklar.« Hünerbein ist außer sich. »Und wegen so was holen die uns aus dem Bett!«

Ja, da will uns jemand beschäftigen, denke ich. Damit wir nicht weiter in heikleren Dingen ermitteln. Wer will was warum vertuschen? Das ist die Preisfrage. Ich sehe Hünerbein an.

»Was hältst du von einem kleinen Ausflug ins Oderbruch?«

»Was? Jetzt?«

»Ist doch noch früh. Und wir haben schöne Stullenpakete dabei.«

»Sardsch!« Hünerbein zeigt mir mahnend seinen Zeigefinger. »Du weißt, wir sind raus aus dem Fall.«

»Wahrscheinlich aus gutem Grund«, nicke ich. »Und genau das interessiert mich.«

»Mhm.« Hünerbein nickt nachdenklich. »Mich auch.«

»Privater Ausflug«, locke ich ihn. »Guck mal, da kommt sogar die Sonne raus.«

»Ja«, pflichtet er bei, »heute soll es mal nicht regnen.«

»Das richtige Wetter für ein Picknick.«

»Picknick.« Ich wusste, dass Hünerbein begeistert darauf einsteigen würde. »Du, da brauchen wir noch Obst und ein bisschen Wein. Gebratene Hähnchenkeulen und so.«

»Vom mir aus.« Zufällig kenne ich eine Hähnchenbraterei auf dem Weg dorthin. Ein Tipp vom Kollegen Beylich. Der wohnt in der Gegend. »Am Bahnhof Lichtenberg gibt's noch richtige Ost-Goldbroiler.«

»Das ›Ost‹ kannste dir sparen. Goldbroiler sind Osten pur.«

»Und sehr lecker! Da bekommen wir auch Hähnchenkeulen en masse.«

»Und Obst kriegen wir im Biomarkt. Ich esse nämlich nur noch Biogemüse, weißt du?«

Es sei denn, es ist keines greifbar, denke ich. Wenn er Hunger hat, isst Hünerbein alles.

Ich strecke meinen Kopf wieder in den S-Bahn-Zug. »Beylich, Matuschka? Kommt ihr hier allein zurecht?«

»Aber klar doch«, rufen die unisono zurück.

»Bestens!« Ich sehe Hünerbein an. »Dann können wir los!«

»Das Oderbruch«, doziert er, »soll eine wirklich hübsche Gegend sein.«

Wenn es nicht gerade überflutet ist, sicher. Mal schauen, wie weit wir kommen.

27 DER WEG durch die Stadt ist mühsam. Weil Hünerbein unbedingt sein Bioobst kaufen will und Mitglied in einer entsprechenden Genossenschaft ist, müssen wir erst wieder zurück nach Kreuzberg an den Mehringdamm. Dafür kommt er mit einem perfekten Picknickkorb aus dem Laden, mit Biowein, Biobrot, Biosalat und Biobrotaufstrich sowie Biobananen und Biobirnen.

»Die sind vielleicht lecker, die Birnen dieses Jahr«, schwärmt er mir im Auto vor. »Aus dem Havelland, probier mal! Wunderbar saftig, weil es in diesem Jahr so viel geregnet hat. Warm genug war es ja für Birnen. Die Apfelernte dagegen dürfte ziemlich karg ausfallen. Aber wer braucht schon Äpfel, wenn er solche herrlich goldenen Birnen hat …«

Während er so weiterpalavert, biegen wir nach links in die Baerwaldstraße ab, und ich schaue mir die Gegend an. In den Siebzigern habe ich hier mal gewohnt. Viel verändert hat sich nicht. Altbauten aus der Kaiserzeit wechseln mit tristen Wohnkasernen des Berlin-Aufbauprogramms aus den fünfziger Jahren.

Dazwischen gibt's Bolzplätze und Tankstellen, Grünanlagen und das Sommerbad an der Prinzenstraße. An der Ecke Gitschiner fahren wir rechts und die Strecke an der Hochbahn lang über die Skalitzer Straße durch das alte SO 36. Das ist eine Abkürzung für den alten Berliner Postzustellbezirk Südost 36, der bis zur Einführung der Postleitzahlen den kleineren, ärmeren Teil Kreuzbergs markierte. Danach hieß es dann 1000 Berlin 36.

Der gehobenere, bürgerliche Teil Kreuzbergs dagegen hatte die 61. Und noch heute, im Zeitalter undurchschaubarer fünfstelliger Postleitzahlen, definieren sich alteingesessene Kreuzberger als 36er oder 61er. Es ist eine Lebenseinstellung, wo man wohnt. Die 36 bedeutet Punk, Migration und sehr viel Bier, die 61 steht für Jazz, Prosecco und den Wochenmarkt am Chamissoplatz.

»Hörst du mir überhaupt zu?« Hünerbein sieht mich vorwurfsvoll an.

Nee, keine Ahnung, was er gesagt hat. Ich war wohl wieder eingeschlafen und habe von Postleitzahlen geträumt. Gähnend sehe ich mich um. Hünerbein hat den Wagen in der Wrangelstraße vor einem Laden gestoppt, wo es amerikanische Uniformen und Stahlhelme, Bomberjacken, Schutzanzüge und Gasmasken gibt.

»Genau das, was wir brauchen.«

»Wir wollen nicht in den Krieg, Harry.«

»Aber in einen Bunker.« Hünerbein steigt aus dem Auto. »Und ich will mich nicht mit dem Zeug anstecken, was auch den Kawelka dahingerafft hat.«

»Den Kawelka hat eine Drahtschlinge umgebracht.«

»Aber wenn die ihn nicht getötet hätte, wäre er – erinnere dich – an diesem Zeug gestorben, von dem Graber erzählt hat, diesem …«

»… Chlortrifluorid.«

»Genau«, nickt Hünerbein. »Und deshalb gehen wir jetzt da einkaufen.«

Es ist sinnlos, ihm etwas auszureden. Der Kollege macht sowieso, was er will. Wir kaufen Schutzanzüge, Handschuhe und Gasmasken und in einem Gewürzladen an der Ecke noch Rosmarin und Knoblauch für die Hähnchenkeulen.

»Die sind doch schon gewürzt, Harry!«

»Nein, nein, Sardsch. Das erledige ich lieber selbst. Lass mich nur machen!«

Na, das kann was werden, denke ich und bereue schon ein wenig, Hünerbein zu diesem Ausflug überredet zu haben.

Die Oberbaumbrücke verbindet Kreuzberg mit dem Friedrichshain und wurde 1896 im neogotischen Stil anstelle der alten Zollbrücke, dem sogenannten Oberbaum, errichtet. Natürlich steht sie unter Denkmalschutz. Das Bauwerk überspannt die Spree an der ehemaligen Grenze zwischen Ost- und Westberlin und wirkt auf mich immer wie ein fragiles venezianisches Wasserschloss, das mit zwei trutzburgartigen Backsteintürmen aus dem Mittelalter verunstaltet wurde.

Danach herrscht Chaos. Inzwischen hat der Berufsverkehr eingesetzt, und da macht sich im Osten Berlins das Fehlen einer Stadtautobahn bemerkbar. Die Autos stauen sich auf der Warschauer Straße und auf der Frankfurter Allee, und das Ausweichen auf Nebenstraßen ist riskant, denn überall wird gebaut. Da kann man schon mal unverhofft in einer Sackgasse landen, weil plötzlich das Kopfsteinpflaster aufgerissen wurde und Baufahrzeuge die Weiterfahrt unmöglich machen. Also bleiben wir brav auf der Haupttangente Richtung Friedrichsfelde und stoppen am Bahnhof Lichtenberg, um die Hähnchenkeulen zu besorgen.

»Stopp, Meister!« Hünerbein lehnt sich an den Tresen der Hähnchenbraterei. »Keine fertig gebratenen Goldbroiler, bitte. Ich will nur Keulen, frische Keulen, verstehen Sie? Ich würze die erst mit meinem Spezialrezept, und dann hauen wir die in Ihren Grill. Ist das okay?«

»Okay, aber nicht üblich«, antwortet der Meister geduldig und holt ein paar frische Keulen aus seinem Kühlfach. »Dann würzense mal. Wobei meine Goldbroiler die besten von janz Berlin sind. Wat ick damit sagen will, is: Ooch ick kann würzen!«

»Was ich nicht bezweifle, mein Herr«, versichert Hünerbein. »Haben Sie etwas Olivenöl?«

»Nee. Sonnenblumenöl könnse haben.«

»Kein Problem. Ich habe Olivenöl! Sardsch, holst du's aus dem Wagen?«

Ich darf wieder rennen. Himmelherrgottnochmal! Immer diese Umstände.

Eine gute halbe Stunde später haben wir dann endlich unsere Hähnchenkeulen und sind wieder auf der Piste. Stop and drive, während Hünerbein seinen Mercedes lobt.

Das tut er immer, denn mein Kollege ist sehr stolz auf seine knapp sechs Jahre alte E-Klasse. Er ist schon immer die Marke mit dem Stern gefahren. Das seien, so behauptet er, die besten Autos der Welt. Immerhin haben Carl Benz und Gottlieb Daimler das Auto erfunden. Daher seien schon zwangsläufig alle anderen Marken nur ein müder Abklatsch des einzig wahren Automobils. Hünerbeins letzter Mercedes, ein stets auf Hochglanz polierter W 123, war vor ein paar Jahren einem polizeilichen Einsatz zum Opfer gefallen. Seitdem fährt er den Nachfolger. Nur die Schonbezüge sind noch aus dem alten Auto. Lammfell, stilistisch völlig aus der Zeit gefallen und alles andere als up to date, aber schön kuschelig.

»Man darf nur nicht Allergiker sein«, erklärt Hünerbein, »letztens hatte ich den Chef im Wagen, der ist aus dem Niesen gar nicht mehr herausgekommen.«

Ab Biesdorf, nach der Kreuzung zum Blumberger Damm, läuft der Verkehr wieder, und Hünerbein gibt Gas. Kurz darauf werden wir geblitzt.

Hünerbein schimpft über diese moderne Form der Wegelagerei und dass das ganze Geblitze doch nur dafür gut sei, um die klamme Senatskasse wieder aufzufüllen.

»Mit Verkehrssicherheit hat das schon lange nichts mehr zu tun. Aber die werden sich wundern«, verspricht er mir, »denn ich habe meine Knöllchen noch nie bezahlt. Die sollen mir erst mal nachweisen, dass ihr Blitzer korrekt arbeitet. Wusstest du eigentlich, dass fast achtzig Prozent der Radarfallen nicht richtig geeicht sind?«

Das mag ja sein, aber mit etwas über einhundert Stundenkilometern sind wir nun mal erheblich schneller als die erlaubten siebzig. Dazu brauche ich keinen geeichten Radar. Das sehe ich schon am Tacho.

»Sie können es nicht nachweisen«, bekräftigt Hünerbein, »und nur darum geht's! Ich kann hier auch zweihundert fahren. Wenn sie nicht korrekt messen, können sie es mir nicht beweisen. Das allein ist der Punkt!«

»Fahr bitte nicht zweihundert.«

»Das schafft die Karre locker!«

Was niemand bezweifelt hat, doch ich möchte lebend im Oderbruch ankommen.

Schon fünf Kilometer vor Altgrieben ist die Landstraße gesperrt. Mehrere rot-weiße Plastikbaken mit gelben Bauleuchten stehen auf der Straße, dazu zwei Durchfahrtverbotsschilder und der Hinweis: »Überflutungsgefahr! Weiterfahrt strengstens verboten! Lebensgefahr!«.

»Auwei«, macht Hünerbein und lässt den Wagen ausrollen. »Und nun?«

Erst mal eine rauchen, denke ich und steige aus. Seit Hünerbein den neuen Wagen hat, darf man darin nicht mehr qualmen. Entsprechend groß ist mein Verlangen nach einer Zigarette.

Auch Hünerbein steigt aus und steckt sich eine an. Er will gerade zu einer seiner lautstarken Überlegungen ansetzen, wie man jetzt weiter verfahren solle, als ich eine ältere Frau auf einem Fahrrad bemerke, die uns geradewegs aus dem lebensgefährlichen Überflutungsgebiet entgegenkommt.

»Entschuldigung, junge Frau!« Ich gehe auf sie zu. »Kommen Sie aus Altgrieben?«

»Nee, aus New York«, antwortet sie etwas atemlos und steigt vom Rad. »Wieso?«

»Na, weil Sie …«, ich zeige mit der Zigarette auf die gesperrte Straße, »… aus dieser lebensgefährlichen Zone da kommen.«

»Det sehnse ja an mir, wie lebensjefährlich det is.« Die ältere Frau sieht mich herausfordernd an. »Wat wollnse denn in Altgrieben?«

»Jemand besuchen«, kommt mir Hünerbein zuvor. »Wir sind aus Berlin.«

»Det is jetzt aba'n schlechter Zeitpunkt fürn Besuch.« Die ältere Frau winkt ab. »Bis uff den ollen Vatta Schlünz is keener mehr in Altgrieben.«

»Schlünz«, lügt Hünerbein drauflos, »genau. Zu dem wollen wir.«

»Det kann nich sein.« Die Frau mustert uns jetzt sehr, sehr skeptisch. »Det hätta mir jesacht. Ick komm nämlich jerade von dem.«

»Ach! Dann ist Altgrieben gar nicht überflutet?«

»Sehnse irgendwo Wasser?«

Das nicht. Im Gegenteil, die Gegend wirkt idyllisch und sehr friedlich. Vögel zwitschern in alten, hohen Laubbäumen. Von einer Gefahr ist nichts zu spüren. Überhaupt fehlt alles, was man derzeit ständig in den Nachrichten zu sehen bekommt. Kein Militär, keine sandsäckeschleppenden Soldaten, keine Helikopter. Und auch Reporter in Barbourjacken und Gummistiefeln sind uns bislang nicht begegnet. Dennoch: Wenn nur noch dieser Vater Schlünz in Altgrieben ist, »wo sind dann all die anderen Bewohner«?

»Na, ekuvaiert haben sie die.« Sie sagt tatsächlich ekuvaiert statt evakuiert. »Alle hier mussten weg. Nur Vatta Schlünz hat sich jeweigert. Mich kricht hier keener raus, hatta jesacht, nur üba meine Leiche.« Sie zuckt mit den Schultern. »Zwingen kannste den zu nüscht. Ick fahr jetz imma ma hin, um zu gucken nach dem armen Kerl. Bring ihm wat zu essen und so.«

»Wir haben einen ganzen Picknickkorb im Auto.« Hünerbein reißt die Kofferklappe auf und holt stolz den Korb heraus. »Sehnse? Überraschung! Alles für Vater Schlünz.«

»Na, dann fahrnse doch hin.« Die alte Frau will weiter.

»Aber die Absperrungen?«

»Schiebense einfach weg.« Sie steigt wieder auf ihr Rad.

»Und wenn das Hochwasser kommt?«

»Müssense schwimmen«, lacht die Frau spöttisch, »oder nehmse sich'n Beispiel an die Vögel. Die fliegen einfach nach Altgrieben.« Sie radelt davon, und wir schauen ihr verdutzt nach.

»Netter Menschenschlag hier«, findet Hünerbein und steigt wieder in den Wagen. »Weiter geht's. Schieb mal die Baken weg!«

Ein »Bitte« wäre nicht verkehrt gewesen. Ich zerre zwei Baken beiseite, warte, bis Hünerbein vorbeigefahren ist, und schiebe sie wieder zurück. Ordnung muss schließlich sein. Anschließend setze ich mich wieder zu ihm ins Auto.

»Den können wir gleich mal befragen«, sagt Hünerbein, »diesen Schlünz. Vielleicht weiß der was über unseren Bunker.«

Der Wald lichtet sich zu einer weiten Ebene, Felder und Wiesen in einem leicht hügligen Land. Obstbäume und wilder Flieder säumen die Straße. Und hinten taucht ein Kirchturm auf. Altgrieben.

Vor dem Ortseingangsschild steht ein Streifenwagen mit blinkenden Rundumleuchten. Ah, denke ich, die ersten Vorboten der Hochwasserkatastrophe.

Als wir uns nähern, schraubt sich ein fülliger Polizist in zu engem Uniformhemd aus dem Auto, setzt sich gewichtig die Mütze auf und gebietet uns mit einer strengen Handbewegung zu halten.

Hünerbein lässt die Seitenscheibe herunter.

»Führerschein und Fahrzeugpapiere, bitte!« Der Polizist trommelt ungeduldig aufs Wagendach und blickt uns misstrauisch an. »Haben Sie die Absperrung nicht gesehen? Das ist eine Ordnungswidrigkeit. Sie dürfen hier nicht fahren.«

»Die Hauptkommissare Knoop und Hünerbein.« Er reicht unsere Dienstausweise raus. »Wir haben hier einen wichtigen Auftrag zu erledigen, und es wäre Ihrer Karriere förderlich, uns nicht dabei zu behindern.«

Der Polizist bleibt ungerührt und gibt uns die Ausweise zurück. »Darf ich fragen, welcher Art Ihr Auftrag ist?«

»Aber gern.« Hünerbein macht jetzt dasselbe wie Goerdeler gestern Abend. Er holt sein Handy hervor, tippt eine Nummer ein und reicht es dem Polizisten. »Sie können aber auch den Hochwasserschutzkoordinator der Länder direkt befragen. Oder wollen Sie lieber gleich den Innenminister sprechen?«

Entnervt schließe ich die Augen. Dass der Kerl immer so unverschämt bluffen muss.

»Schon gut.« Der Polizist gibt Hünerbein das Handy unbenutzt zurück und tritt vom Wagen weg. »Gute Weiterfahrt.«

Erleichtert atme ich aus. Puh, das war knapp. »Was hättest du eigentlich gemacht, wenn der wirklich hätte telefonieren wollen?«

»Pech gehabt.« Hünerbein wirft mir das Handy zu. »Hier ist leider kein Empfang.«

Wir lachen beide prustend drauflos.

28 »DAS WIRD NICHT GUT GEHEN mit uns.« Tante Tilly stand am Ufer des Oder-Havel-Kanals und warf einen kleinen abgebrochenen Ast hinaus aufs Wasser. »Na, wo ist das Stöckchen?«

Der Hund wetzte los und rannte ins Wasser. Ein kräftiges Tier und ein guter Schwimmer. Aber ganz sicher kein Familienhund. Eifrig paddelte er dem zügig in der Strömung wegtreibenden Holz hinterher, packte es und ruderte zurück. Jetzt hatte er die Strömung gegen sich, doch für einen Hund war er nicht dumm. Er nahm einfach den kürzesten Weg zum Ufer und rannte dann an Land zu Tante Tilly zurück. Stolz legte er ihr den Stock zu Füßen und bellte sie auffordernd an.

»Wirst nicht müde, was?« Tante Tilly sah prüfend in den morgendlichen Himmel. Heute war der erste Sonnentag in diesem Sommer. Den ganzen Juli hatte es geregnet und den Juni über auch. Aber heute? Ein richtiger Hochsommertag. Seltsam. Sie war mit dem Hund in der freien Natur unterwegs und fühlte sich wie in den Ferien. Das war gut so. Sie brauchte die Erholung dringend, und der Hund lenkte sie ab. Und dennoch:

»Das wird nicht gut gehen mit uns«, wiederholte Tante Tilly und warf das Stöckchen erneut.

»Mach, dass er auspackt«, hatte der Auftrag geheißen, »und töte ihn erst dann.«

Damit war der ganze Ärger losgegangen, denn es war nicht Tante Tillys Job, bestimmte Informationen zu beschaffen. Dafür war sie nicht ausgebildet.

Aber konnte man sich die Jobs aussuchen? Nein. Nicht mehr. Die Zeiten waren hart.

Früher hatte Tante Tilly eine feste Anstellung und bekam jeden Monat ihr Gehalt. Egal, ob es was zu tun gab oder nicht. Für die Informationsbeschaffung gab es besondere Einheiten. Man war insgesamt spezialisierter. Aber darauf wurde heutzutage kein Wert mehr gelegt. Inzwischen musste sich Tante Tilly als Freiberuflerin auf dem freien Markt behaupten. Die Konkurrenz war stark, die Auftraggeber wechselten, und das Geschäft war unübersichtlich geworden. Wer da überleben wollte, durfte nicht allzu wählerisch sein.

Die Zielperson hatte sich mit Hilfe einer Psychologin am Schwielowsee versteckt und wähnte sich sicher. Um die geforderte Information zu erhalten, musste Tante Tilly dem Ziel erst ins linke, dann ins rechte Bein und in den Bauchraum schießen. Völlig unsaubere Arbeit. Vergeudete Munition. Das Ziel jammerte und heulte. Es war ein verdammt schmutziger Job gewesen, und Tante Tilly hatte sich sehr unwohl dabei gefühlt.

Nicht, dass es sie emotional berührte, nein. Darum ging es nicht. In diesem Beruf durfte man keine Gefühle zeigen, egal was passiert.

Es war völlig normal, dass man zur Zielperson bei aller räumlichen Distanz eine enge Beziehung aufbaute. Man studierte ihr Leben genau, ihren Tagesablauf, die Gewohnheiten. Am Ende kannte man das Ziel besser als es sich selbst. Und dann brachte man es um. Kurz und schmerzlos.

Problematisch fand Tante Tilly an diesem Auftrag lediglich, dass sie das Ziel nicht sofort töten durfte. Klar und präzise. Mit nur einer Patrone. Stattdessen musste sie den Folterknecht spielen. Weil der Auftraggeber eine Information brauchte. Ekelhaft. Es war eine Tortur für beide Seiten, und Tante Tilly froh, als es endlich vorbei war.

Anschließend war sie mit dem Bus von Ferch aus zurück nach Potsdam gefahren, wo sie die Wannseebahn nahm. Diese nach der berühmten Haltestelle mit dem von Cornelia Froboess in den fünfziger Jahren so fröhlich besungenen Strandbad benannte S-Bahn-Linie führte quer durch Berlin. Tante Tilly benutzte grundsätzlich nur Busse und Bahnen. Öffentliche Massenverkehrsmittel machten den Einzelnen unsichtbar. Unauffälliger konnte man nicht unterwegs sein.

Sie hatte sich zurückgelehnt und in ihr Buch vertieft. Auf ihren Dienstfahrten bevorzugte sie grundsätzlich leichte Lektüre, etwas, wobei man sich nicht zu sehr konzentrieren musste. Diesmal war es ein trendiger Lifestyle-Roman eines von der Presse zum Popliteraten hochstilisierten Adeligen, der eine leichtfertige Liebesgeschichte in einer Hochglanzwelt beschrieb. Genau das Richtige zum Abschalten, wie Tante Tilly fand.

Während der abendlichen Fahrt durch das vornehme Zehlendorf blieben die Waggons zunächst recht leer. Erst ab Steglitz füllten sie sich allmählich mit jungen aufgekratzten Leuten auf dem Weg in die Innenstadt.

In Schöneberg stieg Tante Tilly aus und schminkte sich ab. Sie hatte hier etwas zu erledigen. Legendenbildung nannte sie das. Es war wichtig, dass man nach dem Job noch Termine und Zeugen hatte, allein schon wegen des Alibis.

Als sie weit nach Mitternacht und mit neuer Maske wieder in die S-Bahn stieg, waren nur noch ältere Nachtschwärmer und Partylöwen in Sektlaune im Zug, ab Potsdamer Platz füllten sich die Waggons wieder mit Touristen und jungen Leuten. Eine lautstarke, alkoholisierte Menge auf der Suche nach der nächsten Fete, dem angesagtesten Club, der ultimativen Orgie, dem heißesten Konzert, dem hemmungslosesten Drogentrip. In Berlin, dieser sich stets feiernden selbst ernannten Partyhauptstadt der Welt, ist immer für jeden etwas dabei.

Ab Gesundbrunnen wurde es im Zug spürbar leerer. Jetzt kamen die weniger hippen Stadtviertel. Spätestens nach Schönholz war dann völlig tote Hose. Da saßen dann nur noch ein älteres Ehepaar und eine auffällig geschminkte Dragqueen in Tante Tillys Waggon. Gespräche wurden keine geführt. Minutenlang war nur das Rattern des Zuges zu hören. Das Ehepaar hatte aneinandergelehnt geschlafen und die Dragqueen kichernd mit dem Handy getuschelt. Sonst war alles ruhig.

Zum Problem sollten erst die drei jungen Männer werden, die in Frohnau dazustiegen. Mit ihren glatt rasierten Kahlköpfen und den Springerstiefeln schnell als sehr weit rechts gesinnte Idioten erkennbar, hatten sie sofort begonnen, Ärger zu machen. Natürlich war ihnen der Glitzerfummel der Dragqueen aufgefallen, und sie begannen, lautstark zu pöbeln und zu schubsen.

Das ältere Ehepaar war von dem Lärm aufgewacht und sank erschrocken tiefer in seinen Sitz. Und auch Tante Tilly hatte sich nicht mehr so recht auf ihr oberflächliches Buch konzentrieren können.

Nicht, dass sie Angst vor ein paar Hänflingen in zu großen Bomberjacken gehabt hätte. Aber die Sache sah nach Ärger aus. Und Ärger in der Öffentlichkeit war etwas, das Tante Tilly überhaupt nicht gebrauchen konnte. Unruhig beobachtete sie die Situation.

Die Dragqueen war offenbar geschlagen worden und weinte lautlos, während ihr ein Blutfaden aus dem Mundwinkel rann. Die Skinheads standen um sie herum und verpassten ihr abwechselnd brutale Knuffe und Stöße und zwangen sie, aus einer Flasche billigen Fusel zu trinken.

Auffällig war der Anführer der drei. Ein spindeldürrer Typ mit dem Gesicht einer Spitzmaus, der seine hervorgehobene Stellung offenbar vor allem dem hochgezüchteten, muskulös krummbeinigen Kampfhund verdankte, den er an einer Leine bei sich führte. Das Tier war noch recht jung und wirkte erst auf den zweiten Blick gefährlich, gehorchte seinem Herrchen aber aufs Wort. Als der Mauskopf »Fass« befahl, ging das Tier sofort die Dragqueen an. Die sprang erschrocken auf den Sitz, wurde aber durch einen Faustschlag aus dem Gleichgewicht gebracht und krachte wimmernd auf den Boden.

Mit anderen Worten: Die Situation eskalierte.

Aus den Augenwinkeln sah Tante Tilly, dass der Mann des älteren Ehepaars unauffällig nach dem Notbremshebel greifen wollte, was unbedingt verhindert werden musste. Ein Nothalt auf offener Strecke bedeutete Aufsehen, Polizei und Personenkontrollen. Dinge, die Tante Tilly um Kopf und Kragen bringen konnten, und deshalb sprang sie auf.

»Schluss jetzt!« Ihre Stimme überschlug sich fast. »Hört damit auf, ihr Lümmel!«

Sofort ließen die drei kahl rasierten Männer von der Dragqueen ab.

»Na, was haben wir denn da?« Überheblich grinsend und den Kampfhund an der Leine hinter sich herzerrend, kamen sie auf Tante Tilly zu. »Eine wütende Oma?«

»Ich bin in der Tat verärgert.« Tante Tilly blieb in ihrer Rolle. »Vor allem aber bin ich enttäuscht und entsetzt vom Verhalten dreier deutscher junger Männer. Schämt ihr euch nicht?«

Sie hatte gehofft, ein derart maßregelnder Appell an das Deutschsein dieser nationalistisch gesinnten Trottel würde zur Deeskalation führen, doch sie sollte sich irren. Denn die Typen bauten sich nun vor ihr auf und begannen lauthals zu lachen. Dann, unvermittelt, brüllte das Mausgesicht los:

»Hast'n Arsch offen, Alte, oder was?« Er packte sie und knallte ihren Kopf brutal an eine der Haltestangen. »Misch dich nicht in fremde Angelegenheiten, klar?«

»Schon gut, Junge.« Einen Moment sah Tante Tilly nichts als Sterne. »Ich will hier nur keinen Ärger.«

»Wir wollen aber Ärger«, zischte das Mausgesicht. »Das macht uns einen Riesenspaß. – Ärger«, schrie er drauflos, und seine Kumpane brüllten mit:

»Ärger! Ärger! Immer ärger! – Ärger! Ärger! Immer ärger!«

Es dröhnte in Tante Tillys Ohren. Und wieder streckte sich der ältere Herr des Ehepaars nach der Notbremse.

Tante Tilly musste handeln. Unbedingt. Jetzt und endgültig. In aller Eile ging sie die möglichen Optionen durch. Ihre Waffen waren im Rucksack, da kam sie nicht ran. Auch das Messer war in dieser Lage unerreichbar. Ihr blieb nur die asiatische Kampftechnik.

»Finger weg von der Notbremse«, rief sie dem Mann zu, befreite sich mit einer ruckartigen Armbewegung vom Mausgesicht und fiel in eine schnelle halbe Drehung, die alle drei Skinheads mit einem einzigen gestreckten Fußtritt zu Boden kickte. »Alles unter Kontrolle!«

Zwei der Skinheads krümmten sich röchelnd am Boden. Der Dritte, das Mausgesicht, lag regungslos da mit eigenartig verdrehtem Kopf.

Tante Tilly wusste sofort, dass er tot war. Genickbruch, eindeutig. Das hatte sie drauf.

Die S-Bahn fuhr in einen hell erleuchteten Bahnhof ein. Hohen Neuendorf. Nichts wie raus hier!

Ohne ein weiteres Wort sprang Tante Tilly aus der S-Bahn und verließ zügig den Bahnhof, eine Station vor ihrem eigentlichen Ziel. Den Rest des Weges, da half alles nichts, musste sie zu Fuß zurücklegen. Eine Stunde durch die Nacht und immer an der S-Bahn-Strecke lang. Das war sehr ärgerlich, aber nicht zu ändern.

Und so war sie munter drauflosmarschiert, bis sie plötzlich hinter sich dieses eigenartige Geräusch vernahm. Ein Hecheln und Tapsen, wie von einem Tier. Verwundert sah sich Tante Tilly um. In respektvoller Entfernung, vielleicht vier, fünf Meter entfernt, folgte ihr der Kampfhund.

»Was willst du denn hier?« Tante Tilly schüttelte den Kopf. »Mach, dass du wegkommst!«

Der Hund setzte sich unterwürfig hin und legte den Kopf schief.

»Hau ab!« Tante Tilly wandte sich wieder um und lief weiter. Doch schon bald hörte sie erneut den Hund. Hechelnd folgte er ihr. Es war nicht zu fassen, aber er lief ihr immer weiter nach. Das konnte doch nicht wahr sein!

Tante Tilly blieb stehen und klaubte einen Schotterstein aus dem Gleisbett der S-Bahn-Strecke.

»Ich hab gesagt, du sollst verschwinden«, rief sie dem Hund zu und warf den Stein nach ihm. Der Hund jaulte auf und flüchtete seitwärts in die Büsche. Na also, es schien zu funktionieren.

Tante Tilly lief weiter. Kilometer um Kilometer. Und sie registrierte, dass sie nicht von der S-Bahn überholt worden war. Das bedeutete, dass der Zug noch immer in Hohen Neuendorf festgehalten wurde. Tja, ein Toter. Da werden sie wohl die Polizei geholt haben. Die Strecke dürfte bis auf Weiteres gesperrt bleiben.

Und dann gab es wieder dieses Geräusch. Das Hecheln des Hundes, die tapsigen Schritte. Unglaublich! Was wollte dieser Köter von ihr? Ruckartig fuhr sie herum.

Der Hund warf sich sofort auf den Rücken und streckte alle vier Beine in die Luft. Eine eindeutige Geste der Unterwerfung. Es gab keinen Zweifel, er hatte Tante Tilly als neues Frauchen erkoren. Denn sie hatte sein früheres Herrchen, das Mausgesicht, besiegt. Insofern verhielt sich der Hund völlig normal und folgerichtig. Ein Rudeltier folgt immer dem Stärksten. In der Wildnis ist das überlebenswichtig. Und Tante Tilly war gewissermaßen nun der neue Leitwolf. Ihm würde er folgen, komme was wolle. So lange, bis sich jemand als stärker als Tante Tilly erweisen würde.

Vielleicht hätte sie den Köter einfach abknallen sollen. Dann wäre Ruhe gewesen.

Doch das Töten von Tieren war ihre Sache nicht. Tante Tilly war auf Menschen spezialisiert. Und dieser Hund war recht jung und hatte noch sein ganzes Leben vor sich. Ein völlig unschuldiges Tier, das lediglich Tante Tilly treu ergeben sein wollte.

Ich muss ihm zeigen, dass ich ihn nicht will, dachte sie angespannt. Ich werde ihn einfach ignorieren. Zügig war sie in Laufschritt verfallen, doch der Hund rannte ihr begeistert nach.

»Ich will dich nicht, du blöder Köter«, rief sie wenig später atemlos und warf verzweifelt einen Knüppel nach ihm. Was der Hund freudig als Spiel interpretierte. Er holte den Knüppel, apportierte ihn brav, wie es bei den Jägern heißt, und legte ihn Tante Tilly stolz vor die Füße. Dann bellte er sie auffordernd an und wedelte mit seinem knubbeligen Schwanz. Sie sollte den Knüppel noch mal werfen.

Alles war vergebens. Eine Weile lang hatte sie noch versucht, vor dem Hund wegzurennen. Was wenig Sinn machte, der Hund war locker schneller als sie und hielt sich leichtfüßig neben ihr. Als sie schließlich total erschöpft aufgab, hatte sich der Köter gerade mal warm gelaufen. So wurde das nichts. Erschöpft nahm Tante Tilly die graue Perücke ab und zog sich die alt machende Latexmaske vom Gesicht. Darunter war sie schweißnass. Sie hockte sich auf einen Stapel alter Gleisbohlen neben der Strecke und verstaute Perücke und Maske in ihrem City Bag. Dann versuchte sie es mit einem letzten Trick.

Sie ging die restlichen hundert Meter ganz besonders langsam nach Hause. Kurz davor verfiel sie dann in einen schnellen Sprint, rannte durchs Tor und knallte es rasch hinter sich zu.

Geschafft!

Der Hund war draußen. Jetzt musste sie nur noch warten, bis er verschwand. Irgendwann würde es dem Köter langweilig werden. Irgendwann würde er schon abhauen.

Weit gefehlt: Der Hund bellte und jaulte und kratzte am Hoftor. So weckte er noch das ganze Haus und die Straße auf.

Um Aufsehen zu vermeiden, gab Tante Tilly schließlich nach und ließ ihn ein. Dann saßen sie sich in der Diele gegenüber. Erschöpft und müde. Tante Tilly auf ihrer Telefonbank, der Hund auf dem Boden, mit schiefem Kopf und treuem Blick.

So kommt man im eigentlichen Wortsinne auf den Hund, dachte sie. Indem man ihn einem Nazi abnimmt.

Aber wie sollte das enden? Sie konnte bestimmt keinen Vierbeiner gebrauchen. Das war unmöglich. Ihr ganzes Sein war auf Unauffälligkeit gebaut. Kinder waren unauffällig. Nicht aber so ein Kampfhund. Damit war man alles andere, nur nicht unauffällig.

»Nee. Das wird nicht gut gehen mit uns«, wiederholte Tante Tilly, als der Hund das Stöckchen brachte. »Ganz sicher nicht.«

Sie kraulte dem Tier die Ohren. »Hast Hunger, was? Ich auch.« Sie warf das Stöckchen nun vom Ufer weg landeinwärts.

»Auf geht's! Nach Hause. Ich mach uns was zu futtern.«

29 ALTGRIEBEN ist ein typisches Straßendorf. Schattige Lindenbäume und niedrige Bauernkaten, manche grau mit abplatzendem Putz, andere frisch renoviert und gestrichen. Fast überall sieht man Geranien vor den Fenstern, blühende Zierstauden und Sonnenblumen im Garten. Es gibt auch ganz neue Häuser hier, erst kürzlich errichtete Eigenheime mit heruntergelassenen Jalousien.

Kein Mensch ist zu sehen.

Stattdessen verschlossene Fensterläden und vernagelte Türen. Sie sollen aber nicht vor den Hochwasserfluten schützen, sondern vor Einbrechern. Vor fast jedem Haus warnen selbst gemalte Schilder: *»Finger weg!«, »Hier gibt es nichts zu holen«* oder *»Plündern lohnt sich nicht!«*. Die Angst vor Räubern scheint groß zu sein.

In der Mitte des Dorfes teilt sich die Straße um einen kleinen Anger. Hier gibt es einen Löschteich mit Seerosen drauf und ein paar grün getünchte Holzbänke drum herum. Und hier steht die Kirche. Ein mittelalterlicher Feldsteinbau mit Holzturm und Wetterhahn wie im Bilderbuch. Schräg gegenüber lockt ein kleiner Biergarten vor einem verrammelten Imbiss, der sich mit dem heute so häufig gewordenen falschen Apostroph »Conni's Brutzelbude« nennt. Umgehend stoppt Hünerbein den Wagen und holt den Picknickkorb hervor.

»Zeit zum Essen«, meldet er und richtet uns einen Tisch unter der riesigen Kastanie im verwaisten Biergarten her. Sogar ein kariertes Tischtuch hat er dabei. *»Ein bisschen Stil muss sein«,* singt er in Anwandlung auf den Roberto-Blanco-Gassenhauer, *»dann ist die Welt voll Sonnenschein …«* Er stellt Salatschüsseln und einen großen Teller mit Hähnchenkeulen auf den Tisch und macht eine einladende Handbewegung. »Greif zu! Ein hungriger Bauch hat keine Ohren.«

Und die brauchen wir, wenn wir hier was erfahren wollen. Augen und Ohren. Ich nehme mir eine der Keulen und fange an zu essen. Dabei fällt mir das Schild an der Eingangstür von Connis Brutzelhütte auf. *»Wegen Hochwasser bis auf Weiteres geschlossen«*.

Das habe ich mir fast gedacht, nur: »Wo ist das Wasser?«
»Keine Ahnung.« Hünerbein schmatzt. »Mich interessiert mehr, wo der Bunker ist.«
»Warum evakuieren die das Dorf?« Ich verstehe es nicht. »Wo ist die Gefahr?«
»Das wird prophylaktisch sein. Vorbeugend. Noch steht der Deich, aber wenn er fällt, dann kommt das Wasser schnell. Schneller, als sie die Leute hier rauskriegen. Also bringen sie die Leute lieber rechtzeitig weg. Bevor das Wasser kommt, falls es kommt.«
»Es wird nicht kommen!«
Wir schauen auf. Vor uns steht der Pfarrer des Ortes. Ein junger sympathischer Mann, vielleicht Mitte dreißig. Man erkennt ihn an seiner protestantischen Robe.
»Es wird nicht kommen?«, frage ich ihn. »Was macht Sie so sicher?«
»Altgrieben liegt erhöht«, erklärt der Pfarrer. »Endmoräne. Wir befinden uns hier auf einer Hochfläche, die noch nie überflutet wurde. Südöstlich sieht das schon anders aus, aber hier ...« Er schüttelt den Kopf. »Keine Gefahr.«
»Und warum wurde der Ort dann evakuiert?«
»Unfähigkeit. Panikmache. Hektischer Aktionismus.« Der Pfarrer setzt sich zu uns. »Und Unkenntnis der geografischen Verhältnisse. Sie ahnen ja nicht, was ich geredet habe mit den Verantwortlichen. Aber die blieben stur. Verordnung ist Verordnung, und die Leute mussten ihre Häuser verlassen. Ein Irrsinn, das alles. Völlig verrückt.«
»Sie sind noch hier.«
»Ja.« Der Pfarrer nickt. »Aber meine Frau und die Kinder haben sie weggeschickt. Die leben jetzt bis auf Weiteres im Ferienhaus einer Tante im Harz. Nur ich durfte bleiben, weil ich Ihnen klargemacht habe, dass ich meine Kirche unmöglich allein lassen kann.«
»Aus Angst vor Plünderern?«
Der Pfarrer nickt. »Man weiß ja nie. Und in der Kirche haben wir einige sehr alte, möglicherweise für Sammler wertvolle Dinge. Ich wollte das nicht riskieren. Zumal ja keine wirkliche

Gefahr droht. Nur eine …«, er tippt sich gegen die Stirn, »… eingebildete.«

Na, das kann genauso auf die Gefahr von Plünderungen zutreffen, denke ich, erspare mir jedoch einen derartigen Kommentar und knabbere an meiner Hähnchenkeule.

»Und was treibt Sie hierher?«, erkundigt sich der Pfarrer.

»Reines Interesse«, tönt Hünerbein, »und Forscherdrang.«

»Wundert mich, dass Sie der Polizeibeamte vorne überhaupt reingelassen hat.« Der Pfarrer lächelt. »Normalerweise passt der auf wie ein Luchs.«

»Wir waren halt sehr charmant«, entgegnet Hünerbein und hält dem Pfarrer den Teller mit den Keulen hin. »Wollen Sie auch was?«

»Ja, gern!« Der Pfarrer greift zu. »Mit frischen Lebensmitteln ist es hier gerade etwas knapp. Nur gut, dass wir Sommer haben.« Er spricht kauend weiter. »Da kann ich mir Obst und Gemüse aus dem Garten holen. Aber Fleisch …« Er schüttelt den Kopf.

»Warum schlachten Sie sich nicht einfach ein paar von denen?« Hünerbein zeigt auf die immer zahlreicher werdenden Hühner, die sich uns, tuck, tuck, tuck, nähern und offenbar auch Hunger haben.

Ich werfe ihnen ein paar Brotkrumen zu, und sofort stürzen sie sich laut gackernd und wild mit ihren kurzen Flügeln schlagend drauf.

»Schlachten?« Der Pfarrer winkt lachend ab. »Oh nein, das kann ich nicht. Da halte ich mich an das fünfte der Zehn Gebote: ›Du sollst nicht töten‹.«

»Aber das gilt doch nicht für Tiere.«

»Nicht?« Der Pfarrer zweifelt. »Ich weiß nicht. Ich bin kein Bauer. Aber Fleisch esse ich trotzdem gern.« Hungrig beißt er in seine Keule. »Sehr lecker übrigens. Interessant gewürzt.«

»Nicht wahr?« Hünerbein freut sich und wirft mir einen Blick zu. »Das Geheimnis ist: statt Salz Rosmarin verwenden. Einfach beim Garen ein, zwei frische Zweige dazulegen. Dann kommt der Eigengeschmack des Fleisches besser zur Geltung. Und später bestreichen Sie es im Grill mit Öl, in das Sie etwas Chili und

Knoblauch gemischt haben. Dann werden die Keulen schön kross und schmecken so wie jetzt. – Einfach lecker!«

»Und das ist keine Übertreibung.« Der Pfarrer haut rein wie ein, um im ländlichen Aspekt zu bleiben, Scheunendrescher.

Ich füttere weiter die hungrigen Hühner. Sie haben gemerkt, wer hier ihr Freund ist, und mich inzwischen gackernd in Besitz genommen. Einige versuchen mir sogar auf den Schoß zu hüpfen, um schneller an Brotkrumen zu kommen. Nur der Hahn steht etwas abseits und beäugt mich kritisch mit schiefem Kopf. Ahnt er, dass etwas nicht stimmt? Dass hier am Tisch die Keulen seiner Artgenossen verspeist werden? Sieht er die Gefahr?

Wohl kaum. Hühner sind, das darf man aus menschlicher Sicht durchaus behaupten, vollkommen einfältige Tiere. Unfähig, einen Zusammenhang zwischen der gebratenen Keule und sich selbst herzustellen.

»Putt, putt, putt«, mache ich und freue mich wie ein Kind, weil sie mir so zutraulich das Brot aus der Hand picken.

Überhaupt das Land. Wieder einmal merke ich, wie stadtmüde ich geworden bin. Ach, die frische Luft, die Natur, die Ruhe – einfach herrlich. Hier könnte ich mich niederlassen. Der Job eines Dorfpolizisten ist auch nicht schlecht. Man hat kaum zu tun, weil nie etwas passiert. Zumindest wirkt diese Gegend trotz der Plünderei-Plakate so. Eine Kneipenschlägerei, vielleicht mal ein Eifersuchtsdrama, das war's. Genau der richtige Job für die letzten Jahre bis zur Pension.

»Sagen Sie mal«, fragt Hünerbein gedehnt, »gibt es hier militärische Anlagen oder so etwas?«

»Zum Glück nicht mehr.« Der Pfarrer schüttelt den Kopf. »Früher waren die Russen da. Und bis heute sind wir hier der einzige Ort im ganzen Oderbruch, wo große Transportmaschinen landen können.«

»Große Transportmaschinen?« Wovon spricht der Mann? Gibt's einen Flugplatz im schönen Altgrieben?

»Kommen Sie!« Der Pfarrer führt uns zu seiner Kirche. »Ich zeig's Ihnen. Vom Turm haben wir einen prima Überblick.«

Eine schmale, vom Taubendreck grau gewordene Holzstiege führt hoch in den zugigen Turm. Er wird im Innern von einer großen, mit dem preußischen Adler verzierten Glocke dominiert. Sie trägt die Inschrift:

VIVOS VOCO
MORTUOS PLANGO
PROTEGAT NOS DEUS*

»Unsere Kirchenglocke wurde 1762 von der Gießerei Johann Friedrich Thiele zu Berlin gestiftet«, erklärt der Pfarrer und lacht. »Im Auftrag des preußischen Königs. Der Alte Fritz war durch das ›Wunder des Hauses Brandenburg‹ zum gläubigen Menschen geworden und hat vielen Kirchen in der Gegend neue Glocken spendiert.«

Ich erinnere mich. Das hatten wir im Geschichtsunterricht, achte Klasse: Siebenjähriger Krieg, die Schlacht bei Kunersdorf 1759. Das preußische Heer war von den zahlenmäßig stark überlegenen russisch-österreichischen Truppen vernichtend geschlagen worden. Der König dachte über den Freitod nach, die feindliche Einnahme Berlins schien nur noch eine Frage von Tagen. Doch dann zerstritten sich die Österreicher mit den Russen und zogen unverrichteter Dinge ab. Der Angriff blieb aus. Preußen war gerettet. Diese unglaubliche Wende ging als »Mirakel des Hauses Brandenburg« in die Annalen ein. Das hat mich fasziniert damals. Mit meinen Zinnsoldaten spielte ich die Geschichte wieder und wieder nach. Zum Ärger mancher Mädchen, die anderes mit mir vorhatten und schließlich verärgert abzogen.

Unter uns breitet sich das westliche Oderbruch aus. Dichte Wälder, wogende Felder und saftige Wiesen. Von einem Flugplatz ist jedoch nichts zu sehen.

»Achten Sie auf die Straße.« Der Pfarrer zeigt auf die Dorfstraße, die in einem lang gestreckten Bogen aus dem Ort führt, bevor sie fast schnurgerade die Felder zerteilt. »Fällt Ihnen da was auf?«

Nicht wirklich.

»Es fehlen die Alleebäume«, hilft uns der Pfarrer auf die Sprünge, »was ungewöhnlich ist für unsere Gegend. Normalerweise gibt es hier kaum eine Landstraße, die nicht von schattenspendenden Bäumen gesäumt wird. Doch da unten fehlen sie auf knapp sechshundert Metern.«

»Damit dort Flugzeuge landen können?«

»Richtig«, nickt der Pfarrer, »das wurde so schon von der Wehrmacht angelegt.« Sein Arm wandert weiter südlich zu einem Wald. »Denn dort drüben befand sich im letzten Krieg eine unterirdische Produktionsstätte der Nazis.«

»Interessant.« Hünerbein stellt sich ahnungslos. »Was haben die denn da produziert?«

»Waffen«, antwortet der Pfarrer. »Munition für den Endsieg. Deshalb war es so wichtig, dass es hier eine Landepiste für größere Transportflugzeuge gibt. Damit konnten sie das Zeug gleich an die Front fliegen.«

»Und nach dem Krieg?«

»Da wurden die Bunker und Anlagen von den Russen weitergenutzt. Genaues weiß man nicht, aber die Leute munkeln, dass sie dort ein geheimes Führungszentrum oder so was hatten. Bis zum Abzug der Sowjets war das ganze Gebiet weiträumig abgesperrt. Da konnte keiner hin.«

»Und jetzt?« Hünerbein platzt bald vor Ungeduld. »Kommt man jetzt dahin?«

»Zur alten Bunkeranlage im Wald?« Der Pfarrer schüttelt den Kopf. »Nein. Das ist immer noch abgesperrt. Es gibt einen Zaun. Vor ein, zwei Jahren wurde er mit neuen Warnschildern versehen. Munitionsverseuchtes Gebiet. Ich denke nicht, dass man da herumklettern sollte.«

»Wird das Gelände bewacht?«

»Keine Ahnung«, erwidert der Pfarrer, »ich war lange nicht dort.«

Mir fallen Enzos Paramilitärs wieder ein. Und der Umstand, selbst unbewaffnet zu sein. Denn natürlich werden wir uns das »munitionsverseuchte Gebiet« ansehen müssen. Wir haben zwar Schutzkleidung und Gasmasken dabei, aber keine Waffen. Das könnte zum Problem werden, denke ich. Oder auch nicht. Nein, ganz sicher nicht. Waffen tragen nie zur Deeskalation bei.

»Sardsch.« Hünerbein starrt mit zusammengekniffenen Augen auf die Landstraße. »Siehst du diese Baulampen auch?«

Tatsächlich sind links und rechts des baumlosen Straßenabschnitts in regelmäßigen Abständen gelbe Bauleuchten aufgestellt. Es müssen Hunderte sein.

»Damit markieren sie die Landebahn«, weiß der Pfarrer, »damit das Flugzeug den Weg findet.«

»Welches Flugzeug?«

»Na, so eine große Propellermaschine«, antwortet der Pfarrer. »Sie ist heute Nacht hier gelandet. Wahrscheinlich ein Frachtflugzeug von der Bundeswehr. Die haben irgendwas gebracht oder geholt. Schweres Gerät zur Bekämpfung der Oderflut, nehme ich an. Genau weiß ich es nicht. Ich bin von dem Lärm aufgewacht, doch bis ich angezogen war und aus dem Haus, sind die schon wieder gestartet. Ich habe den Flieger nur noch abheben sehen.«

Hünerbein und ich schauen uns an. Die Baulampen wurden nicht wieder weggeräumt. Das bedeutet, es werden weitere Bundeswehrmaschinen landen. Aber bringen sie wirklich Gerät zur Bekämpfung der Oderflut? Warum landen sie dann nachts? Tagsüber wäre es doch viel einfacher, die Piste zu finden.

Nein. Da läuft etwas anderes. Etwas Verborgenes, etwas, das nicht für die Öffentlichkeit bestimmt ist. Und es hat, da sind wir uns sicher, mit diesem alten Chemiewaffenbunker zu tun.

»Können wir hier irgendwo übernachten?«

»Sicher.« Der Pfarrer lacht bitter auf. »In Altgrieben gibt's derzeit ja genug leerstehende Häuser.« Er klettert mit uns wieder die Stiege hinunter. »Aber ganz im Ernst: Ich kann Ihnen zwei Gästezimmer im Pfarrhaus anbieten.«

»NEIN«, brüllt Hünerbein plötzlich, weil sich die Hühner und auch ein paar streunende Hunde und Katzen über unseren Picknickkorb in Connis Biergarten hergemacht haben. »Das gibt's doch nicht!« Im Nullkommanix ist er aus der Kirche raus und stürmt über die verlassene Dorfstraße. »Verdammte Mistviecher! Weg hier, husch, husch! Verschwindet!« Mit wedelnden Armen scheucht er das gackernde Federvieh auf und wirkt dabei selbst wie ein großes, fettes Huhn.

»Warum nennt er Sie eigentlich Sardsch«, fragt mich der Pfarrer, »sind Sie Amerikaner?«

»Nein«, antworte ich. »Aber mein Vater war Sergeant bei der US-Army. Er war nach dem Krieg in Deutschland stationiert und hat ein Kind gezeugt. Mich.«

»Und seitdem heißen Sie Sardsch?«

»Das ist der spezielle Humor meines Kollegen«, erwidere ich. »Der nennt mich so, seit er meine Personalakte gelesen hat.«

»Verstehe.« Der Pfarrer nickt. »Wenn Sie mehr über die Wehrmachtsanlagen im Wald wissen wollen«, fügt er nach einer Weile hinzu, »sollten Sie sich an den alten Schlünz wenden. Der war dort zu Kriegszeiten im Einsatz und ist außer mir der Einzige, der noch hier im Ort geblieben ist.«

Vatta Schlünz, genau. »Wo wohnt denn der Mann?«

Der Pfarrer zeigt die Dorfstraße hinunter. »Rechts, das vorletzte Haus mit der alten Fliegerabwehrkanone im Garten. Sie können es gar nicht verfehlen, Sardsch.«

30 »GEFÄLLT IHNEN DIE ACHT-ACHT?«

Vatta Schlünz kommt, in einen verschlissenen Blaumann gekleidet und mit einem Elbsegler auf dem grauen Haupt, aus seinem verwilderten Garten.

Ein großer, grobschlächtiger Typ, rüstige siebzig, vielleicht auch fünfundsiebzig Jahre alt. Er hat eine erkaltete Pfeife im Mund, die er auch beim Sprechen nicht rausnimmt, und die Hände in den Hosentaschen.

»Hübsche Waffe, was«, knarzt er mit kehliger Stimme. »Mündungsgeschwindigkeit achthundert Meter die Sekunde, fünfzehn bis zwanzig Schuss die Minute bei einer Schusshöhe von gut zehn Kilometern.« Er tätschelt liebevoll das gewaltige Kanonenrohr. »Ja, mit dem Mädchen haben wir so manche Spitfire und einige

B-17-Bomber vom Himmel geholt. Die Tommys haben sich vor Angst in die Hose geschissen, wenn sie nur unser Sperrfeuer sahen.«

Und in der Tat ist es ein beeindruckendes Geschütz, das der alte Vatta da vor seinem Haus stehen hat. Ein grau gestrichenes Monstrum auf einem mächtigen Lafettenkreuz. Allein das Rohr mit dem darüberliegenden Luftvorholer ist gut fünf Meter lang und noch immer drohend in den Himmel gerichtet. Seitlich sieht man den Schemel für den Richtschützen und jede Menge Kurbeln und Handräder.

»Funktioniert alles noch.« Schlünz dreht an einem der Stellräder. »Sehen Sie?« Das Geschütz beginnt sich zu drehen. »Schwenkbereich dreihundertsechzig Grad, versuchen Sie das mal mit 'ner normalen Artilleriewaffe! Deshalb haben wir das Mädel auch zum Erdkampf eingesetzt.« Er nimmt die Pfeife aus dem Mund und lächelt zufrieden. »Abfeuerbar bis minus drei Grad unter der Horizontalen. Damit haben wir den Russen zum Schluss noch mal ordentlich eins auf die Mütze gegeben.«

»Schießt das Ding noch?«

»Nein, leider. Die feuert nie wieder eine Granate ab.« Schlünz scheint das sehr zu bedauern. »Fast eine Tonne Beton haben sie mir ins Rohr gegossen, um die Acht-Acht unschädlich zu machen. Sonst hätte ich sie mir nicht hierherstellen dürfen.«

Schon klar, denke ich. Nur, warum stellt sich der Mann dieses Ungetüm überhaupt vors Haus?

»Gartenzwerge sind nicht mein Ding«, grinst der alte Vatta, als hätte er meine Gedanken gelesen. »Ich mag's lieber aussagekräftig, wenn Sie verstehen, was ich meine. Mit so einer Waffe«, wieder klopft er auf den grau gestrichenen Stahl, »ist immerhin eine ganze Generation von Flakhelfern groß geworden. Das Ding hat Geschichte. Diese Acht-Acht stand unten in der Flakbatterie am Waldwerk. Das war meine Waffe im Krieg. Und wären uns damals nicht die Granaten ausgegangen, wäre der Russe hier nie durchgekommen.«

»Schön, dass Sie das Waldwerk ansprechen.« Hünerbein geht ehrfürchtig um die Kanone herum. »Deshalb sind wir hier. Ein

Tipp vom Pfarrer. Er sagte, dass Sie sich in dieser alten Bunkeranlage bestens auskennen.«

»Ich gehöre zu denen, die das Werk gebaut haben«, erwidert Vatta Schlünz, »und war später als Unterscharführer für die Sicherheit des Objekts verantwortlich.«

»Waffen-SS?« Ich sehe ihn fragend und wohl auch etwas skeptisch an.

Der Alte nickt. »Ich war jung. Und ich wollte zur Elite gehören.«

»Dann haben Sie's ja weit gebracht.«

»Hören Sie!« Er legt mir väterlich seine Hand auf die Schulter. »Sie waren nicht dabei. Sie wissen nicht, wie es damals war.«

»Ich weiß, dass es böse endete.«

»Ja. Das war schlimm.« Vatta Schlünz schaut mir tief in die Augen. »Sie können sich nicht vorstellen, wie schlimm.« Er wendet sich ab. »Komm Sie rein. Ich spendiere uns 'ne Flasche Korn.«

Bloß nicht. Schon der Gedanke an Alkohol verursacht mir Kopfschmerzen. Aber der Alte will uns was erzählen, und deshalb nehmen wir die Einladung an.

Schlünz füllt die kleinen Gläser auf dem Tisch und hebt sein Glas. »Zum Wohle dann!«

Wir sitzen am Resopaltisch in der Küche des Alten und trinken notgedrungen mit.

»Es ging um Wunderwaffen.« Schlünz gießt die Gläser wieder voll. »Das war das Thema damals. Wunderwaffen.« Er lacht bitter auf. »Der Krieg war verloren. Das wussten alle. Aber die Hoffnung stirbt zuletzt. Und so warteten wir auf den Tag, an dem uns die neuen Waffen den Sieg bringen würden. Vergebens, wie man heute weiß.« Er trinkt wieder.

»Was waren das für Waffen?«

»Raketen. V1, V2. Haben Sie davon nie gehört?«

»Doch, schon. Aber dass hier die V2 produziert wurde, ist uns neu, oder?« Ich sehe Hünerbein an.

»Ganz neu«, pflichtet er mir bei.

»Wir haben hier nicht an den Raketen, sondern nur an besseren Triebmitteln dafür gearbeitet«, erklärt uns Schlünz. »Wir waren zwar formal der Heeresversorgungsanstalt untergeordnet, galten aber als wichtiges Forschungszentrum der Waffen-SS.«

»Offiziell?«

»Unsinn. Das war natürlich alles streng geheim.« Schlünz lehnt sich zurück und nuckelt an seiner Pfeife. »N-Stoff«, setzt er hinzu.

»Endstoff?«

»Nicht End«, verbessert Schlünz, »sondern N. Wie Nordpol. N-Stoff. Das war die Bezeichnung für das Zeug, mit dem da herumexperimentiert wurde. Ein hochenergetischer Oxidator für die Raketentechnik.«

»Wurden auch chemische Waffen hergestellt? Chlorgas oder so?«

»Nein!« Schlünz winkt heftig ab. »Das ist eine Legende. Ich weiß nicht, wer das in die Welt gesetzt hat, aber wir haben kein Giftgas hergestellt. Das waren erst später die Russen. Habe ich Ihrem Kollegen alles schon erzählt.«

Hünerbein hebt die Augenbrauen. »Unserem Kollegen?«

»Na, dieser Journalist, der letzte Woche da war. Dieser …«

»… Kawelka?«

»Genau.« Schlünz hebt die Flasche. »Noch einen?«

Ich winke ab, aber Hünerbein greift gerne zu. Zur Verdauung, wie er immer sagt. Wer viel trinkt, kann auch mehr essen.

Schlünz füllt ihm das Glas nach. »Die Anlage wurde von der Deutschen Sprengchemie geführt, verstehen Sie? Sprengstoff, kein Gas! Jedenfalls nicht zu Kampfzwecken. Natürlich war der N-Stoff auch hochgiftig, wir hatten da mal einen schlimmen Unfall. Da sind die Leute reihenweise umgefallen. Aber das Zeug an der Front als Giftgas einzusetzen, wäre reine Verschwendung gewesen. Viel zu aufwendig in der Herstellung. Viel zu wertvoll.« Er zieht ein Feuerzeug hervor, setzt den Tabak in der Pfeife wieder in Brand und hüllt sich in dichte Rauchwolken. »Und denken Sie an die Lehren aus dem Ersten Weltkrieg. Wenn Sie Gas einsetzen und der Wind plötzlich dreht, gefährden Sie die eigenen Truppen. Deshalb haben wir das nicht mehr gemacht.«

»Das war ein Führerbefehl«, prahlt Hünerbein mit dem Wissen

unseres Rechtsmediziners Dr. Graber: »Hitler höchstpersönlich hat den Einsatz von Giftgas im Krieg verboten.«

»Hat er das?« Schlünz sieht interessiert auf.

»Wussten Sie das nicht?«

»Nein. Aber ich weiß, dass die Sowjets hier später eine Anlage zur Herstellung von Sarin gebaut haben.«

»Woher?«

»Ein russischer Offizier hat es mir erzählt.« Schlünz schlägt mit seiner Pfeife sachte gegen die Kornflasche und lächelt. »Wir haben gesoffen. Bei Conni. Man wird gesprächiger, wenn man zusammen trinkt.«

»Wie wir ja jetzt auch.« Hünerbein lässt sich nachschenken. »Prost!«

»Prost.«

Die Gläser klirren, und ich sehe zu, was selten ist. Aber heute kriege ich keinen Tropfen Alkohol mehr runter. Die letzte Nacht war schlimm genug.

»Wie sieht's aus?« Hünerbein beugt sich verschwörerisch vor. »Kommt man da rein in den Bunker? Unauffällig?«

»Das hat der Kawelka auch gefragt. Aber das Gelände ist immer noch abgesperrt und wird streng bewacht.«

»Von wem?« Ich denke wieder an die dubiose paramilitärische Truppe, von der mir Enzo erzählt hat.

»Eine private Sicherheitsfirma«, antwortet Schlünz. »Sie nennt sich ›International Security‹. Die kleiden sich wie Polizisten aus einem Amifilm. Aber wenn Sie mich fragen, sind das alles alte Stasileute.« Er lacht dröhnend. »Was sollen die auch sonst machen? Die haben ja nichts anderes gelernt.«

Und das wäre die Verbindung zu Siggi, überlege ich.

»Natürlich gibt es einen Tunnel, von dem die alle nichts wissen.« Schlünz saugt an seiner Pfeife. »Den habe ich diesem Kawelka gezeigt. Ein alter Bahntunnel. Aber der ist halb geflutet. Das Grundwasser ist durch die Oderflut stark angestiegen. Das konnte den Kawelka aber nicht abhalten. Der ist da trotzdem rein.«

»Das kann uns auch nicht abhalten.« Hünerbein stößt mich an. »Nicht wahr, Sardsch?«

»Ich rate dringend davon ab«, mahnt Schlünz mit ernster Miene. »Da unten ist haufenweise giftiges Zeug. Es lagert in alten Stahldruckbehältern. Teilweise verrostet. Gas strömt aus. Ich musste diesen Kawelka halb ohnmächtig aus dem Tunnel holen. Allein hätte der das nicht mehr geschafft.«

Daher die Chlortrifluoridvergiftung, denke ich. Immerhin, allmählich wird der Fall klarer. Nicht wegen der Gefahr einer Überflutung wurde Altgrieben evakuiert. Sondern wegen der Verseuchung des gestiegenen Grundwassers. Und jetzt wird das giftige Zeug heimlich nachts mit Bundeswehrmaschinen abtransportiert.

Aber rechtfertigt das den Mord an einem Journalisten? – Wohl kaum.

»Es muss mehr dahinterstecken«, sage ich laut.

Hünerbein und Vatta Schlünz sehen mich fragend an.

31 BEYLICH HATTE ES GEWUSST. Von Anfang an. Schwungvoll stieß er die Tür auf und trat, gefolgt von seinem treuen Adlatus Rainer Matuschka, in das Büro des Chefs.

»Die Autobombe sollte nie töten, Edmund.« Er legte ein paar mehrseitige, geheftete Unterlagen auf den Tisch. »Ich war gerade in der KTU. Hier ist die Analyse.«

»Und?« Palitzsch sah sich beiläufig die Papiere durch. »Was schreiben die Kriminaltechniker?«

»Dass der Signalgeber für den Zünder nur auf die Funkfernbedienung des BMW reagierte. Hätte man stattdessen die Tür einfach aufgeschlossen, wäre nichts passiert.«

»Ergo wollten die Täter sichergehen, dass der Fahrer überlebt«, stellte Palitzsch fest. »Woraus sich zwangsläufig die Frage ergibt: Warum legen sie ihm überhaupt eine Bombe unters Auto?«

»Zur Verunsicherung«, antwortete Beylich. »Oder als Warnung. Die wollten diesem Meyer einen Schrecken einjagen.«

»Mit Erfolg, wie es scheint«, setzte Matuschka hinzu, »denn der Meyer ist wie vom Erdboden verschluckt.«

»Aha.« Palitzsch lehnte sich in seinem Stuhl zurück. »Was haben wir zu dem?«

»Siegbert Meyer, neunundvierzig Jahre alt, Oberleutnant a. D. beim MfS. War bis zu dessen Abwicklung für die Devisenreserven des Ministeriums zuständig.« Matuschka blätterte in seinem Notizbuch. »Vorbestraft wegen Veruntreuung von Staatsgeldern in Millionenhöhe zum Nachteil der Bundesrepublik. Hat deswegen anderthalb Jahre eingesessen. Von Oktober '90 bis Mai '92 in Tegel.« Er klappte das Notizbuch zu und sah auf. »Arbeitet als Immobilienkaufmann und ist seitdem nicht wieder auffällig geworden.«

»Der Kollege Knoop kennt den ganz gut«, setzte Beylich hinzu.

»Ach!« Palitzsch war ganz Ohr. »Unser Hauptkommissar Knoop hat Stasikontakte?«

»Zwangsläufig, denn seine Lebensgefährtin war mit dem Meyer mal verheiratet«, präzisierte Beylich. »Und Knoop hat Meyers Wagen auch als Letzter benutzt. Insofern könnte die Autobombe auch für ihn bestimmt gewesen sein. Eine Warnung, wie gesagt.«

»Dagegen spricht allerdings«, fügte Matuschka hinzu, »dass dieser Meyer der Informant des toten Kawelka war.«

»Soll sich das BKA drum kümmern«, winkte Palitzsch ab, »das ist nicht mehr unser Fall. Faxen Sie denen die Unterlagen zu.«

»Selbstverständlich, Genosse Kriminaloberrat!« Matuschka nahm die Papiere an sich und verließ das Büro.

Palitzsch sah Beylich kopfschüttelnd an. »Wie lange braucht der wohl noch, um sich das ›Genosse‹ abzugewöhnen?«

»Keine Ahnung«, Beylich lächelte. »Es kommt in Wellen. Manchmal ist es ganz weg. Und dann hat er wieder Phasen, wo er nur von Genossen redet. Es ist halt nicht leicht für ihn.«

»Aber die DDR ist seit sieben Jahren Geschichte.«

»Matuschka hat fünfunddreißig Jahre in der DDR gelebt. Was sind da sieben Jahre?« Beylich stützte sich nachdenklich auf einen der Schreibtische. »Was machen wir mit dem Kollegen Knoop?«

»Ja, was weiß ich?« Palitzsch hob hilflos die Hände. »Wo steckt der überhaupt?«

»Keine Ahnung. Hat sich mit Hünerbein abgemeldet.«

»Die sollen um Gottes willen die Finger stillhalten«, schimpfte Palitzsch. »Wir sind ein für alle Mal raus aus dem Fall.«

»Die Bombe am BMW ist unser Fall«, widersprach Beylich entschieden. »Und solange der begründete Verdacht besteht, dass es einen Kollegen treffen sollte, muss das Priorität haben!«

»Ich bitte dich, Egon, wo ist denn da der Verdacht begründet?« Palitzsch schüttelte den Kopf. »Es ist eine Vermutung. Mehr nicht. Was ist mit dem toten Neonazi in der S-Bahn?«

»Komische Geschichte«, erwiderte Beylich. »Die beiden Hauptverdächtigen sind gegen Auflagen wieder auf freiem Fuß.«

»Was?« Palitzsch sah auf. »Wieso das?«

»Sie haben sich mit einer unbekannten älteren Frau herausgeredet, die angeblich den dritten Jungen umgebracht haben soll.«

»Eine ältere Frau? Humbug!«

»Das dachten wir auch zuerst.« Beylich reichte seinem Chef die entsprechenden Protokolle. »Das Problem ist nur, dass auch die anderen Zeugen diese Frau gesehen haben wollen …«

»Scusi, Signori!«

Die Ermittler sahen fragend auf. Zwei Männer waren eingetreten. Gut gekleidet, beide ungefähr Mitte, Ende dreißig, und Südeuropäer. Italiener höchstwahrscheinlich.

»Können Sie uns sagen, wo wir den Herrn Kriminalhauptkommissar Knoop finden können?«

»Nein, überhaupt nicht.« Palitzsch lachte auf. »Das ist ja das Problem.«

»Oh!« Die Italiener wirkten unschlüssig. »Wissen Sie, wann er wiederkommt?«

»Auch das wissen wir nicht.« Palitzsch ging auf die beiden zu. »Aber vielleicht können wir Ihnen helfen?«

»Nein, nein.« Die Italiener wichen etwas zurück. »Wir haben strikte Anweisung, nur mit Herrn Knoop selbst zu sprechen.«

»Wir sind die Kollegen des Herrn Knoop«, mischte sich Beylich ein, »dieselbe Abteilung. Das ist der direkte Vorgesetzte, Kriminaloberrat Dr. Edmund Palitzsch. Und ich bin Oberkommissar Egon Beylich. Wir gehören alle zum selben Team, verstehen Sie?«

Die Italiener nickten unsicher.

»Was Sie also unserem Kollegen Knoop sagen wollten, können Sie ruhig auch uns mitteilen. Worum geht es denn?«

»Um Waffen«, antwortete der Forschere der beiden. »Gestohlene Waffen.«

»Nein, nein, nein.« Palitzsch schüttelte nachsichtig das ergraute Haupt. »Wir sind die Mordkommission. Delikte am Menschen. Diebstahl müssen Sie bei Ihrer zuständigen Polizeidienststelle melden. Darf ich fragen, wo Sie wohnen?«

»Schöneberg«, erwiderten die Italiener irritiert. »Belziger Straße.«

»Na, sehen Sie, das ist die Polizeidirektion vier, Abschnitt zweiundvierzig, in der – Egon, hilf mir mal – Schöneberger Hauptstraße?«

»Hauptstraße 45«, bekräftigte Beylich.

»Sie können den Diebstahl natürlich auch in jedem anderen Polizeirevier melden«, sagte Palitzsch, »nur hier im LKA eins sind Sie leider falsch.« Er wollte die beiden Italiener schon zur Tür hinauskomplimentieren, doch Beylich hielt ihn davon ab.

»Moment mal! Gestohlene Waffen, sagten Sie?«

Die Italiener nickten.

»Gewehre für die SFOR-Truppe der Bundeswehr?«

Erneute Zustimmung.

Beylich deutete auf zwei Stühle. »Setzen Sie sich!«

»Wir wollen nur etwas abgeben, bitte.« Einer der Italiener holte einen DIN-A4-Umschlag aus seiner Tasche. »Wenn Sie das an den Herrn Kriminalhauptkommissar Knoop weiterleiten würden?«

»Schon gut, vielen Dank.« Palitzsch wollte ihm den Umschlag abnehmen, doch der Italiener zog seine Hand zurück. »Das ist persönlich bestimmt und darf nur von Herrn Kriminalhauptkommissar Knoop geöffnet werden.«

»Wir werden das an ihn weiterleiten.« Beylich lächelte die Italiener aufmunternd an. »Sie können sich darauf verlassen.«

»Ganz bestimmt?«

»Ganz bestimmt«, versprach Beylich. »Ich verspreche es.«

»Und was ist mit dem?« Sie bedachten Palitzsch mit skeptischen Blicken. »Verspricht der es auch?«

»Sie können uns ruhig vertrauen«, erwiderte Palitzsch pikiert. »Das ist hier nicht Italien.« Er musste sich sehr überwinden. »Na gut, ich verspreche es«, sagte er schließlich und ging beleidigt an seinen Schreibtisch zurück. »Nun geben Sie es schon dem Kollegen!«

»Für Herrn Kriminalhauptkommissar Knoop«, wiederholten die Italiener und reichten den Umschlag Beylich.

»Ich kümmere mich drum. Er wird das Schreiben bekommen. Ganz bestimmt.«

»Guten Tag!« Die Italiener wandten sich zum Gehen.

»Vielen Dank. Und Ihnen auch einen guten Tag noch.« Beylich sah den Italienern nach und schloss dann langsam die Tür. »Was hältst du davon?«

»Was soll ich davon halten?« Palitzsch war sauer. »Warum geben Sie's dir und nicht mir?«

»Weil du sie wieder wegschicken wolltest.« Beylich drehte nachdenklich den Umschlag in der Hand. »Was mag hier wohl drin sein?«

»Mach's auf!«

»Wollen wir nicht warten, bis Knoop …?«

»Papperlapapp! Mach's auf! Wir ziehen hier schließlich alle an einem Strang.«

»Ich weiß nicht …« Beylich zögerte.

»Herrgottnochmal!« Palitzsch sprang auf und nahm Beylich den Umschlag ab. »Bin ich hier nur von …« Er sprach nicht weiter und riss stattdessen den Umschlag auf. »Was ist das denn?«

Verblüfft zog er eine fremdsprachige Zeitung mit dem Titel »Oslobođenje« aus dem Umschlag.

»Soll das ein Witz sein?« Er betrachtete das Blatt kopfschüttelnd. »Scheint eine Tageszeitung zu sein.« Fragend sah er auf. »Aus Sarajevo. Vom 10. März dieses Jahres. Was soll das bedeuten?«

»Darf ich mal sehen?« Beylich blätterte die Zeitung durch. Auf Seite drei war ein Artikel mit einem Marker eingekreist worden, dazu ein Foto von Kämpfern, die triumphierend mehrere moderne Gewehre hochhielten. »Tja. Das ist wohl eher ein Fall für unseren Jugoslawen.«

Keine drei Minuten später waren Beylich und Palitzsch mit dem »Oslobođenje«-Artikel im »Adriatico-Grill« auf der anderen Straßenseite, wo die Kellner zunächst lautstark diskutierten, wer den Dolmetscher machen durfte. Denn auch hier gab es keine gebürtigen Bosnier, sondern nur Kroaten und Mazedonier sowie einen slowenischen Koch.

»Das gibt's doch nicht«, regte sich Beylich auf, »ihr wollt doch nicht etwa behaupten, dass keiner von euch diesen Text übersetzen kann?«

»Tut einfach so«, sagte Palitzsch feierlich, »als wärt ihr immer noch alle friedliche Jugoslawen. Das ist doch früher bei euch auch gegangen.«

»Wir waren damals schon ein Vielvölkerstaat«, erwiderte einer der Kellner und bestimmte schließlich seinen Kollegen Željko zum Dolmetscher. Der war zwar Kroate, hatte aber bis zum Krieg in Sarajevo studiert. Zudem sei das Bosnische mit dem Kroatischen eng verwandt, »also mach du es, Željko: Übersetze!«

Der Zeitungsartikel beschrieb die schwierige Situation im Nachkriegsbosnien. Während der militärischen Auseinandersetzungen um die Unabhängigkeit seien viele ausländische Söldner und Abenteurer in das Land gekommen, um die verschiedenen Gegner und Gruppierungen zu unterstützen. Ultraorthodoxe christliche Milizen, die heiligen Krieger der Muslime, kommunistische Freischärler und militante Rassisten kämpften in einem Krieg, der nicht der ihre war. Und noch heute tummelten sich versprengte Teile dieser Truppen in dem zerstörten Land, nun freilich mit anderen Zielen. Nirgendwo sonst auf der Welt könne man sich derzeit so günstig mit Waffen und Munition versorgen wie in Bosnien-Herzegowina. Das wecke Begehrlichkeiten, wie ein Raubzug auf Versorgungstransporte der NATO-Schutztruppe SFOR zeige. Geradezu generalstabsmäßig sei die Attacke ausländischer Gangster auf einen britischen Frachter in der bosnischen Hafenstadt Neum durchgeführt worden, der Treibstoff und Ausrüstung für die Stabilisation Force geladen hatte. Dabei seien achtundfünfzig hochmoderne Sturmgewehre der Marke Arctic Warfare Magnum gestohlen worden, die für deutsche, zur Sicherheit im Lande stationierte Bundeswehrsoldaten bestimmt waren. Die Hintermänner dieses Coups kämen aus dem Irak, so die Zeitung weiter. Geheime Kommandos von Saddam Husseins Baath-Partei verschafften sich so Zugang zu neuester westlicher Waffentechnologie für das durch das UN-Embargo gebeutelte Land zwischen Tigris und Euphrat.

»Reporter von Oslobođenje haben den Drahtzieher des Coups, der sich Black Arab oder der Schwarze Araber nennt, in den Dinariden* getroffen und interviewt.« Željko sah fragend auf: »Soll ich das auch noch übersetzen?«

»Nur zu, mein Junge«, ermunterte ihn Palitzsch, »nur zu!«

Der Schwarze Araber outete sich in dem Interview als Chef einer Eliteeinheit der irakischen Armee im Auslandseinsatz. Ihre Aufgabe sei es, Waffen und westliche Hochtechnologie zu erbeuten. Da seine Spezialtruppe autonom arbeite, gehe immer nur ein Teil der Beute, sozusagen als Prototypen, in den Irak, wo man die Dinge dann nachbaue und weiterentwickle. Der wesentlich größere Anteil der geraubten Waren und Waffen werde dem Schwarzmarkt zugeführt, um weitere Aktionen der Truppe finanzieren zu können.

»Dann wissen wir das jetzt also.« Palitzsch kratzte sich ungeduldig am Kopf. »Interessanter Artikel. Aber hilft uns das weiter?«

»Es untermauert zumindest unsere Erkenntnis, dass die Mordwaffe im Fall Borngraeber aus Bosnien kommt«, antwortete Beylich. »Neu ist, dass sie von Irakern geraubt wurde. Und das könnte ein wichtiger Hinweis sein.«

»Dann müssen wir das zügig Goerdeler und Paulsen vom Bundeskriminalamt mitteilen.« Palitzsch bedankte sich bei der Mannschaft des »Adriatico-Grill« für die Unterstützung und spendierte großzügig einen Zehn-Mark-Schein »für die Kaffeekasse«.

»Vielleicht sollten wir noch etwas warten«, gab Beylich zu bedenken, als sie wieder die Stufen zu ihrem Büro hochstiegen.

»Womit?«

»Mit der Weitergabe des Artikels an das BKA.«

»Warum?«

»Weil der Artikel für den Kollegen Knoop bestimmt ist.« Beylich blieb stehen. »Und der vielleicht etwas mehr damit anfangen kann als wir.«

Palitzsch zog sich einen Kaffee aus dem Automaten, nippte daran und verbrannte sich die Lippen. »Verflucht noch mal! Warum ist das Zeug immer so heiß?«

»Weil kalter Kaffee schlimmer wäre.«

Der Kriminaloberrat betastete sich seinen Mund. »Na gut, Egon«, sagte er dann. »Wir warten, bis Knoop wieder aufgetaucht ist. Aber dann konsultieren wir sofort den Goerdeler. Der bearbeitet das jetzt. Es ist nicht mehr unser Fall! Ich weiß, es ist hart, aber wir dürfen hier einfach nicht weiterermitteln. Das macht jetzt das Bundeskriminalamt.«

»Und wenn uns zufällig Erkenntnisse kommen? Wie durch diese beiden Italiener vorhin?«

»Dann werden die auch ans BKA weitergeleitet. Also die Erkenntnisse, nicht die Italiener.« Palitzsch führte den Pappbecher Kaffee jetzt vorsichtiger zum Mund. »Wir sind dazu verpflichtet, Egon! Wir müssen alles weiterleiten.«

Beylich nickte verständig.

Man sah ihm aber an, dass er das Wort »weiterleiten« etwas anders interpretierte als sein Chef.

32 ERST WEIT NACH MITTERNACHT werden die Baulampen eingeschaltet. Zweimal einhundertfünfzig Stück zählen wir. Sie liegen im Abstand von circa zweieinhalb Metern zu beiden Seiten der asphaltierten Landstraße. Zwei gepunktete Linien in der Dunkelheit, jede fast einen halben Kilometer lang, die eine Landebahn markieren. Unglaublich!

Wir hocken etwas oberhalb der Straße zwischen wilden Holunderbüschen in einem Waldrand am Hang, nicht weit vom Betonplattenweg entfernt, der zur unterirdischen Bunkeranlage führt. Der Platz ist eine Empfehlung des alten Schlünz. Ursprünglich wollte er uns begleiten. Doch der viele Korn hat ihn müde gemacht. Mittendrin in seinen Kriegserinnerungen ist er eingenickt.

Seit drei Stunden sitzen wir jetzt hier, zwei von Mückenschwärmen und Ameisenkolonien geplagte Typen wie aus einem drittklassigen Abenteuerfilm. Die Gesichter martialisch geschwärzt, die schwitzenden Körper in unangenehm riechende dunkelgraue Schutzanzüge aus Gummi gehüllt.

Hünerbein hat darauf bestanden. Wer weiß, was noch alles passiert heute Nacht, hat er gesagt. Da sei es besser, auf alles vorbereitet zu sein. Sogar die Gasmasken haben wir mitgenommen.

Aber warum der Dreck im Gesicht?

Weil Gesichter in der Dunkelheit als helle Flecken erkennbar seien. Um nicht entdeckt zu werden, müsse man sie schwärzen. Man merke, dass ich nie gedient habe.

Hünerbein musste als gebürtiger Niedersachse zum Bund und hat gelernt, wie man in Ganzkörperkondomen überleben kann und sich zur Tarnung feuchten Sand ins Gesicht schmiert.

Ich dagegen fühle mich unwohl wie ein Taucher in der Wüste, doch meine Jammerei ficht Hünerbein nicht an

»Halt doch mal die Klappe«, zischt er und hebt lauschend die Hand. »Hörst du das?«

Ich höre es. Ein fernes Summen, das sich allmählich zu einem lauten, sonoren Brummen steigert. Das sind eindeutig die Motorengeräusche einer großen Turbopropmaschine. Aber es ist nirgendwo ein Flugzeug zu sehen.

»Die werden die Positionslichter ausgeschaltet haben«, knurrt Hünerbein und sucht durchs Fernglas den nächtlichen Himmel ab. »Das gibt's doch nicht!«

Inzwischen herrscht ein Lärm wie auf dem Flughafen Tempelhof zu besten Air-Force-Zeiten. Doch erst unmittelbar vor der Landung können wir die bauchige, viermotorige Propellermaschine erkennen. Direkt vor uns setzt sie auf der Straße auf und rollt langsam aus.

»Keine Hoheitszeichen.« Hünerbein reicht mir das Fernglas »Könnte aber ein Herkules-Transporter sein. Eine Lockheed C-130.«

Merkwürdig. Wieso fehlt an dem Flugzeug die Länderkennung? Da ist nichts. Keinerlei Beschriftung am Rumpf. Die Kiste ist völlig nackt. »Und benutzt die Bundeswehr nicht Transall-Maschinen?«

»Ja, aber die haben nur zwei Motoren«, erwidert Hünerbein, »und unser Vogel hier hat vier.«

Ein seltsames Bild: Wie ein Fremdkörper steht der gewaltige Flieger zwischen den gelben Baulampenreihen in der nächtlichen Landschaft. Völlig unwirklich wirken auch die Menschen, die plötzlich dort unten geschäftig herumwuseln. Die Heckrampe des Transporters wird heruntergeklappt, und über den Betonplattenweg zu unserer linken Seite rollen mehrere Fahrzeuge heran.

Zwei schwarze Landrover und ein gepanzerter Mannschaftswagen der Bundeswehr, deutlich erkennbar am schwarz-weißen Emblem des Eisernen Kreuzes auf beiden Seiten. Dann folgt ein Zwanzigtonner und ein weiterer Landrover.

Wir hören Stimmen, Kommandos, und lauschen angespannt. Leider vergebens. Die Motoren der Maschine machen noch im Leerlauf so einen Lärm, dass wir nichts verstehen können.

»Wir müssen da näher ran!«

Hünerbein rappelt sich auf und läuft geduckt wie ein übergewichtiger Orang-Utan auf der Pirsch den Hang hinunter. Ich folge ihm und habe ein zunehmend mulmiger werdendes Gefühl im Magen.

Was geht hier ab, denke ich nervös, was treiben die hier? So eine Nacht-und-Nebel-Aktion ist doch nicht normal. Wieso fliegen die ohne Positionslichter? Wieso ist die Maschine ohne Kennung und Hoheitszeichen? Das stinkt doch alles zum Himmel!

Keuchend lege ich mich neben Hünerbein hinter einen alten, längst zusammengebrochenen Zaun, der mit dornigen Brombeersträuchern bewachsen ist. Wir sind keine fünfzig Meter mehr von der Maschine entfernt. Die vier Motoren röhren, der Boden unter uns vibriert, und ich friere und schwitze zugleich vor Angst und Anspannung.

Hünerbein dagegen scheint die Ruhe selbst zu sein. Unbewegt beobachtet er das Geschehen, ab und zu einen kontrollierenden Blick durchs Fernglas werfend.

»CIA-Maschine«, knurrt er fachmännisch. »Nur die CIA benutzt Flugzeuge ohne Hoheitszeichen und Kennung.«

Aber was hat die CIA im Oderbruch zu tun?

Inzwischen haben sich die drei Landrover um das Flugzeug herum aufgestellt. Dunkelblau uniformierte Männer steigen aus und verteilen sich auf dem Flugfeld wie nervöse Cops aus einem Amifilm.

»Das müssen die Stasitypen sein«, kommentiert Hünerbein, »dieser private Wachschutz, von dem Schlünz erzählt hat.«

Ein ganz in Schwarz gekleideter Typ scheint die Aktion zu koordinieren. Er gestikuliert herum, hantiert mit einem Funkgerät und macht auch sonst auf sehr wichtig. Eben unterhält er sich mit drei Männern, die über die Heckrampe aus der Maschine gestiegen sind. Auch sie tragen Uniformen und sind vermutlich Militärs. Aber aus welchem Land?

»Amis sind das nicht«, stellt Hünerbein fest und reicht mir das Fernglas. »Kennst du diese Uniformen?«

Nee. Aber ich bin kein Fachmann. Hab mich für Uniformen noch nie interessiert. Es scheinen Offiziere zu sein. Zwei von ihnen haben Uniformhemden an, bei dem dritten fällt die dunkelgrüne Jacke und das Barett auf.

»Kannst du die Schulterstücke erkennen?«

»Nee. Aber die Mütze des Dritten ist interessant.« Sie hat ein kleines rot-weiß-schwarzes Emblem mit drei kleinen grünen Sternen an der rechten Seite.

»Hab ich noch nie gesehen.« Hünerbein nimmt mir das Fernglas wieder ab. »Vielleicht Israelis. Möchte wissen, was die hier wollen.«

Aus dem gepanzerten Bundeswehrtransporter steigen jetzt Männer, die ähnliche Schutzanzüge tragen wie wir selbst. Ich habe sofort Mitleid mit ihnen.

»Ah«, macht Hünerbein, »jetzt geht's los. Das ist ein ABC-Kommando. Die Gifttruppe unseres Heeres.«

Auch die hat einen Kommandeur, der sich zu den übrigen Offizieren gesellt. Man scheint sich zu kennen, lacht laut, Zigaretten werden verteilt.

Und dann machen sie sich auf den Weg genau in unsere Richtung.

»Kopf runter«, zischt Hünerbein.

Wir gehen in Deckung.

Inzwischen wird der Lkw von den ABC-Leuten der Bundeswehr entladen. Vorsichtig hebe ich den Kopf und sehe längliche graue Stahlbehälter, die behutsam über die Heckrampe in das Flugzeug geladen werden.

»Na also.« Auch Hünerbein hat den Kopf gehoben. »Die fliegen den Dreck aus. Ganz leise, still und heimlich.«

Leise und still wohl eher nicht. Die Propellermaschine röhrt mit allen Motoren.

»Die wollen ja gleich wieder starten«, meint Hünerbein, »da lassen sie die Triebwerke halt laufen.«

Inzwischen sind die vier Offiziere und der schwarz gekleidete Boss der Wachschutztruppe gefährlich nah an uns herangekommen, und wir ducken uns wieder weg.

Gesprächsfetzen wehen herüber. Irgendwas von »vier Tagen«, in denen die »Aktion spätestens abgeschlossen sein« sollte. Offenbar spielt der Chef der privaten Wachschutzfirma den Dolmetscher, denn er redet abwechselnd in zwei Sprachen.

»Jede Wette«, zischt Hünerbein, »das ist 'ne Geheimdienstaktion.«

Aber nicht vom CIA, denke ich. »Die sprechen Russisch.«

»Bist du sicher?«

Sicher bin ich selten. Auf jeden Fall ist das keine NATO-Sprache. »Vielleicht ist es auch Polnisch«, flüstere ich ihm zu, »irgendwas Slawisches jedenfalls. Ostblock. Und so sehen auch die Uniformen aus.«

»Achtung! Mach dich unsichtbar!«

Das ist bitter nötig, denn drei der rauchenden Männer kommen ganz dicht an den Brombeerstrauch heran, hinter dem wir uns befinden. Haben sie uns gesehen?

Wir krallen uns ganz flach auf den Boden und wagen kaum zu atmen.

Nah und deutlich ist eine Stimme zu hören. Russisch! Jetzt bin ich sicher.

Und eine andere Stimme sagt mit slawischem Akzent: »Genosse Tulfach sagt, er habe sich noch gar nicht für das praktische Hochwasser bedankt.«

Der Dritte lacht und erwidert akzentfrei: »Ja, wir haben da ein großes Ventil, mit dem wir die Oder fluten können – hahaha! Aber dieses Patent behalten wir für uns!«

Wieder wird Russisch geredet, und dann lachen alle. Gleichzeitig gibt es ein seltsames Geräusch auf unseren gummierten Anzügen. Ein komisches Pieseln und ein eindeutiger Geruch. Fast schreie ich auf vor Ekel.

Die pissen auf uns! Die pinkeln uns an! Ist das eklig! Verdammt, ich hätte nie gedacht, das Männer so viel Wasser lassen können.

Alles schwimmt um uns herum. – Igitt!

»Da kannste mal sehen, wozu Schutzanzüge so alles nützlich sind«, erklärt Hünerbein zufrieden, als der Spuk gut eine Stunde später vorüber ist.

Die Stahlfässer sind verladen worden, die Transportmaschine ist wieder davongeflogen. Die Baulampen sind aus; sämtliche Fahrzeuge verschwunden. Wir stehen ganz alleine auf dem Feld und schälen uns aus unseren stinkenden Gummihäuten.

»Oder hast du was abgekriegt?«

»Ich hab alles abgekriegt«, schimpfe ich. »Literweise!«

»Aber nicht auf die Haut, oder? Ist doch alles trocken geblieben.« Hünerbein wirft seinen Schutzanzug zur Seite. »Und du wolltest das Ding erst gar nicht anziehen. Das wäre eklig gewesen. Aber so.« Er zündet sich eine Zigarette an. »So haben wir den Sturm komfortabel abwettern können. Meiner Vorsorge sei Dank.«

Irgendwie hat er ja recht. Aber ich fand's trotzdem widerlich.

»Pinkeln ist was ganz Natürliches.« Hünerbein kommt von dem Thema gar nicht mehr weg. »Müssen wir schließlich alle mal. Deshalb heißt es ja Notdurft. Und wer weiß, wie lange die in dem Flieger unterwegs gewesen sind.«

»Was machen wir mit den angepissten Hüllen?«

»Tja, die müssen natürlich gesäubert werden«, Hünerbein bietet mir eine Zigarette an. »Wer weiß, vielleicht können wir die noch mal brauchen.« Er inhaliert tief und atmet aus. »Wir lassen das Zeug erst mal hier und besorgen uns beim Schlünz ein paar Müllsäcke. Da tun wir die Anzüge dann rein, bringen sie hoch ins Dorf und spülen sie ordentlich ab. Alles kein Ding.«

Er klopft mir aufmunternd auf den Rücken. »So, Sardsch. Jetzt gucken wir mal, ob uns der Schlünz noch was vom Korn übrig gelassen hat. Dann stoßen wir auf die wunderbaren neuen Erkenntnisse an, die wir heute gewonnen haben.«

Die Frage ist, was wir daraus machen, denke ich. Aber einen Schnaps kann ich jetzt auch gut gebrauchen.

33

ES WAR WIE DER BLICK durch eine Milchglasscheibe. Sehr helles Licht dahinter und dumpfe Stimmen. Nicht zu verstehen. Vielleicht eine Fremdsprache.

Dann ein Schatten. Nur langsam schälten sich Konturen heraus. Erst die Nase, ein ganz schöner Zinken, jedenfalls nicht schön. Die Augen darüber farblos, weder braun noch blau und auch nicht grün. Der Mund wirkte schmal. Aber vielleicht lag es daran, dass er von einem dichten Bart umrandet war. Er sagte etwas, dieser vollbartgerahmte Mund, wahrscheinlich eine Frage, sehr vernuschelt, doch nicht mehr ganz so dumpf.

Bitte?

»Können Sie mich verstehen?«

Ja, sicher, er war doch nicht taub. Kannte er das Gesicht? Schon möglich. Aber woher?

Vor seinen Augen blätterten sich Bilder ab wie Karteikarten.

Lauter Passfotos, auch Frauen waren dabei. Aber Frauen waren wenig hilfreich. Frauen trugen keinen Bart, nicht normalerweise und nicht so voll. Auch hatten Frauen nicht so große Nasen mit riesigen Poren. Das war eindeutig eine Männernase in einem Männergesicht mit einem Vollbart. Es war Zeitverschwendung, sich auch die Frauen anzugucken. Die konnte er aussortieren, alles andere machte keinen Sinn.

Wer aber war der Mann? Jemand aus der Nachrichtenstelle? Irgendein operativer Vorgang? Oder gehörte er zur Hauptabteilung zwo?

Merkwürdig. Meyer konnte das Gesicht nicht zuordnen. Dabei hatte er doch ein erstklassiges Personengedächtnis. Dafür war er bekannt. Für seinen fotografischen Blick. Nein, hier stimmte etwas nicht. Achtung, unbekannter Eindringling! Alarmstufe Gelb!

»Können Sie mich hören?«

Welche Farbe haben Ihre Augen, Bürger? Ich kann Sie so unmöglich durch die Passkontrolle lassen. Ohne Augenfarbe geht das nicht. Wir müssen da insgesamt präziser werden, sonst droht Alarmstufe Rot. Und dann geht gar nichts mehr. Dann ist, salopp gesagt, Polen offen, oder etwas rustikaler ausgedrückt, die Scheiße am Kochen, wenn Sie verstehen, was ich meine. Also geben Sie Ihren Augen besser eine Farbe, ich bitte Sie herzlich darum! Sonst heulen die Sirenen, und wir kommen nicht weiter.

»Ich bin Oberkommissar Thomas Hain von der Potsdamer Kriminalpolizei. Können Sie mir sagen, was passiert ist?«

Ja, gute Frage, Herr Hain. Was war wohl passiert? Nachdenklich schloss Meyer die Augen.

»Hören Sie mich?«

Ja doch, verdammt noch mal! Laut und deutlich. Er dachte nur nach. Wie war die Frage doch gleich?

»Wer hat Ihnen das angetan?«

Was angetan?

»Sie haben viel Blut verloren und Schussverletzungen an den Beinen und im Bauch. Wir haben Sie aus dem Schwielowsee gezogen. Ich muss wissen, was mit Ihnen geschehen ist!«

Kein Zweifel, der Mann stand unter Druck. Wahrscheinlich hatten ihm die Ärzte nur ein paar Minuten gegeben. Man kennt das aus Filmen: »Darf ich mit ihm sprechen?« – »Ja, aber nur drei Minuten.«

Drei Minuten, in denen so ein Oberkommissar natürlich so viel wie möglich erfahren will. Sonst sind die Täter über alle Berge. Da kommt man nicht mehr nach.

Was also war geschehen? Meyer versuchte, sich zu konzentrieren. Er hielt nicht viel von Amnesie. Das wäre ihm peinlich. Zu nah am Wahnsinn. Amnesie bedeutete, dass man sich nicht erinnern kann. Dass das Hirn nicht mehr richtig funktioniert. Aber Meyer hatte ein gutes Hirn. Schon immer gehabt. Sein Gedächtnis funktionierte tadellos. Jedenfalls bis gestern. Und er wollte vor diesem Oberkommissar nicht dastehen wie ein Idiot, der dramatische Lücken hat.

Plötzlich fiel ihm Tante Tilly wieder ein. Er hatte sie zwar nicht gesehen, aber das war normal. Niemand hatte sie jemals gesehen, niemand wusste, wie sie aussah. Man kannte nur ihre Arbeit. Die war legendär, jedenfalls in speziellen Fachkreisen Sehr präzise und immer tödlich. Insofern konnte Meyer von Glück reden, denn er lebte noch. Unter diesen Umständen war das so unglaublich wie ein Sechser mit Superzahl im Lotto.

»Hallo? Verstehen Sie mich? Sie müssen mit mir reden!«

Das würde Meyer ja, wenn er denn könnte. Vielleicht eine Störung im Sprachzentrum oder so. Da war möglicherweise etwas kaputtgegangen. Immerhin war auf ihn geschossen worden. Mehrmals. Erst in die Beine. Dann in den Bauch. Tante Tilly war gnadenlos. Sie wollte etwas wissen. Unbedingt.

Aber Meyer konnte es ihr nicht sagen. Weil er sich schützen musste. Das war ihm sofort völlig klar gewesen; würde er reden, wäre das sein Tod. Wenn Tante Tilly erst mal hatte, was sie wollte, brauchte sie ihn ja nicht mehr lebend. Das war der Konflikt: Redete er, würde er sterben. Redete er nicht, auch. Irgendwann jedenfalls und sehr viel qualvoller.

Nach dem Bauchschuss war er so weit. Lieber reden und schnell sterben als schweigen und langsam verrecken. Zudem hatte er eine Chance gesehen, eine winzige, kaum wahrnehmbare Chance. Vielleicht kam er doch mit dem Leben davon.

Spätestens beim zweiten Schuss war ihm das Klacken des Kammerstängels aufgefallen. Ein kurzes metallisches Geräusch. Vermutlich benutzte Tante Tilly ein sehr präzises Repetiergewehr, denn das Klacken kam immer kurz vor dem Schuss, wenn über den Verschluss dem Lauf die nächste Patrone zugeführt wurde.

Meyer hatte mit zerschossenen Beinen auf dem Steg gelegen, ganz am Rand, dort, wo der See dunkel und tief war. Er wollte sichergehen, dass er sich nicht geirrt hatte. Da war es wieder, das Klacken. Kurz darauf traf ihn die Kugel in den Bauch. Grauenvoll. Er krümmte sich unter Schmerzen und konnte nicht mehr. Er war am Ende. Röchelnd gab er Tante Tilly die gewünschte Information und wartete auf den finalen, den letzten tödlichen Schuss.

Und als endlich das Klacken kam, ließ er sich einfach vom Steg fallen. Er hörte den Schuss und landete im Wasser. Er wusste nicht, ob er ein viertes Mal getroffen worden war. Es war ihm egal. Das Wasser kühlte seine Wunden, und er sank mit ausgebreiteten Armen in die Tiefe. Bis er keine Luft mehr bekam.

Der Selbsterhaltungstrieb des Menschen ist gewaltig. Er funktioniert instinktiv. Ein Automatismus des Überlebenswillens. Er versorgt uns mit geradezu übernatürlichen Energien und brachte Meyer nach einer gefühlten Ewigkeit wieder an die Wasseroberfläche zurück. Mit letzter Kraft schaffte er es zu einem Schilfgürtel. Dann verlor er das Bewusstsein.

Bis jetzt.

Ein Wahnsinn. Wo war eigentlich die Dipl.-Psych.? Die war doch für solche Fälle verantwortlich. Für den Irrsinn dieser Welt. Er hatte eine Begegnung mit Tante Tilly überlebt, er war traumatisiert! Wieso schickten sie ihm so einen vollbärtigen Oberkommissar, wo Meyer doch in psychologische Behandlung gehörte?

»Sagten Sie etwas?« Das fleischige Ohr des Herrn Hain war jetzt ganz dicht vor Meyers Gesicht. Haare wuchsen darin, und gelbliches Schmalz war erkennbar. Oh nein! Nicht schön so was. Und wieder sehr große schwarze Poren. Nee, mit so einem wollte Meyer nicht sprechen. Er sehnte sich nach einer Frau, nach Dipl.-Psych …

»Dibbesüch? Sagten Sie Dibbesüch?«

Das war so ein Scherz von ihm. Eine Verballhornung der Diplom-Psychologin. Weil das so auf ihrem Schild stand: Dipl.-Psych. Susanne Baier.

»Beier? Habe ich Beier verstanden?« Das Schmalzohr kam noch näher. »Oder Meier? Wiederholen Sie!«

Meyer, so ein Quatsch, das war er doch selbst. Warum sollte er seinen Namen nennen? Außerdem war er nicht Psychologe, sondern die Baier. Susanne Baier.

»Susanne Meier?«

Nein, Baier! Himmel, Arsch und Zwirn, noch war er mit der Frau nicht verheiratet. Sie hieß Baier! Mit a und i. Wie denn sonst? Das war die Frau, der er Pasta gemacht hatte. Die mit der Ohrfeige und den Muscheln in der Wohnung. Meyer war reif für die Analyse, das sah doch ein Blinder. Er brauchte Zärtlichkeit, fürsorgliche Blicke und einen Sessel, den man in Liegeposition stellen konnte. Seiner Dipl.-Psych. – Verzeihung, seiner Diplom-Psychologin – konnte er erzählen, was geschehen war, von A bis Z. Die hatte eine Schweigepflicht. Komme, was wolle! Wenn er sprach, dann nur mit Susanne Baier.

»Baier?«

Herrgott, ist das ein Echo oder was? Ja, Baier, verdammt noch mal, Susanne Baier, Berlin.

Endlich bewegte sich das fleischige, grobporige Ohr wieder von Meyer weg. Stattdessen wandte sich ihm wieder der vollbärtige Mund zu.

»Ich habe Susanne Baier, Berlin, verstanden. Soll ich eine Susanne Baier in Berlin verständigen? Nicken Sie, wenn ich richtig liege!«

Na hallo, Sie liegen goldrichtig, mein lieber ohrenschmalziger Nasenbär. Meyer schloss zufrieden die Augen. Das wenigstens war geschafft. Gott, war er fertig. Er musste dringend ausruhen jetzt. Und drei Minuten waren bestimmt auch längst vorbei.

Er brauchte Ruhe und wollte von schönen Frauen träumen. Von Susanne Baier und natürlich auch von Monika. Doch er fiel nur in einen Schlaf, der komplett traumlos war.

34 KAUM HABEN WIR das Oderbruch verlassen, gehen die Handys wieder. Meines meldet sich mit einem lauten Piep. Monika hat eine Nachricht auf der Mailbox hinterlassen. Sie sei mit den Kindern gut angekommen und alles in Ordnung. Lediglich der Rasen müsse dringend gemäht werden, damit fange man morgen an. Sie werde sich später noch mal melden, Küsschen und aus.

Wir sind auf dem Weg zum ehemaligen Ostberliner Zentralflughafen Schönefeld, der im Landkreis Dahme-Spree an der südöstlichen Stadtgrenze Berlins liegt.

»Gehen wir die Sache noch mal ganz in Ruhe durch.« Hünerbein trommelt nachdenklich aufs Lenkrad seiner E-Klasse. »Was wissen wir? Wir wissen, dass nachts heimlich Fässer aus einem alten Wehrmachtsbunker in Altgrieben geholt werden. Wir wissen weiterhin, dass diese Fässer von Transportmaschinen ohne Kennung mit unbekanntem Ziel ausgeflogen werden. Und wir wissen, dass an dieser Aktion russische Offiziere, ein ABC-Kommando der Bundeswehr sowie ein weiterer Militäroffizier, dessen Herkunftsland noch nicht geklärt ist, beteiligt sind.«

»Nicht zu vergessen die Stasi«, merke ich an.

»Das ist nur eine Vermutung von Schlünz«, widerspricht Hünerbein. »Wir wissen aber, dass dieser Bunker von der privaten Sicherheitsfirma mit dem schönen Namen International Security bewacht wird, und wir haben berechtigten Grund zu der Annahme, dass sich diese Gruppe das Chaos der Oderflut für ihre Aktion zunutze macht.« Er sieht mich an. »Aber was steckt nun dahinter?«

»Und warum wird die Sache so vertuscht?«, überlege ich laut. »Warum machen die das so heimlich?«

»Weil es nicht an die Öffentlichkeit soll«, antwortet Hünerbein. »Aus welchem Grund auch immer.«

»Kann es sein, dass Altgrieben nur deshalb evakuiert wurde, damit sich die Einwohner später nicht an die nächtlichen Flüge erinnern?«

»Schlünz und der Pfarrer sind noch da«, gibt Hünerbein zu bedenken. »Und die haben auch Ohren und Augen.«

»Aber zwei Leute kann man zur Not einfacher ruhigstellen als ein ganzes Dorf.«

»Dann müsste da aber was auf höchster Ebene laufen«, erwidert Hünerbein. »Ich meine, von wem werden die Evakuierungspläne erstellt? Doch wohl vom Krisenstab in Potsdam.«

»Ja.« Das ist wirklich mysteriös. »Vielleicht Bestechung«, überlege ich laut. »Hört man doch immer wieder. Der ganze Lobbyismus ist so aufgebaut, so werden politische Entscheidungen beeinflusst. Man kauft sich einen Entscheidungsträger, der die Dinge genauso regelt, wie man das gerne hätte. Und vergiss nicht: Kawelka wurde umgebracht, weil er in dieser Sache recherchierte.«

»Behauptet Enzo«, erwidert Hünerbein und lässt den Wagen vor dem Empfangs- und Abfluggebäude des Flughafens ausrollen. »Zweifelsfrei wissen tun wir das nicht.«

Wir wissen überhaupt viel zu wenig zweifelsfrei, denke ich und steige aus dem Wagen.

Schönefeld ist wie Tempelhof und Tegel einer der drei zivilen Flughäfen Berlins, liegt aber als einziger nicht in der Stadt, sondern gehört verwaltungstechnisch zum Bundesland Brandenburg. Während Tegel vor allem von der Lufthansa genutzt wird und Tempelhof Sitz vieler kleiner Geschäftsfliegerfirmen ist, bedient Schönefeld vor allem den rasch wachsenden Ferien- und Charterflugverkehr. Zudem befindet sich hier die Luftraumüberwachung Nordost, und deshalb sind wir hier.

Es dauert eine Weile, bis wir uns zur Radarstelle durchgefragt haben. Immer wieder müssen wir abwechselnd unsere Personal- und unsere Dienstausweise vorzeigen, Formulare ausfüllen und gut sichtbare Besucherkarten an unsere Jacken heften, bis wir endlich vorgelassen werden. Nicht in den Tower, wo die Deutsche Flugsicherung sitzt, sondern in ein spartanisch schmuckloses Büro im militärischen Teil des Flughafens, wo uns ein stämmiger Luftwaffenoffizier im Range eines Majors begrüßt.

»Ungewöhnlicher Besuch«, stellt er zackig fest und weist auf die beiden Stühle vor seinem blitzblank geputzten Schreibtisch, auf dem sich nur ein Laptop befindet. »Meine Herren, setzen Sie sich! Was kann ich für Sie tun?«

»Tja«, ich überlasse Hünerbein das Wort, »uns interessieren die Flugbewegungen letzte Nacht im Oderbruch.«

»Oderbruch.« Der Mann tippt auf seinem Laptop herum. »Sektor HVL oder FLG?«

»Bitte?« Hünerbein beugt sich schwerfällig etwas vor. »Verzeihen Sie, aber wir sind in dieser Hinsicht Laien.«

»Oberer oder unterer Luftraum?«

Wir sehen uns an, sind uns aber auch ohne Worte einig. »Wenn damit tief fliegende Maschinen gemeint sind: unterer Luftraum.«

Der Offizier tippt und lacht kurz auf. »Auweh! Da ist natürlich die Hölle los derzeit, wissen Sie? Die Flut! Die Flut bindet viele Kräfte dort drüben. Da sind natürlich auch entsprechende Einheiten im Einsatz. Hubschrauberstaffeln vor allem.«

»Uns interessiert vor allem der Anflug einer viermotorigen Transportmaschine im Bereich Altgrieben gegen ein Uhr fünfundvierzig heute Nacht.«

»Das ist präzise.« Der Offizier ist zufrieden. »Haben Sie auch die Kennung des Fliegers?«

»Der hatte keine Kennung.«

Das irritiert den Luftwaffenoffizier nur kurz. »Und der Flughafen hieß noch gleich?«

»Kein Flughafen«, erwidert Hünerbein, »nur eine als Landepiste genutzte Landstraße bei Altgrieben.

»Verstehe.« Der Offizier lehnt sich zurück und kratzt sich am Kinn. Dann springt er auf und geht federnd zu einer riesigen Landkarte, die an der Wand an der Stirnseite des Büros hängt. »Zeigen Sie mir mal hier, wo das sein soll!«

Wir erheben uns und sehen uns die Karte an. Sie ist in verschiedene Sektoren unterteilt und zeigt vermutlich jenen Bereich, der von hier aus flugsicherungstechnisch überwacht wird. Er führt von der nördlichen Lausitz bis hoch an die Ostseeküste.

»Hier!« Hünerbein tippt auf einen Punkt in der Nähe von Seelow. »Da müsste Altgrieben sein.«

»Gut, schauen wir mal.« Der Offizier marschiert zurück zum Schreibtisch und greift sich den Telefonhörer. »Fluko Schönefeld hier. Geben Sie mir mal die MAR zwo fünfundachtzig! – Danke!« Er nickt uns zu und erklärt knapp »die zuständige Radarkontrolle«, bevor er wieder in den Hörer spricht, »ja, Fluko Greiner. Es geht um eine Anfrage der Kripo.« Er lacht kurz auf. »Ja, die hatte ich auch noch nie hier. Kurz: Die wollen etwas über eine Viermotorige wissen, die heute Nacht eins fünfundvierzig plus minus fünfzehn im Bereich SFC gelandet sein soll. Habt ihr da was auf dem Radar? – Gut, ich warte.« Wieder sieht er uns an und zwinkert zuversichtlich. »Wir zeichnen alle Flugbewegungen achtundvierzig Stunden lang auf. Wenn da was war, müssten die es auf Band haben.«

»Da war was«, sagen wir einhellig. »Eine große Maschine.«

»Wie eine Herkules«, bekräftigt Hünerbein, »eine Lockheed C-130.«

»Ja, ich höre?« Der Offizier lauscht in seinen Hörer. »Eins fünfundvierzig plus minus fünfzehn Minuten, ja. Verstehe. Moment.« Er guckt uns fragend an. »Wissen Sie, aus welcher Richtung die Maschine gekommen ist?«

»Vermutlich aus östlicher«, antwortet Hünerbein, »wir haben den Anflug nicht sehen können, weil die Maschine keine Positionslichter trug. Die war völlig duster. Aber die Landepiste liegt ziemlich genau in ost-westlicher Richtung, und der Flieger setzte am östlichen Ende auf. Also vermute ich …«

»Schon klar«, unterbricht ihn der Offizier und spricht wieder ins Telefon. »Anflug aus Ost wahrscheinlich. Maschine könnte eine C-130 gewesen sein. – Nichts? – Ja, schade.« Er legt bedauernd auf. »Die haben nichts. Leider.«

Was, die haben nichts? Hünerbein und ich können es kaum fassen.

»Wie kann so ein großes Flugzeug nicht vom Radar erfasst werden?«

»Indem sie ihren Transponder abschalten und den Radar unterfliegen«, erklärt der Luftwaffenoffizier. »Machen die Russen ganz gern. Sie ahnen ja nicht, wie viele Flugpisten die hier in den ostdeutschen Wäldern haben, von denen wir noch gar nichts wissen. Alles ehemalige Sowjetbasen. Immer geheim gewesen, nie auf einer Karte aufgezeichnet.« Er setzt sich wieder an seinen Schreibtisch. »Wir arbeiten hier teilweise noch immer mit den alten NVA-Anlagen. Eine moderne Bodenkontrolle befindet sich zwar im Aufbau, aber bis die einsatzbereit ist …« Er winkt ab. »Das kann dauern. Wir sind von Freunden umzingelt, da gibt es andere Prioritäten.«

»Heißt das, so was ist völlig normal? Dass hier nachts Flugzeuge herumfliegen, von denen Sie nichts wissen?«

»Wir kennen das Problem«, antwortet er, »und sind dabei, es zu lösen. Wir haben es hier sozusagen mit Altlasten zu tun.« Er packt einen Aktenordner auf den Tisch und schlägt ihn auf. »Und ganz sicher haben Sie keine Lockheed gesehen, sondern die gute alte Antonow. Sieht ganz ähnlich aus, hat aber eine abklappbare Heckrampe. Hier!« Er schiebt uns den Ordner zu, in dem es nur DIN-A4-große Fotos von Flugzeugen gibt. »Das ist sie. Die AN 12, einer der meistgebauten Transporter der Russen. Die fliegen damit auf Sichtflug knapp über den Bäumen zu ihrem Ziel. Das kann man mit einem normalen Radar nicht mehr erfassen.«

Wir sehen uns das Flugzeug genauer an. Ja, das passt: Genau das ist »unser« Flieger. So eine Heckrampe hatte der auch.

»Da passen vier Mittelklasse-Pkw rein«, erklärt uns der Luftwaffenoffizier. »Und solange wir noch nicht alle früheren Landeplätze der russischen Armee kennen, sind sie wie ein Loch. Da wird Diebesgut hingebracht, gestohlene Autos und so weiter, und noch in derselben Nacht rausgeflogen. Da kommen die Fahnder nicht mehr mit. Und es ist ein lukratives Geschäft für ehemalige Piloten der Sowjetarmee. Sogenannte Schmuggelflieger. Die transportieren alles überallhin. Ohne dass es jemand mitbekommt.«

Auch Fässer mit hochgiftigen Stoffen, denke ich. Aber wohin bringen sie das Zeug? Und waren das wirklich Schmuggler? Da waren doch auch Soldaten dabei, die ABC-Truppe der Bundeswehr und der Kerl mit dem schwarzen Barett. Gedankenverloren blättere ich den Ordner durch. Alles Flugzeuge des ehemaligen Ostblocks mit Erkennungsmerkmalen. Schematische Darstellungen und Profilskizzen, damit man die Flieger auch mit bloßem Auge von der Erde aus identifizieren kann.

»Die Uniform«, sage ich laut, »wir müssen herausfinden, was die für Uniformen trugen.«

»Wenn Sie etwas über Uniformen im Ostblock wissen wollen«, antwortet der Luftwaffenoffizier, »kann ich Ihnen das Deutsch-Russische Museum in Karlshorst wärmstens empfehlen. Dort wurde 1945 die bedingungslose Kapitulation Nazideutschlands unterzeichnet. Und zu DDR-Zeiten stand dieser Ort ganz oben auf der Besuchsliste der Militärs. Da wurden dann auch immer gern Uniformen als Gastgeschenke dagelassen. Jedenfalls haben die eine sehr umfangreiche Sammlung. Uniformen aus Ländern des Warschauer Paktes und ihrer Verbündeten. Vielleicht finden Sie da, was Sie suchen.«

Guter Tipp. Das schauen wir uns mal an.

Karlshorst liegt im Südosten Berlins und gehört zum Bezirk Lichtenberg. Bis zum vollständigen Abzug der Sowjetarmee aus Deutschland im Jahre 1994 befand sich hier ein Hauptstandort der Gruppe der Sowjetischen Streitkräfte in Deutschland (GSSD) und des KGB.

Die Gedenkstätte zur deutschen Kapitulation wird heute von einem Trägerverband geführt, dem zu gleichen Teilen deutsche und russische Institutionen angehören. Der große Saal des Offizierskasinos der ehemaligen Wehrmachtspionierschule ist noch im Originalzustand und so, wie ihn Generalfeldmarschall Wilhelm Keitel vorgefunden haben mag, als er die Kapitulationsurkunde am 9. Mai 1945 unterzeichnete.

Eine freundliche pausbackige Russin mit dem Namen Ludmilla führt uns durch die Ausstellung und erzählt stolz von der ruhmreichen Roten Armee, die die Hauptlast des Zweiten Weltkrieges getragen habe.

Aufmerksam studiert Hünerbein die in Glasvitrinen ausgestellten Uniformen. Aber so richtig ähnlich sind sie den Uniformen, die wir an den Russen in der Nacht gesehen haben, nicht. Lediglich die Farbe, ein dunkles Olivgrün, könnte hinkommen.

Wir fragen Ludmilla: »Sind das Originaluniformen?«

»Aber ja. Alles original.«

»Und tragen Ihre Offiziere noch heute diese Uniformen?«

»Nun, sie sind im Laufe der Jahrzehnte etwas modifiziert worden. Die Kragen sind anders und auch die Mützen.«

»Uns wurde gesagt, dass Sie hier ganz viele Uniformen der Warschauer-Pakt-Staaten haben. Gastgeschenke von Militärdelegationen, die Ihr Museum besucht haben.«

»Nun, wissen Sie, wir reden hier nicht vom Warschauer Pakt. Unser Terminus ist Warschauer Vertrag. ›Pakt‹ klingt so düster, so teuflisch. Verträge dagegen haben etwas Verbindliches.«

»Man kann auch einen Vertrag mit dem Teufel schließen«, wende ich ein.

»Oh, Sie lieben Goethe?« Ludmilla erstrahlt über das ganze runde Gesicht. »Ich auch. Die deutschen Klassiker sind der Grund, warum ich nach Deutschland gekommen bin. Ich wollte immer in dem Land leben, das solche großartigen Dichter und Denker hervorgebracht hat.« Plötzlich ist sie wie ausgewechselt. »Sie wollen die Uniformen sehen? Kommen Sie! Wir zeigen sie hier nicht öffentlich, die sind im Depot. Aber wenn es Sie interessiert …«

Sie führt uns auf den Dachboden, wo es haufenweise Offiziersdegen gibt, Modelle von T-35-Panzern, Pokale, Ordonnanzwaffen, Gürtelschnallen. Die Uniformen hängen, von durchsichtigen Plastikhüllen vor Staub geschützt, an Bügeln auf langen Kleiderstangen an der Wand.

Ludmilla nimmt einen Bügel heraus und schlägt die Plastikhülle zurück. »Hier sehen Sie eine Uniform unserer Armee, wie sie noch heute getragen wird. Achten Sie auf die Schulterstücke: ein General der Artillerie.«

Na bitte. Hünerbein und ich nicken zufrieden. Die Uniform sieht schon ziemlich nach dem aus, was wir auch an den beiden Russen in Altgrieben gesehen haben. Vor allem das Hemd ist sehr ähnlich.

»Haben Sie auch Baretts«, frage ich, »mit rot-weiß-schwarzem Emblem und kleinen grünen Sternen an der Seite?«

»Die russische Armee benutzt keine grünen Sterne«, bedauert Ludmilla.

»Sind Sie sicher?«

»Aber ja. Die Sowjetarmee hat nur den roten Stern als Symbol gehabt.«

»Und die Israelis haben einen blauen in der Flagge«, überlegt Hünerbein laut.

»Aber der Davidstern ist sechszackig.« Ludmilla wendet sich wieder an mich. »Ich kann mir nicht vorstellen, dass die Araber Davidsterne benutzen.«

»Araber?« Völlig abwegig, denke ich. Was sollen Araber in Altgrieben? »Wieso Araber?«

»Rot, weiß und schwarz sind die panarabischen Farben«, antwortet Ludmilla, »und wenn Sie einen grünen Stern dazu haben – grün wie die Farbe des Propheten –, dann ist das vermutlich der Stern der Baath-Partei.« Sie sucht die Uniformen durch. »Die Sowjetunion pflegte enge Beziehungen zu den Baathisten. Sie waren Verbündete. Und es gab sie in verschiedenen arabischen Ländern. In zwei Staaten ist der Baathismus sogar noch bis heute Staatsideologie.« Sie hat endlich eine Uniform gefunden und nimmt sie vom Kleiderständer. »In Syrien zum Beispiel.«

Sie schlägt die Plastikfolie zurück. Und tatsächlich ist auf dem Oberarm dieser Uniform eine kleine Flagge aufgenäht: rot-weiß-schwarz mit zwei grünen Sternen.

»Die Sterne symbolisieren die Vermischung von christlichen, muslimischen und sozialistischen Prinzipien«, erklärt Ludmilla.

»Aber die Mütze, die ich gesehen habe, hatte drei Sterne.« Fragend sehe ich Hünerbein an. »Das waren doch drei Sterne, oder?«

Hünerbein nickt. »Ja. Drei Sterne, ganz sicher.«

»Dann schauen Sie sich diese Uniform an!« Ludmilla hat jetzt eine sehr dunkelgrüne Uniform mit opulenten goldfarbenen Schulterstücken in der Hand. »Die hat vor zwanzig Jahren ein ganz besonderer Gast dagelassen«, erklärt sie stolz. »Der irakische Staatschef Saddam Hussein.«

Ups, denke ich. Kein Wunder, dass das die Öffentlichkeit nicht sehen darf. Und diese Uniform hat auch die drei kleinen grünen Sterne auf rot-weiß-schwarzem Untergrund am Ärmel. Unglaublich! Dann war der dritte Mann in der Turbopropmaschine ein Iraker? Der, den sie Genosse Tulfach genannt haben, bevor sie uns anpissten?

Was, in drei Gottes Namen, hat ein irakischer Offizier in Altgrieben zu suchen?

Haben die sich da Chemiewaffen für Saddam besorgt?

Und die Bundeswehr mischt mit?

Du liebe Güte! Allmählich bekommt dieser Fall eine Dimension, die mir gar nicht mehr behagt.

Auch Hünerbein ist bleich geworden.

»Sardsch«, sagt er gedehnt, »vielleicht überlassen wir die Sache doch besser dem Bundeskriminalamt.«

35 IRGENDWIE NIEDLICH, diese pelzigen Viecher. Monika lag schläfrig in einem Liegestuhl und beobachtete mit zusammengekniffenen Augen ein paar Hummeln. Sie umkreisten schwerfällig die Stockrosen auf der Terrasse, um sich am Nektar in den bunten Kelchen zu laben. Einer der Brummer trieb es besonders doll und veranstaltete eine wahre Blumensaftorgie, bevor er erschöpft und über und über mit Blütenstaub bedeckt aus der Rose plumpste. Monika musste lachen. Ein echter Nimmersatt, diese dicke Fellbommel. Ein kleiner Hünerbein. Jetzt kroch er auf dem Boden herum und musste sich erst mal gründlich putzen, bevor er mit seinen verklebten Flügeln wieder abheben konnte. Ohnehin ein Kuriosum, denn von ihrer Form her, ihrem pummeligen, pelzigen Körper und den vergleichsweise kurzen Flügeln, trotzten Hummeln jeder wissenschaftlichen Flugtheorie. Oder wie es schon Anfang der 1930er-Jahre der renommierte Göttinger Professor Ludwig Prandtl formulierte: »Die Hummel hat 0,7 cm^2 Flügelfläche und wiegt 1,2 Gramm. Nach den Gesetzen der Aerodynamik ist es unmöglich, bei diesem Verhältnis zu fliegen.« Aber die Hummeln scheren sich nicht drum. Und fliegen trotzdem seit Menschengedenken zuverlässig durch die Gegend.

Auf der Wiese hinter dem Haus spielten die Zwillinge mit Melanie. Wahrscheinlich jagten sie einander mit ihren übergroßen Wasserpistolen. Man hörte sie vergnügt schreien und quietschen.

Monika blinzelte in die Sonne und gähnte zufrieden. Die Erholung hier draußen tat ihr gut, keine Frage. Einfach mal nichts tun und ab und zu wegdämmern. Wie lange sie wohl geschlafen hatte?

Zwei Stunden bestimmt. Vielleicht sogar drei. Frische Luft machte müde, und die Sonne stand schon ziemlich weit westlich. Ihr Licht glitzerte im Wasser des Barther Boddens, und hinter dem flachen Landstrich der Halbinsel Zingst verschmolz die Ostsee mit dem unwirklich blauen Himmel.

Herrlich. Monika war viel zu selten hier. Der Wind rauschte in den Bäumen, und es war warm, fast dreißig Grad, richtiger Hochsommer. Hier oben schien das Wetter zu stimmen. Seit ihrer Anreise hatte es noch nicht geregnet.

Weil wir am Meer sind, sagten die Leute in Barth. Regen kommt immer vom Land, doch über der See verdunsten die Wolken. Wir hatten hier keinen so nassen Sommer wie ihr in Berlin.

Morgen wollte Monika mit den Kindern zum Strand fahren. Da war viel los, es gab Eis, Musik, hektische Bademeister und eine geschätzte Million Strandkörbe. Alle belegt. Viel zu viel Trubel eigentlich. Aber Monika hatte so eine zeltartige Strandmuschel, die vor Sonne und Wind schützte, und die Kinder wollten baden, Bernstein suchen, Sandburgen bauen, das ganze Programm. Wozu war man schließlich an der Ostsee?

Heute war jedoch Ruhe angesagt. In der Sonne liegen, lesen. Später vielleicht ein Glas Wein.

Sie richtete sich etwas auf und schob sich die Sonnenbrille auf die Nase.

Über den Bodden tuckerte der olle Piet mit seinem Kutter und winkte ihr zu. Die Nacht über würde er auf dem Meer bleiben und fischen. Frischer Hering, Scholle und Kabeljau für Birgits Imbiss im Barther Hafen. Und nirgendwo sonst gab es eine so herrliche Fischsuppe. Das Abendbrot morgen war gerettet.

Heute dagegen blieb die Küche kalt. Monika hatte noch Kartoffelsalat im Kühlschrank und ein paar Wiener Würstchen. Das musste erst gegessen werden. Und außerdem hatte sie keine Lust zu kochen. Sie wollte einfach mal nichts machen. Nur lesen.

Wo war eigentlich dieses Buch, das sie von zu Hause mitgenommen hatte? Es war ihr im Bücherregal aufgefallen, weil sie es noch nicht kannte, und deshalb hatte sie es eingesteckt.

Irgendeine Geschichte von zwei Liebenden auf den kleinen Antillen. Genau das Richtige für einen dösigen Sommertag. Vermutlich hatte Dieter dieses Buch genau dafür gekauft. Ein Buch über Liebe und Eifersucht in der Karibik. Auf den Westindies, wie es im Roman hieß, den Inseln über dem Winde. Eine davon war Saint Croix. Früher gehörte sie zu Dänemark, und in dieser Zeit spielte auch der Roman. Sehr romantisch.

Monika fand das Buch auf dem Terrassenboden und schlug es auf. Seite zweihunderteinundzwanzig, gerade hatte der Held mitbekommen, dass er gehörnt worden war. Von seinem besten Freund. Verrat! Er schäumte vor Wut und schmiedete Rachepläne.

Welcher Art diese waren, konnte Monika nicht mehr lesen. Denn Seite zweihundertzweiundzwanzig war seltsamerweise überklebt. Mit einem sehr dünnen Pergamentpapier, sodass es einem erst auffiel, wenn man die Seite aufschlug.

Komisch. Mit den Fingernägeln löste Monika das Papier sehr vorsichtig von der Buchseite und hatte plötzlich einen kleinen schwarzen Zelluloidstreifen in der Hand. Sie hielt ihn ins Sonnenlicht und kniff die Augen zusammen. Aber sie konnte nichts erkennen.

Dennoch wusste sie, dass es ein Mikrofilm war. Irre! Agenten verwendeten so was, um geheime Dokumente abzulichten. Was war auf diesem Mikrofilm drauf? Und wer hatte ihn hier zwischen die Buchseiten geklebt?

36 SUSANNE BAIER zitterte am ganzen Leib, als sie aus dem Ernst-von-Bergmann-Klinikum in Potsdam kam. Sie hatte Angst. Furchtbare Angst. Todesangst!

Auf ihrem Grundstück am Schwielowsee war ein Patient von ihr hinterrücks angegriffen worden. Es war auf ihn geschossen worden! Mit einer richtigen Waffe!

Bislang hatte sie die Geschichten des Siegbert Meyer für eine Art Neurose gehalten, für einen Wahn. In ihre Praxis kamen so viele Leute, die sich verfolgt wähnten, beobachtet und bedroht. Aber das waren immer stets Symptome einer Überforderung. Zu viele Reize, Stress, die Zivilisation. Die Menschen kamen nicht mehr klar mit ihrer Rolle in einer Welt, die sie nicht mehr verstanden. Einer Welt, die keine Fehler duldete, in der man perfekt funktionieren musste und Versagen als ein verabscheuungswürdiges Manko galt.

Dabei schaffte doch gerade die Erfahrung des Scheiterns erst die Voraussetzung dafür, später in derselben Situation nicht mehr zu versagen. Wir lernen aus unseren Fehlern. Und um zu lernen, musste man Fehler machen dürfen. Mussten Fehler als Chance begriffen und verziehen werden.

All das kam nicht mehr vor. Die Medien, der Zeitgeist und die Werbung gaukelten eine Scheinwelt vor, in der alles und jeder fehlerlos und ohne Makel funktionierte. Eine Scheinwelt, die immer mehr zum Ideal erhoben und zur Voraussetzung für ein erfolgreiches Leben gemacht wurde. Wer versuchte, sich daran zu halten, landete irgendwann auf Susanne Baiers Stuhl. So war es immer. Die Leute verdrängten ihre Ängste, ihre Fehler, ihr Versagen. Sie lernten nicht mehr daraus. Sie scheiterten an einer Scheinwirklichkeit. Und dann wurden sie krank.

Zitternd schloss die Psychologin ihren Wagen auf und setzte sich hinein. Sie war außer sich, vollkommen aus ihrer Mitte.

Dass dieser Meyer wirklich verfolgt werden könnte, daran hatte sie nie im Traum gedacht. Und nun das: ein Mann mit zerschossenen Beinen und einem Loch im Bauch. Halb tot in ihrem Garten. Gefoltert von einem Killer.

Das warf alles über den Haufen. In Bezug auf den Patienten Meyer war der ganze Ansatz falsch gewesen. Gab es überhaupt eine erfolgversprechende psychologische Analyse für so einen Fall? Susanne Baier wusste es nicht. Zweifellos hatte sie versagt, auf ganzer Linie. Sie hatte versagt, weil sie von falschen Annahmen ausgegangen und zu routiniert an die Sache herangegangen war. Weil sie sich von Erfahrungswerten hatte leiten lassen, die es so gar nicht gab.

Und was lernte sie nun daraus? War sie auch in Gefahr? Weil sie den Meyer kannte? Weil er ihr Patient war?

Nein, Susanne Baier hatte keine Angst, weil sie bei diesem Patienten komplett danebengelegen hatte. Solche Fehler konnten vorkommen.

Sie hatte Angst, weil sie das Böse spürte. Das wahre Böse, das eben keine Einbildung ihres Patienten war, sondern auf sehr aufdringliche Weise real. Susanne Baier fürchtete um ihr Leben.

Plötzlich war Siegbert Meyer kein normaler Patient mehr, sondern ein Orakel. Was er sagte, war wahr. Dieser Mann hatte die Hölle durchlebt. Gab es überhaupt etwas, das sich mit dieser Erfahrung messen ließ?

Ihr erster Gedanke war die Polizei. Doch den Vorschlag hatte der Patient Meyer so heftig verworfen, dass sie erschrak. Seiner Meinung nach war die Führungsebene der Polizei von den Tätern, dem Bösen, regelrecht durchdrungen. Wie alles in diesem Land. Die zivilen Gesellschaften in Europa, so hatte Meyer behauptet, waren von skrupellosen Geschäftemachern gekapert worden, von den Kraken des Geldes, von der Gier nach mehr. Meyer musste es wissen, er hatte sie durchlebt, die Abgründe, die Begegnung mit dem Teufel und dem Tod.

Reiß dich zusammen, schalt sie sich und startete den Wagen. Dreh jetzt bitte nicht durch! Halte dich an die Abmachung!

Meyer hatte einen Namen genannt. Wenn Susanne Baier unbedingt die Polizei einschalten wolle, müsse sie nach Berlin. Nur dort gäbe es einen einzigen Kriminalbeamten, dem man trauen könne. Der zwar die Weltzusammenhänge auch nicht vollständig überblicke und ein typischer Mitläufer unserer Zeit sei, aber anständig. Sein Name: Hans Dieter Knoop.

Der sei unbestechlich, hatte Meyer betont, der könne vielleicht helfen. Knoop, Hans Dieter, LKA eins in der Berliner Keithstraße. Vermutlich hatten sie ihn da schon kaltgestellt. Wenn nicht, habe man vielleicht noch eine Chance.

Also los! Susanne Baier gab Gas und fuhr mit durchdrehenden Reifen vom Hof.

Vermutlich hatte Meyer recht, überlegte sie, als sie mit überhöhter Geschwindigkeit aus Potsdam raus und über die Autobahn Richtung AVUS raste. Man konnte niemandem mehr trauen. Diese Welt war eine einzige Verschwörung, und wer dagegen aufbegehrte, wurde vernichtet. Hinter allem steckte ein finsteres, menschenverachtendes, einzig auf finanziellen Gewinn orientiertes System. Deshalb wurden immer mehr Leute psychisch krank, deshalb wurden die Wartezimmer in ihrer Praxis jeden Tag voller. Weil es immer mehr Opfer gab. Eine elitäre Clique beherrschte die Menschheit und formte sie zu ihrem Werkzeug. Wer irgendwann nicht mehr konnte, blieb zurück. Wer dagegen aufbegehrte, wurde in letzter Konsequenz umgebracht.

Susanne Baier öffnete das Schiebedach und drehte das Autoradio voll auf. Anders war das nicht auszuhalten. Der Fahrtwind griff in ihr Haar, zerzauste es, und im Radio flehte Gwen Stefani ihren Freund an, endlich mal den Mund zu halten: »Don't Speak!« Der Megahit der amerikanischen Rockband No Doubt wurde schon den ganzen Sommer in den Radios rauf und runter gespielt. Nicht sprechen, das passte.

»Don't speak
I know just what you're saying
So please stop explaining
Don't tell me 'cause it hurts
Don't speak
I know what you're thinking
I don't need your reasons
don't tell me 'cause it hurts.«

Ein Wahnsinn, dachte Susanne Baier. Das Gute, es schien nur noch in winzigen Rudimenten zu existieren, in kleinsten Zellen, wie Siegbert Meyer. Ihr wurde schwindlig bei dieser Erkenntnis.

Wie er da gelegen hatte, in seinem Krankenbett, zwischen medizinischen Geräten und Schläuchen: schmal und bleich. Nahezu rührend schwach und schwer getroffen. Und doch von einem unerschütterlichen Lebensmut erfüllt. Ein angezählter Kämpfer für das Gute auf völlig verlorenem Posten. Ohne Chance und dennoch voller Optimismus. Wie anmaßend war es von ihr gewesen, diesen Mann heilen zu wollen. Dieser Mann war Heil. Er wehrte sich. Er hatte erkannt, worum es ging. Und deshalb wollten sie ihn töten.

Vier Stunden lang hatte er ihr alles erzählt. Wer er war, woher er kam. Vom Kindergarten bis heute. Wie er sein Leben lang an eine glücklichere, bessere Welt geglaubt hatte, in der jeder nach seinen Bedürfnissen und nach seinen Fähigkeiten leben konnte. In einer Welt ohne Zwänge, ohne Angst. Wie er sein Leben auf diesen Traum ausgerichtet hatte, und dabei auch mal über das Ziel hinausgeschossen war.

Natürlich hatte auch er Fehler gemacht, war zu ungeduldig, wollte zwingend etwas erreichen. Aber das Glück lässt sich nicht zwingen. Das Glück braucht Zeit und Geduld. Meyer war sich dessen bewusst geworden. Er war ein Mann, der aus seinen Fehlern gelernt hatte, der sein Scheitern als eine wichtige Lehre, als

Bereicherung begriff. Er hatte den Kampf aufgenommen, und nun wollten sie ihn vernichten. Das, so hatte er gesagt, sei der Preis. Wer es mit dem Bösen aufnimmt, hat kein leichtes Sein. Für sie bin ich ein Verräter. Sie werden mich immer bekämpfen. Mir bleibt nur die Wachsamkeit und der Widerstand.

Finde Knoop!

Mit kreischenden Reifen stoppte Susanne Baier den Wagen in der Keithstraße.

»Der Polizeipräsident von Berlin« stand respekteinflößend auf einem Schild neben der Eingangstür, *»LKA 1, Delikte am Menschen«*. Das Gebäude wirkte wie ein großes barockes Stadtpalais, viel Stuck und Putten. Wären nicht die grünen Schilder und die lange Reihe parkender Streifenwagen vor dem Haus, käme man kaum auf den Gedanken, vor einer Kriminaldienststelle zu stehen.

Erst drinnen sah es aus wie in einer typischen Polizeibehörde: Absperrgitter, ausgetretene Linoleumböden, abgewetzte Geländer und Wände, die dringend mal wieder einen neuen Farbanstrich bräuchten. In einem grünen Kasten saß hinter Glas ein Uniformierter. Susanne Baier wandte sich hilfesuchend an ihn.

»Knoop?« Er sah in einem dicken Hefter nach. »Kriminalhauptkommissar Knoop?«

»Hans Dieter Knoop.« Susanne Baier versuchte, das nervöse Zittern in ihrer Stimme zu unterdrücken. »Den polizeilichen Titel oder Rang oder wie Sie das hier nennen, weiß ich nicht.«

»Schon gut«, antwortete der uniformierte Pförtner beruhigend, »wir haben hier nur einen Knoop bei der Mordkommission. Ich ruf mal oben an.« Er griff zu einem Hörer und wählte eine kurze Nummer. Sie war höchstens vierstellig.

Wahrscheinlich eine Hausleitung, dachte Susanne Baier angespannt.

»Ja, Kampeter hier, die Pforte. Hier ist eine junge Frau, die den Kriminalhauptkommissar Knoop sprechen möchte. – Mhm. – Moment!« Er sah die Psychologin durch sein Fenster an und fragte: »In welcher Angelegenheit?«

»D-das möchte ich lieber dem Herrn Knoop persönlich …«

»Das will sie dem Knoop selber sagen«, krähte Kampeter in den Hörer. »Ist er …? – Ach so. Ja, dann … Soll ich Sie trotzdem raufschicken? – Jut, alles klar.« Er legte wieder auf. »Die Kollegen oben erwarten Sie. Zunächst bräuchte ich aber mal Ihren Ausweis.«

Susanne Baier kämpfte mit einer Panikattacke. Gebe ihnen nicht den Ausweis, hatte Meyer ihr eingeschärft, damit sie keine Rückschlüsse auf deine Person ziehen können. Du offenbarst dich nur dem Knoop, sonst niemandem!

»Ich …« Susanne Baier versuchte, ihre Atmung zu kontrollieren. »Ich h-habe keinen Ausweis …«

»Na, nun hören Sie aber auf!« Kampeter sah sie vorwurfsvoll an. »Jeder Mensch hat einen Ausweis. Zumindest in Deutschland.«

Ich nicht! Sie hätte es schreien mögen, so angespannt war sie. Stattdessen zwang sie sich zur Ruhe. »Ich habe meinen verloren. Erst vor Kurzem. Gestern. Deshalb will ich ja mit dem Herrn Knoop sprechen.«

»Mädchen, wir sind hier doch keine Meldestelle.« Kampeter schüttelte den Kopf. »Haben Sie nichts anderes dabei? Führerschein oder so?«

»Meine ganze Brieftasche ist weg«, rief sie hysterisch, »und es hängt mit dem Fall zusammen!«

»Welchem Fall?«

»Na, dem … dem Fall!« Ihre Gedanken kreisten. In den Sonntagskrimis im Fernsehen hieß es doch auch immer Fall. »Dem Mordfall«, setzte sie, jetzt doch fast schreiend, hinzu, »Sie sagten doch, dass der Herr Knoop in der Mordkommission ist! Was wird er da wohl machen? – Mordfälle aufklären, nehme ich an! Darf ich jetzt zu ihm?«

»Ja gut, dann sagen Sie mir wenigstens Ihren Namen.«

»Stefani!« Etwas Besseres als die No-Doubt-Sängerin fiel ihr auf die Schnelle nicht ein. »Gwen Stefani.«

»Na sehnse. Geht doch.« Der Pförtner notierte es in sein Besucherbuch und zeigte dann Richtung Treppe. »Zweite Etage links, durch die Glastür und dann rechts. Sie können es nicht verfehlen.«

»Vielen Dank.«

Rasch lief sie die Stufen hoch, erster Absatz, erster Stock, zweiter Absatz, zweiter Stock, links, Glastür, rechts, und stand keuchend in einem großen Büro mit vier Schreibtischen vor hohen bogenförmigen Fenstern. Zwei der Schreibtische waren besetzt. Die Männer waren nicht uniformiert und sahen fragend auf. Ein älterer mit einer längst aus der Mode gekommenen großen Hornbrille und ein jüngerer, dem die Beflissenheit ins Gesicht geschrieben stand.

Aber welcher von den beiden war nun Knoop?

»Sie sind vermutlich«, der Mann mit der Hornbrille erhob sich und kam zuvorkommend auf sie zu, »Frau Gwenn, nicht wahr?«

»Frau wer?« Susanne Baier verstand nicht.

»Frau Stefanie Gwenn.« Hinter der Hornbrille lächelte es. »So hat uns das wenigstens die Pforte gemeldet. Ist das nicht korrekt?«

»Doch, doch«, endlich fiel der Groschen. Sie reichte dem Mann freundlich die Hand. »Dann sind Sie Herr Knoop?«

»Nein, ich bin Herr Beylich.« Er zeigte zu dem Beflissenen, der sich ebenfalls erhoben hatte. »Und das ist mein Kollege Matuschka. – Hauptkommissar Knoop ist leider nicht da, aber ich denke, wir können Ihnen auch weiterhelfen.« Er schob ihr einen Stuhl hin. »Aber bitte: Setzen Sie sich doch!«

Susanne Baier blieb stehen. Deutsche Polizei, dröhnten Meyers Worte in ihrem Kopf, von Tätern durchdrungen, Werkzeug der Machtelite. Sprich nur mit Knoop, hörst du? Wenn sie ihn noch nicht kaltgestellt haben, kann er uns helfen.

»Wo ist Herr Knoop?«, fragte sie unsicher, »ich möchte mit Herrn Knoop sprechen. Nur mit Herrn Knoop!«

»Ja, da sind Sie nicht die Erste.« Beylich lächelte immer noch. »Leider ist er nicht hier. Tut mir leid. Worum geht es denn?«

Ja, das wollt ihr wissen, was? Susanne Baier durchschaute das Spiel. Aber ich bin nicht blöd. Ich weiß, dass ihr ihn kaltgestellt habt. Meyer hatte es geahnt. Mist!

Plötzlich war ihr klar, dass sich die einzige Hoffnung, doch noch Hilfe bei der Polizei zu finden, soeben in alle Himmelsrichtungen zerstoben hatte.

Es wird keine Rettung geben, dachte sie, verdammt, wir sind verloren. Meyer ist verloren!

Abrupt drehte sie sich auf dem Absatz um und verließ den Raum.

»Frau Gwenn«, hörte sie es noch fragend, als sie die Treppen hinunterlief, »Frau Gwenn, was ist denn los?«

Nichts da! Susanne Baier machte, dass sie davonkam. Sie rannte nicht, sie floh. Raus hier, war ihr einziger Gedanke. Nichts wie weg aus dieser Höhle des Löwen!

Im Foyer stieß sie dann heftig mit einem Dicken zusammen. Sie hatte ihn nicht gesehen, weil sie sich nach diesem Beylich umgedreht hatte. Aber der war ihr nicht gefolgt.

Stattdessen hing sie nun in den Armen dieses wirklich sehr fetten Mannes.

»Na, na, na, junge Frau! Wo wollen wir denn so schnell hin?«

»Zu Herrn Knoop«, rief sie atemlos. »Ich rede nur mit Herrn Knoop!«

»Das trifft sich gut«, sagte der Dicke kopfschüttelnd. »Obwohl ich noch nie verstanden habe, was ihr Weiber immer alle von dem wollt.«

Er schob sie einem hochgewachsenen, etwa mittelalterlichen Typen mit schütterem Haar zu, der seine besten Jahre bereits hinter sich hatte und etwas hilflos mit seinem Handy spielte.

»Sardsch? Dein Typ ist gefragt!«

37 TANTE TILLY WUSSTE, mit wem sie es zu tun gehabt hatte. Ihr war klar, dass ihr letztes Zielobjekt bei derselben Truppe gewesen war wie sie selbst. Dass es mit denselben Geschichten aufgewachsen war. Mythen, in denen Bolschewiki den Stahl für die Revolution härteten, in denen internationale Brigadisten gegen die Franco-Generäle kämpften und mutige Antifaschisten heimlich Flugblätter gegen die Nazis verteilten.

All diesen Helden war eines gemein: Sie waren unbeugsam.

Selbst unter grausamster Folter blieben sie standhaft. Sie verrieten weder Pläne noch Kameraden, und noch im Angesicht des Todes riefen sie tapfer ihre Parolen vor den Erschießungskommandos der Faschisten.

»Es lebe der Marxismus-Leninismus! – Nieder mit dem Krieg! – Alle Macht dem Volke! – Proletarier aller Länder, vereinigt euch!«

Man hörte diese Geschichten schon im Kindergarten, sie wurden in der Schule erzählt und auf den Agitpropveranstaltungen der Thälmann-Pioniere und der FDJ. Wer in der DDR aufgewachsen war und sich berufen fühlte, als Kundschafter des Friedens der Verteidigung des sozialistischen Gemeinwesens zu dienen, der sog diese Mythen in sich auf. Und nie würde er Informationen preisgeben. Auch wenn man ihm in die Beine schoss und in den Bauch.

Es war so gut wie sicher, dass er Tante Tilly in die Wüste schicken würde. Irgendwohin mit einer vermeintlichen Information, die keine war. Dass er ihr irgendwas erzählen würde, nur um davonzukommen.

Sie stand, in einen Ganzkörper-Overall gehüllt und das Haar sorgsam unter einer Kapuze verborgen, vor einem fremden Bücherregal in einem fremden Wohnzimmer und wusste, dass sie den Roman nicht finden würde. Ein Paperback sollte es sein, »Die Liebenden von Saint Croix«, knapp dreihundert Seiten lang.

Alles *Fake*. Der Roman war nicht da. Nichts anderes hatte Tante Tilly erwartet. Und deshalb hatte sie ihr Ziel auch leben lassen. Wie es sich gemüht hatte, den Tod vorzutäuschen. Wie es angespannt dem Klicken des Kammerstängels gelauscht hatte, um sich rechtzeitig vor dem finalen Schuss in den See zu werfen. Fast drollig war das gewesen, rührend sogar. Dabei kann man den Kammerstängel auch sehr sachte einrasten lassen. Mit etwas Übung und gut geölt ist das sogar lautlos möglich. Dann hört man absolut nichts.

Doch Tante Tilly hatte es klacken lassen. Laut und vernehmlich. Weil sie wusste, dass sie belogen wurde. Weil sie ihr Ziel noch lebend brauchte. Weil sie wiederkommen musste, um endlich die Wahrheit zu erfahren.

Der Hund machte Probleme. Er wollte mitkommen. Unbedingt. Wenn Tante Tilly das Haus ohne ihn verließ, fing er an zu kläffen und zu jaulen. Herzerweichend, kaum auszuhalten. Und viel zu auffällig. Schon einmal war die Nachbarin heruntergekommen.

»Sie sind doch nicht etwa auf den Hund gekommen? Geht das denn mit den Kindern? Das ist immerhin ein ziemlich kräftiges Tier, nicht wahr? Möglicherweise gefährlich, oder? Wissen Sie, ich hab nichts gegen scharfe Hunde, die passen wenigstens auf. In diesen Zeiten weiß man ja nie, nicht wahr? Aber wenn man Kinder hat …«

»Ich hab ihn nur zur Pflege«, hatte Tante Tilly erwidert. Und spätestens da war ihr klar geworden, dass es mit dem Hund nicht ging. Er folgte ihr auf Schritt und Tritt.

Selbst als sie nach dem Roman suchte, war er dabei. Sie hatte alles versucht, wirklich. Aber sie wurde das Tier nicht los. Als sie ihn auf der Straße anbinden wollte, machte er ein solches Theater, dass alle Leute guckten. Da hätte sie auch mit einer Blaskapelle durch die Stadt ziehen können, das wäre nicht auffälliger gewesen. Sie musste ihn mit in die fremde Wohnung nehmen, damit er endlich Ruhe gab. Ein Wahnsinn, das alles: Wozu legte sie sich einen Ganzkörperoverall an und achtete sorgsam darauf, keinerlei Einbruchsspuren zu hinterlassen, wenn der Hund überall neugierig schnupperte und dabei Speichel- und Fellreste hinterließ?

Kurz: Das Vieh musste weg, und zwar endgültig, alles andere war zu gefährlich. Aber wohin mit dem Hund?

Erschießen und irgendwo im Wald verscharren? Das brachte Tante Tilly nicht übers Herz.

Dann gab es noch das Tierheim in Lankwitz, aber da musste man seine Personalien hinterlassen. Besser wäre es, wenn jemand anderes den Hund zum Tierheim brächte. Doch dafür musste ihn erst mal jemand finden.

Es war eine der schlimmsten Nächte für Tante Tilly. Sie hatte den Hund gegen Mitternacht aus der Wohnung gelockt. Er war begeistert, dachte, es ginge zum Spielen. Doch Tante Tilly wollte diesmal keine Stöckchen werfen.

Sie setzte das Tier in ihren alten Shiguli, den sie 1984 zum fünfunddreißigsten Jahrestag der Deutschen Demokratischen Republik als Anerkennung für ihre guten Leistungen bei der vorbildlichen Verteidigung des ersten Arbeiter-und-Bauern-Staates auf deutschem Boden bekommen hatte, und fuhr damit in die Stadt.

Normalerweise benutzte sie den Wagen sehr selten und nur privat. Er war gut in Schuss, auch wenn beim letzten TÜV kleine Mängel festgestellt worden waren. Etwas Rost an den Schwellern, zudem verlor der Motor Öl. Dennoch hatte sie die Plakette bekommen.

Tante Tilly brachte den Hund zum Kottbusser Damm in Kreuzberg. Nachts um halb drei war hier nichts mehr los. Kein Mensch auf der Straße, und Überwachungskameras gab es auch nicht.

Sie lockte den Hund aus dem Auto und band ihn an eine Laterne direkt vor dem »Moviemento« an. Das war das älteste sich in Betrieb befindliche Kino Deutschlands und 1907 von Alfred Topp als Kinematografentheater gegründet worden. »Topps Kino«, wie es damals hieß. Später wurde der Begriff »Kintopp« daraus.

Der Hund ahnte, dass etwas nicht stimmte, und bellte. Tante Tilly stellte ihm noch eine Schüssel mit Wasser hin und fütterte ihn mit seiner Lieblingswurst. Dann setzte sie sich ins Auto und gab mit schwerem Herzen Gas.

Selten in ihrem Leben hatte sich Tante Tilly so elend gefühlt. Aber sie wusste, dass der Hund so lange jaulen und bellen würde, bis ihn jemand fand und ihn ins Tierheim brachte. Vielleicht fand er auch ein neues Herrchen. Eines, das ihn besser gebrauchen konnte als sie.

Und dann hatte sie Tränen in den Augen. Der Hund hatte ihr Spaß gemacht. Doch jetzt war er fort. Schade war das. Tante

Tilly weinte jetzt wirklich. Sehr schade. Und was sollte sie den Kindern erzählen?

Am nächsten Morgen konnte sie sich endlich wieder ihren Aufgaben widmen. Sie fuhr mit der Bahn nach Potsdam, weil sie herausgefunden hatte, dass sich ihr Ziel im Ernst-von-Bergmann-Klinikum befand und in einem stabilen Zustand war. So stabil, dass es befragt werden konnte.

Und diesmal würde es die Wahrheit sagen müssen. Komme, was wolle.

38 »MONIKA? – Monika!«

Verdammt, eben war sie doch noch dran. Als wir gerade aus dem Wagen steigen, ruft sie endlich an. Wir wechseln kaum drei Worte, »hallo, wie geht's« und so, und dann ist plötzlich die Verbindung weg. Das gibt's doch nicht! Scheißmoderne Technik!

»Sardsch? Dein Typ ist gefragt!«

Missmutig stecke ich das Handy wieder ein und starre auf die durchaus attraktive Frau, die gerade in der Eingangshalle unserer Dienststelle mit Hünerbein zusammengerasselt ist.

»Sind Sie Herr Knoop?«

»Höchstpersönlich. Und Sie?«

»Das sage ich Ihnen«, sie sieht sich verschwörerisch um, »wenn wir allein sind.«

»Oho«, macht Hünerbein, »na, dann will ich das Rendezvous d'amour mal nicht stören.« Und schon läuft er die Treppe hoch.

Blödmann, denke ich und wende mich der Frau zu. »Wir sind allein. Also?«

»Nicht hier«, flüstert sie. »Können wir nicht irgendwo …«

Wird man jetzt schon in der Dienststelle angebaggert? Herrgott, ich bin fünfzig. Das hat die doch gar nicht nötig. »Was wollen Sie von mir?«

»Es geht um einen Patienten.« Sie wird immer leiser. »Sie kennen ihn. Siegbert Meyer.«

Stasi-Siggi, na endlich. Das ändert alles. »Wo steckt der Kerl?«

»Das will ich Ihnen ja sagen«, haucht sie kaum hörbar, »aber …«

Nicht hier, schon klar. »Kommen Sie!« Ich hake sie am Arm unter. »Wir gehen ein Stück!«

Die Frau stellt sich mir als Siggis Psychologin Susanne Baier vor und ist vollkommen außer sich. Zu Recht, denn das, was sie mir erzählt, als wir Arm und Arm wie ein altes Ehepaar die Keithstraße hinunterlaufen, haut auch einen gestandenen Kriminalisten wie mich fast um: Siggi, brutal in Beine und Bauch geschossen?

»Weshalb?«

»Sie wollten eine Information.«

»Wer?«

»Das will er Ihnen selbst sagen. Er liegt im Potsdamer Ernst-von-Bergmann-Klinikum.« Sie sieht mich bang an. »Sie müssen mit ihm reden!«

Auf jeden Fall, denke ich. »Wissen Sie, um was für eine Information es ging?«

Jetzt schwurbelt sie mir was vor. Von den bösen Mächten, die unsere Gesellschaft beherrschen, und dergleichen. Die üblichen Verschwörungstheorien. Siggi hat offenbar ganze Arbeit geleistet. Seine Analytikerin redet schon genau wie er. Wer therapiert hier eigentlich wen?

»Geht's auch konkreter?«

»Ich will es versuchen.« Allmählich wird sie ruhiger. »Mein Patient ist überzeugter Kommunist, wissen Sie?«

»Ja, das behauptet er gern. Weiter!«

»Er hat sein ganzes Leben lang für diese Idee gearbeitet«, fährt Susanne Baier fort. »Mit ganzer Kraft. Dabei ist er durchaus auch mal übers Ziel hinausgeschossen und hat Fehler gemacht, aber …« Sie sieht mich an. »Offenbar hat mein Patient Informationen gesammelt, die wichtigen Leuten gefährlich werden könnten. Er wollte das veröffentlichen. Der Journalist wurde umgebracht …«

Kawelka! Jetzt wird ein Schuh draus.

»… und jetzt sind sie eben auch hinter meinem Patienten her. Ich hielt das zunächst alles für einen Wahn und habe das eher professionell betrachtet. Aber jetzt, wo wirklich geschossen wurde …«

»… können Sie das nicht mehr professionell betrachten?«

»Ich weiß nicht. Ich …« Sie fängt an zu weinen. »Das ist alles zu viel für mich, glaube ich.«

Arme Psychologin. Ich nehme sie in den Arm und komme mir ziemlich ritterlich vor. »Schon gut«, tröste ich sie, »wir kriegen das schon irgendwie hin. Wo steht Ihr Wagen?«

Das ist jetzt nicht mehr so ritterlich, denn welcher stolze Burgherr muss sich ein Pferd leihen?

»Gleich da vorn«, schluchzt sie und zeigt auf einen Toyota, der ein paar Meter von uns entfernt auf der gegenüberliegenden Straßenseite steht.

Da sich Susanne Baier außerstande sieht zu fahren, setze ich mich ans Steuer. Japanische Kleinwagen sind für einen langbeinigen Mitteleuropäer wie mich immer eine Herausforderung. Die Knie ragen links und rechts neben dem Lenkrad hoch, und ich muss aufpassen, dass ich nicht nach jedem Gasgeben und nach jedem Kupplungtreten auch versehentlich den Blinker einschalte oder die Scheibenwischer in Gang setze.

Unterwegs erzählt sie mir, von plötzlichen Heulattacken unterbrochen, dass Meyer bei ihr Zuflucht vor seinen Verfolgern gesucht habe, weshalb sie ihn überhaupt nach Ferch gebracht habe.

»An den Schwielowsee! Ich dachte, da sei er sicher! Die müssen uns gefolgt sein, oh Gott, wenn ich nur daran denke, wird mir ganz schlecht.«

Mir auch. Doch noch viel mehr beschäftigt mich die Frage, wer Siggi verfolgt hat. Ich bin gespannt, was er zu sagen hat.

Das Ernst-von-Bergmann-Klinikum liegt in der nordöstlichen Potsdamer Innenstadt. Ein großer Krankenhauskomplex aus mehreren Gebäuden und in sich verschachtelten Plattenbauten zwischen Bassinplatz, Berliner und Gutenbergstraße.

Meyer liegt auf der chirurgischen Intensivstation. Zwei Polizisten bewachen sein Zimmer.

»Das hat ein Oberkommissar Hain so veranlasst«, erklärt mir Susanne Baier leise, »Sie müssen sich ausweisen.«

»Gern.« Ich zeige den beiden Polizisten meinen Ausweis und gebe mich streng dienstlich. »Kriminalhauptkommissar Hans Dieter Knoop vom LKA eins in Berlin. Ich muss dringend mit dem Mann reden. Ist er ansprechbar?«

»Soweit ich weiß, ja«, antwortet einer der Polizisten. »Es ist gerade eine Ärztin bei ihm. Die kann Ihnen sicher mehr über den Gesundheitszustand sagen.«

»Vielen Dank!« Ich will die Tür öffnen, doch die ist von innen verriegelt.

»Hallo«, rufe ich irritiert und rüttle vergebens an der Klinke. »Hallo! Ist da wer?«

Nichts.

Vielleicht will die Ärztin nicht gestört werden? Oder …? – Verdammt! Eine furchtbare Ahnung steigt in mir auf.

»Geben Sie mir Ihre Waffe! Schnell!«

Die Polizisten reagieren mit Verzögerung.

»Nun machen Sie doch mal hin!« Kurzerhand nehme ich dem mir am nächsten sitzenden Beamten die Pistole ab. »Treten Sie zurück!«

Die Polizisten nehmen erschrocken Abstand von der Tür. Susanne Baier weint schon wieder und hält sich die Ohren zu.

Ich entsichere die Waffe, als sich plötzlich die Tür zu Siggis Krankenzimmer öffnet und eine ältere, freundlich wirkende Ärztin herauskommt. Sie erinnert mich an jemanden. Aber an wen? Fragend sieht sie auf die Pistole in meinen Händen.

»Wollen Sie mich erschießen?«

»Entschuldigen Sie!« Ich gebe die Waffe dem Polizisten zurück. »Aber die Tür war zu, und ich dachte …«

»… dann schieße ich mir den Weg frei?« Die Ärztin schüttelt spöttisch den Kopf. »Das ist hier eine Klinik, mein Herr! Nicht der Wilde Westen.«

»Schon klar, aber …«

»Sie können jetzt rein.« Die Ärztin hält mir die Tür auf und stöckelt von dannen.

»Danke.« Ich sehe ihr kurz nach und trete ein.

Siggi ist über Schläuche mit Infusionsbeuteln und allerlei Gerät verbunden. Er wirkt ungewohnt schmal und blass zwischen all den Monitoren, die seinen Kreislauf, seine Atmung und was weiß ich noch alles kontrollieren, und zittert am ganzen Leib. Mit weit aufgerissenen Augen starrt er an die Decke.

Mein Gott! Zum ersten Mal, seit ich ihn kenne, habe ich Mitleid mit dem alten Stasihaudegen. Sie haben ihm übel mitgespielt. Sehr übel.

»Mensch, Siggi«, ich setze mich zu ihm ans Bett, »was machste denn für Sachen?«

»Ich weiß nicht, wo es ist«, flüstert er schlotternd, und aus seinem Mund sprudelt Blut. »Ich weiß wirklich nicht, wo es ist. Bitte, glauben Sie mir, ich weiß es nicht …«

Das sieht wirklich nicht gut aus, denke ich noch, als plötzlich ein Monitor lospiept. Und dann noch einer. Und noch einer. – Alarm!

Plötzlich ist das Zimmer voll von Krankenschwestern und Ärzten. Hektisch bemühen sie sich um Siggi.

»Er kollabiert«, ruft einer, und ein anderer: »Stabilisieren! Not-OP! Schnell!«

Auch Susanne Baier kommt herein und starrt fassungslos auf Siggi. »Was ist mit ihm?«

Wir machen die Tür frei, weil die Ärzte und Schwestern das Bett mit Siggi schwungvoll aus dem Zimmer schieben und dann in einem Affenzahn den Gang hinunterrennen.

»Die Ärztin«, entfährt es mir. Plötzlich weiß ich, wo ich die Frau schon mal gesehen habe. Vor dem Haus in der Belziger Straße. Als Kawelka die Leiche des Fahrradkuriers fotografieren wollte. Der Inge-Meysel-Typ vom, wie ich annahm, Polizeipsychologischen Dienst.

Susanne Baier sieht mich fragend an.

»Das war keine Ärztin!« Ich stürme drauflos, ebenfalls den Gang hinunter, überhole Siggis Bahre noch vor dem OP-Raum und schaue mich bei den Fahrstühlen um. Einer fährt gerade in die

Tiefe. Das wird sie sein. Ich hechte die Treppen hinunter, nehme immer drei, vier Stufen auf einmal und überschlage mich fast, als ich unten ankomme. Auch der Fahrstuhl ist da, aber leer. Aufmerksam sehe ich mich um. Das Foyer des Krankenhauses ist um diese Zeit gut besucht. Ärzte, Patienten und Krankenpfleger wuseln unübersichtlich durcheinander wie in einem Ameisenhaufen.

Und trotzdem sehe ich den grauen Pagenkopf der falschen Ärztin. Sie hat den Ausgang fast erreicht.

»Halt!« Ich renne wieder los. »Stehenbleiben! Polizei!«

Natürlich bleibt sie nicht stehen. Das macht keiner. Insofern ist der Ruf »Stehen bleiben!« immer kontraproduktiv. Ich weiß das, seit ich vor fast fünfundzwanzig Jahren das erste Mal einem mutmaßlichen Delinquenten »Stehenbleiben!« hinterherrief – auch er tat das Gegenteil und rannte wie von der Tarantel gestochen davon –, und tue es dennoch immer wieder. Weil das so in den Dienstvorschriften steht. Es gibt nichts Höheres für einen Beamten als Dienstvorschriften. Im Falle »Stehenbleiben!« halten sie dich jedenfalls schön in Bewegung. Andere gehen ins Fitnesscenter, wir brüllen »Stehenbleiben!« und rennen drauflos.

Für eine ältere Dame ist der Pagenschnitt recht sportlich unterwegs. Ich komme kaum nach, aber auch ich bin ja nicht mehr der Jüngste. Wir rennen an der französischen Kirche vorbei über den Bassinplatz mit dem Sowjetischen Ehrenmal und den vielen Gräbern aus dem Zweiten Weltkrieg. Dahinter kommt der weitläufige Potsdamer Cityparkplatz mit den containerartigen Imbissbuden und einer öffentlichen Toilette. Zwischen Reisebussen und japanischen Touristen gewinnt der Pagenschnitt zunehmend Abstand und verschwindet hinter der Kirche Sankt Peter und Paul.

Mist. Ich stoppe keuchend und drehe mich tänzelnd einmal um die eigene Achse. Wo verdammt ist die Frau hin?

Mein Blick wandert die Brandenburger Straße hinunter. Sie ist Potsdams Flaniermeile, ein Boulevard, knapp einen Kilometer lang, mit zahlreichen Geschäften, Restaurants, Cafés und Banken. Entsprechend viele Passanten und Touristen sind unterwegs. Von einem eiligen Pagenschnitt ist jedoch nichts zu sehen.

Was ist mit der Kirche? Sie hat ein schmiedeeisernes Gatter vor dem Haupteingang, das leise quietschend hin- und herschwingt. So als wäre da gerade jemand durchgelaufen. Und klappt nicht auch gerade knarrend das schwere Holztor ins Schloss? Ich gehe darauf zu, lausche an der Kirchentür. Vorsicht ist angesagt. Immerhin bin ich einer mutmaßlichen Killerin auf den Fersen. Die wird nicht lange fackeln, wenn sie in Bedrängnis gerät. Was ist, wenn sie mich hinter dieser Tür mit ihrer Drahtschlinge erwartet? Ich möchte hier nicht enden wie Kawelka. Was, wenn sie eine Schusswaffe dabei hat? Ich dagegen bin völlig unbewaffnet und habe nicht mal ein Taschenmesserchen in meiner Hosentasche.

Soll ich Verstärkung rufen? Ein SEK oder so? Die könnten dann die Kirche umstellen und ich den dicken Zampano machen. Mit einem Megafon, das meine Stimme donnernd verstärkt: »Verlassen Sie die Kirche unbewaffnet! Ergeben Sie sich! Sie haben keine Chance!«

Doch was, wenn sich Leute in der Kirche befinden? Der Pfarrer zum Beispiel, Touristen oder betende Gläubige? Und die dann als Geiseln genommen werden, weil sich der Pagenkopf in die Enge getrieben fühlt?

Schon nähert sich eine Reisegruppe der Kirche. Mindestens fünfzehn Personen und eine blutjunge Reiseleiterin mit übergroßer Sonnenbrille.

»Wir befinden uns hier«, erklärt sie routiniert, »vor der katholischen Propsteikirche Sankt Peter und Paul. Diese beiden Apostel sehen Sie direkt dort oben über dem Hauptportal links und rechts von der Maria mit dem Kinde. Achten Sie auf den Glockenturm, er ist dem Campanile in Verona nachempfunden und entspricht so einer gängigen Mode des neunzehnten Jahrhunderts, die möglicherweise schon von Goethes Italienreise ausgelöst wurde. Doch spätestens 1828, als Prinz Carl von Preußen von einem Aufenthalt in der Toskana zurückkehrte, wurde die gesamte märkische Landschaft um Potsdam herum nach und nach sozusagen mediterranisiert. Viele Landschaftsparks und Gebäude zeugen noch heute von dieser Zeit, so auch diese um 1870 nach Plänen von August Stüler und Wilhelm Salzenburg für die katholische Garnison erbaute Kirche. Interessant ist auch die Innenraumgestaltung des Gotteshauses«, mit diesen Worten öffnet sie die Kirchentür, »mit der wir uns jetzt genauer beschäftigen wollen. Vergessen Sie bitte die Kollekte auf der linken Seite nicht. Ihre Spenden kommen ausschließlich dem Erhalt dieses bemerkenswerten Bauwerkes zugute. Vielen Dank!«

Rasch mische ich mich unter die Touristen. Fotografierend tippeln sie ehrfürchtig durch das Hauptportal und lassen die Kollekte klingeln. Auch ich spendiere ein Markstück, um nicht aufzufallen, und sehe mich aufmerksam nach einem grauen Pagenschnitt um.

Das Innere der Kirche ist gewaltig und sehr hell. Fast kommt man sich vor wie in einer Moschee. Und tatsächlich spricht unsere junge Reiseleiterin von »byzantinischen und klassizistischen Stilelementen, die typisch für den romantischen, der Antike huldigenden Eklektizismus jener Zeit sind.«

Über einer der Kirchenbänke liegt der Arztkittel. Der Pagenschnitt hat ihn ausgezogen und muss hier also noch irgendwo in der Kirche sein. Aufmerksam sehe ich mich um.

»Hey, Dieter! Das ist ja eine Überraschung!«

Ich drehe mich um und stehe vor Claudine Stamm aus unserem Kinderladen. Sie lächelt mich begeistert an.

»Was machst du denn hier in Potsdam?«

Verbrecher jagen, könnte ich antworten. Aber das würde eine längere Erklärung nach sich ziehen.

Plötzlich knallt hinter uns eine Tür. Ich weiß sofort, dass es die Killerin ist. Sie muss mich inmitten der Touristen entdeckt haben, bevor ich sie ausmachen konnte.

Ohne mit Claudine ein Wort gewechselt zu haben, renne ich wieder los, stürze hinaus auf den Kirchenvorplatz und über die Brandenburgische bis zur nächsten Querstraße. Dort sehe ich eine Straßenbahn der Linie 92 davonfahren. Hilflos und wütend bleibe ich zwischen Touristen, Flaneuren und Müttern mit kleinen Kindern zurück.

39 »IRAKER? DAS PASST!« Grimmig legte Hünerbein den Ausschnitt der bosnischen Zeitung Oslobođenje zurück auf den Tisch. »Dann ist dieser Black Arab womöglich unser Genosse Tulfach, der uns in Altgrieben angepisst hat.«

Beylich, Matuschka und Kriminalrat Palitzsch sahen Hünerbein irritiert an.

»Na, kann doch sein!« Hünerbein warf sich schnaufend auf den Stuhl hinter seinem Schreibtisch und klackerte unruhig mit einem Kugelschreiber herum. »Wenn dieser Schwarze Araber tatsächlich Offizier einer Sondereinheit ist, die Waffen und Material für den Irak besorgen soll … – Nichts anderes macht auch der Genosse Tulfach.«

»Tut mir leid.« Palitzsch erhob sich und nestelte unruhig an seiner Krawattennadel herum. »Ich kann Ihnen nicht folgen. Unmöglich. Wer ist Genosse Tulfach?«

»Ein irakischer Offizier«, erklärte Hünerbein. »Wir sind ihm in Altgrieben auf die Schliche gekommen. Der macht da mit ein paar alten Stasioffizieren, den Russen und einem ABC-Trupp der Bundeswehr gemeinsame Sache. Ich weiß, es ist ein Skandal, aber so wie's aussieht …«, er zuckte mit den Schultern, »… lässt er sich da mit ein paar netten Chemiewaffen beliefern.«

»Was?!« Palitzsch fiel fassungslos zurück in seinen Sitz. »Das … das …«

»Das macht einen sprachlos, wie?« Hünerbein atmete tief durch. »Erinnern Sie sich noch an die Giftgasangriffe von Sardasht und Halabdscha? An das rätselhafte Golfkriegssyndrom amerikanischer GIs während der Operation Desert Storm im Kuwaitkrieg 1991? Damals kamen Tausende US-Soldaten mit seltsamen Hornhauttrübungen und Bronchialverletzungen nach Hause.«

»Es ist nicht erwiesen, dass im Kuwaitkrieg Giftgas eingesetzt wurde«, widersprach Palitzsch.

»Es wurde nie offiziell bestätigt«, nickte Hünerbein, »richtig. Aber die Symptome deuteten eindeutig auf den partiellen Einsatz von Tabun, Sarin und N-Stoff hin. Alles deutsche Erfindungen übrigens, ich hab mich da mal schlaugemacht.« Er schob Palitzsch eine Aktenmappe über den Tisch. »Können Sie ruhig lesen, das sind alles öffentlich zugängliche Publikationen. N-Stoff ist übrigens Chlortrifluorid. Das Zeug wurde im Zweiten Weltkrieg als Oxidator für Raketentreibstoffe in jener unterirdischen Chemiewaffenfabrik der Deutschen Sprengchemie GmbH in Altgrieben hergestellt. Dieselbe Anlage nutzten später die Russen im Kalten Krieg zur Herstellung von Sarin. Zur Zeit des Kuwaitkriegs war das Gelände übrigens noch voll unter der Kontrolle der Sowjets. Die sind erst 1993 da abgezogen.« Hünerbein erhob sich wieder, ging auf die Pinnwand zu und tippte auf das Foto von Fritz Kawelka. »Und unser Reporter hier, das bestätigen die toxischen Untersuchungen der Gerichtsmedizin, hat sich mit Chlortrifluorid die Lungen verätzt, als er in der letzten Woche die alten Bunkeranlagen besuchte. Er muss dort noch andere Beobachtungen gemacht haben. Beobachtungen, die letztlich zu seiner Ermordung führten und die wir, also Knoop und ich, jetzt vermutlich bestätigen können.«

»Das ist aber nicht Ihre Aufgabe, verflucht noch mal!« Palitzsch war hochrot geworden. »Den Fall bearbeitet das BKA!«

»Von mir aus.« Hünerbein hob unschuldig die Hände. »Mir ist die Sache ohnehin zu heiß. Aber bevor wir unsere Erkenntnisse mit dem Bundeskriminalamt teilen, wollte ich Sie wenigstens über den Stand der Dinge aufklären. Oder spricht etwas dagegen?«

Palitzsch seufzte ergeben und rieb sich angespannt das Gesicht. »In drei Gottes Namen: Machen Sie weiter!«

»Das Gelände der Bunkeranlage in Altgrieben wird heute von einer privaten Wachschutzfirma bewacht.« Hünerbein schrieb den Namen »International Security« auf die Pinnwand. »Im Ort geht das Gerücht, dass es sich dabei um alte Stasileute handelt. Das Betreten des Geländes ist strengstens verboten. Was angesichts der giftigen Chemikalien, die dort tonnenweise lagern, auch angebracht ist.« Er malte noch einen dramatisch grinsenden Totenkopf mit zwei gekreuzten Knochen auf die Wand und drehte sich wieder um. »Die Sowjets und die übrigen Ostblockstaaten, wie auch die DDR, hatten immer beste Beziehungen zum Irak. Die dort regierende Baath-Partei war eine Bruderpartei der sozialistischen beziehungsweise kommunistischen Parteien, die im

Ostblock und in der Sowjetunion regierten. Die Beziehungen waren vielfältig, Saddam Hussein war sogar mehrmals Staatsgast in der DDR. Öl gegen Waffen hieß das Geschäft. Die Russen lieferten Flugzeuge und Panzer in den Irak, die DDR Militär- und Sanitätsfahrzeuge. Dass aus Altgrieben auch Chemiewaffen in den Irak gegangen sind, ist auf jeden Fall wahrscheinlich. Zumal wir jetzt mit Sicherheit davon ausgehen können, dass diese besondere Beziehung bis heute anhält.«

»Ich kann das nicht glauben!« Palitzsch war außer sich. Das überstieg seine Vorstellungen. »Das ist absolut unmöglich! Wie soll das gehen? Wie kommt das Zeug über die Grenze?«

»Das geht ganz prima mit Flugzeugen.« Hünerbein pinnte ein Foto von einer russischen Transportmaschine an die Wand. »Solche viermotorigen Antonows können den Radar unterfliegen, das wurde uns von der militärischen Luftraumüberwachung in Schönefeld bestätigt. Überall im Osten gibt es geheime Landepisten und Flugplätze der Russen, die noch gar nicht erfasst sind. Da wird in den Nächten alles Mögliche ausgeflogen. Geklaute Autos zum Beispiel verschwinden so in kürzester Zeit auf Nimmerwiedersehen. Auch in Altgrieben gibt es so eine Piste. Der Kollege Knoop und ich haben mit eigenen Augen gesehen, wie da mitten in der Nacht eine solche Antonow landete. An Bord zwei Russen, vermutlich die Piloten, und der Iraker Tulfach.«

»Woher kennen Sie überhaupt den Namen dieses …?«

»Er wurde so angesprochen«, antwortete Hünerbein, »sie kamen ja unserem Versteck sehr nah und benutzten es als Pissoir.«

Matuschka und Beylich kicherten vernehmlich.

»Tulfach trug ganz offiziell seine irakische Uniform und wurde außerordentlich respektvoll behandelt«, fuhr Hünerbein fort. »Er machte sogar Witze und bedankte sich für das praktische Hochwasser.«

»Wieso bedankt er sich?« Palitzsch sah genervt auf. »Wieso praktisch?«

»Weil man wegen des Hochwassers Orte wie Altgrieben evakuieren kann«, erwiderte Hünerbein. »So können sie ihr Zeug da in Ruhe verladen und ausfliegen. Ohne Zeugen. Und falls doch mal einer guckt, erklärt er sich das mit wichtigen Lieferungen für die Hochwasserfront.«

»Mal angenommen«, meldete sich Beylich zu Wort, »die fliegen das Zeug aus, weil es vom Hochwasser bedroht ist. Heute zum Beispiel habe ich in den Nachrichten gehört, dass wieder ein Deich gebrochen ist. Vielleicht ist alles ganz einfach: Die schaffen das weg, damit es keine Umweltkatastrophe gibt.«

»Und der irakische Offizier«, entgegnete Hünerbein, »was hat dann da der Tulfach zu suchen?«

»Die schlagen zwei Fliegen mit einer Klappe«, meinte Matuschka, »die nutzen die alten Verbindungen zu den Russen und dem Irak, um diese gefährlichen Altlasten schnell loszuwerden, und kriegen womöglich noch einen Haufen Geld dafür.«

»Das wäre aber höchst illegal«, stöhnte Palitzsch, »und stünde konträr zum Kriegswaffenkontrollgesetz der Bundesrepublik.«

»Deshalb machen sie's ja geheim«, erwiderte Hünerbein. »Und weil Kawelka davon Wind bekam, musste er sterben.«

»Wer steckt dahinter?« Palitzsch machte einen sehr niedergeschlagenen Eindruck. Russische Flugzeuge, die unerkannt nachts in den deutschen Luftraum eindrangen, erschütterten sein Selbstbewusstsein und seine Vorstellung von einer wehrhaften Bundesrepublik. »Wer steckt dahinter«, wiederholte er, »alte Seilschaften aus dem Osten?«

»Möglich«, antwortete Hünerbein. »Die müssen dann aber einflussreiche Helfer in diversen Behörden haben. Immerhin mischen Teile der Bundeswehr mit. Diese ABC-Truppe rückt doch nicht aus, ohne dass es mit höheren Stellen abgesprochen ist. Und wer hat die Genehmigung erteilt, dass dieser private Wachschutz für das heikle Gelände verantwortlich ist? Nicht zuletzt: Wer hat die Evakuierung Altgriebens veranlasst? Das sind die Fragen, denen wir jetzt nachgehen müssen.«

»Nicht wir.« Palitzsch schüttelt den Kopf. »Sondern das BKA Ich verständige die Kollegen Goerdeler und Paulsen.«

»Sind Sie sicher, dass die wirklich ermitteln wollen?« Hünerbein schien das zu bezweifeln. »Oder gehören die zum Vertuschungskommando?«

»Verschonen Sie mich bitte mit Ihren Verschwörungstheorien.« Palitzsch winkte heftig ab und ging zur Tür. »Es ist doch so schon schlimm genug. Kümmern Sie sich lieber um den toten Skinhead in der S-Bahn.« Er ging und schloss die Tür etwas zu laut hinter sich.

»Der ist fertig«, stellte Hünerbein fest und sah Matuschka und Beylich gespannt an. »Und? Was habt ihr zu dem Skinhead?«

»Wir suchen den Hund«, antwortete Matuschka.

»Einen Hund?«

»Nicht einen Hund. Den Hund!« Matuschka zeigte auf die Pinnwand, an der auch ein Foto von einem weißen Kampfhund klebte, passenderweise direkt unter dem von Hünerbein gemalten Totenkopf. »Nach Beschreibung der Zeugen soll der Tote genau so einen bei sich geführt haben. Ein American Pit Bull Terrier.«

»Und wo ist der Hund jetzt?«

»Wir wissen es nicht«, Matuschka hob die Hände, »sonst würden wir ihn ja nicht suchen.«

»Die Jungs haben ausgesagt, dass er der Oma gefolgt sei«, erklärte Beylich.

»Lasst mich bloß mit der Oma zufrieden«, winkte Hünerbein ab, »dass denen keine bessere Ausrede eingefallen ist, zeugt doch nur von deren Blödheit.«

»Das können wir so nicht unterschreiben.« Beylich sah seinen Kompagnon an. »Nicht wahr, Matuschka?«

»Mhm«, machte der. »Leider. Die Oma wurde auch von den übrigen Zeugen beschrieben. Einschließlich der schwer verletzten Tunte.« Er schob Hünerbein die Akte hin. »Hier! Kannst dir die Aussagen ja mal durchlesen.«

»Das gibt's doch nicht.« Hünerbein schlug verblüfft die Akte auf. »Was soll das denn für 'ne Großmutter gewesen sein?«

»Eine mit asiatischer Kampfkunsterfahrung«, erwiderte Beylich. »Ganz hinten gibt's ein Phantombild von ihr.«

Hünerbein schlug es auf. »Sieht eigentlich ganz nett aus.«

»Momentan gehen wir von einer Notwehrsituation aus. Die Frage ist, ob wir eine Anzeige in der Presse schalten, dass sie sich melden soll.«

»Der Chef ist aber strikt dagegen«, wandte Matuschka ein. »Er fürchtet, dass die Frau dann von der Presse als Heldin gegen Neonazis hochgejazzt wird.«

»Das kann passieren.« Hünerbein klappte die Akte wieder zu. »Was den Hund angeht, haben wir die Tierheime befragt. Da ist nichts. Aber sie werden sich melden, wenn sie einen solchen Hund reinbekommen.«

Die Tür öffnete sich, und die Kommissare sahen auf. Palitzsch kam wieder herein. Zutiefst demoralisiert, wie es schien.

»Ich kann die Kollegen Goerdeler und Paulsen nicht erreichen«, sagte er kraftlos. »Nichts klappt.«

»Vielleicht sollten wir einfach Feierabend machen«, schlug Hünerbein vor. »Neuer Tag, neues Glück, mhm?«

»Ich glaube, ich brauch erst mal einen Cognac.«

»Wir haben hier nur Wodka.« Beylich holte eine entsprechende Flasche aus dem Kühlschrank.

»Meinetwegen. Passt zu den russischen Flugzeugen.« Palitzsch sah Hünerbein an. »Meinen Sie, die fliegen heute wieder?«

»Da bin ich mir sicher.«

»Die muss man doch stoppen können.« Palitzsch schüttelte hilflos den Kopf. »Das gibt's doch gar nicht! Wieso protestiert die Bundesregierung nicht? Das ist eine Verletzung unseres Hoheitsgebiets. Im Kalten Krieg hätte das mindestens eine politische Eiszeit bedeutet!«

»Der Kalte Krieg ist vorbei.« Beylich schenkte dem Kriminaloberrat Wodka ein. »Und das ist auch gut so.«

»Wo ist eigentlich unser Kollege Knoop?«

»Der«, so erklärte es Hünerbein, »erholt sich mit einer schönen jungen Frau von den Strapazen unserer Ermittlungen.«

»Tatsächlich?«

»Na, seine Monika ist mit den Kindern in den Ferien.« Hünerbein lachte kernig. »Das muss man dann auch ausnutzen, nicht wahr?« Er hob sein Glas. »Prost! Auf unsere kämpferische Oma!«

Die Gläser klirrten.

40 IM ERNST-VON-BERGMANN-KLINIKUM hat die Postdamer Kripo unter Oberkommissar Thomas Hain das Kommando übernommen. Seine Kriminaltechniker suchen schon seit einer Stunde Siggis Krankenzimmer ab.

»Hören Sie!« Nervös renne ich im Gang auf und ab. »Ich kann auch meine Spurensicherung in Berlin verständigen!«

»Glauben Sie, unsere Leute kriegen das nicht hin?« Thomas Hain sieht mich feindselig an. »Weil wir dumme Zonis sind?«

»Das habe ich nicht gesagt.« Ich bleibe stehen und erwidere seinen Blick. »Aber diese Killerin hat in Berlin schon zwei Leute umgebracht. Ich ermittle in dem Fall!«

»Nicht hier«, wiegelt der Potsdamer Oberkommissar ab. »Sie befinden sich im Land Brandenburg. Hier ermitteln wir. Und wenn Ihre Mörderin«, er zeigt auf Siggis Krankenzimmer, »irgendwelche Spuren hinterlassen hat, werden wir sie finden.«

Na hoffentlich, denke ich und wende mich an Susanne Baier, die sich bei den Ärzten nach Siggis Befinden erkundigt hat. »Und? Wie geht's ihm?«

»Sie haben ihn in ein künstliches Koma versetzt.« Die Psychologin sieht ziemlich aufgelöst aus. »Wir können jetzt nur warten.«

»Wenn Sie was tun wollen«, mischt sich Oberkommissar Thomas Hain wieder ein, »können Sie die Frau ja mal anständig beschreiben.«

»Circa eins siebzig groß, grauer Pagenschnitt«, fauche ich. »Aber das kann eine Perücke gewesen sein. In Berlin hatte sie die Haare jedenfalls anders.«

»Alter?«

»Anfang sechzig.« Ich zucke mit den Schultern. »Vielleicht auch älter, aber ziemlich gut in Schuss.«

»Ganz sicher. Sie ist Ihnen ja davongelaufen.« Hain grient schadenfroh.

»Leider. Sonst noch was?«

»Wissen Sie, was sie wollte?«

»Ihn umbringen wahrscheinlich!« Ich denke angestrengt nach. Ich weiß nicht, wo es ist, hatte Siggi zuletzt gesagt, ich weiß es wirklich nicht. »Die suchen etwas.«

»Wer?« Hain sieht mich fragend an. »Und was?«

»Keine Ahnung!« Die suchen was, und Siggi weiß nicht, wo es ist. Obwohl die Killerin glaubt, dass er es weiß.

Mir fällt Enzo ein. Er hatte erzählt, das Kawelka ein Dossier verfasst hatte, um sich abzusichern. Und er hatte gesagt, dass sie es suchen. *Alti papaveri*. Große Mohnblumen. Hat Siggi das Dossier?

»Okay!« Ich wende mich von Thomas Hain ab und schnappe mir die Psychologin. »Sie erzählen mir jetzt alles, was Sie wissen!«

»Aber das kann ich nicht.« Susanne Baier macht sich los. »Ich habe eine ärztliche Schweigepflicht.«

»Wollen Sie mich verarschen?« Ich platze gleich. »Irgendwer will Ihren Patienten umlegen, und Sie berufen sich auf Ihre Schweigepflicht? Sind Sie bekloppt oder was? Es geht hier um Leben und Tod!«

Ein paar Leute im Wartebereich für Besucher sehen erschrocken zu uns herüber.

»Ich hab's ihm versprochen«, verteidigt sie sich, »es war ihm sehr wichtig.«

»Ich denke, dass ihm sein Leben auch sehr wichtig ist, also reden Sie!« Ich drücke sie in einen der orangefarbenen Plastiksitze im Warteraum und setze mich dazu. »Bitte! Wenn er überleben soll, kann alles wichtig sein!«

»Er war in der DDR beim Ministerium für Staatssicherheit, wussten Sie das?«

Natürlich. Ich nicke heftig.

»Er wollte Karriere machen«, erklärt Susanne Baier. »Wer will das nicht, oder? Sie doch auch.«

»Mädchen, komm zum Punkt!«

»Sie wollten, dass ich alles erzähle. Alles kann wichtig sein, haben Sie gesagt.«

Stimmt. Tut mir leid. »Machen Sie weiter.«

»Dieses Ministerium war Schirm und Schutzschild der Partei. Es diente dem Aufbau des Sozialismus und dem Schutz …«

»… des ersten Arbeiter-und-Bauern-Staates auf deutschem

Boden, schon klar!« Das ist Siggis Gequatsche. Gefühlte tausend Mal musste ich mir das schon anhören. Aber Geduld!

»Und als es trotzdem zu Ende ging mit der DDR, haben sie nicht aufgegeben. Sie wollten, sie mussten Karriere machen, auch im Westen. Damit es weitergeht mit dem Sozialismus, irgendwann.« Susanne Baier macht eine hilflose Miene. »Ich weiß doch auch nicht.«

Aber ich. »Die haben ihre Leute überall verteilt, damit sie, wenn es mal wieder anders kommt, an der richtigen Stelle sitzen«, erkläre ich ihr. »Verstehen Sie, das Ministerium für Staatssicherheit war ein Geheimdienst.«

»Das hat er mir auch gesagt.«

»Eben. Und so ein Geheimdienst hat seine Agenten überall positioniert.«

»Da sitzen sie noch heute«, nickt Susanne Baier.

»Jedenfalls viele«, pflichte ich ihr bei. »Die Frage ist, was machen sie heute? In was sind sie verstrickt?«

»Sie haben auf jeden Fall immer weiter Karriere gemacht und sind immer weiter aufgestiegen«, Susannes Baiers Finger beschreiben zwei Krabbelbeine, die eine imaginäre Leiter hinaufsteigen, »bis ganz nach oben.«

Wir sitzen in den Zentren der Macht, blablabla, wir sind überall. In der Wirtschaft, in der Politik, beim Militär und den Geheimdiensten. Ich kenne Siggis Sprüche bis zum Abwinken.

»Und dann hat er angefangen, Informationen zu sammeln«, sagt Susanne Baier, »hat Akten verschwinden lassen, die eigentlich vernichtet werden sollten.«

Na, das passt zu ihm.

»Er wollte sich absichern. Für die neue Zeit. Für die Zukunft. Weil man angreifbar ist, wenn man bei der Truppe, also bei der Stasi, war. Dann ist man erpressbar. Er wollte vorsorgen. Mit eigenem Material.«

»Um Leute damit unter Druck zu setzen?«

»Nein. Nur für den Fall. Falls mir mal einer ans Bein pinkeln will, hat er gesagt. Er wollte zurückschießen können, sich verteidigen. Die Unterlagen waren nur zu seinem eigenen Schutz.«

»Wissen Sie, wo die Unterlagen sind?«

»Nein.« Susanne Baier schüttelte den Kopf. »Aber er konnte wohl nicht genug davon kriegen. Hat immer weiter gesucht. Das war eine richtige Sammelwut, und ich habe gedacht, vielleicht kommt er deshalb zu mir. Weil er nicht aufhören konnte, sich Informationen zu beschaffen. Er wollte wissen, was die alten Genossen heute machen, wie sie drauf sind und in welche Aktivitäten involviert. Man muss an die Leute ran, hat er gesagt. Und dass es für ihn nicht schwierig gewesen sei, Kontakt zu bekommen. Er kannte ja viele seiner Genossen noch von früher, sei auf Kameradschaftstreffen gewesen, wo die alten Verbindungen gepflegt und neue geknüpft werden. Er nannte das Networking. Er hat ein Netzwerk geschaffen.«

»Wozu?«, will ich wissen. »Um Chemiewaffen in den Irak zu liefern?«

»Nein!« Sie starrt mich groß an. »Darum ging es ja. Das wollte er nicht. Das war ja sein Problem. Damit kam er nicht klar!«

»Womit kam er nicht klar?«

»Na, mit der Entwicklung. Die Gesellschaft sei pervertiert, hat er gesagt, alles richte sich nur noch nach dem Geld. Es gebe keine Moral mehr, keinen Anstand. Auch bei seinen Genossen nicht. Das hat ihn so fertiggemacht, dass er schließlich professionelle Hilfe brauchte.«

»Und deshalb ist er zu Ihnen gegangen?«

»Genau deshalb.« Sie nickt. »Er war sehr vorsichtig, hat erst immer nur sehr allgemein gesprochen. Und er hat darauf bestanden, dass ich mir keine Notizen mache. Ich dachte, er hat ein Angstsyndrom oder so etwas.«

Ja, so kenne ich Siggi. Der faselt ganz gern, hat er wohl bei der Stasi gelernt. Zermürbe deine Zuhörer, bis du sie am Ohr zu fassen kriegst. Oder so ähnlich.

»Erst als er plötzlich bei mir zu Hause auftauchte, habe ich gemerkt, dass es mehr war. Mehr als ein Angstsyndrom. Mehr als eine psychische Störung. Dass er wirklich Probleme hatte.«

»Woran haben Sie das erkannt?«

»Er sagte, dass sein Auto explodiert sei. Eine Bombe, mit der sie ihn warnen wollten. Er sollte sich nicht so weit aus dem Fenster lehnen.«

»Wobei?«

»Es ging ums Geld.« Susanne Baier seufzte. »Um Profit für eine bessere Gesellschaft. Einer Gesellschaft, die sozial ist, hilfsbereit. Die nicht allein dem Götzen des finanziellen Mehrwerts verpflichtet ist. In der jeder nach seinen Bedürfnissen leben kann und nach seinen Fähigkeiten.«

Marx, denke ich. Der Spruch ist von Karl Marx. Siggi zitiert ihn ganz gern. Und allmählich bekommt die Sache auch einen Sinn. Denn Siggi war zuletzt beim MfS für die Finanzen zuständig gewesen. Deshalb ist er vor sieben Jahren verurteilt worden. Weil er Stasigelder auf die Seite gebracht hatte. Gelder in Millionenhöhe, die er, wie er immer betonte, nicht für sich selbst beanspruchte, sondern die finanzielle Reserve sein sollten für einen neuerlichen Aufbau des Sozialismus in unserem nun wiedervereinigten Land. Ja, der Kerl war schon immer ziemlich irre. Total irre. Wahrscheinlich hängt Monika deshalb so an ihm. Trotz Scheidung. Irgendwie gehört er zur Familie.

»Er hat versucht, seine Leute unterzubringen«, erzählt Susanne Baier weiter. »Und als die Russen diese unterirdische Bunkeranlage im Oderbruch aufgaben, sah er auch da eine Gelegenheit, ein paar alte Genossen zu beschäftigen. Er wollte so viel wie möglich unter Kontrolle bringen, selbst wenn es nur ein oller Bunker im Oderbruch war.«

Altgrieben, denke ich. »Wusste er, was das für ein Bunker war?«

»Irgendwann schon«, antwortete Susanne Baier. »Spätestens als der Iraker auftauchte und bereit war, für die im Bunker gelagerten Stoffe sehr viel Geld zu bezahlen.«

»Und dann?«

»Für ihn und seine alten Genossen gibt es in der freien Marktwirtschaft keinen Anstand und keine Gesetze mehr. Das Ende der DDR war auch das Ende der Skrupel. Meyer hat darunter sehr gelitten.«

Ja. Wie oft habe ich mit ihm darüber in alkoholseligen Nächten debattiert. Wir im Westen waren für ihn immer das rückständige System. Eine alte, korrupte, gesetzlose Gesellschaft, in der nur erfolgreich ist, wer Geld hat.

»Selbst seine alten Genossen vergaßen ihre sozialistischen Moralkategorien«, erzählt Susanne Baier weiter. »Irgendwann haben sie sich gefragt: Was machen wir jetzt mit dem Zeug in dem Bunker? Und da kann die einzige Antwort in einer freien Marktwirtschaft nur lauten: Gibt es einen Markt für das Produkt? Und wenn ja, was kann man damit verdienen? Da kam der Iraker gerade recht.«

Frei nach Brecht, denke ich, erst kommt das Fressen, dann die Moral. Warum das Zeug im Bunker vergammeln lassen, wenn sich doch über alte Verbindungen solvente Abnehmer dafür finden lassen? Das bringt Geld. Geld, das man dringend braucht, um irgendwann die alte sozialistische Idee wieder aufleben zu lassen.

»Meyer war dagegen. Ihm war klar, dass etwas schiefläuft. Er hat diskutiert, nächtelang. Hat versucht, seinen alten Genossen klarzumachen, dass keine Idee so ein Geschäft rechtfertigen kann. Wenn wir chemische Waffen in Krisengebiete verkaufen, pervertieren wir alles, wofür wir stehen. Das war seine Meinung. Und damit stand er ziemlich allein. Für seine Genossen ist er so zum Verräter geworden, verstehen Sie?«

Nur zu gut, denke ich.

»Er wollte es verhindern. Unbedingt. Deshalb ist er zur Morgenpost gegangen. Springer-Verlag. Die ganz große Medienmacht. Ideal, um den Skandal öffentlich zu machen.«

Und so kam Kawelka ins Spiel. Natürlich. Den kannte Siggi, weil er bei mir unten im Haus wohnte. Die haben gegenüber in der Kneipe zusammen gesoffen. Der große Geheimdienstagent mit den tollen Geschichten und der kleine Lokalreporter, der mal groß rauskommen wollte. Eine fatale Verbindung. Sie hat Kawelka und einen völlig unbeteiligten Fahrradboten das Leben gekostet. Und Siggi wäre auch beinahe draufgegangen.

»Wer steckt dahinter?«

Susanne Baier zuckt mit den Schultern. »Er hatte zusammen

mit dem Journalisten ein umfangreiches Dossier angefertigt. Mit allen Namen, Verbindungen et cetera. Es sollte zur Grundlage der geplanten Veröffentlichung in der Morgenpost werden. Aber dieses Dossier verschwand plötzlich aus den Verlagsräumen. Es war einfach nicht mehr da.«

»Da muss jemand Wind davon bekommen haben.«

Susanne Baier nickt. »Es gibt aber eine Kopie des Dossiers. Auf einem Mikrofilm.«

»Wo ist dieser Mikrofilm jetzt?«

»Ich weiß nicht. Er wollte mich nicht gefährden.« Susanne Baier seufzt. »Aber er hat es dieser Tante Tilly erzählt.«

»Tante Tilly?« Wer soll das denn sein?

»So nannte er die Frau, die ihm am Schwielowsee in die Beine und in den Bauch geschossen hat. Tante Tilly. Keiner weiß ihren richtigen Namen. Sie ist ein Phantom.«

Immerhin bin ich diesem Phantom vorhin schon mal ganz real hinterhergerannt.

Und wo es einen Decknamen gibt, muss es auch einen Klarnamen geben. Tante Tilly. Das ist ein Ansatz.

Ein ziemlich guter Ansatz, finde ich und sehe Susanne Baier dankbar an.

»Sie haben mir sehr geholfen. Jetzt müssen wir diese Tante Tilly nur noch kriegen.«

41 AUSSER SPEZIELL AUTORISIERTEM Krankenhauspersonal kann diesmal niemand, aber auch wirklich niemand mehr zu Siggi vordringen.

Das hat mir Thomas Hain fest versprochen, und ich habe keinen Grund, daran zu zweifeln. Der Potsdamer Oberkommissar will mir unbedingt beweisen, dass er etwas von seinem Job versteht. Er wird sich keinen Fehler leisten, und ich kann beruhigt nach Hause fahren.

Dort erwartet mich zu meiner Überraschung Monika. Sie hockt an unserem kleinen Sekretär im Wohnzimmer und betrachtet sich etwas angestrengt durch eine Lupe.

»Du hier?« Ich lege meine Jacke ab und trete verwundert hinter sie. »Wo sind die Kinder?«

»An der Ostsee geblieben«, antwortet sie mir, ohne aufzusehen. »Melanie passt auf sie auf. Die ist ja alt genug und schafft das schon.«

Ich brauche erst mal ein Bier und gehe in die Küche. »Willst du auch eins?«

»Gern«, kommt es aus dem Wohnzimmer.

Ich köpfe zwei Biere und komme damit wieder zurück ins Wohnzimmer. »Prost!«

»Prost!« Endlich sieht sie auf und nimmt mir die Flasche ab. Wir stoßen an und trinken. »Und? Kommst du voran?«

»Geht so«, antworte ich. »Ist ein komplizierter Fall.« Ich setze mich aufs Sofa und versuche, so beiläufig wie möglich zu klingen. »Siggi wurde angeschossen. Ich komme gerade von ihm.«

»Was?!« Natürlich ist sie entsetzt. Mit riesengroßen Augen starrt sie mich an. »Wie geht's ihm?«

»Nicht so gut«, sage ich wahrheitsgemäß. »Sie haben ihn in ein künstliches Koma versetzt.«

»Du lieber Gott!«

»Er wird schon durchkommen.« Ich zünde mir eine Zigarette an. »Unkraut vergeht nicht.«

»Wo ist er?« Sie erhebt sich und sieht aus, als wolle sie sofort zu ihm.

»Potsdam. Ernst-von-Bergmann-Klinikum.« Ich nehme ihre Hand und ziehe sie zu mir auf die Couch. »Setz dich! Du kannst da jetzt nicht hin. Siggi wird rund um die Uhr von Polizisten bewacht. Nur autorisierte Ärzte dürfen zu ihm. Er ist gefährdet. Jemand will ihn töten.«

»Ja, aber das wusstet ihr doch, seitdem sie ihm das Auto hier in die Luft gesprengt haben«, antwortet sie mir vorwurfsvoll. »Wieso habt ihr nicht früher auf ihn aufgepasst?«

Na klar, jetzt sind wir schuld. »Sind wir seine Eltern? Du kennst ihn doch!« Ich ärgere mich, weil sie so unrecht nicht hat. »Siggi ist stets und ständig auf verschlungenen Pfaden unterwegs. Wenn er mal offen sagen würde, was er so treibt, könnte man ihn eventuell schützen! Aber er spielt ja lieber den Supergeheimagenten. James Bond im Taschenformat.« Missmutig trinke ich mein Bier aus und hole ein neues.

»In was ist er denn wieder verwickelt?«

»In was wohl? Die alte Stasischeiße. Er hat alte Kameraden verärgert. Jetzt wollen sie ihn drankriegen.«

»Aber wer diese alten Kameraden sind, wisst ihr nicht.«

»Noch nicht, nein.« Ich stehe verblüfft vor dem Sekretär. »Was ist das?«

»Sieht aus wie ein Mikrofilm.« Monika erhebt sich vom Sofa und kommt heran. »Ich habe ihn zufällig in diesem Buch gefunden.« Sie zeigt es mir. »Die Liebenden von Saint Croix.«

Saint Croix 222. Die Notiz, die Siggi in seinen Kalender geschrieben hatte. Unter den Termin mit Kawelka im ›Four Roses‹. »Woher hast du das?«

»Es lag hier im Bücherregal«, antwortet Monika. »Ich kannte das Buch noch nicht. Deshalb habe ich es mitgenommen. Lesestoff für die Ostsee.«

»Es lag hier im Regal?«

»Ja.« Monika zeigt es mir. »Genau hier. Bei den Taschenbüchern. Es war nicht einsortiert, deshalb dachte ich, du hättest es für mich dahingelegt …«

Ich habe es nicht dahingelegt! »Lass mich raten: Der Mikrofilm war nicht zufällig auf Seite zweihundertzweiundzwanzig?«

»Doch. Eingeklebt in feines Pergamentpapier.« Sie hält den Film ins Licht. »Ich hab versucht, dich anzurufen, aber du gehst ja nie ran.«

»Ich war im Oderbruch. Da war kein Empfang.«

»Sandsäcke schleppen?«

»Ermitteln.« Ich sehe mir den Mikrofilm genauer an. Ist das die Kopie des Dossiers, von dem Susanne Baier erzählt hat? Wollte sich Siggi, nachdem die Originale aus Kawelkas Verlag verschwunden waren, deshalb mit dem Journalisten im ›Four Roses‹ treffen? Um ihm den Mikrofilm zu geben?

Sieht ganz danach aus. Und als Kawelka nicht kam, ging Siggi zu mir. An dem Tag, als ich die Kinder von den »Stoppelhopsern« abgeholt hatte.

»Deshalb stand er hier plötzlich vor der Haustür. Nachdem wir von McDonald's zurückgekommen waren. Nicht um zu reden, sondern um diesen höchst heiklen Mikrofilm hier unauffällig zu deponieren.«

Monika sieht mich mit zerfurchter Stirn an. »Geht's vielleicht auch weniger kryptisch?«

»Kann man da mit Lupe was erkennen?«

»Nicht viel.« Sie schüttelt den Kopf. »Dafür braucht man ein sehr gutes Mikroskop. Oder besser noch ein Gerät, das Mikrofilme auslesen kann. Im Verlag haben wir so was.«

»In der Dienststelle können wir das auch auslesen.« Ich spüre, wie mir ein kalter Schauer den Rücken hinunterläuft. Damit haben wir sie, denke ich. Mit diesem Mikrofilm können wir den ganzen Wahnsinn aufdecken. »Mensch, das ist ein ganz wichtiger Beweis!«

»Für was? Dieter, jetzt rede doch mal Tacheles!«

»Ja, schon gut.« Ich setze mich wieder. Und dann erzähle ich ihr von der unterirdischen Chemiewaffenanlage in Altgrieben.

»Altgrieben?«

»Ein Rüstungsbetrieb der Waffen-SS. Die haben da an chemischen Waffen herumexperimentiert. Später die Russen. Jedenfalls lagert da noch tonnenweise hochgiftiges Zeugs.«

»Und das ist jetzt vom Hochwasser bedroht.«

»Das wissen wir nicht«, entgegne ich.

»Aber ich habe bei meinem Einsatz im Oderbruch einen ABC-Trupp der Bundeswehr getroffen, der genau da hinwollte!« Sie ist begeistert, das sehe ich sofort. So guckt sie immer, wenn sie eine hochinteressante Story vermutet. »Die waren auf dem Weg nach Altgrieben. Das weiß ich genau.«

»Weil sie das Zeug ausfliegen«, erwidere ich. »In den Irak.«

»In den Irak?« Monikas wunderschöne Augen werden kugelrund. »Die Bundeswehr? Bist du sicher?«

»Die haben da eine alte Piste vor dem Ort. Da landen nachts heimlich russische Transporter. Das habe ich selber gesehen. An Bord der Maschine war unter anderem ein irakischer Offizier. Die übrigen zwei waren Russen.« Ich halte ihr die Zigarettenschachtel hin. »Willst du?«

»Ich will die Geschichte hören«, sagt sie gebannt. »Mach weiter!«

»Jetzt kommt die Bundeswehr.« Ich zünde mir genüsslich eine Zigarette an und genieße, wie Monika fast vor Spannung vergeht. »Deren ABC-Truppe lädt die hochgiftigen Chemikalien in Fässern an Bord der Maschine. Und bewacht wird diese gespenstische Nacht-und-Nebel-Aktion von einem privaten Sicherheitsdienst.«

»Stasi?« Monika haucht es fast ehrfürchtig.

»Genau. Und damit sind wir bei Siggi. Der mag das überhaupt nicht, wenn seine alten Genossen schmutzige Geschäfte machen. Das pervertiere die ganze schöne kommunistische Idee. Er will Schluss machen. Diskutiert sich mit seinen Genossen um Kopf und Kragen. Plötzlich ist er ein Verräter, verstehst du?«

Monika nickt langsam.

»Um seinen Kopf zu retten, verfasst er ein umfangreiches, von alten MfS-Akten unterfüttertes Dossier und offenbart sich einem Journalisten. Wenn die Geschichte erst mal öffentlich wird, kann ihm keiner mehr was. Das ist wahrscheinlich sein Kalkül. Dann gehen die nämlich alle in den Knast.«

»Warum ist er nicht zu mir gekommen?«, fragt sich Monika. »Ich bin auch Journalistin. Der hätte doch nur zu mir kommen müssen!«

»Wahrscheinlich wollte er dich nicht gefährden. Wer weiß, wer alles in dieser Geschichte mit drinhängt. Immerhin verschwand das Dossier auf mysteriöse Weise aus Kawelkas Verlag. Aber Siggi, ganz gelernter Stasiagent, hat vorgesorgt und eine Kopie von dem Dossier gemacht.« Ich zeige auf den Mikrofilm. »Erst nachdem Kawelka tot ist, ahnt Siggi, dass auch er in Gefahr ist. Also spielt er dir den Mikrofilm zu. Fein säuberlich in ein Buch geklebt. Er kennt dich. Er weiß, dass du auf kitschige Liebesgeschichten stehst.«

»Das stimmt doch gar nicht«, widerspricht sie vehement, »bloß, weil ich nicht so blutrünstige Thriller lese wie du, stehe ich noch lange nicht auf Kitsch!«

»Oh doch!«

»Oh nein!«

»Na, jedenfalls hast du diesen Schmachtfetzen mit an die Ostsee genommen.«

»Weil ich es noch nicht kannte«, erwidert Monika, »und weil es so einen schönen romantischen Einband hat.«

»Genau. Und deshalb konnte Siggi davon ausgehen, dass dir das Buch auffällt. Und du als kluge Journalistin sofort die Story siehst, wenn du einen Mikrofilm darin findest.«

»Na, so klug muss man da nicht sein.« Monika steckt den Mikrofilm vorsichtig in ein Briefkuvert. »Das ist ja wie ein Wink mit dem Holzhammer. Ich bin gespannt, was er da kopiert hat.«

»Moment, Schatz: Die Sache geht noch weiter. Denn Siggi wird von seinen alten Kumpanen gestellt. Von einer Tante Tilly.«

»Tante Tilly?«

»Vergiss es, das ist wahrscheinlich nur ein blöder Deckname für einen Killer. Der stellt unseren Siggi und schießt ihm so lange in Bauch und Beine, bis Siggi verrät, wo sein Mikrofilm ist …«

Stopp! Ganz langsam jetzt: Denn wenn Siggi wirklich verraten hat, wo der Mikrofilm ist, dann: Ich fasse es nicht!

»Die muss hier gewesen sein!«

»Wer?«

»Na Tante Tilly!«

Hastig greife ich zum Telefon. Wenn hier einer Einbruchspuren findet, dann ist es Jürgen Damaschke. Der soll mit seinen fähigsten Leuten hier antanzen. Und zwar so schnell wie möglich.

Eine knappe Stunde später sind sie da und pinseln sorgfältig Regale und Türen ab.

»Wie willst du das abrechnen«, ist Jürgens einzige Sorge, »ich meine, das ist privat, oder?«

Nein, ist es nicht. »Kawelkas Killer ist hier eingebrochen und hat etwas gesucht.«

»Hat er auch was gefunden?«

»Nein.«

Denn das, was Tante Tilly wollte, hatte Monika arglos mit an die Ostsee genommen. Weil sie es für Lektüre hielt. Und da Tante Tilly hier nichts finden konnte, ist sie noch mal zu Siggi, der inzwischen im Krankenhaus lag. Doch der, vermutlich ziemlich verzweifelt: Ich weiß nicht, wo es ist, ich weiß es wirklich nicht …

»Weil Monika es hatte!«

»Ich kann dir nicht folgen, ehrlich«, winkt Damaschke kopfschüttelnd ab. »Aber das muss ich ja auch nicht. Ich will nur, dass dieser Einsatz hier am Ende korrekt abgerechnet wird, klar?«

»Geht klar, Jürgen. Schon was gefunden?«

»Haufenweise Fingerabdrücke. Wahrscheinlich von euch. Ich hab mir erlaubt, Vergleichsproben von den Bierflaschen zu nehmen. Ihr habt doch Bier getrunken?«

»Ja, Jürgen«, nicke ich, »das sind unsere Flaschen. Und die hat auch niemand anderes angefasst. Außer vielleicht der Händler.«

»Ich brauche nur eure Abdrücke, um die später ausschließen zu können. War sonst noch wer in der Wohnung?«

»Siggi«, zähle ich auf, »Melanie, die Kinder.«

»Von denen brauch ich auch Vergleichsproben.«

»Kriegst du, Jürgen.«

»Habt ihr Haustiere?«

»Nicht mal einen Hamster«, winke ich ab. »Die Kinder wünschen sich zwar regelmäßig zu Weihnachten einen Hund, eine Katze oder Kaninchen, aber du kennst das ja: Wer muss sich am Ende um die Viecher kümmern?«

»Die Eltern?« Jürgen guckt fragend.

»Richtig. Und deshalb lehne ich Haustiere entschieden ab.«

»Mhm.« Jürgen kratzt sich nachdenklich am Kopf. »Hattet ihr mal ein Gasttier?«

»Was?«

»Einen Hund«, wird er deutlicher. »Zur Pflege oder so?«

»Nee. Wieso?«

»Na, weil hier überall Hundehaare sind.« Jürgen zieht eines

seiner speziellen Plastiktütchen hervor. »Falbenfarbig. Schwer zu erkennen auf den Dielen, aber durchaus vorhanden. Hier!«

Ich sehe mir das Plastiktütchen genauer an. Es enthält ein paar kurze helle Härchen. Merkwürdig.

»Kann das jemand von draußen mit hereingetragen haben?«

»Kaum.« Jürgen schüttelt den Kopf. »Dafür sind es zu viele. Vielleicht ein Pelzmantel?«

»Besitzen wir nicht«, antworte ich.

Zudem ist Sommer. Der war zwar ziemlich verregnet bislang, aber für einen Pelzmantel doch entschieden zu warm. Und seit dem letzten Winter haben sogar wir unsere Wohnung mehrmals geputzt.

»Tja, dann muss hier ein Hund gewesen sein«, stellt Jürgen fest, »falbenfarbig, wie gesagt, aber Pferde waren hier oben ganz sicher nicht zu Besuch.«

Wovon redet der Kerl? »Wieso Pferde?«

»Ein Falbe ist ein Pferd mit hellem Fell«, klärt mich Monika auf. Als aktive Hobbyreiterin muss sie es wissen. »Highland-Ponys sind auch Falben.«

Ich sehe sie fragend an. »Bist du in letzter Zeit mal auf einem Highland-Pony geritten?«

»Nein. Ich war leider überhaupt schon viel zu lange nicht mehr reiten.«

»Hört auf! Pferde sind totaler Quatsch!« Jürgen schüttelt den Kopf. »Nein, das kann nur ein Hund gewesen sein.« Er zeigt auf unser Sofa. »Da, zum Beispiel, hat er hingesabbert.«

Jetzt wird's lustig. Es hat ein Hund auf unser Sofa gesabbert?

»Hier!« Jürgen Damaschke zeigt auf kaum wahrnehmbare Spuren an der Lehne unserer Couch. »Das sind eindeutig Speichelreste. Schnüffelspuren. Und die stammen zu neunzig Prozent Wahrscheinlichkeit von einem Hund.«

»Aber«, Monika sieht mich an, »hier war kein Hund.«

»Noch nie«, bekräftige ich. »Seitdem wir hier wohnen, nicht.« Und das sind immerhin schon sechs Jahre.

Jürgen Damaschke widerspricht, denn er ist sich sicher: In unserer Wohnung muss ein Hund gewesen sein. Er hat helles Fell und an der Couch geschnüffelt. »Und es ist noch nicht so lange her«, setzt er hinzu, »höchstens ein, zwei Tage.«

Tja. Wenn er das sagt … Spuren lügen nicht, ist seine Devise, und ich bin zu wenig Fachmann, um auf diesem Gebiet mitreden zu können. Aber es bleibt dennoch sehr rätselhaft. Denn warum sollte Tante Tilly hier mit einem Hund eingebrochen sein? Vielleicht, weil er abgerichtet war? Ein Spürhund für Mikrofilme? – Sehr seltsam, dieser Fall, und ziemlich unheimlich.

Es klingelt unten an der Tür. Ich gehe in den Flur, drücke die Sprechanlage: »Ja, hallo?«

»Enzo will dich sprechen«, höre ich die heisere Stimme eines seiner Gorillas. »Er wartet hier unten im Wagen auf dich.«

Na, das wird immer besser! Jetzt weiß die kalabrische Mafia schon, wo ich wohne.

»Ich komme runter.« Monika und Damaschke sehen mich fragend an. »Macht ihr hier weiter. Ich bin gleich wieder da.« Ich schnappe mir meine Jacke und verlasse die Wohnung.

42

ENZOS GEPANZERTER anthrazitfarbener Mercedes 450 SEL mit verlängertem Radstand und abgedunkelten Scheiben im Fond steht direkt vor meinem Haus auf der Akazienstraße. Ein älteres Modell der 116er-Baureihe aus dem Jahre 1978.

»Ich bin nur ein einfacher Gastwirt«, pflegt Enzo zu sagen, »ich kann mir nicht leisten ein neues Auto.«

Dafür aber hat der Wagen alles, was das Männerherz höherschlagen lässt.

Allein der gewaltige Acht-Zylinder-Motor von fast sieben Litern Hubraum ist eine Wucht. Fast lautlos grummelt er im Leerlauf vor sich hin, aber bei dreitausend Umdrehungen leistet die Maschine gut fünfhundertfünfzig Newtonmeter, um den schweren Wagen auf eine Spitzengeschwindigkeit von zweihundertfünfundzwanzig Stundenkilometern zu bringen.

Das reicht, denke ich neidvoll. Das reicht völlig aus.

Enzo lässt die verdunkelte Seitenscheibe herunter. »Steig ein, *amico*. Wir fahren ein Stück.«

Ich setze mich zu ihm auf die edlen Ledersitze im Fond, und der Gorilla hinterm Steuer gibt gemessen Gas.

»Man kann nie wissen, wo überall heimliche Ohren sind.« Enzo seufzt schwer. »Aber hier im Auto wir können sprechen.«

»Fein, Enzo.« Ich lehne mich zurück und genieße die Fahrt. »Was hast du für mich?«

»Nun«, er öffnet die Mittelkonsole zwischen uns und holt eine Flasche Ramazzotti und zwei Gläser heraus, »du weißt, ich bin nur ein armer *pizzaiolo*, ein Pizzabäcker. *E molto stupido*, sehr ungebildet und dumm.« Sogar Eiswürfel gibt es in diesem Wagen. »Ich verstehe nichts von Politik. *È complicata e corrotta*, sie ist kompliziert und korrupt. Nichts für anständige Leute, *capite*?« Er reicht mir ein Glas und prostet mir zu.

»Ich verstehe, Enzo. Worauf willst du hinaus?«

»Hast du gelesen den Artikel?«

»Was für einen Artikel?«

»Nel giornale bosniaco«, antwortet er, »die bosnische Zeitung, die dir meine Jungs gebracht haben. Ins Büro.«

»Ich war noch nicht im Büro, Enzo. Hatte im Umland zu tun.«

»Ah, verstehe.« Enzo trinkt einen Schluck. »Viel Arbeit, was?«

»Ja«, ich trinke ebenfalls, »die Sache wächst mir allmählich über den Kopf.«

»Vielleicht ist es besser, du lässt davon die Finger.«

»Wieso?« Ich sehe ihn fragend an. »Was weißt du, Enzo?«

»In diese *giornale*«, sein Gesicht verzieht sich zu einer gequälten Leidensmiene, »steht etwas von eine Commander Black Arab.«

Klingt ja wie in einem amerikanischen B-Movie, denke ich. Fehlt nur noch Major Tom.

»Und dieser schwarze Araber ist *un uomo pericoloso*«, fährt Enzo düster fort, »ein sehr gefährlicher Mann.« Er sieht mich an. »Mit viel Einfluss. Und er handelt nicht nur in Bosnien mit Waffen.«

Allmählich verstehe ich. »Wo noch?«

»Allein in den letzten fünf Jahren«, antwortet Enzo, »ist er mehrmals in Berlin aufgetaucht. Immer unter falschem Namen: Muhammad Abd el-Karim, Ibrahim Bakr, Cheirallah Kassim …

»Der richtige, Enzo«, unterbreche ich seine Aufzählung, »mich interessiert nur der richtige Name. Und was hat er für Kontakte?«

»*Questo è il problema!*« Enzo hebt resignierend die Hände. »Das ist das Problem: Seine Kontakte sind zu gut. Niemand kann ihm etwas anhaben. Außer vielleicht Saddam.«

»Saddam?«

»Saddam Hussein«, antwortet Enzo bekümmert, »der irakische Staatschef. Jassim Tulfah führt eine seiner Eliteeinheiten zur Beschaffung von Waffen.«

»Moment mal, Enzo: Sagtest du Tulfach?«

»Tulfah, Signor Commissario. Tulfah.« Enzo spitzt seinen Mund und macht eine entsprechende Geste. »Mit sehr, sehr weichen chh. – So sprechen es die Araber.« Er lehnt sich zurück und sieht mich prüfend an. »Du kennst ihn?«

»Kennen ist übertrieben«, antworte ich nachdenklich. »Aber ich war in Altgrieben, wo dieser alte Chemiewaffenbunker ist. Und dort ist mir ein irakischer Offizier aufgefallen. Er wurde von den anderen Genosse Tulfach genannt.«

»Nicht Tulfach.« Enzo wedelt mit den Händen. »Tulfah! Tulfah, mit ganz weich…«

»Mit ganz weichem ch, schon klar.«

»Er hat besorgt die Waffe von deine Killer. Eine Arctic Warfare. Die Waffe, mit der getötet wurde der Fahrradbote, *capite*?«

»Du hast gesagt, dieser Tulfach hat Kontakte. Wohin?«

»*Governo ladro*«, flucht Enzo, »Scheißregierung! Du kannst machen nix!«

»Geht's nicht präziser? Wohin hat er Kontakte, Enzo?«

»Ich sage doch: Regierung! Alle korrupt. Tulfah schmiert, und alle schweigen. Tulfah schmiert mehr, und wer stört, verschwindet. So läuft das!«

»Wo? Im Irak?«

»*Cazzo!*« Enzo tippt sich heftig gegen die Stirn. »In Deutschland *naturalmente*! Wo sonst?« Kopfschüttelnd sieht er mich an. »Was glaubst du, wo du lebst?«

Ja, vielleicht bin ich naiv, aber ich glaube auch nach fünfundzwanzig Jahren Polizeidienst noch an den Rechtsstaat. Auch wenn es mitunter schwerfällt.

»Dieser Tulfah«, fährt Enzo fort, »Tulfah, nicht Tulfach, klar? Dieser Tulfah also hat starke Unterstützer beim Militär, beim Staat, in der Industrie. Ich weiß, du bist Polizist. Du willst Gerechtigkeit und Ordnung. Aber mit einem Tulfah man sollte sich besser nicht anlegen, *amico*. Du siehst an Kawelka, wohin das führt.«

»Zwei Leute sind umgekommen, Enzo«, erwidere ich sehr ernst. »Und ein Dritter liegt schwer verletzt im Krankenhaus. Jemand ist dafür verantwortlich. Und er wird sich seiner Verantwortung stellen müssen. Vor Gericht. Wo kämen wir sonst hin?«

»*Ma figurati!* Wir kommen auch so nicht in den Himmel«, antwortet Enzo genauso ernst. »Es macht also Sinn, noch etwas zu leben.«

»Bin ich in Gefahr?«

Enzo besieht sich den Ramazzotti in seinem Glas und nickt langsam. *»Lascia perdere!«*

»Ich soll es sein lassen? Enzo!« Wofür hält der mich? »Ich kann doch die Ermittlungen nicht ruhen lassen, bloß weil so ein dahergelaufener Iraker hier den bösen Chemie-Ali spielt!«

»Wenn du es nicht lässt«, Enzo trinkt seinen Ramazzotti mit einem Zug aus, »werden sie dich stoppen. Deine eigenen Leute werden dir die Haut abziehen, *amico. Tirare le cuoia*. Ohne Erbarmen.«

Der Wagen stoppt wieder vor meinem Haus. Wir sind genau einmal um den Häuserblock gefahren, und Enzo öffnet die Tür.

»Acqua in bocca!«

Das sagt er öfter zum Abschied. Ich soll kein Wort über unser Gespräch verlieren. Man hat sozusagen »Wasser im Mund«.

»Wiedersehen, Enzo.«

Ich steige aus und spüre, wie die Angst in mir hochkriecht. Denn es gibt keinen Grund, die Warnung des alten Briganten nicht ernst zu nehmen. Der weiß in der Regel sehr genau, wann es gefährlich wird. Das hat so ein alter Mafioso gewissermaßen im Blut.

Deine eigenen Leute werden dir die Haut abziehen.

Wen meint Enzo damit? Die Kollegen? – Hünerbein? Palitzsch? – Absurd. Hünerbein ist seit vielen Jahren mein Partner, was hab ich mit dem schon alles für Schwierigkeiten durchgestanden. Ein feiner Kerl, absolut loyal. Ich kenne ihn. Der würde mich nie verraten.

Und Palitzsch ist zwar eine autoritäre Nervensäge, aber absolut unbestechlich. Der fürchtet zwar stets um seinen guten Ruf und seine Pensionsansprüche, hat sich aber, wenn es wirklich hart auf hart kam, immer vor seine Leute gestellt. Wenn wir Mist gebaut haben, hat er den Kopf für uns hingehalten. Grundsätzlich, dann war ihm sogar die Karriere egal.

Beylich und Matuschka kenne ich zwar noch nicht so lange, aber sie gehören zum Team. Alte Volkspolizisten, standen lange auf der anderen Seite. Können sie mir deshalb gefährlich werden?

Ich weiß es nicht. Eigentlich traue ich ihnen das nicht zu.

Dann eher die Typen vom Bundeskriminalamt, diese Lederblousonträger Goerdeler und Paulsen. Wenn sich das BKA einschaltet, gibt es immer ein übergeordnetes Interesse. Und das würde auch zu den Andeutungen des Calabrese passen. Wenn der Iraker Tulfah wirklich beste Beziehungen nach ganz oben hat und es darum geht, einen Skandal zu vertuschen und allzu forsche Ermittler auszubremsen, wen schickt man dann vor?

Das BKA vermutlich. Diese Behörde ist direkt dem Innenministerium unterstellt, sie unterliegt also, um es mit Enzos Worten zu sagen, den *alti papaveri* in der Regierung.

Schon als Goerdeler und Paulsen in unserem Büro auftauchten, hatte ich so ein komisches Gefühl. Allein ihr Auftreten: Ihr seid draußen. Ab sofort übernehmen wir den Fall. Als wären wir Vollidioten. Das kam mir gleich nicht koscher vor.

Und jetzt der seltsame Einbruch in unsere Wohnung.

Wir müssen vorsichtig sein, denke ich. Verdammt vorsichtig.

Wir sind ins Visier geraten. Vielleicht sind die Tierhaare auch als Warnung gemeint. Ein Einschüchterungsversuch. Sehr subtil, zugegeben.

Aber warum sonst sollte diese Tante Tilly einen Hund mit in unsere Wohnung genommen haben?

Monika schlägt in Büchern über indianische Mythologie nach, weil sie glaubt, dort mal etwas über die mystische Bedeutung von Hundefellen gelesen zu haben. Aber sie findet nichts. Auch die Publikationen über keltische und nordische Bräuche, die wir im Regal stehen haben, geben keine Erklärung.

Einzig ein uralter Ratgeber *»Tipps und Tricks für den Automobilisten«* aus den dreißiger Jahren für zukünftige KdF-, sprich Volkswagenbesitzer* empfiehlt, Pelzreste von kleineren Raubtieren wie Hunden und Katzen im Motorenraum des Wagens zu verteilen. Die Aromen dieser Pelzreste würden Marder und Iltisse abschrecken.

So habe man nach einer romantischen Rast in deutscher Natur nicht das unangenehme Erlebnis eines Nagerschadens am Wagen. Die possierlichen Tiere würden nämlich, so heißt es in dem Buch, gern mal die Leitungen der elektrischen Anlage eines Automobils verkosten. Mit zuweilen verheerenden Ergebnissen. Oft sei dann eine Weiterfahrt erst nach einer umfassenden Reparatur des Wagens möglich, die Zeit und Geld koste. Doch einmal mit der Bürste durch das Fell eines deutschen Schäferhundes gegangen und dessen Haar im Motorraum des Volkswagens verteilt, und die Gefahr sei auf Dauer gebannt.

Na prima! Mal wieder was gelernt. Aber bringt es uns weiter? Da Marder und Iltisse in Berliner Wohnungen eher selten sind, wohl nicht.

Sie werden dir die Haut abziehen, amico.

»Wir müssen Siggi retten«, sagt Monika sehr ruhig. »Solange er jemandem gefährlich werden kann, ist er selbst in Gefahr.«

»Wir müssen nicht nur Siggi retten, sondern auch uns. Und dazu müssen wir wissen, was auf diesem Mikrofilm drauf ist.«

»Wenn das Material wirklich so brisant ist und einen Skandal hieb- und stichfest offenlegt«, erwidert Monika, »dann muss das an die Presse. Und zwar so schnell wie möglich.«

Recht hat sie. Der beste Schutz ist Öffentlichkeit. Ist die Wahrheit erst mal in aller Munde, kann sie niemand mehr vertuschen. Dann macht es keinen Sinn mehr, uns die Haut abzuziehen. Dann wären wir und Siggi aus dem Schneider.

»Wir müssen unauffällig bleiben«, warne ich, »wahrscheinlich werden wir beobachtet.«

»Deshalb fährst du auch morgen ganz normal zum Dienst«, antwortet Monika. »Wenn ich in den Verlag gehe, wird das niemanden beunruhigen, schließlich arbeite ich da. Dann sichte ich das Material und bereite die Veröffentlichung vor. Gleichzeitig geht eine Pressemitteilung an die Agenturen. Das muss durch alle Medien gehen, verstehst du?«

Ja, denke ich. Nur dann haben wir eine Chance. Ich sehe auf die Uhr.

»So. Und jetzt gehen wir zum Elternabend.«

»Zum Elternabend?« Monika sieht mich perplex an.

»Es gibt Ärger mit Karl«, erkläre ich ihr. »Er will kündigen. Wegen Uta.«

»Aber das ist doch jetzt nicht wichtig.« Monika schüttelt den Kopf.

»Oh doch«, widerspreche ich, »das ist sehr wichtig. Es geht schließlich um die professionelle Vorschulerziehung unserer Zwillinge.«

»Du spinnst!«

»Und wir wollen unauffällig bleiben«, setze ich hinzu.

Ganz so, wie es Siggi immer mit seinen Geheimdienstregeln erklärt: Der erste Grundsatz in der Agententätigkeit ist: Sei belanglos. Langweile deine Beobachter mit Nichtigkeiten, bis sie das Interesse verlieren.

Ich reiche Monika die Hand und ziehe sie vom Sofa.

»Und nun komm! Wir sind spät dran.«

43 DIESMAL FINDET der Elternabend bei den »Stoppelhopsern« in der Merseburger Straße statt. Auf dem Weg dorthin sieht sich Monika immer wieder nach möglichen Verfolgern um, was weder besonders unauffällig noch zielführend ist.

»Lass sie uns doch folgen«, zische ich. »Die sollen ruhig sehen, dass wir nur zu einem popeligen Elternabend gehen.«

»Ich will wissen, wer hinter uns her ist«, flüstert sie zurück. »Aber ich sehe niemanden.«

»Dann gibt es zwei Möglichkeiten«. Ich zerre Monika an der Hand die Straße hoch. »Entweder die Verfolger sind unsichtbar. Oder es sind keine da.«

Im Kinderladen sind schon alle da. Wie immer thront Hugo, der Richter, auf dem Sitzkissen aus der Kuschelecke, und die übrigen Eltern hocken auf kleinen, kindgerechten, aber für Erwachsene sehr unbequemen Stühlen um ihn herum. Damit mir nicht die Beine einschlafen, setze ich mich lieber gleich auf den Boden. Monika dagegen nimmt sich das hölzerne Schaukelpferd und wippt unruhig darauf herum.

»Da wir jetzt vollzählig sind«, Hugo blättert geschäftig in seinen Papieren, als müsse er seinen Text ablesen, »können wir ja anfangen: Einziger Tagesordnungspunkt heute ist das Verhältnis unserer beiden Erzieher Uta und Karl zueinander. Karl hat seine Kündigung angedroht, weil er die Zusammenarbeit mit Uta bedauerlicherweise unzumutbar findet, und wir müssen uns nun entscheiden, wie wir weiter verfahren und welche Maßnahmen wir ergreifen können, um die Kuh, wie man so schön sagt, vom Eis zu holen.« Er blickt in die Runde, wie bei einer Hauptverhandlung vor Gericht, und fährt fort: »Bei unserem letzten Treffen hatten wir vereinbart, Uta und Karl Gelegenheit zu geben, zu diesem Sachverhalt Stellung zu nehmen, und deshalb sind wir heute hier. Hat jemand Fragen?«

Niemand. Alle schütteln die Köpfe.

»Gut.« Hugo schiebt seine Papiere zur Seite. »Dann können wir die Uta jetzt hereinrufen ...« Er blickt zu Sabine Goltermann, die der Tür am nächsten sitzt. »Sabine, wärst du so gut?«

»Moment noch!« Ich melde mich. »Wo ist Karl?«

»Karl kommt später«, ruft Maren, noch bevor Hugo reagieren kann.

»Karl scheut natürlich die direkte Auseinandersetzung«, lästert Jana Heidenreich, »war doch klar.«

»Nun, wir wollten in der Tat vermeiden«, räuspert sich Hugo, »dass es hier zu einem offenen Schlagabtausch zwischen den beiden kommt.«

»Ja, aber gerade das wäre doch interessant gewesen«, rege ich mich auf, »dass die beiden mal ihre Standpunkte klarmachen!«

»Das tun sie ja auch«, erklärt Hugo nachsichtig. »Nacheinander.«

»Aber sie gucken sich dabei nicht in die Augen.« Ich bin wirklich enttäuscht. »Darum ging es mir: dass Karl Uta mal direkt und vor allen Leuten sagt, was er für ein Problem mit ihr hat.«

»Tut mir leid, wenn wir hier deinen Voyeurismus nicht bedienen können, Dieter.« Klaus Thurn macht eine abfällige Bewegung, und seine Frau Bea fügt erklärend hinzu: »Es geht darum, allen Beteiligten die Sache so erträglich wie möglich machen.«

»Ihr wollt lediglich Karl die Sache leichter machen«, keift Jana Heidenreich, »weil ihr euch innerlich doch schon für ihn entschieden habt …«

»Einspruch«, ruft Carlos Lederer. »Ich lege Wert auf die Feststellung, dass ich die Angelegenheit bislang ergebnisoffen betrachte.«

»Ich denke, das trifft auf uns alle zu«, nickt Hugo mit beschwichtigender Miene, »das ist doch selbstverständlich.« Er gibt Sabine ein Zeichen. »Also, wenn es weiter keine Fragen gibt, können wir Uta jetzt reinrufen, bitte.«

Sabine öffnet die Tür und verschwindet im Flur, um kurz darauf mit Uta zurückzukommen.

Die Erzieherin trägt ein schlichtes Kostüm über einem T-Shirt und hat sich die schulterlangen Haare zu einem Pferdeschwanz zusammengebunden.

»Guten Abend«, sagt sie etwas unsicher und setzt sich, da kein Stuhl mehr vorhanden ist, auf einen kleinen quietschegelben

Hüpfball. »Ich hoffe, ich erfahre jetzt endlich mal, worum es geht. Ihr tut so geheimnisvoll.«

Ich kann es kaum glauben. Ist sie wirklich ahnungslos? Und wenn ja, warum hat ihr dann keiner gesagt, worum es geht?

»Von wegen Chancengleichheit«, raunt mir Jana Heidenreich zu, »Karl konnte sich vorbereiten, aber Uta muss jetzt improvisieren.«

»Nun, liebe Uta«, Hugo klingt plötzlich etwas heiser, »du kannst dir ja sicherlich vorstellen, warum wir heute alle hier sind.«

»Nein«, antwortet Uta prompt und lacht herzlich auf. »Ehrlich, Leute, ich habe nicht die leiseste Ahnung.«

»Dann hat dir Karl nichts gesagt?«

»Nein.« Uta sieht fragend in die Runde. »Was soll er mir denn gesagt haben?«

»Habt ihr«, ergreift Klaus Thurn das Wort, »überhaupt noch miteinander geredet in der letzten Zeit?«

»Wieso sollten wir nicht miteinander reden?«

»Weil Karl uns gesagt hat, dass euer Verhältnis mehr als zerrüttet ist«, antwortet Klaus mit anklagendem Duktus in der Stimme. »So sehr, dass er unmöglich mit dir weiterarbeiten kann.«

Uta schweigt einen Moment lang verblüfft.

Sie hat wirklich keine Ahnung, denke ich. Das gibt's doch nicht.

»Also erst mal«, sagt sie schließlich, »war mir nicht bewusst, dass ich mit Karl ein Verhältnis habe.«

»Ein Arbeitsverhältnis ist auch ein Verhältnis, liebe Uta«, kommentiert Bea spitz.

»Okay!« Uta sieht sie angriffslustig an. »Und weiter?«

»N-nichts weiter.« Bea senkt errötend den Kopf.

Dafür ergreift ihr Mann Klaus wieder das Wort: »Uta, es ist nun einmal so, dass du mit Karl so nicht weitermachen kannst …«

»Wie ›so‹«, unterbricht ihn Uta, »wie kann ich mit Karl nicht weitermachen?«

»Vielleicht sollten wir Karl doch dazubitten«, mische ich mich wieder ein, »damit er seiner Kollegin selbst sagen kann, was es ihm unmöglich macht, mit ihr zu arbeiten.«

»Was wird mir eigentlich vorgeworfen?«, fragt Uta und sieht mich an.

»Gute Frage«, finde ich und gebe sie an die Runde weiter: »Weiß das jemand?«

»Karl kommt mit dir nicht mehr zurecht«, sagt Maren knapp. »Er will deshalb kündigen.«

Uta schnappt überrascht nach Luft.

»Aha«, sagt sie nur.

»Ich stelle erneut fest, dass Karl hier fehlt.«

»Mann, der kommt doch noch«, faucht mich Maren an. »Nachher!«

»Dieter, du wiederholst dich«, meint Klaus, und seine Bea nickt dazu beflissen.

»Uta hat völlig zu Recht gefragt, was ihr eigentlich vorgeworfen wird. Aber keiner kann ihr eine Antwort geben!« Allmählich komme auch ich in Fahrt. »Karl komme nicht zurecht mit ihr, wird dauernd behauptet, und dass das Verhältnis aus seiner Sicht zerrüttet sei. Mir kommt das alles ziemlich luftleer vor.«

»Wenn es so luftleer wäre, wie du sagst«, belehrt mich Klaus Thurn, »würden wir heute hier nicht sitzen.«

»Davon gehe ich aus, Klaus. Alles andere wäre ja auch albern. Aber weiß irgendwer von euch genau, was Karl für ein Problem mit Uta hat?« Ich sehe sie an. »Uta: Was ist da los bei euch?«

»Ich«, sie zuckt völlig perplex die Schultern, »ich weiß es nicht. Wirklich, ich höre zum ersten Mal, dass Karl überhaupt ein Problem mit mir hat.«

Das nehme ich ihr sogar ab. »Da hört ihr's«, wende ich mich wieder den Übrigen zu. »Sie fällt aus allen Wolken.«

»Das ist doch nicht unser Problem …«

»Doch, Maren«, widerspreche ich, »das ist genau unser Problem. Denn wenn wir nicht wissen, was los ist, wie sollen wir dann die Lage einschätzen? Und wie soll sich Uta verteidigen, wenn nicht klar ist, was Karl ihr vorwirft?«

»Karl will nicht mehr mit ihr!« Maren ist aufgesprungen. »Nur darum geht's.« Sie lächelt. »Ganz einfach, Dieter.«

»Ja«, nicken auch Klaus und Bea zustimmend. »Es ist ganz

einfach. Karl hat ein Problem mit Uta, und wir würden jetzt gerne hören, was sie dazu zu sagen hat!«

»Ich habe kein Problem mit Karl.« Uta weiß gar nicht, wie ihr geschieht.

»Aber es muss doch irgendetwas zwischen euch vorgefallen sein«, mischt sich jetzt auch Sabine Goltermann ein. »Du musst doch was bemerkt haben!«

»Genau!« Jetzt dreschen sie alle auf Uta ein: Klaus und Bea, Maren und Sabine. »Du kannst doch nicht behaupten, alles sei wie immer gewesen! Wie unsensibel bist du denn? Da arbeitet ihr zusammen, und du kriegst nicht einmal mit, wie sehr Karl unter dir leidet?«

Hilfesuchend sehe ich mich nach Monika um, doch die zuckt nur mit den Schultern. Jana Heidenreich tippt sich gegen die Stirn, und Carlos Lederer und Hugo Powileit lauschen mit aufmerksamen Mienen. Nur Claudine Stamm, die sonst nie etwas sagt, meldet sich plötzlich zu Wort.

»Darf ich auch mal was sagen?«

Die Frage aus ihrem Mund allein ist schon so erstaunlich, dass sich ihr alle zuwenden.

»Uta kann nicht zur Aufklärung beitragen, richtig?«

Richtig, denke ich, wie auch? »Der Einzige, der hier aufklären kann, ist Karl. Der soll mal sagen, was los ist!«

»Und warum fragen wir ihn dann nicht?«

»That is the question«, zitiere ich Shakespeares Hamlet, ohne die Seinsfrage zu stellen.

»Wir hören ihn ja nachher dazu«, sagt Hugo Powileit, der Richter. »Aber jetzt ist erst mal Uta da. Hat noch jemand Fragen an sie?«

»Ich«, Carlos Lederer erhebt sich und läuft wie Fernsehanwalt Perry Mason auf und ab. »Wissen Sie, Uta, ich bin ein sehr erfolgreicher Unternehmer und Arbeitgeber von gut zwei Dutzend Leuten. Mir ist nichts Menschliches fremd. Sie können also ganz offen sein.«

»Ich bin offen.« Ihr kommen fast die Tränen.

»Natürlich, daran zweifelt hier niemand.« Carlos stützt die

Hand ins Kinn und sieht Uta aufmerksam an. »Und Ihnen ist wirklich nichts aufgefallen? Am Verhalten von Karl? Hat er Sie geschnitten? Gab es vielleicht Störungen in der Kommunikation zwischen Ihnen?«

»Ich weiß nicht.« Uta überlegt. »Natürlich gab es mal Unstimmigkeiten und Meinungsverschiedenheiten zwischen uns, aber wo gibt es das nicht. Und wir haben das auch immer ausdiskutiert. Ansonsten ist mir nichts aufgefallen. Dass er mit mir nicht zurechtkommt, also ehrlich: Das ist ein Hammer für mich. Wo er mir noch heute Morgen ausdrücklich versichert hat, wie wertvoll ihm die beruflichen Erfahrungen sind, die er mit mir gemacht hat.«

Sieh an, denke ich, unser Karl ist auch noch Zyniker.

»Er hat Sie gelobt?«

»Ich weiß nicht, ob das lobend gemeint war«, erwidert Uta. »Jetzt sowieso nicht mehr. Ich bin …«, sie sucht nach einem geeigneten Wort, »… verwirrt.«

»Was dachten Sie denn, warum wir Sie einbestellt haben?«

»Ich nahm an, es ist was mit einem der Kinder.« Sie sieht Carlos aus feuchten Augen an. »Ich meine, darum geht es doch: um die Kinder, oder?« Jetzt bricht sie tatsächlich in Tränen aus, und alle schweigen betroffen. »Entschuldigung«, schluchzt sie, »das kommt ein bisschen plötzlich für mich.« Sie sucht in ihrer Handtasche nach einem Taschentuch, findet aber keines.

Monika stößt mich an und reicht mir eines von ihren Tempos, das ich an Uta weiterreiche.

»Danke.« Sie tupft sich die Augen. »Ich würde jetzt gern gehen.«

Carlos Lederer nickt. »Natürlich. Ich habe keine weiteren Fragen mehr.«

»Ja, ähem …« Hugo Powileit hat kaum noch Stimme, so heiser wirkt er. »Also wenn dann keine Fragen mehr sind, würde ich auch dafür plädieren, Uta gehen zu lassen. Sind alle einverstanden?«

Sind wir. Alle nicken.

»Gut, Uta, dann danke ich Ihnen«, krächzt der Richter, »Sie dürfen …«

»Danke!« Uta steht etwas zu schnell auf, sodass der gelbe Hüpfball einen Moment lang unkontrolliert herumspringt, und verlässt hastig den Raum.

»Na, das ist ja super gelaufen«, meint Jana Heidenreich und klatscht sarkastisch in die Hände: »Großartig, Leute! Ihr seid richtig toll!« Sie erhebt sich. »Ich muss erst mal eine rauchen.« Sie sieht Monika und mich an, weil sie weiß, dass wir auch dem Nikotin zugetan sind. »Kommt ihr mit?«

»Gut, dann machen wir eine kurze Pause«, pflichtet ihr Hugo, der Richter, bei und erhebt sich ebenfalls. »Will jemand was trinken?«

Während drinnen gelüftet wird und die Eltern sich wieder dem Wein zuwenden, stehen Monika, Jana und ich vor der Tür und ziehen an unseren Zigaretten. Jana ist total wütend.

»Vollidioten«, schimpft sie, »gehen grundsätzlich biologisch einkaufen, faseln dauernd von Nachhaltigkeit und sozialer Gerechtigkeit, und dann führen sie sich so auf! Was für Arschlöcher!«

»Ja, das ist schon ziemlich seltsam, was hier gerade abgeht«, stimme ich ihr zu. »Vor allem Klaus und Bea machen eine üble Figur.«

»Der nennt sich Sozialarbeiter!« Jana tippt sich gegen die Stirn. »Da kriege ich Angst.«

»Aber Karl ist doch ganz nett«, wendet Monika ein. »Ich bin gespannt, was er zu sagen hat.«

Das sind wir alle. »Niemand hat gesagt, dass Karl nicht nett ist. Aber wie er die Sache eingefädelt hat, ist schon ziemlich intrigant. Ich finde nicht, dass er damit durchkommen sollte.«

»Wird er aber.« Da ist sich Jana sicher. »So läuft's nun mal.« Sie lächelt bitter. »Da kann ich ein Lied von singen!«

»Bitte nicht«, winke ich ab, »für Lieder ist nun wirklich Karl zuständig.«

Wir lachen, treten unsere Zigaretten aus und gehen wieder rein.

Inzwischen hat Karl lächelnd auf dem Kuschelsitzsack Platz genommen und plaudert locker mit Maren, Klaus und Bea. Er muss über den Hintereingang reingekommen sein, sonst hätten wir ihn kommen sehen müssen. Oder er hat sich, während Uta da war, im Toberaum versteckt, wer weiß das schon so genau?

Ich fläze mich wieder auf den Boden, Monika hockt sich aufs Schaukelpferd, und die anderen nehmen wieder auf den viel zu kleinen Stühlen Platz. Nur Hugo steht rum, weil Karl ja nun den Sitzsack in Beschlag genommen hat.

»Hugo, im Nebenraum sind noch Stühle«, ruft Karl freundlich.

»Ah, nein«, winkt der Richter ab. »Ich mach's wie Uta.« Er nimmt sich den Hüpfball und setzt sich umständlich drauf. »Mal sehen, ob mich das Ding aushält.«

»Ach was«, ruft Karl, »der hat schon ganz andere Schwergewichte ertragen müssen!«

Alle lachen und sind froh, dass er die Situation ein bisschen auflockert. Er ist wirklich ein Netter.

»So!« Mit gewinnendem Schalk in den Augen sieht er in die Runde. »Ich weiß, es ist nicht schön, dass ihr hier wegen uns euren wohlverdienten Feierabend drangeben müsst, deshalb sollten wir zügig zu einer Lösung kommen. Ich mach's auch ganz kurz.« Jetzt wird sein Blick ernst: »Ihr wisst, ich mach den Job gern, und ich bin gern mit euren Kindern zusammen. Tolle Kinder habt ihr. Jedes ist besonders und auf eine ganz eigene Art speziell. Ich hätte sie gerne weiter gefördert, aber ich kann nicht mehr.« Er hebt jungenhaft die Schultern und lächelt bedauernd. »Ich hab alles versucht, wirklich. Aber Uta und ich …« Er schüttelt den Kopf. »… das wird nichts. Tut mir leid.«

Betretenes Schweigen. Nur kurz, denn Maren erhebt die Stimme.

»Aber du hast doch gesagt, wenn Uta geht, würdest du weitermachen.«

»Ja, das schon. Aber Uta geht ja nicht.« Er lacht. »Verstehe ich ja. Ich würde den Job auch nicht aufgeben. Bei so tollen Kindern. Aber Hugo hat mir schon gesagt, dass das schwierig wird. Man kann Uta nicht einfach kündigen, nur weil ein einfacher Ex-Zivi und Musikstudent ein Problem mit ihr hat.«

»Na ja, so ganz unlösbar ist das Problem ja nicht«, wendet Hugo auf seinem Hüpfball balancierend ein. »Aber nicht einfach. Sie wird gegen ihre Kündigung klagen, und dann könnte es langwierig werden.«

»Schon klar«, nickt Karl und hebt abwehrend die Arme. »Nee, also ich will euch da keine Schwierigkeiten machen. Es ist nur so. Ich kann nicht mit Uta. Und bevor ich mich da total aufreibe, muss ich die Reißleine ziehen. Also gehe ich. Kein Problem, wirklich.«

»Aber wir hätten damit ein Problem«, sagt Maren und wendet sich hilfesuchend an Klaus und Bea. »Nicht wahr?«

»Ja«, nickt Klaus ernst. »Wir würden dich gern behalten, Karl!«

»Ganz, ganz doll gern«, pflichtet Bea bei, »die Kinder haben sich doch so an dich gewöhnt.«

»Die Kinder haben sich auch an Uta gewöhnt«, knurrt Jana Heidenreich und holt auch mich damit wieder auf den Boden der Fairness zurück. Denn Karl präsentiert sich gut, ist sehr locker und charmant. Fast hätte er mich um den Finger gewickelt.

»Was ist denn genau dein Problem mit Uta?«, frage ich ihn. »Klär uns doch mal auf!«

»Gern«, lächelt er mich an. »Es sind Kleinigkeiten. Nichts Dolles an und für sich, aber in der Summe irgendwann unerträglich.«

»Was wird denn in der Summe unerträglich?« So leicht lasse ich mich nicht abspeisen, ich bin immerhin Kriminalbeamter. »Erzähl doch mal! Ein paar Fakten aus dem Alltag, zum Beispiel.«

»Es geht schon morgens los.« Karl verzieht das Gesicht zu einer besorgten Bedenkenträgermiene. »Jedes Kind ist unterschiedlich, manche sind noch müde, andere schon voll da. Man muss sie abholen, da, wo sie sind, finde ich. Mit den Müden kuscheln, mit den Wachen toben. Man muss flexibel sein. Auf die Kinder eingehen. Aber bei Uta herrscht ein starres Regime: erst Stuhlkreis, dann Basteln, zweites Frühstück, kreatives Spielen, Mittagessen. Jeden Tag dasselbe Ritual.« Er beugt sich vor und sieht uns eindringlich an. »Ich finde, man muss das brechen. Auch mal die Kinder entscheiden lassen. Was machen wir heute? Nicht immer das Gleiche. Auch mal raus bei dem schönen Wetter, was erleben!«

»Ja, aber ihr geht doch raus«, sagt Jana. »Jeden Tag.«

»Auf immer denselben Spielplatz«, nickt Karl. »Klar ist der schön. Vielleicht reicht der ja auch. Wer weiß.« Er seufzt, und sein Blick geht in die Ferne wie bei einem Seemann. »Ich denke, man kann mehr machen. Mal raus in den Grunewald, Tiere beobachten, Ritter spielen, Baden am Wannsee, was weiß ich? Kinder lernen durch Erleben.«

»Festgefügte Rituale sind aber wichtig«, weiß Jana Heidenreich stirnrunzelnd. »Kinder sind nur begrenzt flexibel und keine Erwachsenen, die einen steten Fun-Faktor brauchen.«

»Aber das weiß ich doch, Jana.« Karl schenkt ihr sein offenstes Lächeln. »Ich sage ja nicht, dass wir die Rituale abschaffen sollen. Ich rede nur davon, sie – gelegentlich – zu brechen.«

»Und mit Uta ist das nicht zu machen«, erkundigt sich Carlos Lederer.

Karl schüttelt den Kopf. »Ich hab so oft mit ihr darüber geredet. Aber sie verfolgt da ihr starres Prinzip.« Er hebt resignierend die Hände. »Was soll ich machen? Sie ist die Chefin!« Er lehnt sich zurück. »Wie gesagt, ich kann nicht mehr. Es macht mich fertig, immer nur gegen Wände anzurennen. Ich muss meinen Weg gehen.«

Gut, hätten wir jetzt sagen können, dann geh deinen Weg. Stattdessen:

»Stimmt, ich hatte letztens mit Uta darüber diskutiert, ob die Kinder nicht gemeinsam schwimmen lernen sollen«, sagt Sabine Goltermann. »Ich hatte da ein Schwimmbad, das geschlossen werden soll. Das hätte man prima nutzen können …«

»Sabine«, rufe ich, denn ich erinnere mich an die Diskussion, »das Problem war nicht das Schwimmbad. Das Problem war, wer die Verantwortung übernimmt, falls einem Kind was passiert!«

»Das hätten wir schon hinbekommen«, meint Karl.

»Tatsächlich?«

Ich bin da sehr skeptisch, denn weder Karl noch Uta sind

Schwimmlehrer. Und ich verstehe vollkommen, wenn eine Erzieherin dieses Haftungsrisiko nicht übernehmen will. Karl dagegen macht sich darüber keinen Kopf. Was völlig in Ordnung ist. Es ist das Privileg der Jugend, keine Bedenken zu haben. Aber wenn es um meine Kinder geht, gehe ich lieber auf Nummer sicher. Ich habe Zoé und Liam in einem Verein angemeldet, damit sie schwimmen lernen. Inzwischen haben sie schon das Seepferdchen.

»Es ist nicht die Aufgabe unserer Erzieher, den Kindern Schwimmen beizubringen!«

»Ja, und dann fallen halt auch Bootsfahrten aus«, kontert Karl und spricht damit die letzte Kinderladenfahrt an. Da wollte er mit den Kindern ein Ruderboot ausleihen, um Piraten zu spielen, doch Uta war dagegen, weil die meisten der Kinder eben noch nicht schwimmen können. Und es war völlig vernünftig, die Sache ausfallen zu lassen. Doch jetzt, so wie Karl es darstellt, wirkt es wie Engstirnigkeit.

Am Ende geht es nur noch darum, wie unflexibel Uta ist. Jeder wartet mit Episoden auf, wo Uta mal dies nicht wollte, dann wieder jenes nicht zuließ und dies oder das verhinderte. Der Elternabend entwickelt sich zu einem Tribunal für eine Angeklagte, die nicht mehr anwesend ist, und Karl verfolgt das alles mit lächelnder Miene. Für ihn läuft es prächtig und nur noch auf eine Frage hinaus.

Sie stellt Carlos Lederer: »Nun, Karl, angenommen, du bleibst in unserem Kinderladen und Uta muss gehen. Wie willst du das alles alleine stemmen?«

»Wir stellen noch jemanden ein«, antwortet Karl selbstbewusst. »Wenn ich die Leitung des Kinderladens übernähme, wäre ja meine bisherige Stelle vakant. Und ich wüsste auch, wer dafür in Frage käme.«

Natürlich, denke ich. Ann-Kathrin. Seine Musik-Kommilitonin.

»Ann-Kathrin«, sagt Karl. »Sie hat schon in den Sommerferien mit den Kindern gearbeitet. Wie ich finde, sehr gut. Die Kinder lieben und kennen sie. Da ist mir überhaupt erst klar geworden, was alles machbar ist.«

»Aber weder du noch Ann-Kathrin habt eine Ausbildung als Erzieher«, begehre ich auf, werde aber sofort übertönt.

Uta habe ihre Ausbildung ja noch in der DDR gemacht, wird mir gesagt, und die sei eben nicht mehr zeitgemäß. Selbst Monika ist der Meinung, dass man der Jugend eine Chance geben solle.

»Vielleicht bewähren sie sich ja.«

»Ich will nicht, dass sich jemand an meinen Kindern bewährt!«

»Beruhige dich«, Monika nimmt mich tröstend in den Arm. »Unsere Kinder sind ja nur noch ein Jahr bei den ›Stoppelhopsern‹. Das werden sie schon noch durchhalten. Auch ohne Uta, findest du nicht?«

Ich bin außer mir. Ist eigentlich irgendwem klar, was man Uta antut? Dass eine gute Erzieherin ihren Job loswird? Die sich nichts hat zuschulden kommen lassen, die während ihrer ganzen Tätigkeit bei uns noch nicht einmal eine Abmahnung bekommen hat? Und trotzdem die Kündigung kriegt, nur weil sich der Musikstudent Karl besser verkaufen kann!

»Damit kommst du nicht durch«, verspreche ich ihm. »Mit dieser Nummer kommst du nicht durch!«

Karl grient mich nur an. Abwarten, Alter, sagt sein Blick. Abwarten.

»Stimmen wir ab!« Hugo, der Richter, wippt auf seinem Hüpfball. »Wer ist dafür, Uta zu kündigen und dafür Karl zu behalten?«

Die Arme von Klaus und Bea, Maren und Sabine Goltermann gehen hoch. Und auch Monika gibt ihr Votum für Karl. Ich fasse es nicht!

»Wer will Uta behalten?«

Ich hebe meinen Arm, Carlos Lederer und Jana Heidenreich.

Hugo sieht fragend zu Claudine Stamm. »Was mit dir?«

»Ich enthalte mich.«

Das ist kein Wunder. Claudine Stamm enthält sich immer.

»Gut«, sagt Hugo. »Ich enthalte mich auch. Damit hätten wir dann drei Enthaltungen …«

»Wieso drei Enthaltungen? Ich sehe nur zwei.«

»Du musst dich mitzählen, Dieter«, erklärt mir Hugo, der Richter. »Denn deine Frau ist für Utas Kündigung, du aber dagegen. Da ihr aber nur eine Stimme habt, werte ich das als Enthaltung.« Er erhebt sich und verkündet in die Runde: »Ich stelle also fest: Wir haben drei zu zwei Stimmen bei drei Enthaltungen, somit ergibt sich ein klarer Mehrheitsbeschluss für Utas Kündigung. Ich bitte das zu protokollieren und beende unseres Sitzung um …« Er schaut auf die Uhr. »… dreiundzwanzig Uhr vierzig. Vielen Dank!«

»Habe ich's nicht gesagt«, stellt Jana Heidenreich fest, als wir draußen wieder eine rauchen. »Karl setzt sich durch.«

»Ja, weil du …«, bei »du« sehe ich finster Monika an, »… für diesen Idioten gestimmt hast.«

»Ich habe nicht für den Idioten gestimmt«, erwidert Monika, »sondern für die Jugend. Ich denke, man muss den jungen Leuten auch mal eine Chance geben.«

»Das war aber eine üble Intrige«, sagt Jana Heidenreich.

»Genau«, bekräftige ich, »dieser supernette Karl hat noch nicht einmal den Arsch in der Hose gehabt, sich Uta zu stellen. Er hat die direkte Konfrontation immer gescheut und stattdessen hinterrücks ihre Entlassung betrieben. Dass er damit durchgekommen ist, ist eine Schande für uns und überhaupt!«

»Was hast du erwartet, Dieter?« Jana Heidenreich zieht abgeklärt an ihrer Zigarette. »Neunzig Prozent der Menschheit ist verkommen und saudoof. Dass die bei ihrer schier grenzenlosen Blödheit trotzdem bis heute überlebt hat, liegt einzig und allein an den restlichen zehn Prozent, die den Karren bislang immer wieder aus der Scheiße gezogen haben. Hoffen wir, dass die nicht irgendwann mal die Lust verlieren.« Sie sieht uns an. »Gehen wir einen trinken? Ich habe meinen Babysitter bis eins.«

Na denn. Ich hake meine abtrünnige Monika rechts und Jana Heidenreich links unter. »Auf geht's, Mädels. Ertränken wir die Schande dieses Abends in Alkohol.«

44 NIEMAND WUSSTE genau, wie lange der Hund dort schon saß.

Am frühen Morgen hatten sich einige Anwohner von dem ewigen Gekläffe gestört gefühlt und die Fenster geschlossen. Einige erzählten später, sie hätten von heulenden Wölfen geträumt.

Als der Gemüsehändler Süleyman Birdal gegen fünf Uhr am Kottbusser Damm seinen Stand aufbaute, fiel ihm der an einen Laternenpfahl angebundene Hund auf, weil er ihn erwartungsvoll ansah und ein wenig winselte. Birdal vermutete, der Kampfhund gehöre zum Wachpersonal des Automatenkasinos gegenüber, und achtete nicht weiter drauf.

Später machten sich einige Schulkinder einen Spaß, indem sie den Hund mit Steinen bewarfen, was der mit Jaulen und wütendem Gebell quittierte.

Süleyman Birdal scheuchte die Kinder weg und wollte sich im Automatenkasino nach dem Besitzer des Tieres erkundigen. Doch das Casino hatte noch geschlossen.

Am späten Vormittag fiel der weiße Kampfhund erneut auf, weil er sich mit einem vor einem Friseurladen wartenden Königspudel ein lautstarkes Bellduell lieferte.

Gegen Mittag schlief der Hund fest und wachte nicht einmal auf, als ein Student, der im »Moviemento« die Filmvorführtechnik wartete, sein Fahrrad an der Laterne anschloss.

Nachmittags betrachteten sich die Betreiber des Kasinos den Hund fachmännisch, doch als sich einer der Männer zu sehr näherte, wurde er mit grimmigem Geknurre wieder auf Abstand gebracht. Die übrigen lachten.

Später beschwerte sich eine Aktivistin der Tierschutzorganisation PETA bei Süleyman Birdal über den Hund. Es sei inhuman, das Tier den ganzen Tag an die Laterne zu binden. Der Gemüsehändler versuchte vergeblich, die Tierschützerin sowohl davon zu überzeugen, dass »inhuman« in diesem Zusammenhang der falsche Ausdruck sei, als auch von der Tatsache, dass ihm der Hund nicht gehöre. Ohne Erfolg. Die PETA-Frau drohte mit einer Anzeige wegen Tierquälerei und verschwand. Birdal sah ihr kopfschüttelnd nach und stellte dem Hund frisches Wasser hin, was der mit seinem kurzen Schwanz freudig wedelnd quittierte.

Als die Kinokasse öffnete, schlief der Hund wieder und sorgte bei einigen Passanten für Diskussionen über die Gefährlichkeit von Kampfhunden. Dieser hier, so fanden einige, sehe schlafend doch ganz friedlich aus. Worauf andere entgegneten, das Problem derartiger Hunde sei, dass sie eben nicht ständig schliefen.

Als der Gemüsehändler seinen Stand am Abend abbaute, sah der Hund traurig zu. Birdal erkundigte sich im Kino, wem denn der Hund gehöre, aber auch dort wusste man nichts. Immerhin spendierte die freundliche Frau an der Kasse eine Bockwurst, die das Tier gierig verschlang. Anschließend stieg der Gemüsehändler in seinen Wagen und fuhr nach Hause.

Nach der letzten Spätvorstellung war der Hund immer noch da. Die Kinobetreiber standen debattierend um das Tier herum und telefonierten dann mit dem Gemüsehändler, der kurz darauf mit seinem Lieferwagen kam.

Was tun, war die Frage. Eine weitere Nacht konnte der Hund nicht hierbleiben. Man war sich einig, dass für solche Fälle wohl das Tierheim in Lankwitz der richtige Ansprechpartner sei, doch mitten in der Nacht war da auch niemand mehr zu erreichen.

Wenn es sich nicht um einen American Pit Bull Terrier gehandelt hätte, wäre man sicher auf die Idee gekommen, das Tier einfach über Nacht mit nach Hause zu nehmen, um es am nächsten Morgen nach Lankwitz zu bringen. Aber es war immerhin ein Kampfhund. Er wirkte zwar friedlich, dennoch wagte es niemand, den Hund einfach abzuleinen. Wer wusste schon, wie gefährlich diese Tiere wirklich sind?

Eine Stunde lang verteilte man Zigaretten, trank Bier und dachte angestrengt nach, während der Hund mit schräg gelegtem Kopf die Überlegungen aufmerksam zu verfolgen schien. Zweimal bellte er aufmunternd, doch das schien die These von der Unberechenbarkeit solcher Tiere nur zu bestätigen.

Schließlich einigte man sich auf die Polizei. Mochte die sich um das Problem kümmern.

Es dauerte zwanzig Minuten, bis ein Streifenwagen kam. Aber

auch die Polizisten wagten sich nicht an das Tier heran. Und so brauchte es eine weitere Stunde, bis ein Sondereinsatzkommando anrückte, um den Hund mit einem gezielten Schuss zu betäuben. Erst dann wurde das Tier abtransportiert.

45 MONIKA UND ICH haben kaum ein Auge zugemacht. Zwar hatten uns der Elternabend und der anschließende Besuch im »Felsenkeller« etwas Ablenkung verschafft, doch kaum waren wir zu Hause, kam die Anspannung zurück.

Wir lagen in unserem Bett und starrten nachdenklich an die Decke, bis der Morgen graute.

Deine eigenen Leute werden dir die Haut abziehen!

Gegen sechs Uhr standen wir auf, zwangen uns zu einem Frühstück und verabschiedeten uns, als wäre es ein ganz normaler Tag. Monika fuhr mit dem Bus in ihren Verlag, um den Mikrofilm zu sichten, und ich trete, scheinbar entspannt, meinen Dienst in der Keithstraße an.

»Morgen allerseits!« Betont aufgeräumt ziehe ich mir die Jacke aus und mache mich an unserer Kaffeemaschine zu schaffen. »Herrlicher Sonnenschein heute, was?«

Hünerbein, Beylich und Matuschka wechseln belustigte Blicke und lehnen sich abwartend in ihren Stühlen zurück.

»Ist irgendwas?« Ich lächle etwas bemüht. Was haben die denn?

»Du siehst müde aus«, stellt Hünerbein fest, und sein Grienen wird immer breiter, »aufregende Nacht gehabt?«

Der Schreck fährt mir in die Glieder. Hat Damaschke denen etwa schon vom Einbruch in unsere Wohnung berichtet?

»Nun erzähl mal«, fordert Beylich, und Matuschka kichert: »Nur nicht so schüchtern, Kollege! Wir wollen auch unseren Spaß.«

Ach nee, denke ich. »Und wie kann ich dazu beitragen?«

»Naaa«, Hünerbein sagt es sehr gedehnt, »indem du uns

vielleicht etwas detaillierter und mit hübscher Ausschmückung auch vordergründig unwichtiger Details an deinen nächtlichen Erlebnissen teilhaben lässt.«

»Figürliche Anmutung«, setzt Matuschka hinzu, »wie hat sie gerochen, trug sie Seidendessous, was gab es zu trinken et cetera pp.?«

»Kurz«, fragt Beylich, »wie war sie?«

Ich verstehe nicht. »Wie war wer?«

Großes Gelächter. Ein Wiehern und Gackern.

»Habt ihr irgendwas genommen?« Was ist bloß los mit den Kollegen?

»Sardsch«, prustet Hünerbein, »sag bloß, die Kleine war'n Schuss in den Ofen!«

»Welche Kleine?« Herrgott noch mal! Wovon reden die?

»Von gestern«, tönt Hünerbein, »die kleine Blondine, die mich unten im Foyer fast umgerannt hat!«

»Ich«, äfft Matuschka mit hoher Stimme nach, »ich möchte nur mit Herrn Knoop sprechen!«

Große Begeisterung. Alle klopfen sich amüsiert auf die Schenkel wie pubertierende Schuljungen. Na, wenigstens weiß ich jetzt, wovon sie sprechen. Siggis Psychologin hat hier wohl für feuchte Phantasien gesorgt.

»Hey, das war dienstlich!«

»Na klar«, freut sich Beylich, »dienstlich!«

»Die Polizei ...« Matuschka fällt vor Lachen fast vom Stuhl. »... dein Freund und Helfer in allen – hahaha – Lebenslagen!«

Mann, sind die albern, denke ich noch, bevor wir alle zusammenzucken.

»Schön, wenn hier alle so fröhlich-motiviert bei der Arbeit sind!« Kriminaloberrat Dr. Edmund Palitzsch steht plötzlich im Raum. »Darf ich den Grund für die allgemeine Freude erfahren? Ich würde gern mitlachen.«

»Nur'n Witz, Chef«, winkt Hünerbein hastig ab, »ziemlich blöd und nichts für Sie.«

»Egon?« Palitzsch wendet sich streng an Beylich.

Das ist der Einzige von uns, den der Chef duzt, weil er früher in

Ostberlin Chef des Kriminalpolizeikreisamtes Mitte und somit in ähnlich hochgestellter Position war. Die beiden sind sich bei der Wiedervereinigung sozusagen auf Augenhöhe begegnet. Heute ist Beylich wegen seiner Volkspolizeivergangenheit zwar nur noch Oberkommissar, aber das Du ist geblieben.

»Worüber habt ihr gelacht?«

»Der wird dir gefallen, Edmund«, Beylich improvisiert drauflos, ›pass auf: Was macht eine Blondine, wenn sie zu viel Wasser gekocht hat? – Sie friert es ein. Warmes Wasser kann man immer brauchen.« Er feixt drauflos und haut Palitzsch auf die Schulter. »Na? Ist das lustig? Großartig, was?«

»Ja, sehr schön, Egon.« Palitzsch war noch nie besonders humorig. Insofern ist es erstaunlich, dass auch er es mit einem Witz versucht. »Zwei Blondinen springen vom Fernsehturm. – Nee, Moment!« Er überlegt. »Ach, jetzt hab ich's: Eine Blondine und eine Brünette springen vom Fernsehturm.« Er guckt gespannt in die Runde. »Jetzt ratet mal, welche von den beiden zuerst unten ist.«

»Die Brünette«, antwortet Hünerbein staubtrocken.

»Woher wissen Sie das?«

»Na, weil die Blondine sicher erst ein paarmal nach dem Weg fragen muss.«

»Richtig.« Palitzsch ist verblüfft. »Gut gemacht, Hünerbein. Sie sind wirklich gut. Ich bin da nicht gleich drauf gekommen, als man mir den Witz erzählt hat. – Na ja, genug gelacht!« Er klatscht in die Hände. »Jetzt geht's wieder an die Arbeit, Männer, was?« Er will den Raum verlassen, dreht sich an der Tür aber noch mal um. »Ach, bevor ich's vergesse«, seine Stimme wird leiser, »draußen steht die Schwester von diesem … diesem, äh, äh, äh, Borngraeber. Kümmert ihr euch drum? – Danke!«

Das wird jetzt schwer. Denn natürlich wird die Schwester des Fahrradkuriers wissen wollen, wie ihr Bruder umgekommen ist und warum.

Und was soll man darauf antworten: Wie soll man einer Hinterbliebenen erklären, dass der plötzliche gewaltsame Tod ihres Angehörigen purer Zufall war? Ein Kollateralschaden sozusagen.

Mordspech! Wie sollen wir ihr erklären, dass ihr Bruder nur versehentlich in die Schusslinie geradelt war? Dass jemand anderes getroffen werden sollte? Dass hier in Berlin Scharfschützen unterwegs sind, die am helllichten Tag drauflosballern?

Puh ... Noch bevor wir klären können, wer die Schwester übernimmt, piepst mein Handy los.

Wunderbar! Nie war ich so froh über die mobile Telefonie. Melanie ist dran. Ich schütze einen dringenden Anruf vor und trete hinaus auf den Flur.

»Hallo, Spatz, schön, mal von dir zu hören! Wie geht's dir an der Ostsee mit den Zwillingen?«

»Besser als gedacht«, erklärt sie munter. »Wir kommen gut zurecht! – Aber ich rufe wegen was anderem an. Hier ist ein Mann, der will dich sprechen.«

»Ein Mann?«

»Ja, der dachte, du wärst auch im Urlaub. Er hockt direkt neben mir im Baumhaus, sonst haben wir hier ja kein Netz. Ich geb ihn dir mal!«

Und schon reicht sie das Telefon weiter.

»Goerdeler«, dringt kurz darauf die Stimme des BKA-Mannes an mein Ohr. »Gut, dass ich Sie endlich erreiche, Herr Knoop.«

Meine Knie sind plötzlich butterweich. Goerdeler bei uns im Baumhaus? Was hat der überhaupt an der Ostsee zu suchen? Ich höre ihn mit Melanie sprechen.

»Holst du mal die Kleinen?«

Die haben meine Kinder, denke ich entsetzt. Die haben Melanie und die Kinder! Es ist wie ein Faustschlag in die Magengrube, nur viel, viel schlimmer.

»Was wollen Sie?«, frage ich angespannt.

»Das wissen Sie doch«, erwidert Goerdeler gelassen. »Ich nehme an, Ihnen ist daran gelegen, dass ich meinen Besuch hier bei Ihrer Tochter und den Zwillingen nicht überstrapaziere, habe ich recht?«

»Wenn auch nur einem meiner Kinder ein Haar gekrümmt wird«, zische ich völlig außer mir, »dann gnade Ihnen Gott, Goerdeler.«

»So weit wird's hoffentlich nicht kommen. Kriminaloberrat Palitzsch schwärmt ja geradezu von ihrer kooperativen Haltung.« Jetzt hört man Goerdeler die Zwillinge rufen. »Liam! Zoé! Na, kommt mal hoch! Der Vati ist am Telefon. Wollt ihr mit ihm reden?«

»Ja«, höre ich meine Kinder jubeln, und dann habe ich als erstes Zoé am Telefon. »Hallo, Papa!«

»Hallo.« Ich bemühe mich, ganz locker und entspannt zu klingen, aber es will mir nicht gelingen. »Geht's dir gut?«

»Ja, wir essen gleich ein Eis. Ich geb dir mal Liam, ja?«

»Hallo, Papa!« Jetzt ist Liam dran, und auch er erzählt, dass es Eis gibt. Drei Kugeln für jeden. Ein Rieseneis.

Hoffentlich ist es nicht vergiftet, denke ich bang. Und dann ist wieder Goerdeler dran.

»Sie sehen, Ihren Kindern geht es gut«, sagt er knapp. »Geben Sie den Mikrofilm Paulsen. Der wird mich dann anrufen, und alles ist fein. Keine Tricks, klar? Und schöne Grüße noch mal von Ihrer Tochter Melanie. Wirklich eine ganz reizende junge Frau.«

Paulsen? »Hören Sie, wo finde ich Paulsen?«

Doch Goerdeler hat schon die Verbindung beendet. Plötzlich zittere ich am ganzen Körper, und ich muss mich an der Wand abstützen. Reiß dich zusammen, schärfe ich mir ein, klapp jetzt bloß nicht ab! Es geht um deine Kinder!

Mir klopft jemand auf die Schulter. Erschrocken fahre ich herum. Es ist Paulsen. Goerdelers Kollege vom BKA. Unbewegt sieht er mich an und hält die Hand auf.

»Hören Sie, der Film ist nicht hier«, werde ich hektisch. »Meine Frau hat ihn. Es tut mir leid, aber wir müssen in den Verlag. Wir … Wir können sie anrufen. Oh Gott, bitte«, barme ich hilflos, »tun Sie meinen Kindern nichts, bitte!«

»Geben Sie mir Ihr Telefon!«

Ich reiche es ihm. Paulsen schaltet es aus und steckt es in die Außentasche seines Lederblousons. »Im Verlag, sagen Sie? Welcher Verlag?«

»Tagesspiegel«, antworte ich. »Meine Frau arbeitet da.«

»Dann beten Sie zu Gott, dass wir noch rechtzeitig kommen.« Paulsen macht eine entsprechende Handbewegung: »Auf geht's!«

Wir laufen los, als ich plötzlich Palitzsch' Stimme hinter uns auf dem Flur höre.

»Herr Paulsen?« Schon ist er heran. »Na endlich, Herr Paulsen, ich habe gestern schon versucht, Sie oder Ihren Kollegen Goerdeler zu erreichen. Ich wollte Sie noch auf den letzten Stand unserer Ermittlungen bringen ...«

»Hauptkommissar Knoop erledigt das bereits zu unserer vollsten Zufriedenheit«, gibt Paulsen lächelnd zurück, »haben Sie vielen Dank.«

Palitzsch guckt mich seltsam an, und ich schaue, so harmlos es eben geht, zurück.

»Alles in Ordnung mit Ihnen, Knoop?«

»Alles bestens, Chef!« Ich versuche zu lächeln, bekomme aber nur eine verzerrte Grimasse zustande. »Ich regle das mit dem BKA.«

»Gut, gut ...« Palitzsch merkt, dass etwas nicht stimmt. Natürlich merkt er es. »Halten Sie mich auf dem Laufenden, ja?«

»Mach ich.«

Paulsen knufft mich unauffällig in die Seite, und wir gehen weiter. Ich spüre regelrecht, wie uns der Kriminaloberrat nachstarrt und sich sein fragender Blick in meinen Rücken bohrt.

Von unserer Dienststelle in der Keithstraße bis zum Tagesspiegel-Verlag sind es keine fünf Autominuten. Man muss nur die Kurfürstenstraße bis zur Potsdamer hochfahren und dann links. Fünf Minuten, die wie eine Ewigkeit sind.

Paulsen sitzt schweigend neben mir.

Hoffentlich hat Monika noch nicht den ganzen Verlag aufgescheucht, denke ich in einem Anflug von Panik. Natürlich hat sie das. Das Zeug auf dem Mikrofilm ist so brisant, wahrscheinlich ist schon die Agenturmeldung raus. Das geht über den Äther, und was passiert dann mit meinen Kindern? Um Himmels willen, meine armen Kinder!

Eine ungeheure Wut steigt in mir auf. Wut und Ohnmacht

über diese skrupellosen Schweine! Lasst meine Kinder in Ruhe! Es darf ihnen nichts passieren! Ihr seid solche Schweine, das ist echt nicht auszuhalten! Am liebsten würde ich diesen Paulsen neben mir windelweich prügeln. Immer wieder voll auf eins die Fresse, diese widerliche Fresse, ich könnte ihm sämtliche Zähne ausschlagen, oh Gott, ich hasse ihn! Wie ich das alles verabscheue. Diese ganze ekelhafte Schlechtigkeit der Welt – selten habe ich sie so gespürt wie jetzt. Was können meine Kinder dafür? Die sollen die Kinder in Ruhe lassen, das gibt's doch nicht!

Mir ist speiübel, als ich endlich den Wagen vor dem Verlagshaus stoppe.

Der Pförtner kennt mich, winkt grüßend herüber und lässt mich durch. Mit Paulsen wechsele ich kein Wort. Wir nehmen den Lift, fahren in den dritten Stock.

Ganz hinten im Gang links ist Monikas Büro. Ich klopfe, aber niemand macht auf. Natürlich macht niemand auf, die haben wahrscheinlich eine ganz wichtige Redaktionskonferenz, die wollen schließlich den Mikrofilm veröffentlichen …

»… aber das dürfen sie nicht!«

»Hören Sie auf, hier herumzuschreien, Mensch«, faucht Paulsen mich an. »Wo ist Ihre Frau?«

»Ich weiß es nicht, verdammt! – Monika«, brülle ich und laufe hektisch den Gang zurück, »Monika, bist du hier irgendwo?« Ich bin total fertig. Kalter Schweiß steht mir auf der Stirn, und ich zittere am ganzen Leib. So muss sich Hysterie anfühlen, denke ich, wahrscheinlich ist das Hysterie. Oder einfach nur Angst?

»Monika!« Ich schnappe mir einen jungen Mann, der einen Aktenwagen durch die Gänge schiebt und mich merkwürdig ansieht. Ein Volontär, der mich für einen Irren hält. »Hören Sie, wissen Sie, wo Monika ist?«

»Monika?«

»Droyßig«, präzisiere ich, »Monika Droyßig. Eine Redakteurin. Sie hat hinten das Büro, ist aber nicht da. Nun denk nach, Junge, es ist dringend!«

»Ach, Frau Droyßig, ja.« Gott, ist der Junge ein langsamer Denker. Der wird nie Journalist.

»Und«, schnauze ich ihn an, »macht's klick?«

»Ähm …« Der Volontär überlegt immer noch. »Die wollte, glaube ich …«

Ja, was? »Wohin wollte sie?«

»… in den Kopierraum. Aber nicht den hier oben, sondern der im Keller. Wo die Lesegeräte stehen.«

Die Lesegeräte, klar! Ich packe Paulsen am Arm. »Kommen Sie!«

Wir laufen, ach was, wir rennen zu den Fahrstühlen, doch die sind alle unterwegs.

»Treppe«, sage ich nur, und schon stürmen wir die Stufen runter bis in den Keller.

Und wo ist jetzt dieser Leseraum? Herrgott noch mal! Und nirgends ein Mensch, den man fragen kann! Ich hätte gedacht, dass in so einem Verlag morgens mehr Betrieb ist.

»Monika?« Mein Ruf hallt unheimlich in den leeren Kellergängen nach. Über uns laufen Rohre an der Decke lang. Weiß der Teufel, wozu die gut sind. Wahrscheinlich Wasser, ich höre es plätschern. »Monika!«

»Dieter?«

Endlich. Ich kann sie zwar nicht sehen, aber das ist ihre Stimme. Sie klingt etwas verwundert.

»Dieter, bist du da irgendwo?«

»Das ist sie«, freue ich mich und ziehe Paulsen hinter mir her. »Sie bekommen Ihren Film, keine Sorge. Sie bekommen ihn. – Monika, wir sind hier auf dem Gang!«

Da vorn ist ihr Kopf. Er guckt hinter einem Regal hervor, das eine Tür verdeckt. Die Tür zum Kopier- oder Leseraum.

»Dieter, was machst du hier?« Sie ahnt sofort, dass was nicht stimmt, und schaut Paulsen skeptisch an. »Wer ist der Kerl?«

»Das tut nichts zur Sache«, antwortet Paulsen scharf und schiebt Monika zurück in den Kopierraum. »Wo ist der Mikrofilm?«

Wir treten in einen hellen, von Neonröhren beleuchteten, fensterlosen Raum. Computerlüfter surren, und es stehen mehrere Kopierer und Drucker herum. Monika zögert.

»Wird's bald?« Paulsens Stimme wird schärfer.

»Sie haben unsere Kinder, Monika«, werde ich deutlicher. »Gib ihm bitte den Film!«

Monika wird blass und zeigt wortlos auf ein größeres Gerät an der Wand. Es hat einen Bildschirm und eine Tastatur. An der Seite spuckt es sirrend immer wieder bedruckte Bögen Papier aus.

Paulsen geht zu dem Gerät, schaltet es ab und nimmt routiniert den Mikrofilm heraus. Offenbar kennt er sich mit solchen Lesemaschinen aus. Er steckt den Mikrofilm ein und tippt auf der Tastatur herum. Ich sehe nur, wie auf dem Bildschirm eine Anzeige erscheint. *»Festplattenspeicher neu formatieren: Ja – Nein.«*

Paulsen drückt *»ja«*.

»Lösche alle Dateien«, meldet der Bildschirm.

»Hören Sie«, geht Monika dazwischen, »da sind Daten des Verlags drauf, die haben mit ihrem Mikrofilm gar nichts zu tun.«

»Tja, dann werden Sie das Ihrem Boss irgendwie erklären müssen«, erwidert Paulsen ruhig und sieht zu, wie der Balken den Formatierungsfortschritt anzeigt. Anschließend nimmt er die Blätter, die die Lesemaschine ausgedruckt hat, offenbar Kopien der Unterlagen auf dem Mikrofilm, und zündet eines nach dem anderen mit seinem Feuerzeug an. Die brennenden Blätter lässt er in einen metallenen Papierkorb fallen, wo bald ein Feuer lodert.

»Passen Sie auf, dass nicht noch die Sprinkleranlage losgeht«, meint Monika, doch offenbar hat Paulsen genau das vor. Nachdem die Blätter im Papierkorb restlos verbrannt sind, hält er sein Feuerzeug unter einen der Sensoren, und schon gibt's Alarm.

Eine Sirene heult, und der Kopierraum wird von feinem, alles durchdringenden Sprühregen unter Wasser gesetzt.

»Und jetzt raus hier!« Paulsen schiebt uns zurück in den Gang und treibt uns hoch ins Foyer.

Dort herrscht plötzlich helle Aufregung. Überall kommen Leute aus den Büros und den Gängen. Es ist also doch was los, morgens beim Tagesspiegel.

»Feueralarm? – Wo brennt's denn?«

»Ich weiß nicht.« Der Portier sieht verwirrt auf seine Bildschirme, während die Sirene heult. »Im Keller, glaube ich …« Er greift zu seinem Telefon und tippt eine Nummer ein.

Wir laufen auf die Straße, über die Potsdamer rollt dichter Verkehr. Paulsen zieht sein Handy hervor, drückt die Wähltaste und wartet.

»Ich hab den Film. Kannst die Kinder laufen lassen.« Er steckt das Handy weg und holt stattdessen meines aus seinem Lederblouson. »Hier, bitte!«

»Danke.« Ich nehme das Mobiltelefon in Empfang.

Paulsen tritt an den Straßenrand, winkt sich ein Taxi heran und verschwindet damit im dichten Verkehr.

»Wer war das?« Monika schüttelt ihr von der Sprinkleranlage feucht gewordenes Haar.

»Ein Herr Paulsen«, antworte ich und wähle Melanies Nummer an. »Angeblich vom Bundeskriminalamt.«

»Wie sind die darauf gekommen«, fragt sich Monika, »woher wissen die, dass wir den Film haben? Woher wissen die, wo unsere Kinder sind?«

Ich weiß es nicht und halte mir das Handy ans Ohr. Gott sei Dank geht Melanie gleich ran. Sie ist zwar schlecht zu verstehen, aber sie ist dran.

»Ppa …? … wrte, ch gh glch aufs Baumhaus. Hörst du mich jetzt besser?«

»Ja, Spatz. Alles in Ordnung?«

»Immer noch, ja.« Melanie lacht. »Wieso?«

»Ach, nichts. Ist der Goerdeler noch da?«

»Der wer? Ach, du meinst deinen Kollegen? – Nee, der ist gerade eben weg. Er schien es plötzlich ziemlich eilig zu haben. Was war denn?«

»Nichts Wichtiges«, weiche ich aus. »Mama kommt heute Abend zu euch zurück. Willst du sie kurz sprechen?«

»Von mir aus.«

Ich gebe das Handy weiter. Monika erkundigt sich besorgt nach dem Befinden der Kinder, und ich spüre, wie mir endgültig die Beine wegsacken.

Ich hocke mich auf den Rinnstein und war selten so erleichtert wie jetzt. Den Kindern ist nichts passiert. Sie haben noch nicht mal gemerkt, dass sie in Gefahr waren. Noch mal gut gegangen, denke ich und stütze meine Hände ins Gesicht. Das ist gerade noch mal gut gegangen …

Und dann sehe ich, dass meine Hände ganz nass sind. Tränen! Alles voller Tränen. Ich weine. Es geht nicht anders. Die Anspannung muss raus, Erleichterung und Wut zugleich. Ich heule bittere Tränen und genieße es. Keine Ahnung, wann ich das letzte Mal so geweint habe.

Monika hockt sich erschrocken neben mich und legt mir tröstend den Arm um die Schultern. Aber es ist alles gut. Wirklich. Wahrscheinlich muss das manchmal sein. Dann muss man weinen, um sich besser zu fühlen.

46 ICH ÜBERLASSE Monika den Wagen. Dann kann sie schneller zur Ostsee fahren. Das ist das Wichtigste jetzt. Dass jemand bei den Kindern ist.

Ich winke ihr nach und gehe zu Fuß in die Keithstraße zurück. Etwas wackelig, das gebe ich zu. Meine Knie schlackern noch. Am Café Einstein in der Kurfürstenstraße mache ich halt, setze mich in den schattigen Biergarten und trinke erst mal zwei schöne kühle Pilsener. Ah, das tut gut. Die Vögel zwitschern in den hohen Bäumen, ich rauche eine Zigarette und dann noch eine. Und als ich mir ein drittes Bier bestellen will, piept mein Handy.

Hünerbein ist dran. »Wo bist du denn plötzlich hin?«, will er wissen, wartet aber keine Antwort ab. »Du, die haben den Hund gefunden.«

»Den Hund?« Etwa den Hund mit der pferdeartigen Falbenfarbe? Der Hund, der »bei uns eingebrochen« ist? Das ging ja schnell … »Bist du noch dran, Harry?«

Ich höre ihn nicht mehr. Irritiert schaue ich auf mein grasgrünes Siemens-Handy. Der Akku hat den Geist aufgegeben. Das waren zu viele Gespräche heute. Da kommt die moderne Technik nicht mit. Ich schalte das Handy aus und wieder an. Manchmal hilft das. Heute nicht. Auch gut. Irgendwie beruhigend.

Die haben den Hund gefunden. Irre!

Ich verzichte auf das dritte Bier, zahle und mache mich zügig auf den Weg in die Dienststelle.

Im Büro hocken sämtliche Kollegen um einen krummbeinigen, drahtigen American Pit Bull Terrier herum und füttern ihn mit Pausensnacks und Butterbroten.

Nur Palitzsch hat seltsamerweise mit einer Tasse Tee auf einem Schreibtisch Zuflucht gesucht: »Bei solchen Hunden weiß man ja nie, also seid vorsichtig, Männer!«

»Ach was, der ist doch ganz lieb«, findet Matuschka, und Hünerbein sekundiert: »Solange wir ihm was zu fressen geben, tut er uns nichts, was? Ja, bist ein Guter, jaaah, ein ganz Guter.«

»Es ist immerhin ein Kampfhund«, mahnt Palitzsch auf seinem Schreibtisch.

»Ja, die sind scharf«, weiß Matuschka, »und abgerichtet auf Hundekämpfe. Menschen gehen die normalerweise nicht an.«

»Normalerweise«, winkt Palitzsch ab. »Hoffentlich weiß der Hund das auch.«

»Hunde sind nur Tiere, und die kennen keine Bosheit«, doziert Beylich, »die hat der Mensch dafür umso mehr. Folglich sind selbst bei bissigen Tieren meist nicht die Hunde das Problem, sondern deren Halter.«

»Und wer ist der Halter dieses Tieres?« Interessiert sehe auch ich mir den Hund an. Falbenfarbig, wie Damaschke sagen würde. Dieselben Haare wie bei uns auf dem Fußboden.

»Unser toter Skinhead aus der S-Bahn«, antwortet Hünerbein und schaut auf. »Wieso hast du denn einfach aufgelegt?«

»Der Akku war alle«, erwidere ich und gucke verblüfft auf den Pit Bull. »Der gehörte dem Skinhead aus der S-Bahn?«

»Den die Oma umgenietet hat«, nickt Hünerbein. »Du erinnerst dich: Hohen Neuendorf?«

Ja, klar, ich bin ja nicht senil. Aber trotzdem passt es nicht.

»Als der Hund bei mir in der Wohnung war, war der Skinhead doch längst tot.«

»Wieso war der Hund bei dir in der Wohnung?« Hünerbein zieht fragend die Nase kraus. »Den haben die doch am Kottbusser Damm aufgelesen.«

Ich greife zum Telefon und wähle Damaschkes Nummer.

»Der hatte 'ne Marke um den Hals«, erzählt Hünerbein weiter. »Die Streife wollte den Halter ermitteln und fand heraus, dass der tot ist und der Fall bei uns liegt. Deshalb ist das Viech jetzt hier. Und keiner will ihn haben. Wieso der vorher in deiner Wohnung gewesen sein soll, erschließt sich mir jetzt so gar nicht, aber wenn du ihn wieder in deiner Wohnung haben willst, kannst du ihn gerne haben. Der Arme sucht ein neues Herrchen und …«

»Harry, jetzt halt doch mal den Rand!« Ich habe Damaschke am Telefon. »Jürgen: Wir haben hier einen falbenfarbigen Hund. Könnt ihr kurzfristig mal die Haare von dem analysieren?«

Damaschke mault, verspricht aber, gleich rüberzukommen.

»Danke.« Ich lege wieder auf.

»Was wollte denn der Paulsen von Ihnen?«, erkundigt sich Palitzsch von seinem sicheren Platz auf dem Schreibtisch aus.

»Sind Sie eigentlich sicher«, antworte ich mit einer Gegenfrage, »dass der Paulsen wirklich beim BKA ist?«

»Aber ja«, nickt Palitzsch, »ich habe mich erkundigt. Fähige Leute, wie man hört.«

Ja, sehr fähig, denke ich. Die nehmen sogar Kinder als Geiseln, wenn es etwas zu vertuschen gibt.

»Also?« Palitzsch lässt nicht locker. »Was war da zwischen Ihnen beiden vorhin im Flur? Sie sahen so blass um die Nase aus, Knoop.«

»Ich habe mich zu weit aus dem Fenster gelehnt, fürchte ich«, antworte ich wahrheitsgemäß. »Ich habe einen Mikrofilm mit geheimen Dokumenten sicherstellen können, die möglicherweise die Hintermänner der dubiosen nächtlichen Flüge in Altgrieben offenbart hätten.«

»Aber?«

»Paulsen und Goerdeler müssen dahintergekommen sein. Sie haben mir den Film wieder abgenommen.«

Palitzsch holt sich einen Stuhl auf den Schreibtisch und setzt sich vorsichtig drauf. »Normalerweise sind Sie doch um keine Ausrede verlegen, wenn Sie sich etwas in den Kopf gesetzt haben, Knoop.«

»Stimmt«, nicke ich.

»Und bei den beiden BKA-Leuten ist Ihnen nichts Passendes eingefallen?«

Ich schüttele den Kopf.

»Oder wurden Sie unter Druck gesetzt?«

»So kann man's auch sagen, ja.«

»Wie?«

»Das wollen Sie nicht wissen, Chef.«

»Oh doch, Knoop«, widerspricht Palitzsch, »Sie gehören zum Team. Und was meine Männer angeht, spüre ich meist sehr genau, wenn es Probleme gibt. Und so fertig wie vorhin im Gang habe ich Sie noch nie gesehen. Also: Womit wurden Sie unter Druck gesetzt?«

»Mit meinen Kindern«, antworte ich leise.

»Oha«, macht Palitzsch und lehnt sich langsam ausatmend in seinem erhöhten Sitz zurück. »Das ist starker Tobak.«

»Das ist es«, stimme ich ihm zu. »Ich hätte nie gedacht, dass so etwas bei uns möglich ist.«

»Wissen Sie«, Palitzsch nippt an seinem Tee, »in vierzig Jahren Polizeiarbeit musste ich immer wieder feststellen, dass sich die Welt in die falsche Richtung dreht. Manchmal gibt es Aussetzer oder sogar einen großen Sprung nach vorn, wie zum Beispiel beim Mauerfall. Aber diese Glücksmomente sind selten. Sehr selten. Meist geht es nach hinten los. Und das ist eine bittere Erkenntnis. Aber damit müssen wir leben. Oder meinen Sie, wir sollten aufgeben?«

»Nein.« Im Gegenteil. »Niemals.«

»Haben Sie sich irgendwelche Namen gemerkt? Als Sie den Mikrofilm ausgewertet haben?«

»Nein«, erwidere ich, »ich habe den Film nicht auswerten können. Dafür braucht man ein spezielles Lesegerät.«

»Wir haben hier doch so ein Lesegerät.« Palitzsch sieht ängstlich auf den Hund, weil der Hünerbein auffordernd angebellt hat, ihm noch ein Wurstbrot zu geben. »Wieso haben Sie das nicht benutzt?«

»Ich wollte ein anderes Lesegerät benutzen.« Ich hebe die Schultern. »Aber Goerdeler und Paulsen sind mir zuvorgekommen.«

»Verstehe.« Palitzsch nickt nachdenklich. »Schade.«

»Das ist es.« Ich schaue auf den Hund. »Aber wir haben ja noch den da.«

»Den Hund?« Palitzsch hebt interessiert die Augenbrauen. »Wieso? Was ist denn mit dem Hund?«

»Bei mir wurde eingebrochen«, erkläre ich ihm, »und es ist sehr wahrscheinlich, dass die Täter den Mikrofilm gesucht haben.« Wieder zeige ich auf das Tier. »Die Spurensicherung hat anschließend solche Hundehaare bei uns gefunden.«

»Ach!« Palitzsch greift sich ans Kinn. »Das ist ja hochinteressant. Denn so häufig sind diese Tiere nicht.«

»Eben.« Ich wende mich an Hünerbein. »Wann ist denn dieser Skinhead in der S-Bahn ums Leben gekommen?«

»Vorgestern«, antwortet der. »Gegen ein Uhr nachts.«

Genau, denke ich. Und an diesem Abend wurde auch Siggi brutal angeschossen. In Ferch. Von da aus kommt man schnell nach Potsdam. Und da startet die Wannseebahn in Richtung Oranienburg. »Der Skinhead hatte den Hund in der S-Bahn dabei?«

»Ja«, bestätigt Hünerbein. »So haben es die Zeugen ausgesagt.«

»Die beiden anderen Jungs haben doch von einer alten Frau erzählt, richtig? Von einer Oma.«

»Auch richtig. Die wir erst für eine Ausrede hielten«, nickt Hünerbein. »Aber inzwischen haben auch die anderen Zeugen bestätigt, dass es diese alte Frau gab. Eine alte Frau, die die Skinheads mit einer asiatischen Kampftechnik zu Boden brachte. Was einer nicht überlebte. Der Besitzer dieses Hundes.«

»Und dieser Hund verschwand dann?«

»Der verschwand, wie die Oma auch.«

Das ist eine Chance, überlege ich. Denn auch diese Tante Tilly ist eine ältere Frau. Und wenn Damaschke nachher wirklich feststellt, dass die Haare in meiner Wohnung mit denen des Hundes hier übereinstimmen, dann weiß ich, wie man ihrer eventuell habhaft werden kann.

47 »SUCH! Na lauf!«

Wir haben den American Pit Bull mit einem Peilsender ausgestattet und an der S-Bahn-Station Hohen Neuendorf freigelassen. Von einem Eurocopter aus wird die Peilung überwacht.

Natürlich gab es zunächst Abstimmungsprobleme mit den brandenburgischen Landesbehörden. Darf ein Berliner Polizeihubschrauber im Umland operieren oder nicht? Und wer stellt das Sondereinsatzkommando? Die Berliner oder die Brandenburger Polizei? Am Ende kam uns das Oder-Hochwasser gelegen. Denn die Brandenburger Behörden sind komplett mit der Bekämpfung der Flut ausgelastet. Und so dürfen wir Berliner mal länderübergreifend tätig werden.

Tatsächlich scheint der Hund ziemlich geradlinig ein Ziel zu verfolgen, das meldet wenigstens der Polizeihubschrauber. Das Tier verfolge eine Fährte entlang der S-Bahn-Strecke, Richtung Oranienburg.

Am Bahnhof Birkenwerder verlässt der Hund die Strecke, läuft die Hauptstraße durch den Ort hoch und biegt dann hinter dem Kreisverkehr ins Briesetal ein. Danach geht es die Havelstraße entlang bis zum alten Yachthafen, wo der Hund schließlich an einem Gehöft vor einem alten verschlossenen Holztor stehen bleibt und anhaltend bellt.

Der Helikopter dreht ab auf eine Position, wo er zwar den Hund noch in der Peilung hat, aber von der Havelstraße aus nicht mehr wahrnehmbar ist. Stattdessen rücken Scharfschützen des SEK an, besetzen Dächer und Bäume im Umfeld des Yachthafens und des Gehöftes. Das Zugriffskommando nimmt in den gegenüberliegenden Schrebergärten an der Alten Havel Stellung. Kameras werden installiert.

Der Hund bellt, aber niemand öffnet.

Wir hocken mit zwei Technikern in einem Bulli der Einsatzleitung und verfolgen das Geschehen über mehrere Monitore.

»Checkt mal das Gehöft!«

»Ein alter Obstbauernhof«, meldet sich jemand über Funk. »Großes Haupthaus, ausgebaute Lagerscheune und Remise, alle vermietet. Mindestens acht Parteien.«

»Sehr gut, aber wer wohnt da?« Das interessiert mich. »Wer ist dort alles gemeldet?«

»Moment noch«, der Techniker tippt auf seiner Tastatur herum, »kommt gleich.«

»Achtung«, meldet sich ein Funkgerät. »Bewegung auf der Straße.«

»Kamera eins und zwo: Habt ihr was?«

»Moment.«

Immer heißt es »Moment«, denke ich. Da sind diese ganzen Einsatzfahrzeuge schon mit modernster Computertechnik ausgerüstet, und dann heißt es »Moment«. »Was ist denn nun?«

»Ihr müsst ihn jetzt auf der Zwo haben.«

Ich starre auf den Monitor zwei, und der dicke Hünerbein steht schnaufend neben mir. Ein junger Schlaks, vermutlich ein Schüler, schlendert gelangweilt über die Havelstraße heran.

»Keine Oma«, winkt Hünerbein ab.

»Es ist nicht gesagt, dass wir es wirklich mit einer alten Frau zu tun haben«, entgegne ich. »Die kann sich verkleidet haben. Ich bin der in Potsdam hinterhergerannt, die lief wie eine Zwanzigjährige.«

»Zugriff?«, fragt es aus den Lautsprechern.

»Kein Zugriff«, mahnt Hünerbein. »Der Hund reagiert auch nicht.«

Ich starre auf Monitor drei. Tatsächlich lässt sich unser Pit Bull nicht von seiner Bellerei abbringen. Er hockt vor dem mit einer dunklen Farbe getünchten Holztor und jault und kläfft.

»Vielleicht ist sie nicht zu Hause«, mutmaßt Hünerbein.

»Dann warten wir«, entgegne ich. »So lange, bis sie kommt.«

»Hoffentlich nicht zu lange.« Hünerbein sieht auf die Uhr. »Ich habe heute noch eine Romance à deux.«

»Was du nicht sagst. Mit wem denn?«

»Schätz mal!«

Was soll ich da schätzen? Ich habe nicht den blassesten Schimmer, mit wem sich Hünerbein treffen könnte. »Keine Ahnung.«

»Madame D.« Hünerbein lächelt und macht ein Gesicht wie Belmondo. »La fleur de la rue Albert.«

»Daisy? Die Wirtin des ›Four Roses‹?«

Hünerbein nickt. »Die rief mich letztens an und fragte, ob ich das ernst gemeint hätte: Es sei gewiss zu früh, um aufzugeben.«

»Sieh einer an«, denke ich laut. Da haben sich zwei gefunden.

»Und nun wollen wir erst mal schön essen gehen«, sagt Hünerbein. »Ich hab sie eingeladen: ins ›Reste Fidele‹ in der Bleibtreustraße.«

»Achtung! Bewegung auf der Straße«, melden sich die SEK-Männer wieder. »Zwei Personen männlichen Geschlechts nähern sich Zielort.«

Ja, aber das sind vermutlich Nachbarn, denen das Gekläffe auf die Nerven geht.

»Kein Zugriff«, mahne ich. »Nur beobachten!«

»Wir haben sie jetzt auf der Zwo.« Im Monitor sieht man, wie sich die Männer, zwei Herren mittleren Alters im Blaumann, dem Hund nähern und dann stehen bleiben. Der Pit Bull Terrier interessiert sich nicht für sie und bellt weiter das Tor an.

Dann wird es hektisch, denn das Tor öffnet sich, und eine ältere Frau humpelt heraus.

»Das könnte sie sein«, meint Hünerbein.

»Zugriff?« Die SEK-Leute lauern.

»Kein Zugriff«, wiegle ich ab. »Die Frau kann kaum laufen.«

»Das kann Tarnung sein, Sardsch«, regt sich Hünerbein auf. »Wir sollten die Alte wenigstens überprüfen. – Sieh nur, der Hund hat sogar aufgehört zu bellen.«

Das stimmt, aber trotzdem. Ich glaube nicht, dass diese alte Frau Tante Tilly ist.

Die SEK-Leute werden nervös. »Jetzt sind schon drei Personen auf der Straße«, regen sie sich auf. »Was ist, wenn noch mehr Leute kommen? In einem Menschenauflauf können wir nicht mehr operieren.«

Ja, das könnte ein Problem werden, denke ich.

»Achtung, Fahrzeug«, scheppert es aus den Funkgeräten, »Monitor eins.«

Auch das noch. Ein Stress!

Hünerbein und ich schauen angestrengt auf Monitor eins. Ein alter Lada nähert sich dem Gehöft und rollt langsam aus.

»Fahrzeug Marke Shiguli dreizehnhundert«, meldet das Funkgerät.

»Ich denke, das ist ein Lada?«

»Shiguli ist Lada«, wird mir erklärt. »Ein russisches Auto. Im Export hieß es Lada. Im Ostblock blieb es beim Shiguli.«

»Ich zoome mir mal die Autonummer ran«, meint einer der Techniker.

»Macht 'ne Halterbestimmung.«

»Moment!«

Herrgott noch mal! Ich kann es nicht mehr hören, dieses »Moment«!

Der Hund, man sieht es deutlich auf Monitor eins, rennt auf das Auto zu. Eine Frau steigt aus.

»Ist sie das?«

»Keine Ahnung!«

Da ist kein Pagenschnitt, und die Frau wirkt sehr viel jünger. Höchstens fünfundvierzig.

Viel interessanter ist, wie sich der Hund verhält. Er springt freudig an der Frau hoch, ist ganz begeistert …

»Wir haben sie«, ruft Hünerbein. »Zugriff!«

»Stopp«, rufe ich aufgeregt. »Kein Zugriff!«

»Ja, was ist denn nun?« Die Stimme aus dem Funkgerät klingt ungehalten. »Entscheidet euch!«

»Was ist los, Sardsch?« Hünerbein sieht mich fragend an.

Das kann nicht sein, denke ich verblüfft. Das ist absolut unmöglich.

Alle schreien mich an. Hünerbein, das Funkgerät, die Techniker. Alle wollen zuschlagen.

»Wartet!« Ich starre wie paralysiert auf den Monitor. »Das ist nicht die Frau, die wir suchen!«

»Aber der Hund! Der Hund!«

Ja, ich sehe es. Der Hund ist ganz außer sich vor Freude. Ganz offensichtlich hat er sein Frauchen wiedergefunden.

»Mir reicht's jetzt!« Hünerbein schnappt sich das Funkgerät. »Freigabe! Zugriff!«

»Nicht«, schreie ich entsetzt, »das ist 'ne Mutti aus dem Kinderladen …«

»Egal!« Hünerbein lässt sich nicht mehr aufhalten. »Schnappt sie euch!«

Kurz darauf ist die Straße für Sekunden in das sehr grelle weiße Licht von Blendgranaten gehüllt. Danach liegt die Frau bäuchlings auf dem Boden neben dem Shiguli, die Hände auf dem Rücken gefesselt. Und auch der Hund hat sich dramatisch hingeworfen und reckt ergeben alle vier Pfoten in die Luft.

»Der Wagen ist auf eine ›Stamm‹ zugelassen«, meldet sich der Techniker in die plötzliche Stille hinein. »Stamm, Claudine, wohnhaft Birkenwerder, Havelstraße 62. Das ist hier!«

Ja. Ich sinke stumm auf meinen Stuhl und starre auf den Monitor.

Das gibt's doch nicht.

Unsere unscheinbare Claudine. Die stille, bescheidene Spätgebärende, die sich bei den Elternabenden immer mit ihrer Stimme enthalten hat.

Unfassbar!

48 »NA, WENIGSTENS geht es dem Hund gut«, lächelt sie mich später im Vernehmungsraum unserer Dienststelle an.

Als wäre der Hund wichtig.

»Ich hatte mir schon Sorgen um ihn gemacht. Es war schrecklich für mich, ihn am Kottbusser Damm alleinzulassen. Aber was sollte ich tun?«

»Und deine Kinder«, frage ich, »was wird jetzt aus deinen Kindern?«

»Ja, die müssen natürlich abgeholt werden«, nickt Claudine Stamm und sieht auf die Uhr. »In einer Stunde. Kannst du dich darum kümmern?«

Ich starre sie fassungslos an.

Was soll ich tun? Wie soll ich damit umgehen, dass sich eine Mutter, die ich seit Jahren aus dem Kinderladen kenne, plötzlich als professionelle Mörderin erweist? Als legendäres Phantom unter Berufskillern? Als Tante Tilly!

In ihrer hübschen Wohnung fanden sich ein ganzer Kostümfundus und jede Menge Perücken von Aschgrau bis Hennarot. Dazu unzählige Latexmasken, die Claudines eher unscheinbares Gesicht zur runzligen Greisin oder zum verführerischen Vamp machen konnten – Wahnsinn: Ich hatte keine Ahnung, dass man nur mit diversen feinen Masken und etwas Schminke einen Menschen derart verändern kann. Ich stand ihr doch gegenüber. Vor Siggis Krankenzimmer im Ernst-von-Bergmann-Klinikum.

Und nie hätte ich hinter der Maske der falschen Ärztin Claudine Stamm vermuten können. Das wäre einfach unmöglich gewesen. Aber immerhin erklärt das jetzt unser Zusammentreffen kurz darauf in der Kirche Sankt Peter und Paul. Claudine musste sich einfach nur Perücke und Maske abziehen und sich ihres Arztkittels entledigen, und jede klappende Tür war spannender für mich als die mir bekannte Mutti aus dem Kinderladen. Ich bin einem Phantom nachgejagt, während Tante Tilly längst vor mir stand. Verrückt ist das. Und faszinierend auch.

Ich weiß nicht, wie viel Zeit mir bleibt, um sie zu befragen. Es kann sich nur um Minuten handeln, bis Goerdeler und Paulsen auftauchen, um mir den Fall wieder abzunehmen. Und in dieser Zeit muss ich so viel wie nur möglich aus ihr herausbekommen.

Claudine Stamm, Deckname Eva, wurde am 15. Dezember 1954 als Marianne »Marie« Bechtel in Berlin geboren. Ihre Eltern sind überzeugte Kommunisten, Vater Dr. Helmuth Bechtel ist Schulrat in Pankow, die Mutter Hannelore arbeitet in der Bezirksleitung der SED als höhere Verwaltungsangestellte.

Marie Bechtel besucht die erweiterte Oberschule »Friedrich List« in Pankow, um ihr Abitur zu machen, als sich der stellvertretende Schuldirektor Edwin Paech in die außerordentlich hübsche Sechzehnjährige verliebt. Er stellt dem Mädchen nach, beginnt es zu erpressen – und wird ein Jahr später vergiftet im seinem Haus aufgefunden.

Die Volkspolizei ermittelt Marie Bechtel als Täterin, sie gesteht die Tat, wusste sich nicht anders zu helfen, um den aggressiven Avancen des stellvertretenden Direktors zu entkommen.

Das Ministerium für Staatssicherheit interessiert sich für die schöne, von der Justiz in Bedrängnis geratene Schülerin. Sie bekommt eine neue Identität als Claudine Stamm und darf zunächst eine Lehre als Maskenbildnerin an den DEFA-Filmstudios in Babelsberg machen. Später verschafft ihr das MfS einen Platz an der Uni Greifswald für den Studiengang Pharmazie, genauer »Experimentelle Pharmakologie und Toxikologie«. Ziel ist es, die »Giftmischerin« in der jungen Frau zu professionalisieren.

Claudine Stamm absolviert ihr Studium mit Bravour und wird durch das MfS als »IM Eva« auf hochrangige Persönlichkeiten des nichtsozialistischen Auslands angesetzt. Zunächst an der sogenannten Bettenfront.

Claudines Aufgabe ist es, sich während der Leipziger Messe an westdeutsche Manager heranzumachen. Als Geliebte soll sie die Männer erpressen und aushorchen. Man erhofft sich davon, Aufschlüsse über westliche Technologien zu bekommen.

1982 kommt es zu einem Zwischenfall mit dem Neusser ITEMA-Geschäftsführer Karl Heinz Noetzel. Zufällig enttarnt er seine attraktive Geliebte als Stasiagentin. IM Eva reagiert schnell. Noetzel stirbt noch in der Nacht an »Herzversagen«.

Marie Bechtel alias Claudine Stamm bekommt ein neues internes Kürzel. Ab sofort arbeitet IM Eva als Tante Tilly und macht eine spezielle Schießausbildung am Dragunow-Scharfschützengewehr in der geheimen MfS-Ausbildungstätte Ützdorf bei Berlin.

Die ITEMA war eine Tarnfirma des Ministeriums für Staatssicherheit und dem Bereich Kommerzielle Koordinierung, kurz KoKo, zugeordnet. Aufgabe der KoKo war es, Valuten für den stets klammen DDR-Haushalt zu erwirtschaften. Mit nicht immer legalen Mitteln. Als dem MfS bekannt wird, dass der zweite ITEMA-Geschäftsführer Fritz John Bruhn seit 1979 den westdeutschen Verfassungsschutz über konspirative Geldtransfers für die DKP informiert hat, muss auch er sterben. In Bruhns Verfassungsschutzakte findet sich das Abhörprotokoll einer brutalen Einschüchterung. So sagte im Januar 1981 das DKP-Mitglied Friedrich R. aus Bochum zu Bruhn: »Mach keinen Blödsinn, einen Kontakt zum Verfassungsschutz bekommt die Partei sowieso heraus. Die Folgen würdest du nicht überstehen.«

Spektakulär ist auch der Mord an dem Geschäftsführer der Hamburger KoKo-Firma Ihle, Uwe Harms, dessen Leiche im April 1987 in einem Plastiksack gefunden wurde. Er hatte sich geweigert, kriminelle Waffengeschäfte zu machen, und wurde mit zwei Brustschüssen getötet. Spätestens mit diesem Mord wurde Tante Tilly zum gefürchteten Phantom.

Im März 1988 stürzte in Leipzig Manfred Pulitzer in den Tod, der mehrere Jahre Generaldirektor der Ost-Berliner Stasi-Außenhandelsfirma Asimex gewesen war, um deren Belange sich KoKo-Vizechef Manfred Seidel persönlich gekümmert haben soll. Pulitzers Schwester sagte später der Leipziger Volkszeitung, die Familie sei seinerzeit aufgefordert worden, über den »Unfall« zu schweigen.

Nach der Abwicklung des zunächst als Amt für Nationale Sicherheit weitergeführten MfS und dem Ende der DDR im Oktober 1990 wird es ruhig um Claudine Stamm.

Sie will endlich ein normales Leben führen und baut sich eine neue Existenz als Pharmareferentin auf. Sie wünscht sich Kinder, ist aber unfähig, eine stabile Beziehung zu einem Mann einzugehen. Sie entschließt sich zu einer künstlichen Befruchtung und wird 1993 mit neununddreißig Jahren Mutter von eineiigen Zwillingen, die sie Hanna und Anna nennt. Wenig später wird sie auf einer Pharmamesse in Zürich von einem unbekannten Mann angesprochen, der wissen will, »ob Tante Tilly noch aktiv sei«.

Claudine redet sich heraus, tut so, als handle es sich um eine Verwechslung. Doch der Unbekannte macht unmissverständlich klar, dass er sie, sollte sie sich einer Zusammenarbeit verweigern, auffliegen lassen wolle. Ob sie will oder nicht, Tante Tilly ist nur knapp drei Jahre nach dem Ende der DDR wieder im todbringenden Geschäft.

»Ich habe Kinder«, erklärt sie mir. »Was hätte ich denn tun sollen? Wer einmal da drinsteckt, kommt nicht wieder heraus. Ich musste mich fügen.«

Ihr erster Auftrag ist die Eliminierung eines Stasi-Überläufers an der NATO-Zentrale in Brüssel. Anderthalb Jahre später tötet sie in Madrid zwei leitende Angestellte des spanischen Kommunikationskonzerns Telefonica und einen Vertreter der libyschen Botschaft in Bonn.

Zurück in Berlin, meldet Claudine Stamm ihre Kinder bei den »Stoppelhopsern« an, weil sie inzwischen für einen süddeutschen Generikahersteller tätig ist, der sein neues Hauptstadtbüro ganz in der Nähe, am Kleistpark, hat.

Ein weiteres Jahr später wird auf dem Alexanderplatz ein libanesischer Waffenhändler erschossen. Danach wird es hektisch: erst der irakische Diplomat in Köln, dann die zwei Russen in Hamburg. Und jetzt der Journalist Fritz Kawelka.

Claudine Stamm lächelt mich unsicher an. Sie wirkt erleichtert, scheint froh zu sein, dass es endlich vorbei ist.

»Hat denn dieser Meyer überlebt?«

»Knapp«, antworte ich. »Er liegt im künstlichen Koma. Wir wissen noch nicht, ob er's schafft. – Und wer ganz gewiss nicht überlebt hat, ist der Fahrradkurier Adolf Borngraeber. Ein völlig unschuldiger Mann. Auch der geht auf deine Kappe, Claudine.«

Sie nickt. Der Fahrradkurier tue ihr leid, auch wenn er Adolf hieß. Aber der sei so plötzlich im Visier aufgetaucht, da war nichts mehr zu machen.

»Das war Mordspech, leider! Wie der ganze Auftrag. Ich hätte es wissen müssen.«

»Gut«, sage ich, obwohl nichts gut ist. »Was weißt du über deine Auftraggeber?«

»Nichts«, antwortet sie. Das sei in dem Job eine Lebensversicherung, nichts zu wissen. Gar nichts. »Dann kannst du niemandem gefährlich werden.«

Außer den Opfern, denke ich. »Wie lief der Kontakt?«

»Telefonisch«, antwortet sie. Über ein Prepaidhandy und diverse Telefonzellen. Es wurde nie länger als eine Minute gesprochen. Keine überflüssigen Fragen nach dem Warum. Lediglich Name und Aufenthaltsort der Zielperson, mehr brauchte sie nicht. Die Prepaidkarten wurden regelmäßig gewechselt, die Nummer blieb dieselbe. So blieb sie auch für ihre Auftraggeber anonym. Der Job wurde erledigt, und das war's.

»Und das Geld«, frage ich, »du hast doch Geld dafür bekommen, oder?« Vielleicht kommt man ja über diese Schiene an die Auftraggeber ran.

»Natürlich. Das Honorar war immer im Voraus fällig«, antwortet Claudine Stamm, »in bar. Es wurde meist in öffentlichen Toiletten deponiert. Meist Bahnhofsklos oder Zugtoiletten. Den genauen Übergabeort habe immer ich bestimmt, und meist war ich schon da, wenn das Geld versteckt wurde. Im Spülkasten, hinter den Verkleidungen, das kam auf die Gegebenheiten an. Wenn ich sicher war, dass mich niemand beobachtet, habe ich mir das Geld geholt. Einmal war dort ein Peilsender versteckt. Aber das habe ich gemerkt. Ich weiß nicht, wer da an mich ranwollte.«

Es klopft an der Tür, und Kriminaloberrat Palitzsch steckt den Kopf herein. »Entschuldigung, aber …«

Ich ahne, was kommt. »Draußen sind die Herren Goerdeler und Paulsen?«

Palitzsch nickt. »Zusammen mit einem Staatssekretär aus dem Innenministerium. Sie werden die Befragung der Verdächtigen im Bundeskriminalamt in Wiesbaden fortsetzen.«

»Natürlich.« Ich erhebe mich. Ich kann ja sowieso nichts dagegen tun. Damit mir die Fäuste nicht ausrutschen, stecke ich die Hände ganz tief in die Taschen und warte.

»Irgendwann«, sage ich laut, als die BKA-Beamten eintreten, »irgendwann wird euch die Wahrheit schon noch um die Ohren fliegen. Da bin ich ganz sicher. Irgendwann kommt alles raus.«

»Das wollen wir doch schwer hoffen, Knoop.« Goerdeler baut sich vor mir auf und lächelt fein. »Übrigens: Sie haben ein hübsches Häuschen da oben am Bodden. Vermieten Sie das manchmal?«

»Nicht Ihnen, Goerdeler.«

»Schade.« Er reicht mir die Hand. »Sie haben hervorragende Arbeit geleistet. Sie und Ihre Kollegen. Vielleicht kommen wir ja mal wieder zusammen.«

Bloß nicht, denke ich und ignoriere seine Hand. »Hauen Sie ab! Mit Ihnen habe ich schon viel zu viel Lebenszeit verbracht.«

»Ich weiß, es ist nicht alles so optimal gelaufen zwischen uns«, gibt Goerdeler zu. »Das tut mir leid. Aber beim nächsten Mal wird alles besser. Das verspreche ich Ihnen.«

Für mich hört sich das an wie eine Drohung.

Goerdeler zwinkert mir zu und verlässt mit Paulsen und Claudine Stamm den Raum.

Palitzsch sieht mich melancholisch an.

»Na kommen Sie«, sagt er nach einer Weile und nimmt mich am Arm. »Die Kollegen warten schon. Wir gehen was trinken, ich geb einen aus.«

Epilog

Vier Wochen später ist Siggi schon wieder ziemlich obenauf.

Ich schiebe ihn in seinem Krankenfahrstuhl über die Kieswege des alten, verwunschenen Landschaftsparks der Neurologischen Rehabilitationsklinik Beelitz-Heilstätten, damit er mal an die frische Luft kommt, und werde vollgequatscht:

»Die DDR ist untergegangen? – Nein, Dieter! Sie lebt weiter. Heimlich, still und leise. So, dass ihr es nicht merkt. Weil sie genau eure Götzen bedient: Geld, Geld, Geld. Irgendwann werden wir sogar den Kanzler stellen. Oder eine Kanzlerin. Ja, vermutlich wird sie weiblich sein. Eine Quotenfrau aus dem Osten. Und sie wird euch beherrschen, weil ihr sie immer unterschätzt habt mit eurer westlichen Arroganz. Und weil sie euch wunderbar bestechen kann. Gelernt ist eben gelernt.«

Die hohen Bäume rauschen, Siggi gestikuliert. Ein verrückter Veteran des Kalten Krieges.

»Ihr seid halt ein korruptes System«, redet er auf mich ein. »Darauf läuft alles hinaus. Ganz einfach. Man muss euch nur kaufen. Wenn man euch mit Geld nicht kriegen kann, erpresst man euch eben mit den Kindern. Oder irgendetwas anderem. Na ja, wenigstens hast du diese Tante Tilly fangen können. Das ist wenigstens mal eine Leistung, Dieter, ich will da gar nicht drumherum reden. Tolle Sache, wirklich. Hätte ich dir gar nicht zugetraut. Da fängt mein oller Dieter einfach mal das Phantom. Wie war sie denn so?«

»Ganz normal«, antworte ich. »Zu normal.«

»Gut«, findet das Siggi und kuschelt sich zufrieden in seine Decke. »Sehr gut. Unauffälligkeit ist das A und O in diesem Geschäft, weißt du. Manche unserer wichtigsten Agenten hatten sogar Kinder. Nur der Tarnung wegen. Weil es so normal war. Menschen mit kleinen Kindern traut man eben nichts Böses zu.«

»Ja«, nicke ich, »Tante Tilly hatte auch Kinder. Zwillinge. Hanna und Anna. Ein bisschen jünger als unsere. Sie sind gerade mit Monika und unseren zwei an der Ostsee. Man muss ihnen schonend beibringen, dass ihre Mutter nicht mehr für sie da ist.«

»Und? Willst du sie adoptieren oder was?«

»Ich weiß es nicht.«

Allein der Gedanke macht mir Angst. Dann hätte ich schlagartig fünf Kinder. Ein Alptraum! So ein Gewusel zu Hause. Papa hier und Papa da, das ist doch jetzt schon eine Herausforderung. Was hatte ich früher für ein schönes beschauliches Leben.

Andererseits: Melanie ist schon erwachsen und könnte sicher mal auf die Kinder aufpassen.

»Irgendwer muss sich ja um die zwei kümmern«, überlege ich laut. »Ich meine, die sind mit unseren beiden immerhin jahrelang bei den ›Stoppelhopsern‹ gewesen. Die kann man doch jetzt nicht einfach in ein Waisenheim abschieben.«

»Den Namen müsst ihr mal ändern.«

Ich verstehe nicht gleich.

»Welchen Namen?«

»Von eurem Kinderladen.« Siggi schüttelt den Kopf. »Wisst ihr nicht, was Stoppelhopser sind?«

»Hasen?« Ich habe da noch nie wirklich drüber nachgedacht. »Oder Kaninchen?«

Siggi lacht heiser auf.

»Ihr ahnungslosen Zivilisten«, ruft er verächtlich, »habt einfach keine Ahnung! Stoppelhopser gehören zur Infanterie!«

»Was?«

»Mot-Schützen! Panzergrenadiere«, ruft Siggi, »die Typen, die im Ernstfall als Erste erschossen werden! Die nannten wir früher Stoppelhopser. Militärjargon, verstehste? Weil die immer schießend neben den Panzern über die Stoppel von den Feldern hopsen müssen. Ist so ziemlich der mieseste Job als Soldat. Und ihr nennt euren Kinderladen so.« Er lacht amüsiert und hustet.

Ja, das geht wirklich nicht, da sollte man mal über eine Namensänderung nachdenken. Ein neues Thema für einen Elternabend. Komisch, dass uns Uta noch nicht darauf aufmerksam gemacht hat. Aber die hat ja auch nie gedient. Genauso wenig wie Karl.

»Nennt den Laden lieber nach der Marine«, lästert Siggi, »die hat wenigstens schickere Uniformen: Little Torpedos zum Beispiel oder Die kleinen Minenleger.« Er amüsiert sich prächtig. »Luftwaffe ist auch in Ordnung. Die Windelkampfbomber«, feixt er und fällt vor Begeisterung fast aus seinem Rollstuhl, »Tarnkappenbabys, Jagdgeschwader Hosenscheiß …«

Und während ihm lachend immer weitere drollige Namen einfallen, verlaufen wir uns langsam in den Weiten des Parks.

Die Kronen der hohen Bäume wiegen sich und rauschen stärker. Das ungeschnittene Gras auf den Wiesen wogt in sanften Bögen. Die ersten Blätter fallen.

Wind kommt auf.

Wind.

Übersetzungen und inhaltliche Erläuterungen

Seite 43: Stutti ist hier ein Synonym für die Rotlichtszene am Stuttgarter Platz in Berlin-Charlottenburg. In den neunziger Jahren drangen russische und albanische Banden ins bislang von deutschen Luden beherrschte Milieu und lösten einen erbitterten Krieg um die Vormachtstellung im Rotlicht- und Spielhallengeschäft aus.

Seite 44: Peter Lorenz war Spitzenkandidat der CDU bei den Berliner Landtagswahlen 1975. Drei Tage vor der Wahl wurde er von der Bewegung Zweiter Juni mit dem Ziel, fünf inhaftierte RAF-Mitglieder freizupressen, entführt. Die Bundesregierung gab dem Druck nach. Nachdem fünf Gefangene, unter ihnen die spätere mutmaßliche Buback-Attentäterin Verena Becker, freigelassen und in den Jemen ausgeflogen wurden, kam auch Peter Lorenz wieder frei.

Seite 85: Übersetzt: »Da hilft auch kein Christus.« – »Da kann man nichts machen.«

Seite 100: Hünerbein bezieht sich hier auf die heftig in der Presse diskutierte und 1992 in einem Gutachten der Stasiunterlagenbehörde dokumentierte DDR-Vergangenheit des damaligen Ministerpräsidenten des Landes Brandenburg, Manfred Stolpe, als inoffizieller Mitarbeiter des MfS mit dem Decknamen »Sekretär«.

Seite 123: Am 10. August 1994 wurden durch spanische V-Männer des BND mehr als siebenhundert Gramm waffenfähiges, hoch radioaktives Plutonium von Moskau nach München geschmuggelt, um einen Fahndungserfolg zu inszenieren, der im Landes- und im Bundestagswahlkampf politisch nutzbar sein sollte. Wie der »SPIEGEL« im April 1995 enthüllte, wollte man mit der Aktion zudem »beweisen«, dass weltweit illegal mit Plutonium gehandelt werde. Der als »Plutonium-Affäre« bezeichnete Skandal sorgte für ein erhebliches mediales Echo und ist bis heute nicht vollständig aufgeklärt. Die Hintermänner blieben im Dunkeln.

Seite 174: Lateinisch: Die Lebenden rufe ich. Die Toten beklage ich. Gott schütze uns.

Seite 188: Die Dinariden, auch Dinarische Alpen oder Adriatisches Gebirge genannt, sind eine unwegsame Hochgebirgskette im Südwesten des Balkans.

Seite 255: Der KdF-Wagen ist sozusagen der Urkäfer. In den dreißiger Jahren legte die Nazi-Organisation »Kraft durch Freude« ein Programm zur vollständigen Automobilisierung des deutschen Volkes auf. Für neunhundertneunzig Reichsmark, die über sogenannte Sparmarken zu je fünf Mark angespart wurden, sollte der Volkswagen für jedermann erschwinglich sein.

Oliver G. Wachlin
WUNDERLAND
Broschur, 336 Seiten
ISBN 978-3-89705-588-9

»Mit viel Feingefühl ist Wachlin an die Ausarbeitung seiner Protagonisten und deren Leben herangegangen und hat es geschafft, zwei Schicksale aufzuzeigen, die in der damaligen Zeit so hätten verlaufen können.« www.media-mania.de

»Amüsant kriminelle ›Wendekomödie‹. Original, originell, gefühlsecht.« www.berlinkriminell.de

Oliver G. Wachlin
TORTENSCHLACHT
Broschur, 304 Seiten
ISBN 978-3-89705-766-1

»Oliver Wachlin kreiert pünktlich zum Jubiläum seine Persiflage auf die Wende, einen köstlich närrischen Tanz ums Goldene Kalb, hier ›Tortenschlacht‹ genannt.« www.berlinkriminell.de

»Spannend, humorvoll und immer wieder überraschend – insofern kein Krimi der üblichen Art.« Antenne Brandenburg

Oliver G. Wachlin
GRENZWÄRTS
Broschur, 320 Seiten
ISBN 978-3-89705-906-1

»Sprachlich versierte, auch humorvolle Darstellung mit viel Zeitgeist und Lokalkolorit. Breite Empfehlung.« ekz

Oliver G. Wachlin
KREUZBERG
Broschur, 304 Seiten
ISBN 978-3-95451-023-8

»Ein atmosphärisch dichter Krimi.« rbb 88,8

»Wachlin hat einen fulminanten Berlin-Roman geschrieben, voller Rhythmus, Atem und Seele. Ihm gelingt, was nur wenigen gelingt: er fesselt nicht nur, er hilft zu erfassen. Das nenne ich Literatur.« krimi-couch

www.emons-verlag.de